（＼＿＼）（́ロ́）

得理不饶你

网络原名《你的黑料比本人可爱》

毛球球 / 著

广东旅游出版社
GUANGDONG TRAVEL & TOURISM PRESS
悦读书·悦旅行·悦享人生

中国·广州

毛球球 / 著

得理不饶你

目录

❖ CONTENTS

他的头顶是澄澈的蓝天，
身侧是看台的栏杆，
江影抱着没吃完的薯片，
身上盖着给戚遥加油的横幅。

/1/ 我们有巨轮

二月末，某个词条被送上了微博的热门话题区。

#盘点那些黑红的演员#

"黑红？演员？那必须有江影啊，演技稀烂人还凶，唯一一个像是键盘成精的爱豆（偶像）。"

"我也提名江影，之前的小号骂人事件之后，就对他没什么好感。"

"那我也提名一个，戚逐，论黑红，应该抵得上江影了吧？"

"srds（虽然但是），戚逐的演技没的黑，就是人太冷漠了一些，据说对片场的人也没什么好脸色，新人状态不好还被他说哭过，算不算耍大牌？好几个人都扒过这件事。"

"戚逐别的黑料也不少吧。"

"什么？热评第二改名跑路了？这么怕的吗？"

"姐妹们，我有一个危险的想法，你们说，要是让这两个人一起拍戏，会发生什么？"

"会打起来吧。'苍蝇搓手.jpg'"

"当代网友还是比较天真，没有这种可能。"某慈善晚宴上，江影看着微博上的争论，叹了口气，"首先我和戚逐，就没可能一起拍戏。"

"为什么？"江影的助理陈疏好奇地问，"他是当红演员，你多少也算是个……黑红偶像，万一哪天就有了合作的机会呢？"

"我俩关系不好，见面就吵，这是圈内很多人都知道的事情。"江影摇头，"但凡是个有点志气的导演，应该都不乐意看到我俩一起拍戏。"

晚宴上正在致辞的人，穿着一身端正的西装，头发梳得整整齐齐，此时像是听到了什么一般，向他们的方向扫了一眼。

致辞的内容是主办方给的，写得比较枯燥。

于是陈助理就看见江影以飞快的速度，朝台上致辞的戚逐比了个尾指。

陈助理：……

没跑了，看来关系真的很差，而且江影应该是挑事的那一方。

"所谓黑红，粉多，黑粉①也多。"江影打开随身携带的笔记本电脑，

① 黑粉：恶意抹黑明星的粉丝。

换了个话题，"像我这种，能把握好被黑频率的，少之又少，新生代演员江影，迟早会变成实红。"

"懂吗？"江影冲着坐在自己右手边的人摇了摇酒杯。

"不……不太懂。"江影的助理陈疏诚恳地摇头。

黑红还能有优越感的，江影绝对是第一个——

江影，当红偶像，菜鸟演员，妈妈是著名编剧宋婧溪，爸爸是实力派男演员江争，哥哥是刚刚退役的世界冠军级电竞选手江寻。

全家都在力争上游，只有他安于现状。

偏偏这败类特别容易满足，划水划得心安理得。

如果不是经常要在媒体面前回答"无可奉告"，陈疏觉得自己这个助理，当得还是比较舒服的。

"比如我这个月，都还没被黑过。"江影取过一旁的手机，点开了手机上的微博图标，"而且我今天，好像做了一件很圈粉的事情。"

他下午在机场，严厉批评了一个职业机场跟踪狂，言辞激烈，态度真挚，旁边路过的阿姨还对他竖起了大拇指。

陈助理也打开了微博，然后静默。

江影涨不涨粉他不知道，但是热搜上现在挂着个江影。

#江影 机场骂人#

陈助理：……这叫能把握好被黑的频率吗？

微博热搜高高挂起，消息传得快，吃瓜（看热闹）的人越来越多，晚宴现场的不少人都冲他们的位置投来了探询的目光。

另一边，江影接了个电话——

"哥？我替你来参加慈善晚宴呢，怎么了？"江影问。

"你还问我怎么了，我刚接手公司没多久，你天天给我捅娄子。"电话的另一端，江影的哥哥江寻没好气地说，"我现在算是懂了，你经纪人之前为什么一直抱怨了。"

"明明是那群人小题大做。"江影说，"我也就骂了个跟踪狂，怎么看都是很圈粉的事情吧。"

"圈粉？你倒是挺能圈黑粉。"电话另一端的人平静了几秒后，开口，"骂跟踪狂就骂跟踪狂，可你是怎么说的？你在那么多镜头面前，拐着弯问候人家爸妈？"

"他之前在贴吧盖楼骂我，这次机场跟踪狂还推倒了我的一个粉丝，小姑娘膝盖都摔出血了，他还耀武扬威地拒绝道歉。难道上网冲浪出门兴风作浪之前他不该先看看自己吗？"江影理直气壮，"我就那么几个真粉，我不该护吗，啊？"

江寻：……

"行了，知道了。"江寻把手机拿远了点，"怕了你了，晚宴别再惹事了。"

江影敷衍地答了一声，挂了电话感慨："管太多了，退役后给他闲的。"

陈助理不敢妄议老板，只好装作没有听见。

黑红嘛，时不时就上个热搜，网友们都见多不怪了。微博上被转发的某段视频里，三线黑红明星江影，站在机场的人群中，指着一个职业跟踪狂，口吐芬芳。

发视频的人明显别有用心，剪掉了跟踪狂先前推人的部分，留下的内容都是江影在内涵人。

江影的粉丝"剪影"们对这种情况早就见多不怪了——

@剪影一直都爱哥哥：#抵制跟踪狂#，麻烦放完整的视频，请看事件的全过程吧，这次的确是跟踪狂的错，我们哥哥一直都是真性情，见谅了。

@江影今天营业了吗：#江涵秋影雁初飞#，有时间吃瓜不如关注一下我家哥哥的作品，光看脸就能拥有一整天的好心情。

江影的黑粉们对于这种情况也是面不改色了——

@用户99236788：@江影KANI，跟踪狂拍你难道你不应该感谢人家吗？拍你那是看得起你。

@绣球宝宝：黑红果然嚣张。

陈助理在微博评论区逛了一圈，发现这种视频流出以后，反应最有趣的还是微博上的路人。

@我就看看不说话：江影又上热搜啦，未知全貌不予置评，听说他是江争的儿子，可惜了，他不说话的时候真的很圈粉。

对于路人的观点，陈助理深表认同。

此时的江影，穿着一件白色的连帽衫，背后印着卡通图，因为参加慈善晚宴所以没有弄什么张扬的发型。他坐在桌边，捧着果汁杯，咬着吸管，低垂着眼帘看手机，还有几分乖巧的学生气。

此时的江影，颜值和气质完全符合大众对偶像的要求。

如果陈助理不知道他在做什么的话。

江影用自己的微博大号点赞了那段别人拿来黑他的视频，然后用电脑挂上了自己的七八个微博小号，下场骂黑粉去了。

"你累吗？"陈助理小心翼翼地看着江影挂起来的一串微博小号。

大部分艺人都不太会去看网上的负面评价，因为会受到很多莫名其妙的攻击。可是江影不同，此人心态很稳，而且热衷于和各路网络黑子吵架，时常在微博贴吧直接搜索自己的大名，为此还被封了好几个小号，杀敌一千，自损八百。

喜欢他的人多，黑他的人也多。

公司对陈助理只有一个要求，那就是不要让江影拿大号和人吵架。

"本黑红偶像乐在其中。"江影把键盘敲出了噼里啪啦的声音，一条条消息就这么蹦了出去，不亦乐乎。

@寄居蟹：某些骂人的能不能长点脑子，别看到个什么微博都能去下面黑一句江影，猪肉涨价的新闻下面都能看到你 Cue（提到）江影，该夸你有毛病呢还是没脑子呢？

"这是又在乐什么呢，偶像？"声音从江影的身后传来，有人站在了他的身后，打断了他网上冲浪的思路。

江影回头，身后站着刚刚还在台上致辞的戚逐。

两个人目光刚一对上，陈助理就感觉后背有点发凉。

"黑西装不适合你，显老。"江影上下打量了一番戚逐，摇了摇头。

"连帽衫也不适合你，装嫩。"戚逐的声音毫无波澜。

马上奔三的陈助理看着两个二十出头的人讨论装嫩和显老的话题，默默往后退了一步，生怕战火波及自己。

"找我干吗？"江影合上电脑。

"这个，给你。"戚逐把一个大纸袋放在江影面前的桌子上。

"哪儿来的？"江影来了兴致。

"主办方送的，致辞赠品。"戚逐转身要走。

"你不要的赠品，你给我？"江影难以置信地追了两步，"你打发谁呢？"

"是啊。"戚逐点头，淡漠的语气中流露出些微的同情，"明天是二月的最后一天，你四年才过一次生日，不容易。"

江影：……

江影："你看不起闰年生的？"

戚逐不再理他，放下纸袋，转身就走。

"到底是什么东西？"江影还是好奇。

纸袋里放着一个企鹅玩偶，还有一个四四方方的小盒子。

于是陈助理就看着江影打开了手机QQ，找到了一个ID备注是"班长"的人。

大钳蟹：盒子里是什么？
班长：智能音箱"小瓜同学"。
大钳蟹：干什么的？
班长：人工智能，我看你挺喜欢吵架的，没事可以跟它吵吵。
大钳蟹：哦？你内涵我？
班长：哦。

"班长是谁？"陈助理从侧面看着江影的手机屏幕，莫名觉得这两人的对话风格诡异地熟悉。

"戚逐啊，我们以前是同学。"江影说，"你也看到了，我们不可能一起拍戏，我们的关系真的很差。"

从刚才的对话来看，江影气势汹汹，而戚逐明显不太乐意搭理江影。

关系好不好这个问题，陈助理不知道也不敢评价，但他刚才转头的时候，在这两个人的QQ聊天界面上，看到了一个巨轮标志。

/2/ 人工智障，名不虚传

"你问我们为什么有巨轮？"江影坐在车后座上，漫不经心地捏纸皮核桃玩，"不知道，一直在吵架，不知不觉就有了，记不太清了。"

陈助理的巨轮，留给了自己谈了三年的女朋友，对于江影和戚逐这种吵架吵出来巨轮的说法，陈助理不敢苟同。

主办方的赠品模样比较讨喜，江影到底还是带上了，胖胖的企鹅玩偶揉起来非常舒服。

"微博上的事情你别管了。"陈助理叮嘱。

"放心，我保证不用大号吵架。"江影抱着企鹅玩偶信誓旦旦地说，"仅代表个人看法，我觉得当代网友，在背后说人坏话的时候，应当多多考虑后果。"

"对了。"陈疏想起了一件事，"最近有部电视剧，公司想让你去试试戏。"

"哪一部？"江影推车门的手停顿了一瞬。

"之前宣传得很厉害的大 IP，古装仙侠正剧《瑞雪》。"

"让我试谁的戏？"江影揉了揉手里抱着的企鹅玩偶，"肯定不是男主，我有自知之明，我这个咖位还有名声，演不了男主。"

"你倒是想得挺明白。"陈助理笑着说，"导演想让你演剧里最大的反派，宣末翎。"

"为什么？"江影不解，"我记得这剧反派角色挺重要的吧。"

"因为……"陈助理停顿了几秒，语速飞快，"导演觉得你本人的行事作风比较像反派，若你在剧中被主角暴打，多半网友应该喜闻乐见。"

"这是导演的原话。"陈疏赶紧补充了一句，"而且这也是网友投票投出来的，这是民意。"

江影：？？？

"我不演。"江影拒绝，"我作为偶像不要面子的吗？"

他一只手抱着企鹅玩偶，另一只手拎着戚逐给的纸袋子，推门下了车："我演技烂，这部作品原著和剧本都耗费了不少心血，我就不去祸害人家了。"

江影在路灯下冲陈助理挥了挥手，回家去了。

陈疏看着江影离开的方向，无奈地摇摇头，拨了个电话。

"他不同意？"电话另一端的江寻问。

"不同意。"陈疏说，"理由是不想祸害别人的好剧本。"

"等下我来和他说吧。"江寻挂上电话。

戚逐不可爱，但企鹅可爱，江影把企鹅抱枕放在了床头，转而把目光投向了那个智能音箱。说明书上讲，这是个能对话的人工智能，还能根据对话，适时调整自身的部分功能，有基础的学习能力。

"你好呀，我是小瓜。"插上电源后的智能音箱主动打了个招呼。

"幼稚。"江影瞥了眼音箱，没有进一步回应。

"我的爱好是唱歌，你的爱好是什么呀？""人工智障"不依不饶。

"我的爱好……"江影被勾起了那么点儿兴致，"太清新脱俗，你不懂。"

菜鸟演员江影，性格开朗，爱好不多，除了吵架和杠（抬杠），就爱吃瓜。

别人吃完就忘，他是吃完随手保存。

谁唱歌"车祸"了，谁和粉丝闹掰了，他比正主本人都记得清楚，全在硬盘里存着，比起拍戏，他可能更喜欢收集别人的黑料。

娱乐行业的瓜，他比好多人都清楚。

江影打开电脑，在各种分类名单中，找到了名为戚逐的文件夹，从电脑桌面拎出一个视频，扔进了文件夹里。

这个文件夹里，全是江影收藏的各种戚逐的黑料，小到戚逐刚入圈时认错了自己的粉丝，也被江影一一保存在了文件夹里。

"戚逐的黑料比本人有趣多了。"江影自言自语，"本人不行。"

身后的人工智能音箱却捕捉到了江影话里的名字，自己启动了搜索功能："戚逐，人气演员，网传是戚安导演的儿子，代表作有……"

"小瓜闭嘴。"江影听到声音回头，随口说，"戚逐，就是个性冷淡。"

"好的收到，已更正信息，戚逐是性冷淡，下次查询时将提供更正后词条。"人工智能"小瓜"同学如是说。

江影：？

"随便你吧。"江影放弃这个词条了，反正他也不会经常在家里提起戚逐的名字。

晚宴致辞的时候，他冲戚逐比了个尾指，刚好被戚逐看到，接下来戚逐的致辞，漏掉了中间一行，晚宴现场，竟然只有他一个人发现。

晚宴后，他特地去找主办方要了视频，留着收藏，50G的戚逐黑料包，又添新成员。

粉丝们眼里完美的戚逐，在他这里可不那么完美。

江影洗完澡，才发现手机上有三个未接来电，全都来自他哥哥。

"什么事？"江影回拨了电话。

"电视剧的事情，你助理跟你说了吗？"江寻问。

"哥。"江影严肃地说，"这都几点了，你这个时间不去享受生活，反倒关注起弟弟的事业了？"

"别岔话题，说正事。"江寻强行把话题拉了回来，"《瑞雪》里宣末翎这个角色，一方面是网友投票，另一方面导演和爸是旧识，希望你能试试这个角色。"

江影沉默了两秒，有点不好意思地说："那他老人家……是不是没看过我演得稀烂的偶像剧？"

"的确没看过，但他觉得江争的儿子演技不会差。"沉默了两秒后，江寻说，"后天上午九点，别迟到，你人到了就行，别的随意。"

"他会放弃的。"江影自信地说，"就凭我稀烂的演技和台词功底。话说，我后天晚上有初中同学聚会，希望试戏早点结束。"

"行，那就这样。"江寻想挂电话了，"提前祝你生日快乐，有什么想要的，自己发我微信上。"

晚上十一点半，江影手机上的微信群热闹了起来。

齐俊：@大钳蟹，江影在不在？

郑茵茵：@大钳蟹

大钳蟹：来了来了。"嘎嘎大笑.jpg"

齐俊：后天聚会来呀？

大钳蟹：那必须来。

郑茵茵：毕业后感觉好久没见了，不过一点都不觉得生分。

大钳蟹：真的呀？

齐俊：真的，上学那会儿江影隔三岔五被校园广播通报批评，现在江影隔三岔五就被挂上热搜，亲切得很，一切都好像从未变过。

大钳蟹：……

乔岳：@大钳蟹，说正事，后天聚会戚逐来吗？

齐俊：他好像不怎么用微信，QQ还没回消息，江影去问问吧，虽然你俩总吵架，但你们毕竟是同桌，我记得你们好像联系得挺多？

大钳蟹：OK，这就去，保证完成任务。

江影看了时间，晚上十点半，戚逐大概没睡，他切回了QQ，点开了"班长"的聊天界面，两个人的对话还停在两个小时前戚逐回他的那句"哦"上。

江影一直觉得，戚逐这人有点无趣，微信不用就算了，连 QQ 头像，都还是初始的企鹅。

大钳蟹：【戳一戳】
大钳蟹：【戳一戳】
大钳蟹：【戳一戳】
班长：您好，我有事不在，一会儿再和您联系。

没办法了，江影只好从通讯录里翻出戚逐的号码，拨了过去。

戚逐在客厅里看剧本，回卧室的时候，才发现电脑的右下角有一个螃蟹的头像在闪烁，他放下手中新剧的剧本，点开对话框，还没来得及输入文字，急脾气的对方就把电话给拨了过来。

"人气演员就是忙啊，消息都没空回。"电话一接通，江影就开始抱怨。

"不比你忙，人在热搜上，还有兴致打电话找我吵架。"戚逐的声音淡淡的，听不出什么情绪。

"嘁！不吵架，有正事。"江影是为了正事来的，"你在做什么？"

江影听见了戚逐那边翻页的声音。

"在看剧本，接了新的戏，比较赶，不久就要进组了。"戚逐说。

"那我不打扰你，我赶紧把正事给说了。"江影加快了语速，"戚逐，你……"

戚逐听见，电话的另一端，江影的声音被某个高亢的、不带什么人情味的机械音给打断了——

"戚逐……戚逐就是个性冷淡！"

戚逐：？？？

江影：……

人工智障，名不虚传。

/3/ 不是粉，真不是……

一时间，信号两端的两个人都有点尴尬。

江影决定尽力打破这尴尬的氛围，为了防止二次失误，他换了个称呼："班长，我……"

"我什么？"戚逐抢在他前面开了口。

江影回头瞪了一眼还在继续念戚逐词条的"小瓜同学"："没有的事，是小瓜瞎说。"

"没什么事的话，我先挂了。"江影心不在焉地按掉了通话。

电脑桌面上，两个人的对话框倒是闪了闪，是系统初始的企鹅头像，戚逐给他回了消息。

班长：【戳一戳】
班长：电话，是你打的。

江影：……

他原本是想问问戚逐要不要去同学聚会的，结果绕了一圈，却把正事给忘了。

戚逐那么忙，又不大喜欢凑热闹，同学聚会大约是不会去的，他把同学聚会的消息转给了戚逐，地址和时间都在上面。

大钳蟹：【戳一戳】
大钳蟹：【转发消息】
班长：哦。

听这语气，淡然中带有一点不屑，平静中带有一点冷漠，应该是没兴趣了。

时间不早了，但睡觉前，现代人通常需要一个玩手机的仪式感，所以江影侧躺在床上，顺手点开了手机里的一个名叫"吵"的APP（小程序）。

龙飞凤舞的一个"吵"字草书，出现在了手机的屏幕上，紧接着就是APP的主界面。

三年前，吵架专用的APP"吵"一经上线，立刻得到了所有人的关注，APP随机匹配段位相近的对手吵架，吵完就散，绝不纠缠，不能语音视频，只能打字。

除了不能问候对方爸妈还有各种器官之外，吵架双方各凭本事，各显神通。

这个APP刚上线的时候，火过一段时间，那时候人手一个"吵"，时间久了，或是因为太忙，或是因为太菜，坚持下来的人逐渐减少，最后还保存着 APP 的，要么是无聊，要么是强者。

江影是强者。

点击开局以后，呈现在江影面前的是两个选项，"命题吵"和"自由吵"。与自由区的群魔乱舞不同，命题区相对和谐一些，形式也和辩论相近，通常给的命题都是类似于"西红柿到底是水果还是蔬菜"以及"养猫好还是养狗好"这种。

江影平日里经常混迹于"自由吵"，不知道命题区什么时候多了个追星的选项，出于好奇，他顺手点了进去。

APP 开始倒计时，江影的睡前吵架正式开始，原本江影还有几分睡意，结果抽到的题目让他精神一振，这抽到的竟然还是个熟人——

"戚逐红得名副其实吗？"

江影刚才选的是态度中立，系统随机分配给他的答案为"是"，这有点亏，在这个问题上，他可能更适合站反方。

毕竟他收藏了戚逐那么多的黑料，夸戚逐，对他来说，有点大材小用。

但是既然已经开局了，江影是不会认输的。

APP 的规则，要求吵架的双方争分夺秒，20 秒内不说话或是说话内容无意义、不相关等，就会被系统判定为输。

江影在这个 APP 里的 ID 叫"蟹老板"，他匹配到的对手，ID 是"ACD"。

ACD：快吵，吵完睡觉。

ACD：不是粉吧？

蟹老板：不是，放心吵。

ACD：那就好，我也是随机分配的立场，那我开始了，我先酝酿一下情绪……

ACD：戚逐是谁？我连他是谁都不知道，他还能叫红？

蟹老板：？？？

蟹老板：戚逐是谁都不知道？公路修到您家乡了吗？2G 网通到您山洞了吗？微博没听说过吗？热搜没看过吗？

蟹老板：有句讲句，有一说一，要颜值有颜值，要演技有演技，要作品有作品，这两年的跨年电影都有戚逐，你是没看过新年电影吗？

ACD：我……

蟹老板：好，就当你不认识，但戚逐就是红得名副其实，我给你讲讲道理。

ACD：但是他……

蟹老板：戚逐，他从一开始走的就不是什么偶像的路线，人家是凭演技红的。

蟹老板：他爸是圈内大导，但他从来就没依靠过他爸的任何资源，你知道当初他怎么红的吗？因为配角的一个眼神，网友夸他眼睛里有戏。他是一步步实打实地走过来的。

江影打字的速度飞快，在短暂的时间里给对面列举了戚逐出道以来的所有作品和角色，连电视剧、电影的话题度和排名，拿过的奖、收到过的点评，全都清清楚楚。

蟹老板：综上所述，戚逐红得名副其实。

ACD：……你你你这还叫不是粉？

【系统提示，"ACD"退出游戏，本局"蟹老板"获得胜利。】

"本来就不是粉，是你打字太慢。"胜者江影自言自语，心满意足地退出了APP，完成睡前吵架环节，舒舒服服地进入了梦乡。

江影一觉睡到了中午，醒来时，手机上是各种银行保险发来的祝福，夹在其中的，是家人和朋友发来的问候。

戚逐在午夜十二点整的时候，给他发了个QQ自带表情里的蛋糕，还有个绿色小人的抱抱。

江影看着那个绿色的小人，莫名地想嘲笑。

表情包都不会用，戚逐这个人，真的无趣。

陈助理工作经验丰富，熟知江影的作息时间，江影刚醒没多久，就接到了他的电话。

"剧本我发你邮箱？"陈助理不知道江影答应了没，问得小心翼翼。

"收到了，我下午先补一下原著，不至于丢人。"江影说，"不过我演技烂，你们也别抱希望，而且我对拍戏，真的没什么兴趣。"

陈助理完成任务，乐呵呵地挂了电话。

江影下载完剧本，才发现自己又上了热搜，不过这次是因为他的生日。

微博自带的生日提醒，晒出了他的生日，这日期本身，就是个热点，今天他微博评论里，多半是粉丝们的祝福，还有看热闹的路人。

@江影 KANI：#江涵秋影雁初飞#，打卡，哥哥生日快乐。

@蜜桃乌龙茶：我们哥哥过生日还能上热搜，生日发福利吗？

@321：因为这个日子过生日的太少了吧，哈哈哈。

@嘀嘀嘀哒哒：路人，我来看看热闹，江影竟然是2月29日的生日，那岂不是四年才能过一次生日？

昨天江影骂跟踪狂的那件事，现在只有几个小号还热衷于讨论昨天的那件事。趁着生日发自拍，粉丝会很开心，在一片祝福声中，江影打开了自己的微博大号。

@江影 KANI：谢谢剪影们的祝福，一起快乐。"嘎嘎大笑.jpg"

配图是江影刚起床时拿手机随手拍的一张自拍，刚好拍到了床头放着的一只企鹅抱枕。他刚起床，头发还翘着几绺，冲着镜头笑的时候露出了两颗小虎牙，比平时要可爱不少。

@满天星星：抱走，这个照片太可爱了吧，平时的哥哥是帅气冷酷的，今天是可可爱爱的。

@大米 KANI：妈妈粉开始担心了，以后谁能配得上我们影呢？

@江影 KANI 回复 @大米 KANI：我独自美丽。

不过还有一条热搜引起了江影的关注，那就是他昨晚刚刚用过的APP"吵"也挂在热搜上，热度还超过了他的生日热搜。

#吵　戚逐#

江影自言自语："关系不好，就是表现在，当你好不容易有了个正面热搜的时候，这人还能'作妖'把你给顶下来。"

不过，戚逐也用这个 APP 吗？

点进热搜词条以后，江影才发现，并不是戚逐也用这个 APP，而是昨晚他的那一战，被对手"ACD"发布到了网上，发的还是录屏。

@ACD：戚逐现在这么火的吗，哪里都能碰到戚逐的粉丝，这家粉丝质量太高了吧，这么短的时间就能列举出戚逐这么多作品和成绩，我临时百度复制粘贴都做不到这么详细，太真情实感了。

@戚逐新剧不出不改名：@ACD，别说你了，我三年老粉，都做不到。

江影用来刷APP"吵"的ID"蟹老板"由于战绩惊人，名气不小，在微博上还有十多万的粉丝，"ACD"的微博一出，很快就有人认出了这是某APP上有名的吵架大佬。

视频里，能看到这位蟹老板的打字速度飞快，凡是戚逐的经历，他全都清清楚楚，连戚逐的粉丝都惊了。

这还不是粉？这不可能！

粉丝平时的确会扒正主的经历，但是理得这么通顺、知道得这么清楚、在短时间内能尽数列举的，蟹老板是第一个。

@鲜花饼饼：可以，很强，粉蟹老板很久了，没发现他追星。

@Vickki：@蟹老板，原来你粉戚逐啊，之前没看你追谁啊，原来是深藏不露。

此刻拿着手机的江影：？？？

不啊，他只是为了在这个问题上争个高下，不粉戚逐的，他只粉他自己。

此刻，戚逐家的粉丝们——

"看热搜了吗？"

"看到了，我听说APP里有这个命题我还担心有人黑我们哥哥，结果，意想不到啊。"

"肯定是粉，那语气我太熟悉了，就是追星姐妹的必备语气啊。"

"吵架APP前十大佬，竟然是我们哥哥的忠实粉丝。"

"哥哥最喜欢反黑了，我们要不要去帮哥哥艾特①一下蟹老板。"

"不用艾特了，哥哥亲自去了……"

① 艾特：字符"@"的音译。

江影的手机一振，微博小号收到了新的消息。

@戚逐 关注了您。

蟹老板，一战成名。

/4/ 姐妹，你不馋他吗

粉丝列表的人数还在上涨，江影看着列表里刚刚多出的那个熟人的名字，一时间心情有点复杂。

谁要和戚逐做朋友，小号也不行。

所以他点进了戚逐的微博主页，在右上角的延展菜单里，找到了"移除粉丝"的选项，点了下去。

大功告成，江影觉得世界仿佛都晴朗了。

整个下午，江影都在补电视剧《瑞雪》的原著，原著写得很精彩，是一部好作品，剧情引人入胜，人物之间的感情纠葛也描写得很细腻，读起来容易让人忘记时间的流逝。

他要试戏的那个角色，叫宣末翎，是书里的大反派。看了原著，江影才有点明白，为什么书粉和网友在选角投票的时候，纷纷把票投给了他。

网友并非全部在拿他寻开心，这个角色，和他本人有些相似，两者都是个性张扬、行事恣意、容易引发众怒的人。

原著作者塑造的人物形象很好，角色并非生来就会作恶，而是一步步被推上了末路，算是可怜之人必有可恨之处，结局也的确大快人心。

角色虽好，但江影还是觉得，广大网友更想看的大概是那个大快人心的部分。

当江影从故事里回过神的时候，已经错过了晚饭的时间。

他那个ID是"蟹老板"的微博账号，签名写的是"一匹孤狼"，关注人数为零，粉丝人数十多万，关注他的大多是APP"吵"上的玩家。

今天却有些不同，这一个下午他收到了无数的艾特和私信，由于戚逐突如其来的关注，现在在很多人的心目中，他是戚逐隐藏多年的忠粉。

哪里不对，他不是已经把戚逐给移除了吗？

翻了几分钟后，江影才发现，在他下午看剧本的时候，戚逐把关注又给点了回来。

两人向来不和，微博大号也从未互关过，戚逐这关注点得让江影多少觉得有点稀奇，他没有再次把戚逐的关注移除，决定先看看收到的私信。

他自小就爱凑热闹，不仅是这个号，平日里大号的私信也会看不少，遇到彩虹屁（花式吹捧）他就回个大笑，遇到骂人的他就回个微笑，雨露均沾。

这个号今天收到的私信大多数是来自戚逐的忠实粉丝们。

比较常规的邀请是这样的——

"大佬您好，听说您也是戚逐的粉丝，以后有活动一起追，有新剧一起刷弹幕。"

这样的邀请，江影完全可以一笑置之，然后找个机会高调拒绝。

但是，某些比较有个人风格的邀请引起了他的注意——

"姐妹，我有戚逐哥哥的录音，全是各种剧里抠下来的，要不要？【云链接】【云链接】"

江影：不要！平白无故地干吗要给自己找气受。

"姐妹，你看看这张'战损'妆，又帅又野。【图片】【图片】"

江影：同样是演员，自己也有"战损"妆面①，不稀罕。

"姐妹，我有戚逐哥哥的性感腹肌美照，要不要？【图片】【图片】"

一不小心点开图片的江影：……

哦，这个身材真的挺好。

他"酸"了。

他真的不是粉，他昨晚真的只想认真吵个架，一切都是胜负欲在作祟，

———————————
① "战损"妆面：指战斗损伤类妆容。

为什么就是没有人相信呢？

而且自打他昨晚一战成名后，他今天都收到了多少戚逐粉丝发来的照片了。

大概是"ACD"发的那段录屏里，他吵架的语气太诚恳，以至于这些追星女孩在掏心掏肺地跟他共享资源。

@爱和平的蟹老板：谁和你们是姐妹了？

晚上九点，正在看剧本的戚逐又收到了江影的消息。

大钳蟹：【戳一戳】
大钳蟹：有腹肌了不起哦。
大钳蟹："呸.jpg"
大钳蟹："换个方向呸.jpg"
大钳蟹："四面八方呸.jpg"
班长：？
班长：你没有？
大钳蟹：……

一分钟内江影都不想和戚逐说话。

他刚才发的微博这会儿倒是已经有了网友的回复，只不过大家好像依旧执迷不悟。

"@蟹老板，不是追星姐妹，难道是追星兄弟？"
"哇，我们戚逐哥哥的男粉。"

江影不服，他明明就不是粉，不仅不是粉，还能算半个黑，毕竟他和戚逐的关系真的不太行。今天他非要把这件事跟网友掰扯清楚。

他打开新微博的编辑页面，输入：你们有没有想过，我真的不是粉，我是……

就凭他俩这破关系，说他是戚逐的粉，简直是对他不败战绩的诋毁。

然而，消息编辑到一半，QQ弹出了戚逐的新消息。

班长：【戳一戳】
班长：你昨晚这个时间，在做什么？

为什么突然问这个？江影内心咯噔一下，放弃了微博编辑，切回了QQ聊天界面。

大钳蟹："小恐龙出汗.jpg"

/5/ 干啥啥不行，掐架第一名

大钳蟹：在看剧本，我哥让我明天去试戏。
班长：哦。
班长：试哪一部？
大钳蟹：不告诉你，反正我也拿不到这个角色。

江影对拍戏的兴趣不大，虽然他爸当年是赫赫有名的演员，但是他和他哥，都没把兴趣放在拍戏上。

他哥哥江寻打了好几年的电竞，打到了世界冠军；而他，进了娱乐行业，用几年的时间，把自己变成了黑红。

试戏的时间排在第二天的上午，陈助理一大早就把江影从被窝里拎了出来，"打包"送去试戏。

"你要化妆吗？"陈助理问。

江影有起床气，看起来整个人气场全开："不用，就走个流程，我这稀烂的演技，没人会要。"

陈助理缩了缩脖子没敢说话，演技如何暂且不论，江影现在这个气场，完全契合书中的反派角色。

《瑞雪》的制作班底很强，业内很多人都看好这部剧，就算是书中的反派角色，各个公司赶来试戏的演员也不少。江影排的位置比较靠后，他也不着急，拿着手机开始思考戚逐关注他那个微博号的问题。

一切问题的根源，都始于这群人以为他是戚逐的粉。

只要他能拿出充分的证据，证明他不是粉，那么"蟹老板"就清白了。

那就再吵一架吧，还是这个问题，他换个立场就行。

江影正打算打开 APP 来一局，就听见自己的身边传来了一个声音："哟，这不是江影吗？"

江影："你谁？"

他的面前站着个他不认识的人，估计也是哪家公司来试戏的，看起来态度十分倨傲。

"苗野，和 T.ATW 同公司，他也是来试戏的，但和你不是一个角色。"陈疏在一旁小声提醒江影。

江影对这个苗野兴致不大，他现在比较想赶紧去找人就戚逐的问题吵一架从而自证清白。

然而苗野却突然拔高了声音："不是吧，你演技那么差，你来试这个角色？我可不想以后和你一起拍戏，你之前演的那什么偶像剧，都快成鬼畜视频剪辑素材了吧。"

江影啪的一声把手机扣在了凳子上，面前有人送人头，此时不吵，更待何时："苗野，雪轻娱乐旗下演员，倒是没演过什么偶像剧，不过接的大多是剧里人设不讨喜的炮灰角色，替女主挡刀三次，给男主铺路五次，基本活不过三集，而且你们公司的资源主要倾向顶流男团 T.ATW，怎么样，不太好受吧？"

苗野大概本来只想挑衅一句，现在脸有变成猪肝色的趋势："我……"

陈助理眼神示意苗野赶紧闭嘴，他不知道这小明星吃错了什么药，竟然来招惹江影。

陈助理此时恨不得捂住江影的嘴，众目睽睽之下，这人专拣不好听的说："你还记得你当初的人设是清新乖巧少年吗？"

"我什么人设，网友信吗？"江影继续，"我说的都是大实话，我……"

"37 号，江影。"房间的门突然打开了，门里的人冲走廊里的两人招了招手："苗野你也来，你的角色已经定了，刚好这段你过来和江影搭个戏。"

斗志昂扬的江影冲苗野挑衅一笑，站起身走进了房间里。

导演是他爸的熟人，这种场合没人寒暄，导演直接给了江影剧本，圈出来剧本上的一段让他表演。江影简单读了剧本，发现这一段是宣末翎借赵珏的家人威胁他，去给男主洛南柯使绊子。这是原作中他很喜欢的一段。

他要威胁的人，刚好就是苗野接的角色，赵珏。

架还没吵尽兴，江影剩的气还没撒完，他丢开剧本，当即接过工作人员递过来的道具剑，在手里掂了一下，试了试手感。上一秒他还在笑，下一秒剑锋就抵在了苗野的颈边。

虽然是道具剑，但江影的眼神还是让苗野哆嗦了一下，还没进入状态的苗野大脑有些空白。

要是放在平时，江影也就念念台词，但是今天，他想借试戏的机会凶一凶苗野。

"这是世道。"江影一秒进入角色，步步紧逼，"谁不想要公平？以眼还眼，以牙还牙罢了。当初你害我，现在我如数奉还，你伤我我就要伤你，我现在威胁你，将来，你自然也能威胁我，前提是，你有这个能耐。"

苗野刚才在走廊里被江影吓得不轻，闻言后退了一步，意识到试戏已经开始，总算是从脑海的角落里拎回了自己的台词："我做不到……"

"做不到，就想想你的家人。"江影用剑背拍了拍对面人的脸，笑的时候刚好露出了两颗小虎牙，明明他没带什么凶神恶煞的表情，对面的苗野却感觉后背都是冷汗。

"你就不怕我暴露你的身份？你现在用我家人威胁我，将来我也能威胁你。"苗野台词念得不太顺畅。他此时才发现，自己竟然接不住江影的戏。

"你尽管威胁。"江影把人逼到了角落里。

苗野两腿一软，险些跪倒在地。

"好。"编剧把剧本拍在了桌上。

"好什么？"江影收了气势，"我演技烂我自己知道。"

"走了。"江影把剧本和道具放回了原处，打算离开。

"主演还有五分钟到，你要和主演试一下对手戏吗？"副导演眼睛发光，"要不要试试感觉？"

"不了吧。"江影从小对演戏的兴趣就不大，谁演《瑞雪》的男主，和他关系不大。

"下次还拍吗？"江影冲苗野挑衅地笑了笑，意犹未尽地推门离开。

江影离开以后，苗野也惊魂未定地站起来，摇摇晃晃地出了房间。

"就他了吧。"编剧反复看着刚才那段的录像，"这孩子，天生适合反派角色，只要你能激发一下他的情绪。"

"我就说江争的孩子怎么可能演技烂，江寻是肯定不走这条路了，但江影，要是能让他对拍戏感兴趣，还是可以争取一下的。"导演说，"要是好好引导，他不比任何人差。"

"试完了？"走廊里，陈助理一见江影出来就迎了上去。

"完了。"江影说，"反正都是来丢人的，我要去和初中同学聚会了，你要不先回去？"

"你……去聚会应该不会惹事吧？"陈助理小心翼翼地问。

"不会不会。"江影急着去解决是谁粉丝的问题，助理说什么他都答应，"保证不惹事。"

陈助理看着匆忙离开的江影有点疑惑，照这孩子的性格来看，初中同学聚会，有那么值得期待吗？

陈助理路过走廊的角落，发现了一个熟悉的身影，是刚才挑衅江影的苗野。

苗野刚才被江影吓得不轻，现在正缩在角落里打电话，他从手机上找了个号码，回拨了过去，对面很快接了电话。

"江总……"苗野号了一声。

电话对面的人愣了一下，随即说："江总……江寻他不在。"

"是顾未吗？"苗野听出了电话里的声音，赶紧说，"你也可以。"

苗野憋足了力气，带着委屈的哭腔，冲着电话吼出了声："你跟江总说，这单子得加钱，他弟太凶了，太凶了啊！！！我要不是心态好，刚才那几句我就自闭了！我要不是心态好，我刚差点就给他跪下了。"

电话对面的顾未：……

路过的陈助理：……

/6/ 让你看看我的高光时刻

在陈助理的眼中，苗野此时的情绪尤为激动，格外悲愤地在争取自己的人权。

"太凶了，在走廊里凶我就算了，进去试戏还在凶，我算是懂了他为什么黑红了。"苗野吼完这句话，紧张地向周围看了看，没有发现江影在周围，这才继续说了下去。

"先是说好的工钱，然后你和江总说，还得给我点精神补偿。"苗野擦了把汗，"我真不是讹钱，我们以前是对家你应该知道，这也太凶了，我现在惊魂未定，太扎心了，戳的全是我的痛处，我需要找个心理医生聊聊。"

苗野挂了电话，靠在墙边，目光和陈助理撞在一起。

"兄弟，钱难赚。"陈助理上前一步，拍了拍苗野的肩膀，"而且，这江家的钱，格外难赚。"

"太难了。"苗野摇头叹气，"我以为这事儿简单来钱快，可结果差点给我整出 PTSD（创伤后应激障碍）。"

同样赚江家钱的两个人相视一笑，一切尽在不言中。

因为心里藏着事，江影早早地就到了初中同学聚会的地点。参加聚会的人来得还不多，三三两两地聚在一起聊天。

齐俊来了，郑茵茵他们几个还没到，江影走进房间，摘下自己的帽子和口罩，先找个位置坐下。

他一来，原本就热闹的房间里更闹腾了。

"江影！我隔三岔五就在热搜上看见你，亲切！"

"来，江二少给我签个名，我妹妹想要你的签名。"

"你妹妹不好好写作业追什么星。"江影接过老同学手里的签名卡，唰唰地签下了自己的名字。

"戚逐不来吗？"齐俊问他，"初中那会儿我坐你俩前排，身后成天都是鸡飞狗跳的。"

"应该不来。"江影摇头，"那天我给他打了电话，他说最近工作很忙。"

"都是大明星，他怎么忙成这样。"齐俊感慨。

"我和他不一样，我糊，而且我心安理得地糊。"江影坦然，"戚老师现在红得很。"

认识这么多年，对于江影的"心安理得"，齐俊依旧觉得摸不着头脑："你说你吧，不喜欢唱歌也不喜欢拍戏，当初怎么就进了娱乐行业呢。"

"我喜欢娱乐行业啊。"江影一拍桌子，意味深长地说，"多有意思啊。"

他从小对演戏无感，从来没觉得自己能演好什么，但是他对娱乐行业的各种八卦和黑料了如指掌，哪里有人掐架，他就在哪里发光发热。

戚逐不来正好，江影决定，在聚会开始之前，先给自己"蟹老板"这个微博账号正个名。

"你怎么还在玩这个？"齐俊转头瞥了一眼江影的手机屏幕，"三年前我就卸了，这 APP 对我来说不是发泄，是找气受，趁早卸载，延年益寿。"

"为什么要卸载，很有意思啊，有事不要憋着，多掐几次才能长命百岁。"江影登录账号，"来，我让你看看我的高光时刻。"

"蟹老板"这个吵架专用号，江影用了三年，三年的时间，足够他的游戏段位挤进这个 APP 所有用户的前列。

在江影打开的 APP 排行榜上，他的名次是第九名，活跃度却是全站前三，第十名叫"sunny"，活跃度是前五。

齐俊看着江影的战绩，快无语了："你们圈内，怎么就没人出个掐架综艺呢？"

"想法不错。"江影目不转睛地盯着手机屏幕，"要不你投资一个，我保证加入。"

齐俊："你刚说让我看你的高光时刻？"

江影嗯了一声，再次选择了 APP 上的"命题吵"，在命题区间一栏里选了娱乐行业："带你感受一下这个 APP 的爽。"

反正是饭前吵着玩，他没指望这次能抽到和戚逐有关的题，APP 匹配了对手，开始给他抽题。

"随便来一个吧，娱乐行业我懂得多，基本抽到的都可以掐。"江影给齐俊解释，"这个命题区的题对我来说，大多数是送分题。"

命题吵架开始，随机分配的题目在屏幕上显示了出来——

"江影的演技烂吗？"

齐俊：……

江影缓缓在对话框里打出了一个问号。

/7/ 这 APP 是不是成精了

齐俊抽了口凉气，略感尴尬地笑了一声："这 APP 怕不是成精了，要不咱退出换一题？"

"没关系，能吵。"江影面不改色，"不在话下。"

齐俊：……

没必要，这真的没必要。

"这些题都是哪里来的？"齐俊有些好奇。

"都是近期微博和知乎讨论的热门话题，直接复制过来的，APP 也怕律师函警告，不会在娱乐这个命题区里无中生有空口编问题。"江影懂得多。

系统给江影匹配的对手已经进入了对话区，这次对手的名字叫"月饼"，对面是自选的立场，认为江影的演技还算可以。

月饼：在？

月饼："憨憨脸红 .jpg"

月饼：有一说一哈，江影的演技其实还不错，你不要看网上黑他演技的那一部分，不然容易先入为主，你看有些瞬间，他的感情流露得很真挚。

蟹老板：？？？

蟹老板：话不能这么讲，江影的演技那是有目共睹的烂。

蟹老板："微笑 .jpg"

在一旁观战的齐俊：……

"你的兴奋是真实存在的吗？"齐俊目瞪口呆地看着一脸兴奋的江影。

平时只爱自己的某个人，为了赢一局游戏，不惜自己骂自己。

"反正他也不知道我就是江影。"江影乐呵呵地说，"随便骂。"

蟹老板：江影的演技有多烂？不，他那不是演技，小学生背诵课文都比他背台词感情丰富。

蟹老板：台词功底差，情绪情感不到位，你知道吗，电视剧带上江影的名字，那就意味着收视率不行，电影带上了江影的名字，那就意味着票房低迷，我这么说，你能懂吗？

蟹老板：不要因为他爸是江争，就觉得江影的演技有多好，演技这东西，在他们家可能是隔代遗传。

月饼：……

月饼：也不用这么说吧，江影还有那么多粉呢……

蟹老板：你跑题了，系统要扣你分了，粉多和演技烂有什么必然的联系吗？我跟你说，他粉丝也觉得他演技烂，是真烂，而且他本人一点都不努力，看不出他想好好演戏。

蟹老板：《恋爱悄悄话》一个雨中镜头，他 NG（卡）到导演想要抱头痛哭。还有，我跟你说，他拍过的戏都够养活一个雷剧吐槽号了，微博有个号，天天就黑他，现在都五万粉了。

月饼：你是个黑？

【系统提示：用户"月饼"退出游戏，本局"蟹老板"获胜。】

"命题吵架没什么难度，还是自由区有意思。"江影说。

全程观战的齐俊已经不知道该说什么好了，只好勉为其难地夸了一句："那你可真是太棒了。"

"正常发挥。"江影谦虚，"而且我也没说错什么，江影的演技，是有目共睹的烂。"

"你倒是，有自知之明。"房间里响起了另一个声音，戚逐不知什么时候走进了房间里，刚取下墨镜和口罩，就听见了江影的那句"自谦"。

"只有我能说我自己，你不可以。"江影把手机往桌面上一扣，挡住了 APP 的界面，转而看向戚逐，"你不是说不来吗，大晚上的戴什么墨镜。"

"你没问我来不来，我也没说我不来。"戚逐在江影的身边坐下，"我红，处处都得小心。"

"意思是我煳咯，也是，我俩的关系那么差，怎么会在一起吃饭呢。"江影说，"我俩不能扯上关系。"

"你俩……"齐俊话说了一半又吞了回去，这两人的关系一直是个谜，外人也不好评价。

聚会的人渐渐到齐了，大家聊的话题也就集中了一些，他们的初中，算是 H 市数一数二的学校，培养出的学生质量也高，但是他们班里，现在留在娱乐行业的，就只有江影、戚逐和齐俊三个人。

初中的班主任老师也被请来了，张老师一进门就看到了坐在里头的江影："纪律委员？"

"哦对。"齐俊倒是想起来了，"那会儿江影是纪律委员，他攒了好几个本子，记的全是各种鸡毛蒜皮的事情，班上谁抄了作业谁上课打了瞌睡，他比老师还清楚……我当初天天给隔壁班女生写情书，这事儿老班是怎么知道的？"

"那是他为数不多的爱好之一。"一直没怎么说话的戚逐突然接了一句。

齐俊：？

他们班从前的氛围就好，许久不见，大家也没怎么生疏，无人夸耀自己如今的成就，聊的都是从前读书时的事情。

"哎，你们还记不记得，学校不让点外卖，江影那会儿用戚逐的名字点，结果两个人一起被罚站。"

"对对对，还有一次，江影把检讨读得像 Rap（说唱），当时就有人喊着让他赶紧出道。"

江影："几个菜啊喝成这样？多久以前的事了还拿来嘲笑我。"

话题又拐到了别的方向，江影看着身边的戚逐，就想起自己要给"蟹老板"找清白的事情，所以他蠢蠢欲动地想挑衅一下。

"吃饭玩什么手机。"江影学了一下自己哥哥平时教训人的语气，"什么东西这么吸引人？"

戚逐抬起头，看了江影半晌，依旧没什么表情，目光里却多了点同情："确实吸引人，比吃饭有意思。"

江影微微皱眉，有种不好的预感："什么？"

下一秒，他放在桌上的手机就响铃了，是助理陈疏打来的电话。

江影还记得走之前答应陈助理的事情，先发制人："我什么都没干，我正在同学聚会。"

陈助理："……我知道你在同学聚会。"

"那怎么了？"江影有点困惑，陈疏平时不爱给他打电话，有什么事都在微信上说了，每次给他打电话，都是因为他被黑上了热搜。

"我热搜了？"江影试探着问。

"沸了。"陈助理说，"是这样的，我们长话短说，刚才 T.ATW 团的 Rapper（说唱歌手）池云开在参加一个真人秀，到了一个环节，让他使用一个叫'吵'的 APP，随机匹配一个对手掐架，你应该没用过这个 APP 吧，好几年前出的了，就是掐架用的，用这玩意儿的人我感觉纯粹就是吃得太饱。"

江影：……

陈助理好像气得不轻，话里话外越发慷慨激昂："我估计节目组也没想到，APP 新增的娱乐行业命题区里会有'江影的演技烂不烂'这种题，池云开看在同团成员顾未的面子上，真的很努力地在夸你了，但是他匹配的对手太强了啊，而且好像是你的黑粉，不遗余力地黑你，这一段刚才被直播了，现在大家都看到了，这个'蟹老板'，要是我知道他是哪个小子，我非弄死他不可。"

江影：……

"我一直都知道你能掐，但是我从未想过，有朝一日，竟然还会遇到如此强劲的对手。"陈助理叹气，"就这样，先挂了，我去找人帮你一下。"

江影："……好。"

他的吵架号，最近是不是有点出师不利？怎么随便吵个架，都能上热搜？而且是赶在这个时候。

他还没证明自己不是戚逐的粉，就变成了江影的黑。

"在想什么？"戚逐伸手在江影的面前晃了晃，打断了他的思考。

"没什么。"江影回神。

"看热搜了吗？"戚逐把自己的手机往江影的方向推了推，"这个APP好像很有意思，我觉得你应该很喜欢，适合你，你不考虑装一个吗？"

"没用过，不喜欢。"江影扭头。

"哇，江二少这不是你刚才……嗷！"齐俊余光瞥见了戚逐的手机屏幕，话还没说完，就被江影狠狠踩了一脚。

江影的后面半顿饭吃得有点食不知味，他认识的几个粉丝，一直在给他发消息哭诉。

"哥哥，那个'蟹老板'骂你，真是太过分了。"

"我们粉你又不是因为你的演技，但是我们不能容忍他这样黑你。"

"哥哥，最新情报，'蟹老板'是戚逐家的粉，果然都是他们在黑你。"

"偶像要离粉丝的生活远一点。"戚逐不赞同地说。

江影警惕地看了戚逐一眼，总觉得这人现在有点幸灾乐祸。

微博的粉丝都在互相安慰。

@今天江影哥哥营业了吗：没关系，姐妹们，这种只会在背后说人坏话的，一看就不是什么正经人，有本事出来跟我们哥哥正面刚（对抗）啊。

@大米KANI：没错，我看他需要接受一下我们江影的毒打。

@乔乔努力：戚逐他们家真过分。

事态继续升级，等到江影回家的时候，"蟹老板"已经被网友确定了是戚逐的粉丝。

"啊，这都什么事儿啊。"江影往床上一趴，"烦。"

不知道是他话里的哪个关键词又触发了智能音箱的启动程序，房间里又响起了小瓜同学那冰冷做作的机械音："生活那么美好，主人何必烦恼，小瓜为您点播一首《好运来》，祝您天天好运，笑口常开。"

/8/ 争点气，争取打脸你自己

"你到家了？"江影收到了齐俊发来的短信。
"到了。"江影回复。

> 齐俊：那什么，我看到热搜了，你可真行。
> 齐俊：一个游戏，有必要这么拼吗？
> 齐俊：这下好了，全微博都见证了我们江二少的高光时刻。
> 江影：反正别让戚逐知道那是我就行，我丢不起这个人。
> 齐俊：你就皮吧。

与此同时，微博上的很多网友正在讨论戚逐和江影——

"前几天是不是还有人问，这两个人一起拍戏会是什么样子？看到了吧，这两家简直是水火不容，不可能一起拍戏的。"

"太可惜了，本来还想看看这两个人凑到一起会不会炸了整个剧组呢。"

"你们没人发现这两人都挺有意思的吗，江影是这样的，你骂我一句，我就要骂你一百句。戚逐是这样的，你骂我一百句，我一句就能让你无地自容。"

"我也觉得，江影是没理也能掐，戚逐是得理不饶人，就我一个人想看这两人 Battle（较量）吗？"

"讲真，我现在比较想看江影和那个'蟹老板'Battle，感觉这两人掐架是一个风格的。"

江影的房间里依旧回荡着小瓜同学倾情点播的那首《好运来》，江影懒得关，他在歌声中打开微博，和他预料的一样，他的吵架专用号正在接受信息轰炸。

在池云开参加的真人秀上，"蟹老板"的激情骂人刚好被直播了出去，T.ATW 男团人气高，团内成员关系好，池云开上真人秀，其他几个人都帮着转发引流，唯粉和团粉一起捧场，节目的收视率惊人。

虽然江影曾经的对家是 T.ATW 的顾末，但冤家必然是戚逐。

两个人不管是在红毯还是在节目后台相遇，彼此必然没有好脸色，互相内涵必不可少，时间久了，大家都知道这两人关系不好，有些事情就不会拿到明面上来说。

一个录屏，一个真人秀，算是把戚逐和江影的"不和"给捅到了明面上。

所以，"蟹老板"这个 ID，前几天的一战成名加上今日的辉煌战绩，在不少网友的心中，已经"坐实"了他是戚逐粉，无论如何，两家的粉现在都信了。

这个号上一次发微博，还是除夕，当时江影晒了他全 APP 前十的名次，现在那条微博的下面，挤满了各种评论，基本来自戚逐家粉丝们。

@糖葫芦：蟹老板，只要你愿意，我们就是一家人，看私信，我们给你发了好多哥哥的精修图，以后有什么需要尽管提，我们的资源，随时分你一半。

@戚逐新作不上不改 ID：兄弟，没什么不好意思的，感觉你对我们哥哥也是真爱了，这样吧，你若是不嫌弃可以留个地址，我可以给你寄一点礼物，悄悄告诉你，很多都是限量的。

打开私信的江影：……

他用了好几年的时间收集戚逐的黑料，结果这一天，他收到的各种视频和照片，竟然远远超过了他的黑料库存。

谁要看你们哥哥的精修图。

他刚想要移除几个戚逐家的粉丝，QQ 聊天界面率先跳了出来。

班长：【戳一戳】
班长：你在做什么？
大钳蟹：在看我哥直播。
大钳蟹："小恐龙挑眉 .jpg"
班长：哦。
班长：今晚的聚会真不错。
大钳蟹：从你的表情上我还真没看出"不错"。
班长：齐俊皮鞋上的那个鞋印也不错。
大钳蟹：你在拐弯抹角地说什么呢？？？
大钳蟹："小恐龙出汗 .jpg"
班长：今晚热搜上那个 APP 真有趣。
大钳蟹：我没兴趣。

大钳蟹："小恐龙出汗.jpg"

戚逐是不是知道了什么？江影思考片刻，松开了准备移除戚逐粉丝的手，这件丢人事绝对不能认，被扣的这口锅子，他好像只能暂时接下了。

大钳蟹：【戳一戳】
班长：？
大钳蟹：你在做什么？

对面似乎在忙，过了好一会儿才回了消息。

班长：看剧本，接了新剧。

江影退出对话，刚回到微博，就看到了自己家的粉丝，在蟹老板的微博下面悲愤留言。

@剪影永远都喜欢江影哥哥：@蟹老板，从来没有人敢这样挑战我们哥哥，你完了，江影会骂死你的。
@米米不会认输：@蟹老板，"舔狗"，等着你一无所有的那一天。

江影：……
这种感觉，又感动又憋屈。
感动是因为他家剪影们的不离不弃，憋屈是因为——
从晚上吃饭开始，他受了多少委屈，还不能像平日里那样一一骂回去，他长这么大从来就没有这么厌过。
以及，他还在群魔乱舞的评论里看到了他那怒发冲冠的陈助理的小号。

@cs1234567：都怪你！我本来今天可以提前下班的，我……

江影还能说什么呢，他默默打开微信，给陈助理发了个大红包。
五分钟过去了，对面一直显示"对方正在输入"，红包却没有动静，可见陈助理的内心十分纠结。

大钳蟹：你竟然不要？

【对方领取了你的红包。】

陈助理：谢谢江二少。

陈助理：你没惹事吧？

大钳蟹：当然没。

大钳蟹：我没惹事就不能给你多发钱了？

陈助理：没有没有，我以为天上没有掉下来的馅饼，是我多心了。

今天的江影，似乎备受关注，他和陈助理的聊天还没结束，他哥江寻就给他来了电话。

"你在做什么？"江寻问，"聚会结束了？"

"早结束了。"江影张口就来，"目前正在研读剧本，希望能够磨炼我的演技。"

江寻似乎比较满意："妈说你能想通真是太好了，今天网上有人说，我们家的演技可能是隔代遗传，爸很生气，他们说你要争点气，争取打脸（自打嘴巴）那个人……

"而且妈说，由于你常年掐架，她时常被人问候，希望你能争点气，好好拍戏。"

江影：……汗津津。

"你的回答是？"

"我保证好好拍戏，绝不辜负江家的期望。"江影不要脸了。

"那就好。"江寻继续说下去，"电视剧《瑞雪》的那个角色，今天你试戏的效果不错，导演和编剧都很满意，这个角色已经定了是你了。"

"这么好的原作和制作班底，让我这种黑红来演，他们真的不在乎收视率吗？"江影感到困惑。

"合约公司已经给你签了，官宣应该就在这几天，虽说不是主演，但是这个角色的戏份不少，人气很高，在整个故事中也很重要，到时候记得和其他演员互动，具体的经纪人和助理会和你说。"

"我都可以。"

江影安于现状，没什么特别的追求，既来之，则安之。

"那就这样。"江寻没耐心了，"还有，电视剧《瑞雪》的片尾曲签了 T.ATW，未未说他们团到时候在剧里有个客串，会去你们剧组待几天，可以去找你玩。"

"哇！太期待了！"江影对即将到来的工作有了点兴趣，"到时候我能和未未他们去泡吧吗？"

"想都不要想。"江寻拒绝。

"不管怎么样，有熟人就是好。"江影喜滋滋。

屋子里的小瓜同学还在单曲循环："好运来祝你好运来，好运来带来了喜和爱……"

"哦，对了。"江寻挂电话前又想起了一件事，"说起熟人，这部剧你的熟人不少，既然你期待，那就好好演。"

"还有谁？"江影心情不错。

"编剧是妈以前的同事，导演和爸认识，演员的话，苗野被你掐过，算半个熟人，然后主演，你也认识。"

"主演是谁？"江影把他熟悉的演员都在脑子里过了一遍，没找到适合这部剧的。

"你戚哥哥。"江寻挂了电话。

江影：？？？

谁？

戚逐？

什么？！

房间里，此时此刻，小瓜同学的歌声，越发高亢："好运来我们好运来，迎着好运兴旺发达通四海！！！"

/9/ 画饼？不约！

江影从歌声中回过神来，迅速打开了微信，从一众好友中拎出了他哥那熟悉的皮卡丘头像。

大钳蟹：哥，哥你回来，你是我亲哥啊。

大钳蟹：人呢？！

大钳蟹：江寻！我不干了！

大钳蟹：我不想演，真的，我夜观天象，天象说一山容不得二虎。我和戚逐一起拍戏，你投资的钱一定打水漂！

十万伏特："皮卡丘超凶.jpg"

十万伏特：合约都签了，你早怎么不说？！

大钳蟹：早些时候也没人告诉我主演是戚逐啊。

十万伏特：我以为那天试戏的时候你俩就已经相谈甚欢了，而且你俩算是从小一起长大的，一起拍个戏怎么了？

十万伏特：安分点。

十万伏特：【红包】

十万伏特：【红包】

十万伏特：【红包】

大钳蟹："小恐龙流泪.jpg"，我要是能演好，我跟你姓。

"蟹老板"这两战太过惊人，效果极为震撼，刚好又赶上周末，短短两天内，"蟹老板"被推到了风口浪尖。

为了避风头，江影一周都没有打开"吵"APP，闲是闲不住的，其间他"螃蟹系列"的微博小号由于过分活跃，被人举报炸了好几个号，堪称损失惨重。

另外，由于江影最近没有登录"吵"掐架，活跃度和积分不足，他的掐架名次掉出了前十，排在了那个"sunny"的后面，简直是奇耻大辱。

最不可思议的是，还有这么一群网友，觉得戚逐和"蟹老板"一定很聊得来，说什么一个求贤若渴，一个真才实学，可以深入交流一下。

"所以说，都是戚逐的错。"江影对自己近日的遭遇做了个总结。

"我，无话可说。"当红男团T.ATW的舞担顾未，听江影抱怨了两个小时后举手发表看法，"但是从头到尾，戚逐好像什么都没做，他只是关注了你那个微博号，还被你移除了一次。"

戚逐，人在家中坐，锅从天上来。

"不管了，反正我俩现在是一伙的。"江影开始拉帮结派，"你可别跟我哥说，我特地开了个号和人吵架。"

"你还记得我俩曾经是对家吗？"顾未迟疑，"我倒是不会说，但我觉得江寻可能已经知道了。"

"你不说就行。"江影摆摆手，"他那么忙，管不到这么多吧。"

两个人平时都忙，难得能凑到一起，坐在TMW电子竞技俱乐部的前台边，聊个没完。

"你要玩吗？"江影撺掇着顾未下载APP，"吵架可有意思了，提神醒脑强身健体，你看我当初帮你掐蒋恩源的时候，带感吗？"

"偶像就该有偶像的样子，好好唱歌跳舞拍戏不好吗？非要培养什么掐架的技能，我们哥哥专心做喜欢的事情就好了。"抱着一沓战队数据文件的易晴路过，跟顾未打了个招呼："哥哥早。"

"早。"顾未冲易晴挥挥手。

"你现在的人气可真高。"江影趴在前台没精打采，"而我，过几天就要被经纪人打包送到《瑞雪》的剧组了，前途未卜啊。"

"《瑞雪》还好吧，基本都是剧情线，连主角都没什么感情线。"顾未说，"挺反套路的，剧本质量好像也很高。"

"说到这个 APP……"顾未想起来一件事，"好像就是这个'吵'，我昨天听江寻说，APP 那边之前好像很想请你做推广，说是感觉你的气质和他们的 APP 非常相符。"

"那后来怎么没找我？"

顾未有点同情地看了江影一眼："后来他们看中了'蟹老板'，正在努力联系，但是这位好像失联了。"

江影：……

总之，《瑞雪》的角色已经定了，就等着剧方的官宣了。

《瑞雪》早先在传出要拍电视剧的时候，就已经备受关注，这一年来各大自媒体各种画饼，隔三岔五就"溜粉"，一直没怎么消停过。

这几天，剧方那边主要角色已经定了，有些有点门路的媒体自然就得了消息，迫不及待地把消息放了出来。

@圈内新闻早知道：玄幻题材正剧《瑞雪》将于近日开机，主角洛南柯定了当红实力演员戚逐，书中备受关注的反派角色宣末翎定了江影，除此之外，剧方还接触了尹嘉遇、宣绘桐、苗野等明星。

消息一出，两家的粉丝都炸了——

@一直在追逐你：戚逐最近接了新剧哦，没空演这个的，有时间画饼，不如来支持一下哥哥已有的作品哦。【图片】

@像影子追着光梦游：假的，剪影们别信，哥哥最近特别忙，公司在帮他谈新剧，他连微博都没怎么发。

@是你的剪影呀：不如来康康（"看看"的谐音）我们好看的江影哥哥吧。【图片】【图片】

微博下面的热评里全是粉丝自带的两人照片。

总之，在这件事上，两家的态度都是超级不屑——

戚逐和江影一起拍对手戏？

切。

胡说八道。

/10/ 你是来比美的？

@ 像影子追着光和梦：你等着吧，我们哥哥正在赶来的路上。

然而出乎所有剪影的意料，江影这次格外地安静，没有点赞，没有带头捏造谣的媒体，连微博都好几天没有登录了。

事出反常必有妖。

剪影的群里，开始有一些小小的躁动。

"我们哥哥呢，好几天没营业了。"

"是啊，不应该啊！"

"要不去问问他哥江寻？"

"算了吧，哥哥有自己的生活，我们也别总打扰。"

这几日的江影，忙着在家里阅读《瑞雪》的剧本，他渐渐发现，先前选角色时网友的投票并不是完全在起哄，宣末翎这个角色的很多想法都与他自己的不谋而合。

最近在微博上他不好发表看法，有些话不说憋得难受，其他人又都忙于工作，所以他只好去打扰戚逐。

大钳蟹：【戳一戳】

戚逐秒回。

班长：？

大钳蟹：我问你，你是不是早就知道我们要一起拍戏？

大钳蟹："我给你个大榴莲.jpg"

班长：嗯。

班长：那天导演想安排咱俩对戏的，结果你先走了。

江影：……

行行行，反正问就是他的错。

大钳蟹：剧本看了吗？

班长：在看。

大钳蟹：你对宣末翎这个角色怎么看？

班长：看立场了。

什么意思，江影没明白。

大钳蟹：试着说说人话？

大钳蟹："小恐龙咆哮.jpg"

班长：站在书中主角洛南柯的立场来看，我觉得他桀骜不驯，但是站在我自己的立场上，我觉得他有棱有角，活得够恣意张扬。

大钳蟹：哦？那你的意思是，洛南柯活得不够恣意了？

班长：嗯，他不快乐。他辗转在众人之间，曾经的朋友都背叛他，他活得不快乐。

《瑞雪》的最后，反派身败名裂，主角坐享盛名，戚逐却说，洛南柯活得不快乐，这个理解，让江影觉得很新鲜。

班长：如果我是洛南柯，我必然不会让宣末翎落到最后的下场。

大钳蟹：俺欣赏你。

大钳蟹：仅限一分钟。

同行之间到底还是有共同话题的，虽然不想承认，但是和戚逐的这番对话，的确给了江影不少启发，他开始把解读的视角从单一的角色放到了整个故事上，角色活在剧情中，彼此之间，都应当有联系。

他觉得有些豁然开朗，想要继续读读剧本，戚逐那边却还在戳他的QQ。

班长：【戳一戳】

大钳蟹：？

大钳蟹：干吗？

班长：出来吃饭。

大钳蟹：哎哟喂，谁要和你吃饭。

大钳蟹："四面八方呸.jpg"

班长：你出门，我二十分钟后到你家楼下。

班长：剧方投资商和制作团队今晚吃饭，你哥说太忙没空，你去也一样。

班长：还有，他说你开车蛇皮走位，不太放心，让我勉为其难地捎上你。

大钳蟹：我有驾驶证，凭本事考的。你看不起谁？

班长：你科目二考了好几次，挂科理由包括但不限于倒车入库倒进了别人的车库，S弯行驶开上了花坛，定点停车溜坡溜到了坡下。

班长：还有科目三，你因为不认路把车开出了考试区域。

大钳蟹：？？？"微笑.jpg"，你知道得太多了。

班长：《瑞雪》的原作者郁云知今晚会来，对故事你有什么不明白的，可以和他聊聊，赶紧收拾出门。

话都说到这个地步了，反正也不是和戚逐单独吃饭，没什么不乐意去的。江影简单收拾了一下，准备出门，他出小区的时候，小区门口停了辆超跑，戚逐看他走过来，这才摘了墨镜。

"吃个饭而已，你就不能开个低调点的车？"江影看看戚逐一身的高定，再看看自己刚才随手套上的连帽衫和运动鞋，感觉有点气势不足。

他们小区虽然是高档小区，不会有人偷拍，但戚逐这么一来，周围零零星星还是有路过的人围观。

"走了走了。"江影没好气地上了车。

超跑的车门缓缓放下，一路留下高调的引擎声，向着吃饭的地方驶去。

江影上车就摘了墨镜，靠在座椅上，用颇为复杂的神情，盯着戚逐开车，这人看起来不像是要去吃饭，而是马上就要走红毯。

"你平时出门都这么精致的吗？这是吃饭，不是比美。"江影不得不承认，戚逐如今人气高，不仅是因为演技，戚逐本身的外形条件很好，戏路也宽。

戚逐一如既往地不爱搭理人，江影嘀咕了十句，他才淡淡地回了一声"哦"。

看到这人爱搭不理的态度，江影心里痒痒，又想出言挑衅了。

"戚逐。"

"嗯？"

"你知道吗？"江影想到自己前几天收到的那一打戚逐照片，"你的粉丝，她们喜欢的不是你，她们是馋你的脸。"

"嗯。"戚逐没出现江影想看的反应，只是反问了一句，"那你是怎么知道的？"

"我自然是……"江影刚想说自然是她们告诉他的，话到了嘴边，才想起来不对，伸手自己捂了嘴，警惕地看了看戚逐，"你笑什么？"

戚逐不笑了。

江影莫名有点憋屈，车里的钢琴曲格外优雅，加上戚逐身上时不时飘来的男士香水味，衬托之下，越发让他觉得，自己今天这一身行头像极了地摊货。

"戚哥哥。"江影突然开口。

"嗯？"戚逐许久没听见这个称呼，有些意外地回了头。

他比江影大一岁，小时候的江影胖乎乎的，是个黏人精，成天跟在他后面一口一个戚哥哥。

可惜好景不长，没过几年，黏人精长成了杠精，戚逐就再也没听见过这个称呼。

"我换首歌。"江影问，"可以吗？"

戚逐："自然可以。"

江影得逞地笑了，给戚逐换了首"土嗨土嗨"的社会摇。

于是，剩下的那段路，戚逐都是在江影那跑调的歌声里度过的。

/11/ 你营业给谁看？

剧方的饭局，到场的除了资方还有部分演员，苗野出道时间不短，就是没什么人气，对他来说，虽然一直接的都是炮灰的角色，但《瑞雪》的炮灰角色不同，若是演好了，也能圈粉。

公司和苗野为了争这个角色都花了不少心思，这顿饭苗野自然也会到场。晚上，他刚在地库里把车停好，就听见一阵格外高调的引擎声，一辆红色超跑，停在了他隔壁的车位上。

苗野：……

这是资方的哪位爸爸？

车门向上旋开，苗野这才发现这车里正在放一支广场舞常用的"土嗨"BGM（背景音乐），品位十分独特，与车的价格完全不符。

他往旁边退了两步，看见那车上下来一人，衣着精致讲究，那人绕到了车的另一侧，苗野这才意识到，这车上还有一个人。

"别唱了，赶紧下车。"那人的声音淡淡的，"小心别撞到头。"

另外一个人穿着连帽衫和白球鞋，在地库的灯光下全身透着一股干净清纯的学生气。

"清纯学生"远远看见了苗野，率先啧了一声："哟，这不是那谁吗？"

苗野全身一震：……

这声音，他这段时间都忘不掉。

江·特别凶·影。

好在江影今天的攻击目标不在他，只是象征性地跟他打了个招呼，就把炮火转向了身边的人。

苗野也是这个时候才认出，站在江影身边的人，是《瑞雪》的主演戚逐。

苗野虽然不红，但手机流量够多公司网速够好，自然知道江影和戚逐的粉近期掐得天昏地暗日月无光，也吃过不少关于两人的瓜，现在突然看见处在风口浪尖上的两人从同一辆车上下来，一时间有点反应不过来。

"戚老师。"戚逐年纪不大，但他如今的人气和演技，以及在圈里的地位，的确当得起苗野喊一声老师。

戚逐依旧是一贯的作风，礼貌而疏离地冲苗野点了点头。

"你戚老师赶着去选美。"江影拉长了音调凉飕飕地跟了一句。

苗野听说过戚逐的事情，知道戚逐对旁人没什么好脾气，也知道戚逐在剧组曾因为一个演员反复 NG 而要求替换掉那个演员。他听见江影的挑衅，惊出了一身冷汗，戚逐却没什么反应，只是在江影的背后轻轻地推了一把："话多，走了。"

两个人朝着地库出口的电梯方向走去，苗野不解地盯着两人的背影，目送着两人走进电梯，电梯门关上的瞬间，他好像看见戚逐抬手，迅速在江影的头发上揉了两下。

苗野：？

不可能，这一定是他的幻觉。

上升的电梯里，江影对着墙，一绺绺整理自己有些乱的头发，有点后悔自己出门前没挑件正式点的衣服。

"某些人红就是不一样啊。"江影往墙边一靠，"无时无刻不在营业，今晚有你的粉吗，你营业给谁看呢？"

戚逐事不关己地瞥了一眼江影翘起来的头发："某些人现在说话的语气，像极了酸精。"

"我酸你？"江影不认同地摆摆手，"我有比红更有趣的事要做。"

比如收集你的黑料。

"你心情好像很好……"戚逐没笑，但江影就是觉得他的心情不错。

"我最近，收获了一个忠粉。"戚逐意有所指。

江影立刻想起"蟹老板"的号莫名其妙被扣上的黑锅，颇为咬牙切齿："行吧，那我最近，算是收获了一个黑粉吧。"

两人你一句我一句地从地库怼到了楼上，把"关系不好"诠释得淋漓尽致。

"江影来了啊。"导演和江影他爸是老熟人了，见他愿意来演自然高兴，吩咐道："戚逐，你带江影过去给几个投资方打个招呼吧。"

"打招呼而已，我又不是不会说话。"江影朝着不远处一个五十岁左右的中年人走了过去，"谁还需要戚逐带。"

"是江影吗？"对方见他过来，倒是先打了招呼，"你小的时候我还见过你，这么一转眼，都长这么大了。"

中年人两鬓已经有了白发，身边站着个年轻的女孩子，和江影年纪相仿，闻言冲江影礼貌地笑了笑。

"李总您好。"江影不甘示弱地拿出了营业的气场，多夸了一句，"您女儿也是，出落得真……"

他话没说完，身边的戚逐就伸手在他手背狠狠地打了一下。

江影：？

江影超凶："你打我干吗？！"

戚逐：……

李总：……

戚逐冲那位李总点了点头，把人带到了一边："瞎说什么，那不是他女儿，那是他二婚的妻子。"

江影："啧。"

打招呼的事情算是个小插曲，这顿饭江影倒是吃得心满意足，他平时有工作的时候忙得没空吃，没工作的时候在家懒得吃，基本没个正经吃饭的时候。

不过，他吃饭的时候也没闲着，戚逐不爱吃什么，他就特别热情地往人盘子里夹，没过多久，戚逐的盘子里就堆满了江影夹的菜。

江影："这个皮蛋的花纹真美，你来点儿。"

江影："这个南瓜的色泽真棒，我觉得你必须拥有。"

江影："这个香菜的香味真浓，不吃可惜了。"

苗野在一边看得心惊胆战，南瓜和香菜他不知道，但是之前戚逐曾在采访中表示自己对皮蛋深恶痛绝，照他知道的戚逐的性子，该发火了吧。

"你倒是知道得挺清楚。"戚逐看着盘子里堆成小山的菜说。

"啊？"江影装得挺像。

而那边的话题，又聊到了江影的身上。

"这孩子的演技是真的不错，江家人都太谦虚了。"导演那天看过江影的试镜，对江影赞不绝口。

"小影，上次听你妈妈说，你小时候抓周抓的是键盘？"编剧想起了这件趣事。

江影忽然被点名，放下了手中的筷子："好像是，我们家比较有意思，我哥当时也抓的键盘，然后他就去打了电竞。"

"那你呢？"戚逐突然问。

/12/ 这是高仿号吧？

空气突然安静。

一边的宣绘桐呛了口橙汁，咳个不停。

苗野啃猪蹄的时候啃到了自己的手，疼得直抽气。

"我？你说我啊。"江影的笑容凝固在脸上，他听出这人话里有话，于是转过头，凑到戚逐的耳边，用只有他们两人能听到的声音说，"你觉得呢？"

当然是爱掐架了，说起来，他好几天没在 APP 上掐了，浑身难受。

"知道了。"戚逐说，"坐好，小键盘精。"

江影和戚逐从小掐到大，习惯了这样的相处方式，没觉得有什么不对，倒是旁边的其他几个明星，都觉得有些不可思议。

江影那边还没掐舒爽，正打算再酝酿两句，一低头却发现他刚才夹给戚逐的菜没了，自己的小汤碗里倒是多了一勺子青菜汤，上面还漂浮着几片青翠欲滴的青菜叶子。

江影的头号痛恨食物，青菜汤。

以及，他的盘子里，不知什么时候多了两块蘑菇，也是他不怎么喜欢的。

江影：？

戚逐在认真听编剧他们聊天，不时礼貌地发表自己的看法，对江影的困惑视而不见。

"绘绘姐。"苗野问自己身边和江影同公司的宣绘桐，"你要是和人关系不好，会连对方讨厌吃什么都一条条记得清清楚楚吗？"

"看破不说破。"风寻娱乐的一姐宣绘桐不为所动，"让他们闹吧。"

"那位是《瑞雪》的原作者郁云知。"戚逐指了指不远处的人，"你有不明白的，可以问他。"

江影对酒桌文化没什么兴趣，刚好去找原作者聊天。郁云知好像不太爱和人交流，周身的气质很干净，带着一点疏离，但见他过去，远远地冲他挥了挥手。

江影有些意外，他原本以为，写出《瑞雪》这样的故事的人，必然经历过不少事情，已经看透了一些东西，却没想到郁云知和他年纪相仿。

"你好呀。"江影主动跟对方打了个招呼，"先说好，我演技烂，可能会对不起你的角色。"

"没有这回事。"郁云知说，"你还记得吗，当初你在微博上说，比起立那些虚无缥缈的人设，你更想活得开心。从那个时候开始，我想这个角色，就应该是你的。"

江影想起来了，那是之前有黑粉骂他崩人设，他在微博上回应。他是觉得，人设是公司强加的，反正都崩得妈都不认得了，还不如痛痛快快地承认一场。

"比起主角洛南柯，我更喜欢宣末翎，你们拍戏什么的，我都不懂。"郁云知笑了笑，"你做你自己就好了。"

"我怎么感觉，你不太开心呢？"江影忽然说。

"走了，送你回去。"那边的饭局已经散了，戚逐不知什么时候走了过来，打断两人的对话。

"你自己回去吗？"戚逐问郁云知，"不等人来接你？"

"自己回。"郁云知冲两人挥挥手，"你们走吧。"

"我感觉他不开心。"回地下车库的路上，江影说，"他觉得自己活得不够恣意，所以想让书中的人，代他去嚣张一回。"

"很独特的理解。"戚逐点头，"要是能放到戏中，就看你怎么演了。"

"可惜我演不好啊。"江影叹气。

"我倒是很期待。"戚逐说。

"期待什么？期待我的烂演技破坏坏氛围吗？"

戚逐不再说话。

电梯停在负一层，江影走出电梯，远远看见那辆晃眼的车，又想起今天在小区门口戚逐下车时那高调的一幕。

人哪，不能输气势，不如下次，他也高调一点。

正在忙的江寻收到了弟弟发来的微信消息。

大钳蟹："憨憨脸红.jpg"

十万伏特：吃饭吃开心了？

大钳蟹：哥！我想要辆超跑。

大钳蟹：颜色请务必鲜亮高调一点。

十万伏特：？？？

十万伏特："皮卡丘超凶.jpg"

剧方已经沟通好了后面的工作，开机也就在近期，江影回到家后不久，《瑞雪》就官宣了。

@电视剧瑞雪官博：宝贝儿们，你们期待的官宣来啦，洛南柯@戚逐，杭笑笑@lisa宣绘桐，司梦@尹嘉遇，以及大家最期待的反派角色，宣末翎@江影KANI！电视剧将于近日开机，今年秋天，小雪期待与你们的相遇哦！

【图片】【图片】【图片】【图片】

五分钟后。

举着板砖的戚逐粉：？？？

嘛玩意儿，你再说一遍？

扛着竹竿的江影粉：？？？

这是官博[1]？

/13/ 无事献殷勤

要在平时，爱豆要拍的电视剧或是电影官宣，粉丝们是要赶着去评论区排队评论的，这次被剧方的官宣砸了个晕头转向，好半天也没人想起来应该做些什么。

两家同时陷入了诡异的沉默中。

微博一时间多了两条热搜——

#瑞雪 官宣#

#戚逐粉丝 江影粉丝 对脸蒙#

电视剧的官宣微博下面，全是路人的"吃瓜"评论。

"厉害了，剧组有钱，阵容不错，知名导演，实力演员，江影演技暂且不说，但请的这几个都不便宜。"

"？'笑哭.jpg'，我们书粉当初投江影纯粹是因为觉得好玩，顺便内涵一下他，剧组哪位爸爸真的把这位给请来了，好玩是好玩，但是有点担心他的演技能不能撑得起这个角色。"

"+1，有点害怕角色被毁。"

"啊啊啊啊我冲了，戚逐就是我心中的洛南柯，冲这个阵容，剧我也追定了，江影就当个乐子呗。"

"其实江影气质蛮符合的，颜值也够，小小地期待一下。"

"绘绘女神！我爱了，不过这剧活到最后的好像只有洛南柯一个人。"

---

[1] 官博：正式对外的微博账号。

电视剧的官宣一时间成了微博上网友们津津乐道的热门话题，官宣艾特的各个演员纷纷上线，发微博营业。

终于，晚上十一点，网友们等到了戚逐和江影的上线。

@戚逐：我是洛南柯，期待与你们的相遇。
@江影KANI："愤怒.jpg"
@戚逐："敲头.jpg"

网友们再次乐了——

"怎么突然觉得，这两个人的风格，还挺适合剧里的那两个角色的。"
"有同感，剧里前期小打小闹，后期大规模掐架，就看能不能还原出来了。"

有了两个人的表态，粉丝们终于喘上了一口气。
江影微博几天没上线，收到了不少粉丝发来的私信。

@像影子追着光梦游：哥哥在剧组照顾好自己，拍戏的时候别划水，免得戚逐掐不过你，他们家粉还拿这个说事。

@米米不会认输：不知道是不是你自己接的这部剧，反正你演什么我们都支持。我们崽千万别勉强自己，拍得开心就好了，我们不争这个。

别人家的粉，一般都担心爱豆拍戏吃不饱穿不暖，担心爱豆被人排挤被人欺负，但江影的粉，通常更担心爱豆欺负人。

不过江影虽然凶，但他讲道理，一般不会无缘无故地和人掐，粉丝也是知道这一点，才会一直喜欢他。

时间不早了，又到了睡前的刷手机时间，没有登录"吵"APP的这几天，江影感觉自己的生命里似乎缺少了什么。他不知为什么，躺在床上总是不自觉地想起今晚的戚逐，想起他面前那一碗青菜汤。

江影翻了个身，点开了"吵"APP。

反正都过去好几天了，而且现在都这个点儿了，吵个架而已，不碍事的吧。

他登录"蟹老板"的账号，避开了那个惹是生非的"命题区"，在他之前一直喜欢的自由区，遇上了老对手"sunny"。

蟹老板：？？？

sunny：？？？

这熟悉的掐架开场，让江影精神一振，两个人就一个颇为无聊的问题吵完之后，江影准备下线，才发现这与时俱进的 APP 不知什么时候新开了观战功能。

他们的临时房间里，有一千多人在围观。

蟹老板：……

sunny：啧，人怕出名猪怕壮。

蟹老板：退了，拜拜。

江影退了 APP，原本打算睡觉，却发现戚逐刚才给他发了消息。

班长：【戳一戳】

班长：睡了吗？

班长：要不要来讨论剧本？

戚逐发消息的时间，是二十分钟前，江影和"sunny"刚刚开局的时候。

无事献殷勤，江影刚在对话框里打下了这几个字，突然发觉不对，默默地删掉了已经打好的字。

他登录了"蟹老板"的微博账号，果然，戚逐用微博大号在他刚刚分享的战绩下面点了个赞。

好险，差点暴露身份。

那就当睡了吧，江影这么想，消息是不可能回的，这是尊严问题。

然而对面一点都不自觉，还在继续给他发消息，发消息的速度还挺快。

班长：既然你睡了，有个事跟你提一下。

班长：晚上吃饭的时候忘了说了，有个综艺，你们公司原先定的那个人不去了，考虑到你最近除了拍戏没什么别的工作，你经纪人让我顺便问问你的意见。

班长：挺自然的一个综艺，回归乡村生活。

班长：综艺那边问得着急，你睡着了，我就当你默认了？

综艺？

无所谓，去呗。

江影继续看戚逐表演，打定主意无论如何都不回消息。

班长：报上去了。

班长：晚安。

晚安，江影扬了扬嘴角，闭眼睛准备睡觉，QQ 的提示声却又响了起来。

江影：这人今晚话怎么这么多。

班长：哦，差点忘了说，这综艺我也在。

班长：拜拜。

江影从床上翻身坐起。

大钳蟹：？？？

/14/ ZZZZZ（困）

江影的 QQ 上攒了几十个掐架表情包，新的旧的轮流给戚逐戳了一遍。

班长："小黄脸疑问 .jpg"
班长：原来你没睡啊。

江影砸完表情包，才想起来按照他刚才理顺的逻辑，自己现在应该是"睡着"的。
江影：……
不睡了。
戚逐这一通消息下来，就算是睡着了也能惊醒。

班长：【戳一戳】
班长：刚才人呢？这么久不回消息。
大钳蟹：在看你表演。
大钳蟹："Wonderful.jpg（美妙）"
班长：综艺你不想来？

江影用脚指头想也知道，说什么原定人员有事都是虚的，综艺那边想蹭《瑞雪》的热度才是真的。
戚逐能这么把他当猴耍，必然是公司那边已经把这事给定了，由不得他说什么。

大钳蟹：来，没尻过。

反正他俩是出了名的关系差，凑到一起，这综艺就别想营造什么岁月静好的氛围了。
这种时候，江影越看戚逐那个 QQ 初始的企鹅头像，就越觉得不顺眼，他习惯性地想挑事儿。

大钳蟹：喷，头像真丑。
班长：哦。

班长：我以为你不在意这个。

江影：？？？

这么片刻的工夫，戚逐把他用了好几年的头像给换了，换成了 QQ 系统推荐头像里的另一只企鹅，这次是红的，戚逐还充了个 QQ 超级会员，给头像加了个五彩斑斓的特效，闪个不停。

江影：比之前的还丑。

大钳蟹：美，这个可美了。

大钳蟹："小恐龙出汗 .jpg"

班长：不早了，睡吧。

班长："绿色小人抱抱 .jpg"

江影看着屏幕上那个绿油油的系统自带表情，笑了。

他现在被吓清醒了，那戚逐也别想睡了。

大钳蟹：睡什么，来，你说的，在线激情讨论剧本。

大钳蟹：刚好我有几个不明白的地方。

班长：……

大钳蟹：今晚都别睡了。

陈疏第二天上午十点，才打通了江影的电话。

"困……"江影闭着眼睛接电话。

"你真是我见过的最能睡的偶像……"陈疏委婉地表达了一下自己的愤慨，"你还记得咱今天下午某个直播平台对你们有个关于电视剧的采访吗？"

采访的事情江影记得，但他昨晚为了反坑戚逐，两个人聊剧本聊到了深夜。

杀敌一千，自损八百。

"我这就来。"翻身起床的江影对着镜子整了整头发，抓起一件外套冲下了楼。

"你这是熬到了几点？"陈助理看着江影一头乱毛哭笑不得，"不对啊，你昨晚不是和戚逐去吃饭了吗？"

"一言难尽。"江影找了个小镜子折腾自己的头发。

陈助理莫名想到两个人天天吵架吵出的 QQ 巨轮，觉得的确一言难尽。

"对了，有个综艺……"陈助理想起了另一件事。

"戚逐给我说了。"

陈助理："公司给你排的工作，的确有些忙了。"

"我自己要求的。"江影往车后座上一靠，"我妈说了，我们家不养闲人。"

陈疏仿佛是懂了，不养闲人，所以江影在圈内可劲儿划水，一刻也没闲过，工作基本没停过，掐架基本也没停过，他被黑得厉害，但也的确有热度，很能给公司赚钱。

一般人的心态，走不了他这种黑红的路子。

陈疏在专心开车，江影在后排刷微博小视频笑出了声。

视频是某个经常带节奏的自媒体发的，戚逐接了新的电视剧，还是领衔主演，自媒体自然要蹭一拨热度。

"某大制作电视剧的领衔主演，演技暂且不谈，但这也太高冷太不解风情了吧，这样的人能演得好我们的洛南柯吗？"

视频是之前戚逐上过的一档节目，主要是为了宣传他之前的那部电影，江影这些事见得多了，一看就知道，那个在电影中出演女二的女明星在节目上努力炒关于戚逐的话题，希望能带点热度，但都被戚逐巧妙地避开了。

直到节目组设置了一个关于默契的环节，那个女星挑了个机会，当着镜头问戚逐自己今天这一身穿搭如何。

这个问题和游戏环节无关，但也避无可避。

结果戚逐停顿了两秒，当场就来了一句：这个口红的色号不适合你。

某女星：……

节目后期播出的时候，这段自然是被剪掉了，但难免会有有心人把节目的片段泄露出去，被自媒体拿来换热度。

说起来的确是那个女星的错，不按流程走，问了台本上没有的问题，但戚逐的回答，的确招黑。

"这是戚老师的声音？"陈助理问。

"对。"江影点赞收藏，"这可都是戚老师的黑料啊，他一本正经地说大实话的时候，比平时有意思多了，必须收藏一下。"

"他平时很无趣吗？"陈助理想起江影之前对戚逐的评价。

"你看他 QQ 头像就知道了。"

江影刚才吃瓜点赞，也没换个小号，两家粉刚刚停战一个晚上，这会儿又炸了。

戚逐做什么事都认真，连同着他的粉丝做事也雷厉风行，立马杀到现场。

@戚逐新作不出不改名：？

@一只小竹鼠：天哪！别人点赞就算了，您赞什么呢，您自己还不够黑吗？

@取名字好难：【链接】，吃瓜是吧，那都看看这段吧，在这种事上，江影敢认第二，谁敢认第一啊。

链接里是江影刚出道那会儿和一个网红吵架的录像，网红估计是为了蹭热度，也不太了解江影家的背景，跳出来就说江影作为爱豆不够好看。

此话一出，那人立刻被群嘲，剪影嘲加上网友嘲，还有江影的各种螃蟹小号跟着嘲。

最后江影登录了自己的微博大号，艾特了那个网红——

@江影KANI：不得了，那宁（您）是挺好看，来两张照片，我印出来给大家都送点儿辟邪。

那是江影进圈后的第一战，清新少年的人设，立起来还没存活一个月，就崩得一干二净。

这链接发出来没多久，戚逐那边也给点了个赞。

网友都乐疯了。

"这俩人在干吗，互相吃瓜呢？"

"掐得明明白白。"

"今年真是个好年，开年两大黑红互掐，比那些瓜有意思多了，主要这两家的粉丝都好有才华啊。"

"观战一周了，我简直要被这两家笑死，俩黑红掐成这样，这电视剧还能拍吗？"

"坐等电视剧开拍，《瑞雪》会'翻车'吗，我好期待。"

"哎，我记得等下狸猫直播平台有个采访吧，这俩在吗？"

"走，去直播间围观。"

江影起得晚，但到得还不算晚，他来的时候，只有宣绘桐在化妆。

"绘绘姐。"两人同公司，对方还是一姐，江影主动打了招呼，"等下都有谁啊？"

"我，尹嘉遇，然后你。"宣绘桐正盯着化妆台上的奶茶纠结，说话也有点心不在焉，"还有戚逐，他上午还有个品牌发布会，估计要稍稍迟一些。"

"奶茶给你吧。"宣绘桐放弃了，"我不喝了，平台的合作，等下采访我来抛话题，你答就好了。"

吃不胖的江影收获奶茶一杯，喜滋滋地找了个沙发，躺下刷手机。

大钳蟹：【戳一戳】
大钳蟹：戚老师困吗？
大钳蟹："兔子超疲惫.jpg"
大钳蟹："小恐龙疲惫.jpg"
大钳蟹：ZZZZZZ（困）。

戚逐似乎在忙，江影看着自己打出的那一排 Z 和疲惫表情包，眼皮开始打架，就这么睡着了。

狸猫直播平台的网友下午一点终于等到了剧组的直播，这个直播其实是剧方和平台的一个合作，主要带的还是平台的热度，电视剧还没开拍，不需要聊太多关于电视剧的内容。

妆容精致的宣绘桐举着手机，和新晋的小花尹嘉遇一起，跟网友们打了个招呼，戚逐刚好赶到，也对着直播镜头点了点头。

弹幕瞬间就多了起来。

"绘绘女神！"

"嘉遇，看我看我，啊啊啊她笑了。"

"戚逐哥哥啊啊啊啊，哥哥你今天太好看了吧，感觉你太忙了，好久没营业了，虽然是平台推广，但是能看到你直播我好开心啊。"

"呜呜呜我吹爆哥哥这身，身材满分，穿搭满分，气质满分，哥哥这么忙还特地给我们营业，感动哭了。"

"哇，哥哥你刚才发布会还是另一身吧！这是特地换了吗？"

/15/ 他不说话的时候才是爱豆

宣绘桐作为风寻娱乐的一姐，营业经验丰富，作为今天的临时主持，她先是抛了几个梗，聊了些最近比较有趣的话题，成功带起了直播间的氛围。

网友嗨完一轮之后，有人发现直播的人数不对。

"绘绘女神，不是说有四个人吗？"

"哼，我们小影呢！！！剪影在线等。"

"快让我们看看哥哥在哪里。"

"哈哈，我就说差了点什么，掐王不在啊，不够热闹。"

"半个小时前刚看了他掐网红的视频，绝了。"

"你们哥哥在旁边房间里休息。"宣绘桐举着手机，几人一起，推开了隔壁房间的门，"让我来采访一下《瑞雪》戏中最大的反派。"

宣绘桐：……

反派缩在沙发上睡得正香，手机滚到了地毯上，手里还抱着喝了一半的奶茶。

"对不起对不起，这么一小会儿我以为他不会睡的。"陈助理听见声音赶来，在一旁小声道歉。

"没关系，直播也刚开始。"宣绘桐挪开了直播镜头，小声说，"谁来把他叫醒？"

"这是江影？睡相好乖。"

"好看，我粉了。"

"啊啊啊，哥哥的睡颜还有这个睡姿，太乖了吧，我可以我能行。"

"粉了一个心大的爱豆，走到哪儿睡到哪儿。"

"妈呀，我现在知道他为啥算是个爱豆了，不说话的时候颜值满分。'捂脸哭.jpg'"

"得了吧，他乖？前面几个你们是没看过他骂架吗？不说话的时候是爱豆，说话的时候是掐货。"

"身为资深剪影，我奉劝你们嗑①颜的赶紧截图。"

---

① 嗑：吃，形容非常喜欢。

"@陈助理，爱豆他偷喝奶茶，体重管理还要不要了。"

"唉，要不让他睡吧，我们不介意的。"

这种时候，直播一直开着，虽然宣绘桐挡住了镜头，但难免有平日里就看不惯江影的人跳出来，在弹幕里黑江影。

"所以我还是搞不懂《瑞雪》这么好的剧为什么要找他来演，直播都能划水。"

"工作不认真呗，真败好感。"

"真是带坏圈内风气。"

直播间里大约有好几个团的剪影，哪能容得下黑子在线喷人，当即掐出了群架的效果。

"昨晚睡太晚了吧，不怪他。"戚逐说，"是我迟到的缘故。"

陈助理也没想到江影到哪儿都能睡着："是我安排的问题。"

弹幕里一群人嗷嗷地喊着江影哥哥好看，戚逐与此人打交道的经验充分，他扫了一眼沙发："那我劝你们，珍惜现在的时光。"

江影睡得正香，迷迷糊糊听见有人说话，睁开眼睛，看到的第一个人就是戚逐。

戚逐穿得比前几天还正式，从脚尖到头发丝仿佛都标着高端大气上档次。

江影抱着奶茶坐起身："哇哦，班长，你今天怎么打扮得跟棵圣诞树似的？"

戚逐：……

宣绘桐表情管理终于失败："噗。"

直播间里——

"……"

"我就知道……"

"我想念刚才的他了，谁来把他打晕吧。"

"难怪刚才戚逐说要珍惜现在的时光，不愧是戚逐，损人于无形。"

"对不起，我想笑。"

"江影闭嘴啊啊啊，我们哥哥这身这么好看怎么就圣诞树了。"

"在直播。"尹嘉遇用口型说。

"直播已经开始了啊。"江影清醒了一半,端正地坐好,"各位好呀。"他一醒,先前在弹幕里骂人的那两个号立刻不见了踪影。

"小影,你确定你清醒了吗?"戚逐问。

"不能更清醒了。"得知戚逐今天也在,江影出门前也有好好挑衣服,这会儿端正地坐起来,在镜头里也是顶好看的。

"我们江小影今天的打扮好特别啊,要比平时成熟一点。"

"对对对,平时都是穿白色,有学生气,今天这个深色的穿搭,好看啊。"

江影满意地翘了下嘴角,瞥了眼站在沙发边的戚逐。

"不是杠,我有个小小的疑惑,你们男爱豆直播都这么用心营业的吗?我绘绘女神穿了个私服就出来了,你俩怎么回事,这是红毯配置吧?"

"狸猫直播或成最大赢家。"

"纠正一下,我们戚逐走的不是爱豆路线,他是实力演员。"

"用心营业不好吗,好看不就得了,哪儿来那么多事。"

"我怎么觉得他俩在较劲。"

"一直都在啊,这两家就这样,习惯就好。"

"问你几个问题吧,有的是网友提的,有的是我们提的。"宣绘桐自然地接上了直播的流程。

"知无不答。"江影说话的时候,口袋上点缀的银链子叮当作响。

"第一个问题,你为什么喜欢在微博上和人吵架?"宣绘桐念出题卡上的问题,"这个是网友'爱我请给我打钱'提问的。"

江影:"哦,第一,我不是喜欢吵架;第二,我很少主动找人吵架,一般都是他们先骂的我,所以我那不是吵架,是维护自己的尊严;第三,这位朋友的ID有点眼熟啊。"

"你不喜欢吵架?"镜头外传来了戚逐的声音。

直播平台的弹幕一刻也不曾停过,听他回答问题的时候更是刷得厉害。

"我不信,你真的不是喜欢吵架吗?"

"嗐，实话说了，当初我粉他，就是喜欢他这股子捅劲儿，其实江影还好了，他虽然捅，但他讲道理，不会无缘无故地骂人。"

"我乐疯了，你们发现了没，江影和戚逐这两个人明里暗里捅得好厉害。"

"那就换第二个问题了。"宣绘桐换了张题卡，"来自网友'TMW-Sunny'的提问：身为一个偶像，一个公众人物，总是和部分人斤斤计较，你不觉得自己有点小肚鸡肠吗？"

"不是觉得，我就是小肚鸡肠。"江影大大方方地说，"如果我不怼回去，那我能气好几天，每天醒来第一件事就是生气，每天想着我当时应该说点什么，甚至无数次想象跟那人吵架的场景，后悔我哪句话没骂明白，与其这样，那我还不如一次把话说个通透。"

"对，我们哥哥就是小肚鸡肠，我们粉的就是这个。"
"果然是真性情。'笑哭.jpg'"

他这样的性格，有人喜欢，自然也有人看不惯，江影心大，基本不在意别人的看法："其实，我小时候比较胖，下次有机会给你们看照片。上幼儿园那会儿有人欺负我，我就知道哭，后来有人和我说，骂回去就不气了，我试过一次之后，觉得可真是太有道理了。胖怎么了，我吃他们家猪肉了？"

"那就最后一个问题了，你知道一个叫'吵'的APP吗？"宣绘桐问。
"知道，热搜上看过。"江影面不改色。
"那你知道那个APP有个很有名的用户叫'蟹老板'吗？"宣绘桐继续问。
江影："……大概知道？"
"那就好。"宣绘桐笑了笑，"请听题，请正面回答，如果现在让你和'蟹老板'在线 Battle，你觉得谁能赢？"
江影："？？？这题是谁问的？"

/16/ 您吵过了全国 99.99% 的用户

弹幕刷出了满屏的"哈哈哈"。

"我都要怀疑这是我问的了。"

"神仙提问，加鸡腿。"

江影哪有那么容易被坑，当场就不老实营业了："你们有没有搞错，我是个爱豆，怎么不问点符合我身份的问题。"

绝对有猫腻。

"是你们的采访坑人吧。"江影不干了，往沙发上一靠，"这能是网友提问吗？"

"是啊。"这次轮到宣绘桐面不改色了，"二十一世纪二十年代了，谁还不是个网友了。"

尹嘉遇举手："我我我什么都不知道。"

戚逐应和："嗯。"

"那可不一样，前两个提问的 ID 太眼熟了吧。"江影转头看向戚逐："还有第三位，那个不愿意透露姓名的朋友，你这样面无表情地装不知道真的好吗？"

戚逐："嗯？"

直播间的弹幕短暂地停顿了一瞬——

"什么意思？我们哥哥问的？"

"哥哥这个'嗯？'有点妙。"

"我怎么觉得戚逐刚才好像偷笑了一下，回头看录播。"

"不许内涵我们戚逐哥哥，他是实力演员，没空跟你玩这些好吗？"

"说得好像我们影愿意跟你们家玩一样。"

这两家的战场从微博搬到了直播平台，从未停歇。

宣绘桐见多识广，向来主张看破不说破，但弹幕不一样，网友们看破了就要说破。

比如，现在就有和事佬跳了出来——

"那什么，你们没觉得他们的相处方式挺有趣吗？或许关系没那么差？"

"刚才我就说了，被你们刷太快刷过去了，戚逐刚才是不是叫了句小影？"

"？很奇怪吗？除了他哥和他爸有时候喊他江竹杠，他们公司的不都叫他江小影吗，难道叫大影？"

"噗，江竹杠……"

"他爸之前接受采访的时候说的，原话，我们家小竹杠。"

"不是啊，前面江影刚睡醒的时候喊了个什么来着，模模糊糊的没听清楚，反正不是戚逐，戚逐不是这个发音。"

"叫的是班长！我刚才还在奇怪！为什么你们都没人说！"

"那么问题来了，为什么要叫班长呢？"

宣绘桐虽然不是主持人出身，但控场控得很好，眼看着直播间的话题被带跑，立刻把话题往直播上引。

直播间里不只是江影和戚逐的粉，宣绘桐一说话，弹幕就又开始吹起绘绘女神。

"你思考完了吗？"宣绘桐问，"你和'蟹老板'，谁比较厉害？"

"我比较厉害。"江影脱口而出。

必须厉害，就问还有谁，能像他那样自己骂自己，还骂得都在点上？

"你的确厉害。"戚逐点头表示认同。

江影瞥了眼戚逐，没从这句认同里收获任何的爽度，他凑到了镜头前："各位都别想了，梦里什么都有。"

"厚颜无耻哈哈哈。"

"他刚才还说自己不爱吵架。"

"江影：我打脸我自己。"

直播的时间差不多了，宣绘桐适时地做了个总结："今天的直播就到这里啦，《瑞雪》很快就要开始拍摄了，希望大家可以期待一下我们在剧中的精彩表现。"

宣绘桐关了直播，和几人打了招呼，就准备去赶下一个通告。

"剧都快开拍了，绘绘姐忙啊。"江影还是困。

"忙也比不过你，你怎么困成这样，昨晚干什么去了？"公司给宣绘桐的人设是温馨甜美女神，镜头前的宣绘桐甜美可人，关了直播的宣绘桐瞬间高冷，颇为嫌弃地说，"你还真是到哪里都能睡，刚才要不是我给你挡镜头，你会被黑得更厉害。"

即便如此，肯定还是有人截图了，看不惯江影的人多了去了，肯定要拿着截图和录屏变着花样黑江影。

"绘绘姐人美心善，谢谢绘绘姐。"江影黑红好几年，早就不在乎了，笑嘻嘻地冲宣绘桐挥挥手。

宣绘桐拿他没办法，看了看坐在沙发扶手上的戚逐，又看了看江影。

这两人今天都穿了深色的衣服，两个行走的衣架子往那儿一站，对着光彩照人，宣绘桐莫名感觉有点刺眼睛。

"你可长点心吧。"宣绘桐扔下一句话，和自己的经纪人一起走了。

"别担心。"江影心情不错，冲着宣绘桐离开的方向说，"谁骂我我就骂谁，没人敢欺负我。"

今天安排好的直播活动到此结束，陈助理和平台的人接洽完，回来找江影要送他回家。

"你捎上我。"戚逐拦下了江影，"我两个助理都有事先回了。"

"刚才谁说我脸皮厚来着，现在要蹭我的车了？"江影说，"家用小破车，比不上那种红色的超跑，也不知道戚老师能不能坐惯。"

"要不我们送……"直播平台的负责人听说这两人不和，见状赶紧打圆场。

"倒也不必。"两个人异口同声，转头离开。

"行吧，谁让我人美心善，看在同桌的分上，捎你一次。"江影说。

陈助理今天当了回司机，拉了圈里最不好惹的两个人，好在这两个人昨晚不知道去干什么了，现在看起来，都没有平时那么精神。

戚逐坐在车后座上，靠向车窗，闭目养神。

"原来你也会困啊。"江影揉了揉眼睛，"我还以为你精力惊人，能二十四小时不间断营业呢。"

"那也架不住昨晚有的人突然开始热爱工作。"戚逐说。

两个人从初中开始就沉迷于挤对对方，难得能和平相处，此时谁都没再说话，戚逐继续闭目养神，江影在别人公司睡了一觉，现在倒是没那么困了。

他看了看闭着眼睛塞着耳机的戚逐，往另一边的车窗挪了挪。

刚才直播的时候听到了"蟹老板"这个名字，江影颇为想念，此时非常想打开APP看一看自己辛辛苦苦养出来的号。

反正戚逐睡了，谁知道他在干什么啊，就看一眼号，他也没必要特地戴个耳机，手机的音量也没调。

一个晚上过去，手机上"吵"的Logo变了个新的模样，比起原先的黑白水墨风，如今有点花里胡哨。

"吵"最近下载量暴增，似乎赚了不少钱，近日接二连三地更新，江影昨天手机连着家里的 Wi-Fi，睡着的时候，它自动更换成了最新的版本。

APP 一打开显示的还是之前那一个龙飞凤舞的"吵"字，就是在显示主页之前，屏幕上蹦出了一个彩球。

什么东西？

江影好奇地戳了一下屏幕上的那个彩球，彩球炸开，APP 在一段喜庆的音乐中，跳出了一句超大声的系统欢迎语音——

"大佬您好！欢迎回来！"

"您当前的胜率为 90%，'吵'过了全国 99.99% 的用户，再接再厉哟！"

/17/ 大路朝天 各走一边

"蟹老板"的战绩着实惊人，正在开车的陈疏脚下一抖，来了个急刹车，江影的手一颤，手机落在了脚边。

原本靠着车窗像是睡着了的戚逐慢慢地睁开眼睛，没什么表情，摘了耳机，往江影的方向淡淡地飘过去一个眼神，江影心虚中一脚把手机踢到了车门边。

"没事呢，我……闲来无事在刷微博，别人录的。"江影说，"还以为是个什么视频呢，没想到这么大声。"

江影："哈、哈哈。"

还好这智障 APP 没有报出他的 ID，不然他现在还不太好解释。

陈助理信了，戚逐不知道信没信，只是看看江影，又看看他脚下的手机，戴回了耳机，像是漠不关心地点了点头，嗯了一声，继续闭目养神。

江影盯着戚逐看了好一会儿，确认这人的确没什么特别的反应之后，才松了一口气，从脚下捞回了自己的手机。

在江影低头找手机的时候，陈助理抬头瞟了一眼车内的中央后视镜，刚好看到戚逐在笑，越发觉得这人深不可测。

APP 的弱智更新，必须接受食物链顶端玩家的谴责。

江影打开应用商店，不假思索地给"吵"来了一段洋洋洒洒的批评，言辞之诚恳，行文之真挚，感情之到位，足以"慰问"提出更新的策划他全家。

在他的评论下面，还有一条长评，也骂得十分到位，字字珠玑，一看就是高端玩家，江影立刻点赞。

除了那个比较能满足人虚荣感的开屏语音，"吵"的功能还发生了一些变化，比如江影就看到，他的主界面里多了一个收徒的功能，短短半天时间里，"蟹老板"收到的拜师邀请已经高达几千条。

"大佬，接受付费教学，价格您开。"
"收徒选我，我特别孝顺。"
"大佬！前排膜拜大佬！收下我，我能将您的精神发扬光大。"

江影掐架，纯粹是图个开心，从来就没想过要把这门技术发扬光大，所以这个新增功能，他暂时不想管。忽略那些拜师邀请，"吵"还更新了打赏功能，这 APP 似乎在一夜之间参透了商机，开启了打赏机制，围观的人可以选择打赏胜方，也可以选择安慰败方，这让败者相对来说没有那么难受。

但是玩到江影这个段位，打赏已经不重要了，能赢才是最重要的。

直播平台的推广工作占用了一个下午，陈助理绕了半个 H 市把戚逐送了回去，江影到家的时候，天都黑了。

他们下午的直播反响不错，微博上的讨论度很高，电视剧即将开拍，大家讨论的话题大多围绕着作品，但也不乏有人讨论起了江影和戚逐之间的关系。

@ahgiuwiag：这有什么好讨论的，别问，问就是关系差。

@似是而非：平时看两家粉丝交流感觉关系真的好差，但是看直播吧，感觉两个人的关系又没那么差，就是那种微妙的感觉，虽然我暂时还没想明白这种"妙"是哪里来的。

@T.ATW－浅浅：说真的，我也有点迷惑，江影睡着的时候，戚逐好像帮着说了一句话，不知道你们注意到没有，他说是自己迟到的缘故。

@疏妍－每天都在摸鱼：那是我们哥哥谦虚有礼貌，不像某人脸皮厚，他俩明里暗里都在内涵对方，就别指望他俩关系好了。

@奶绿三分甜：你们真的不在意称呼吗，只有我觉得江影叫的那声"班长"很有故事吗？

《瑞雪》的剧本很值得研究，江影看了半个晚上的剧本，直到眼睛有些酸疼才舍得放下，他最近吵架时长严重不足，感觉比之前容易疲惫了。

他打开APP的时候，刚好收到好友"sunny"的聊天信息。

蟹老板：来一局？
sunny：不来，我现在心情很差，情绪十分低落。
蟹老板：咋？
sunny：你看到更新没？新功能太蠢了吧，那个语音报战绩的。
蟹老板：我也觉得。
sunny：我的胜率，竟然只有95%，我感到非常地痛心，今后我将继续努力，不辜负爸妈的期望，吵出更好的成绩。
蟹老板：？？？
蟹老板："微笑.jpg"
蟹老板：你这个说话方式好像绿茶①啊。

不少用户都把统计出的战绩分享到了微博，江影也有点心动，但是想了想傍晚在车上时APP报出的成绩，他选择了放弃。

以后再放吧，有的是机会。

他把微博切回大号，发现自己的粉和戚逐的粉不知怎的又跟路人掐了起来，细品过后，才知道是下午直播的时候，两人称呼的问题。

江影对戚逐，大概也就那么几个称呼，他自己喊习惯了，没觉得有什么不对，网友倒是觉得很稀奇。

@牛奶糖糖：关系没那么差吧，看起来还可以啊。
@皮卡乒：我也觉得还行，直觉。
@像影子追着光梦游：没必要，真没必要，江影哥哥睡迷糊了鉴定完毕，他俩以前都不认识，也不需要因为要一起拍戏就说他们的关系好，没看到他俩都在独自美丽吗？
@蓓蓓想吃牛肉干：简直不能更认同，不需要把我们两家往一起拉，我们谁都不需要蹭谁的热度。
@蓓蓓想吃牛肉干：奉劝各位路人，不要被和谐的表面现象欺骗了，

① 绿茶：指那些人前装无辜但心计很厉害的人。

两位都是人精，这是直播时必要的礼貌，那是营业，信我，他俩绝对是下午直播完就大路朝天各走一边的。

两家的粉难得达成一致，竟然是在这种事情上，江影感觉有些意外，他给两家的热评都点了个赞，正打算继续凑热闹，发现就在刚刚，初中同学齐俊发了一条微博，晒出了前几天他们的初中同学聚会照。

@瓜皮传媒小齐总：最近真是太忙了，差点忘了晒晒前两天同学聚会的照片，坐在昔日班长和纪律委员的旁边，压力不减当年啊哈哈哈哈。【照片】

/18/ 您已经连续吵架 197 分钟

不仅如此，齐俊品位独特，还拿同学聚会的照片套模板做了个土味视频，一张照片在花花绿绿的色块中反复出现。

@瓜皮传媒小齐总：各位老铁，喜欢的话给个双击，带你回忆我的少年时光。
【小视频】

小齐总的公司说大不大说小不小，也签了圈内不少明星，这条微博一出，大家先友情点了个赞，然后才开始看起照片。
齐俊的微博就这么在小范围内传播开来，大家看微博的心理过程是这样的——

"小齐总别吃了，这上面就数你最胖了。"
"齐哥，你美颜的时候，能别特地给自己加两坨腮红吗？'笑哭.jpg'"
"齐总，下次拍照别和好看的人坐在一起，拍照吃亏。"
"嗯？这个班好像很厉害，我看到了好几个商圈大佬，话说小齐总旁边那俩货好眼熟啊，我是不是在哪里见过？"
"等等，是我眼花了吗，为什么感觉那个好像江影啊？"
"我的天啊那不是戚逐吗，怎么回事？"

刚刚还在合伙怼路人的江影粉和戚逐粉：？？？

说好的大路朝天各走一边呢，你们怎么还一起吃过饭。

@每天都很想暴富：听齐总这说法，他俩好像是初中同学啊，不然怎么还能聚到一起。

@一束满天星：破案了，江影叫戚逐"班长"的原因，原来他俩以前是一个班的，怎么都没听人提过。

@有风自南：因为他俩平时看起来没什么联系，要扒也不会把这两个人凑一起扒。

@遥遥：所以刚才有人说得对啊，这俩人也能和谐相处的，没必要把人都想得那么坏。

齐俊工作之余回忆自己的青春岁月，正在跟自家的猫感慨那逝去的青春，就收到江影发来的微信消息。

大钳蟹：你在干什么？

大钳蟹："兔子问号.jpg"

齐俊：追忆我那一去不复返的初中时光。

大钳蟹：你还真是挑了个好时候。

大钳蟹：你很想念那段时间？

齐俊：说实话，不太想。

齐俊：我不想再体会一次那种场景了，我考了别人的零头，沮丧中听见后排的两个人在一题一题地比分数。

齐俊：不瞒你说，我到现在还时常梦到那种绝望。

小齐总继续追忆他那稀烂的中考成绩，江影回了微博，网友在这短暂的时间里，充分表达了他们的震惊。

"#戚逐 江影 同班同学#"，话题的讨论度逐渐升高。

"不对啊，我记得戚逐高中不是去国外读了一两年？怎么会是同学啊？"

"这是他们的初中同学聚会啊。"

"不敢相信，前一阵子有人提议让他俩一起拍戏我就不敢相信，没想到他俩初中竟然还是一个班的。"

@吼啦吼啦：各位，我发现了一个很有趣的东西。

@一棵发财树：不要废话，直接讲。

@吼啦吼啦：你们有没有发现，小齐总的照片上有个拍摄时间，这个时间有点微妙啊，在这个时间点两小时以前，"吵"APP的王者玩家"蟹老板"，在一场匹配局中痛骂江影，而在那之前不久，"蟹老板"刚吹完一拨戚逐的彩虹屁。

@朗读并背诵全文：你不说我还真没发现，惊了，我想起来了，那天那个时间两家掐得，大家都以为这俩人下一次见面的时候会当面打起来，结果这俩人竟然坐一桌吃饭呢？

@tan90：这是《瑞雪》要开拍了开始炒作？

@像影子追着光梦游：@tan90，炒作你个头呢，别动不动就蹦出来炒作炒作，我们也很惊的好吗，我们哥哥刚才还吃瓜点赞呢，现在人都不见了，估计也在惊吧。

江影也无语，但是事情已经发生了，就当给网友找乐子了，他靠在床头，日常刷"吵"的社区，发现这APP最近疯狂圈钱，还和一个运动APP谈了合作，宣传上说要让各位用户在使用的过程中拥抱健康。

这和江影关系不大，他今天对在线吵没什么兴趣，所以把目光投向了放在床边的智能音箱小瓜同学。

"小瓜？"江影试着说了句口令。

小瓜同学立刻出声："在的哟，现在的时间是23点55分，空气质量良，早睡早起有益于身体健康，小瓜为您送上一首催眠曲DJ版《爱河》。"

江影：？

江影："不听，闭嘴。"

小瓜同学："那您没事儿喊我干吗？"

江影："我之前怎么没发现你还挺有脾气的呢。"

江影："来点戚逐的黑料听听吧。"

小瓜同学："……这个没有，将随机为您点播歌曲。"

由于"人工智障"最后播放的催眠曲太惊世骇俗，江影又失眠了，第二天陈助理上门捞人去剧组，打开门看到一个疲惫的江影。

"你最近是不是压力挺大？"陈助理小心翼翼地问，"《瑞雪》的剧本是不是不太好读？"

"还行。"江影困到睁不开眼睛。

新的一天，江影需要通过吵架来提神，所以从上车到在剧组试妆的这段时间里，他吵了两场自由区，一场命题区，命题的内容是"某些人工智能到底是不是智障"。

戚逐走进化妆间的时候，江影正在埋头看手机，陈助理不在。

化妆师和戚逐熟，看他进来，连忙喊他帮忙。

"戚老师来得正好，帮个忙把他的手机给没收了。"化妆师转头对江影说："闭眼睛闭眼睛，这孩子玩手机这么入迷。"

江影刚好结束一局战斗，战绩结算他懒得看，就把锁屏的手机递给戚逐，顺从地闭上眼睛，嘴巴却没闲着："姐姐，戚老师也就比我大一岁，照你这说法，他也是孩子。"

"少贫嘴。"化妆师小姐姐是个暴脾气，"谁跟你似的快粘在手机上了，也不知道在忙些什么。"

"最近专心点，好好看剧本吧。"戚逐在一旁的沙发上坐下，把江影的手机倒扣着屏幕放在茶几上，看化妆师给江影定妆，"导演挺严厉的，小心回头被骂。"

江影被化妆师按着上妆，不方便张嘴，十分不屑地哼哼了几句，化妆师小姐姐没听懂，一旁的戚逐倒是笑了一下："这次不一样，你要是演不好，我第一个骂你。"

江影：……

"戚老师看这个效果可以吗？"化妆师左右看了看江影，转身问戚逐的意见。

"挺好，不过后期人物性格发生变化的时候，需要再调整。"戚逐说。

江影从化妆师的魔爪下逃脱，立刻一把捞回了自己的手机，指纹瞬间解锁，他起身蓄力张口要回怼戚逐："你以为……"

然而，他无意中的指纹解锁继续了先前的战绩结算流程，"吵"APP与某运动类APP的合作功能先他一步开了口："您已经连续吵架197分钟，站起来运动一下吧，加油呀！"

/19/ 甚是欣慰

戚逐：……

化妆师小姐姐：……

江影：？？？

这什么？

他想起来了，原来昨天看到的那个跨界合作，竟然体现在了这里。

一时间房间里的空气都有点凝滞。

化妆师小姐姐率先开口："你……这是什么APP，做得挺精致，还挺人性化，竟然还能防沉迷，不过这个吵架是什么意思，弟弟你在网上掐架吗？"

江影都想掐死这个"人性化"的APP了："我……昨天刚下的，有点好奇，正在熟悉功能。"

他要圆不下去了。

"挺好的，适合你。"戚逐靠在墙边，打量着他，学了句刚才的系统音，"加油呀，说不定哪天真能和那个高玩'蟹老板'一较高下。"

这人说话的语气波澜不惊的，但江影怎么听都有股嘲讽的意味。

"不要多想，我没有嘲笑你的意思。"对方像是看出了他的心中所想，紧接着就是一句。

班长这人的心思太深，说什么江影都不太敢信，越说不要多想他就越要多想。

他没来得及细品，戚逐的工作助理敲了敲化妆间的门："戚老师，导演那边有个剧本上的小细节想和你讨论一下，还有，考虑到档期，你们可能要先录那期综艺，再过来拍戏。"

"知道了，我现在就过去。"戚逐点头，和工作助理一起离开。

"行了，你坐会儿吧，没个消停，我去给你拿戏服，等下造型师过来。"化妆师小姐姐转身出了化妆间，打算让江影自己晾一会儿。

江影打开手机，随便拎出APP内的一个好友就是一通怼。

蟹老板："吵"是不是快疯了，怎么就不能动点脑子更新点有用的内容呢。

sunny：我看差不多了，这什么破功能，用jio（脚）做的吧。

蟹老板：简直丧尽天良，我只是一个不愿透露姓名的掐货，不想被人知道的。

sunny：谁不是啊，我要去微博谴责，你去吗？

蟹老板：你去吧，我微博最近不方便用，我得低调一点。

蟹老板："小恐龙出汗.jpg"

sunny：啧，你尿了。

说是这么说，但江影号多啊，他随便拎出了一个掐架专用的小号，在APP更新通知的那条微博下面，找了个一看就是官方用的小号，开骂了。

@吵APP还能再玩一百年：程序员哥哥姐姐辛苦了，这次的更新简直太贴心太健康了，吵完三场之后就会提醒我运动，再也不担心沉迷吵架了。

此评论收到了吵瘾少年们的强烈抗议——

"有必要吗，我就找个乐子你们还防沉迷？"

"啊啊啊，我被我妈骂死了，说我快高考了还能在网上找人吵架151分钟，呜呜呜。"

"提醒了也不会运动的好吗，'微笑.jpg'。我是个班主任，今天监考初三月考，闲来无事开了几局，后面的我就不说了，诸位网友自己品。"

"楼上实惨，#那些年，监考我的老师们都在干什么#。"

身为一个副业比主业混得开的爱豆，江影见多了这种用来捧APP更新的评论，掐起来不在话下，几句砸下去，小号蔫儿了。

@吵APP还能再玩一百年：我举报你，你你你不讲道理。

@青蟹：OK，随便举，不举就是小狗，下个ID见。

果然，没过多久，他的小号，光荣炸号了。

他找了个新号，原本打算继续投入战斗，却发现齐俊的微博正在不断更新，这人最近似乎工作上有点受挫，从昨晚到现在，在微博上疯狂回忆自己的少年时光。

江影昨天看见齐俊晒聚会照片的那条微博时，以为他只是感慨一下就会消停，结果这会儿才发现，齐俊不仅感慨了一个晚上，还从其中发现了商机，开了好几个微博付费问答。

　　网友提问：想问问小齐总，戚逐和江影初中的时候关系怎么样啊？
　　@瓜皮传媒小齐总：初中啊，他俩同桌三年，坐我后排，闹心啊。

　　嘴上说着不愿意但还是赶来围观的戚逐粉和江影粉：什么？他俩竟然还是同桌，好神奇啊。
　　江影戳开了小齐总的微博私信。

　　@江影KANI：你干吗呢？
　　@瓜皮传媒小齐总：赚钱啊。
　　@江影KANI：你拿我发财？你缺这点儿钱？
　　@瓜皮传媒小齐总：我没有啊，你以前不也开过问答吗，我只是向你学习，顺便蹭点热度。
　　@江影KANI：行，你赚钱可以，但你把戚逐拉黑。
　　@瓜皮传媒小齐总：为什么？
　　@江影KANI：没看见他一直搁那儿点赞吗，赶紧拉黑。
　　@瓜皮传媒小齐总：行行行都听你的。

　　戚逐刚才说好的要去找导演编剧讨论剧本，现在却活得像个没有感情的点赞机器，无论小齐总发了什么，他都接二连三地点赞。
　　江影四下看了看，想抄个鸡毛掸子去隔壁导演那边看看情况。
　　"你干什么？！"化妆师小姐姐刚从外面回来，就看到了气势汹汹的江影，"赶紧放下，坐回去。"
　　几个人进来把江影推了回去，让他换戏服。
　　江影好不容易被折腾完，气鼓鼓地拍完了定妆照，被一群人夸了半天的眼神气场到位后，才发现戚逐已经先走了。

　　大钳蟹：【戳一戳】
　　班长：？
　　大钳蟹：【照片】你同桌美吗？
　　班长："小黄脸翻白眼.jpg"
　　大钳蟹：你就这么走了？

班长：不然呢，你要还想载我一次，我也可以开回来满足你。

大钳蟹：退下吧。

戚逐不回消息了，江影的QQ倒是蹦出了一条新的消息，是江寻。

十万伏特：江竹杠，妈喊你晚上回家里吃，别成天在外面吃外卖。

大钳蟹（龙王标志）：好嘞，我来了我来了。

十万伏特：以下传达太后圣意，妈听说你最近和戚逐关系不错，甚是欣慰，你俩算是一起长大的，现在又都是演员，就应该相互照顾。

大钳蟹（龙王标识）：？

大钳蟹（龙王标识）：哪儿听说的？

可能是春天万物复苏，人们也比较喜欢感慨，昨天齐俊刚感慨完失去的青春，今天编剧就开始感慨年轻人的活力，他在朋友圈发了条视频，表达了对团队和演员们的期望，电视剧官博看见素材，也就上线顺便营业了。

@电视剧瑞雪官博：小雪收到了编剧发来的一段视频，来找找你们眼熟的吧。【视频】

这视频是编剧那天吃饭时随手拍的，镜头沿饭桌扫了一圈，晃晃悠悠的，画质一般，但也拍到了不少团队的成员，拍到了两名漂亮的女演员，拍到了正在啃猪蹄的苗野，还拍到了两个正在互相往对方盘子里扔菜的人。

/20/ 让我们来康康是谁在引战

江影回到家的时候，官博的这条微博已经被网友们转开了。

"你厉害啊，隔三岔五就能去热搜上游一圈。"江寻开始说风凉话，"我看你也不需要团队了，你本身就很有热度。"

江影开口就是一句嘲："你有这时间嘲讽我不如去干点别的。"

微博上关于这段视频的讨论，的确热闹得很——

@多肉葡萄：这个阵容我可以，你们剧组赶紧拍，我先期待一下，今年下半年我就期待《瑞雪》这一部了。

@一个顺眼的 ID：吴编剧旁边那位是原作者吗，感觉好年轻啊。

@绘绘美如画：两个女孩子太美了，各有各的好看，书粉表示非常期待了。

@苗苗会红的：喵喵喵？喵哥别啃猪蹄了，抬头给姐姐笑一个。笑死我，他旁边是尹嘉遇和宣绘桐两大女神，他的眼中竟然只有手里的猪蹄，这孩子太争气了。

@我真的不胖：你们看看最后镜头扫到的那两个人！这两个人才叫争气，他们在干什么！"捂脸.jpg"

两个人的粉丝一听有自家哥哥，立刻赶来打卡——

"哇，江影哥哥。"

"哇，戚逐哥哥。"

"？"

"咦，我们两家的哥哥为什么坐在一起？"

事实上，吴编剧拍的朋友圈小视频虽然画质感人，但足够让两家粉丝看清楚，这两人不仅坐在一起，还特别热情地给对方夹菜。

双方粉丝："惊恐.jpg"×10

"是我看错了吗？"

"怎么肥四？"

"同学聚会可以说是强行凑一起，这个互相夹菜是怎么回事，难道他们的关系，真的没那么差？"

"srds（虽然但是），我们小影扒菜的时候笑了，好可爱啊呜呜呜，平时都凶巴巴的。"

"srds，我们戚逐哥哥难得有这么幼稚的时候呜呜呜，平时明明是高冷禁欲型的，啊啊啊啊我好喜欢这个时候的哥哥，他好像还笑了，笑了！"

此时，评论区里出现了几个路人。

@却道海棠依旧：那……弱弱地问一句，其实他们关系挺好的对吗？#追风逐影#，我期待一下他俩的合作吧，万一化敌为友了呢。

一石激起千层浪，粉丝炸了。

刷完了评论区，江影发现，粉丝已经开始动摇了。

他和戚逐的关系，因为两顿饭，在部分网友的心中，由水火不容，变成了有点意思。

扫地机器人在江影的脚下徘徊，路过客厅的江影妈妈朝他的方向瞥了一眼。

宋婧溪："你在那儿沉思什么呢，一回家就开始掉头发。"

江影低头看见了地上的头发，矢口否认："不是我的，是江寻的。"

"江寻还没到家，而且他头发最近也不是这个颜色的。"宋婧溪日常嫌弃儿子，"年轻人，少刷微博多拍戏，别成天搞些有的没的。"

"哦哦哦哦，没刷没掐架每天都很爱拍戏。"江影敷衍应声，继续刷微博关注战况。

此时，两家的粉丝，在百般纠结过后，终于在视频里发现了一个全新的点。

@是你留下的剪影：宝贝儿们，不要急着说他俩关系还可以，你们戴上显微镜看一下，他们互相给对方夹的菜，好像都是对方不爱吃的。"笑哭.jpg"

@南方的冬天好冷：？！好像是。哇，厉害了，所以说，他俩是不是为了电视剧被迫营业？所以明面上关系好，暗地里互相内涵。怎么样，我的猜测是不是很符合事实？

绝妙，说的都在点上。

江影想用大号给这位"南方的冬天好冷"鼓个掌，好让这位会说就多说几句。

然而这次网友们不买账了。

@那些瓜儿：李涛（理性讨论），不太像。第一，《瑞雪》的剧情不需要靠炒作来经营，这部剧走的是剧情和大制作；第二，你们自己也说了，他们互相给对方夹的都是对方不喜欢的菜，我就问一个问题，如果你讨厌一个人，恨不得打爆他的头，那你会特地记着他不爱吃的东西吗？

@却道海棠依旧：好像是哦……你发现了盲点。

这下两家的粉都开始表达自己的惊讶了。

"天哪，这也太厉害了，戚逐哥哥不爱吃的我们都记不住那么多……"
"这两个人的操作，会不会因为他俩以前是同桌？"
"不太像，你还记得你同桌爱吃啥不爱吃啥吗？你们有没有想过，我们眼中的关系不好，很可能只是人家的相处方式。"
"排楼上的这一条，戚逐和江影从来就没公开表示过两人的关系不好，现在想一想，关系不好会像这样互怼吗，三次元我关系不好的人，我都懒得看他一眼。戚逐这样的性格，应该也是这样吧。"
"仔细想想好有道理哦，我读书那会儿，跟损友打闹，不就是这种状态吗！"

江影：？？？是吗？损……友吗？
没啊，他真的很认真地在和戚逐吵架，每天都吵的。
两家粉暗戳戳的讨论依然在继续。

"既然关系没那么差，我们以后还是不要动不动就掐，路人看了败好感，爱豆看了可能也会不开心。"
"嗯嗯！就是关系不错，说不定是朋友！"
"有道理，那么问题来了，最近那两场大规模掐，到底是谁在带节奏？"
"说起来这个我就生气，最近都是因为那个'蟹老板'捧一踩一吧。"
"好像是？？？我知道这个 APP，娱乐行业的命题他就吵过那两场，之后再也没进过命题区，故意的吧。"

江影：？？？

"哼，说到这个我就生气，哥哥好像还关注他了，中间还被移除了一次，看他的微博，根本看不出来是我家的粉，这人其实是在引战自我炒作吧。"
"剪影也很生气！"

/21/ 绝不被糖衣炮弹诱惑

江影回家不过三小时，就遭到了两家粉丝质问。

在《瑞雪》官方微博的评论区里，他们是这样的——

"戚逐演技好人也好看，江影的粉丝们都这么觉得。"

"就是就是，戚老师演技那么好，能带带我们江影就更好了。"

"你们江影也不错的，不说话的时候真的很好看很有气质！演技不是问题，以后肯定能进步的。"

"以后希望他们可以一起进步。"

就这样，他们和好了，一起手拉着手唱着歌儿去了"蟹老板"的微博那边——

"喂？宁在吗？出来解释一下？你把我们这两家当猴耍呢？"

"剪影替江影哥哥说一句话公道话，'蟹老板'您可真的太过分了。"

"收回你的彩虹屁吧，我们戚逐本来就很优秀，不需要一个自媒体来捧。"

江影没准备好，但热搜他已经上去了。

#蟹老板 质问#

热搜词条点进去，是两家质问蟹老板的实况直播。

江寻路过客厅看见江影的时候，他弟弟一只手正在拿着手机反复切换微博的两个账号，另一只手拿着个核桃在啃，没剥壳的那种。

江寻：……

哪儿来的傻孩子。

江寻："这位江竹杠同学，我看你好像有点兴奋啊。"

江影漫不经心地嗯了一声："你玩你自己的去，我现在没空跟你吵架。"

"就你那么点事我还能不清楚？"江寻从江影的手指间抢过手机，"能让你兴奋的只有一件事，那就是有人跟你吵架。"

果然，江影大号的评论是这样的。

@像影子追着光梦游：哥哥呜呜呜，我们之前被骗了，那个蟹老板简直过分，把我们两家的粉溜着玩。

换了个号以后，评论是这样的。

@像影子追着光梦游：那个蟹老板，干啥啥不行，引战第一名。

江寻：……
江寻："您继续。"
"不许乱说。"江影适时打招呼，"你不说我不说，没人知道这就是我。"
难得有这么一大拨人送上门来吵架，江影兴奋得很，但，他有他的职业道德，自家的粉只能护，不能怼，至于戚逐家的，他只针对戚逐这个人，不针对戚逐家的粉。
只对人不对事，他拎得特别清楚。
这样下来，虽然有一帮人上门挑战，但江影只能憋着不说话，着实有点闷得慌。
掐架这种事情，江影懂得原理——
当代网友掐架，通常是这样的：别人扣锅掐你的时候，你不回应，那叫确有其事极度心虚；你回应了，那就是皮厚嘴硬不讲道理。
迫于江氏掐架原则，他现在不便回应，所以在很多人的心中，就是极度心虚。
"蟹老板"引战构成事实。

"不说话了是吧，心虚了？那看来确有其事了。"
"这年头啊，年纪轻轻的为了蹭热度，真是什么事都干得出来。"

偏偏这个时候，还有看热闹的来给他发微信消息。

齐俊：大神，受小的一拜。
齐俊：你们江家的人，为什么都那么能打？江寻能打游戏，你能打脸。
齐俊：我现在脸疼，你感受到了吗？"小熊猫踹脸.jpg"
大钳蟹：？

大钳蟹：感受不到。

大钳蟹："四面八方呸 .jpg"

大钳蟹：人类的悲欢并不相通。

齐俊："柠檬泪汪汪 .jpg"

齐俊：代表广大网友采访一下这位连自己都骂的网红蟹老板，现在是个什么想法？

大钳蟹：这位网红目前情绪稳定。

大钳蟹：你不说我不说，就没人知道这件事。

大钳蟹：只要我身份泄露，那肯定就是你干的。"狞笑 .jpg"

齐俊："惊恐 .jpg"

　　江影威胁完小齐总，心满意足，回了自己的房间，这和他在公司附近的住宅不同，这是江家的房间，他工作忙的时候不常回来，但一直都有人打扫。

　　房间的窗边有个书架，书架上放着《争辩力》《如何正确吵架》等书，还有江影多年积攒的纪律委员小本本。

　　房间的床上放着两只螃蟹抱枕，一只是江寻送的，还有一只，是他初中的时候，戚逐给买的，江影盯着那个耀武扬威的螃蟹抱枕，一时间有点出神。

　　螃蟹是什么时候送的，江影倒是有些记不清了，所以他问了齐俊。

　　大钳蟹：小齐总，回来。

　　大钳蟹：【照片】这个，我记得是班长买的，你还记得是什么时候买的吗？

　　齐俊：这个啊，哈哈哈哈哈哈。

　　齐俊：初二那会儿篮球赛，三班有啦啦队，我们班有江小影，他们班那谁来着，输了还不服，直接被你骂哭了哈哈哈哈哈，我记起来了，你这是历史遗留问题啊，初中就凶，方圆百里都是有名的。

　　齐俊：那会儿好像有个贴吧，我记得有个贴，叫"江凶今天凶人了吗"，好多被你凶过的都在里面诉苦哈哈哈哈。

　　大钳蟹：说重点。

　　齐俊：哦，你吵得舍不得走，戚逐拿抱枕给骗走的。

　　大钳蟹：果然是低配版的我。

　　大钳蟹：现在的我，内心坚定，绝不会被班长的糖衣炮弹诱惑。

　　齐俊："鼓掌 .jpg"

虽然这么说，但这抱枕倒是一直留在了他的床上。

这么想的话，戚逐好像送过他不少东西，除了上次说是主办方甩手的小瓜同学，其他的时候抱枕居多。

大钳蟹抱枕，企鹅抱枕，还有柯尔鸭抱枕，好像戚逐比较喜欢这种毛茸茸的东西。

他刚想到戚逐，QQ 的提示音就响了，带着巨轮标识的那个名字又给他发来消息。

果然，他的巨轮又开始戳他了。

班长：【戳一戳】

班长：不忙吧。

班长：江竹杠？

大钳蟹：？？？我杠你哦。

大钳蟹：有事说事。

班长：行，说事。

班长：你经纪人跟你说了吗，综艺提前录，明早机场见。

大钳蟹：行，退下吧。

班长：综艺期间没收手机。

没收手机，等于断网，等于不能掐架。

那太难受了，江影决定，先吵个通宵再说。

他打开 APP 的时候，刚好刷到了一条新的拜师请求，请求人看起来是个新号，名字还是一串数字。

新号没吹彩虹屁，没哭着闹着求收徒，而是——

吵 3357868：哦，点错了。

点错了？

你很特别。

那就你了。

江影点了接受。

/22/ 你看我悟性如何?

师徒关系确认成功,系统给江影放了个小礼花。

排名前十的知名玩家收徒以后,APP 会在全服发布公告,很快,在线的"吵人"都收到了知名玩家"蟹老板"收徒的消息——

"正准备下线,一个消息给我炸醒了,大佬他收人了?收谁了?"

"吵 3357868?这是个新号啊,注册时间不超过 30 分钟,头像都还没刷出来。"

"太神奇了,他是从哪儿找的人?"

"呜呜呜,蟹老板视金钱如粪土,我上次说了要花钱拜师,结果他都不理我,十分难受!"

"我懂了,那蟹哥乐意收人,要么是此人身怀绝技,要么是蟹哥夹带私货。"

"那先期待一下这位以后的成绩?"

江影抓到了一个有意思的号,自然不会轻易放过,只是他点了"接受"以后,对方好像没有什么动静。

可以,很高冷,特别对他的胃口。

从来都只对吵架本身感兴趣的江影突然对这个人产生了兴趣。

他点开对方的主页面,页面上的标识是"在线",这人慢吞吞地挑了个系统自带的头像,又改了个签名。

忙,勿扰。

江影立刻点开了此人的对话框。

蟹老板:Hello?

蟹老板:朋友在吗,在吗朋友?

蟹老板:"精神小伙不请自来.jpg"

蟹老板:我看到你在线了,别给我装。

吵 3357868:?

蟹老板:吵架吗?

吵3357868：兴趣不大。

蟹老板：可以培养。

吵3357868：兴趣不大。

蟹老板：像你这种的我见多了，嘴上说着兴趣不大，实际上兴趣大得很。

吵3357868：……我只是点错了。

蟹老板：瞎说，打住，这能叫点错吗，这叫缘分。

蟹老板：学吧，好处特别多，提神醒脑，延年益寿，会吵架的人生活质量高，有什么火从来不憋着，当场就发了。

吵3357868：那你演示一下，我再决定学不学。

新人就是好骗，这么简单就上钩了，江影搓手偷笑，他第一次觉得，这 APP 最近的更新，总算是添了一点有趣的东西。

房间的门被人从外扣了两下。

"没锁直接进。"江影说。

"你明天是不是要去上综艺？"宋婧溪站在儿子的门边问，"都十二点了，还不睡，刷什么手机，明天要早起的。"

"我马上就睡。"江影保证。

"有爱豆像你这样成天玩手机吗？那我给你把灯关了。"宋婧溪说，"早点休息，你看你这房间，怎么回来不到六小时就这么乱了。"

"江寻的也乱！你去挑他的！"江影告黑状。

房间的灯光没了，江影缩进了被窝里，继续他的掐架教学，打算教完一拨再定个闹钟睡觉。

蟹老板：人还在不？

吵3357868：在。

蟹老板：教你个简单的，有机会的话可以先试试。

吵3357868：来。

蟹老板：我们先从最基础的开始，教你个我网络掐架的常用开场吧。

吵3357868：……

吵3357868：还有开场这种说法吗？

蟹老板：那是自然，这是我多年的绝学，你睁大眼睛，现在我要传给你了。

蟹老板：掐架，讲究快准狠，首先不能输气势，气势起来了，后面也不会虚，所以你要熟练使用标点符号。

吵 3357868：？

蟹老板：对，就是问号，一般掐架之前，先发三个问号，三个正好，太少了气势不够显得人厌，太多了用力过猛显得人憨。

吵 3357868：……

蟹老板：省略号也别用，气势一下子就下去了。

吵 3357868：原来你们吵架还有这么多讲究。"擦汗.jpg"

蟹老板：对，三个问号过后，如果是 QQ 和微信，搭配使用小黄脸微笑和再见表情，如果是微博，推荐使用微笑和那个困惑的表情，关键时刻，带腮红的可爱表情也可以用来内涵人，达到阴阳怪气的效果。

吵 3357868："擦汗.jpg"

蟹老板：对了，系统自带的表情，除了我推荐你的建议少用，现在那么多好用的表情包，不用可惜了。

蟹老板：懂了没？

吵 3357868：懂。

蟹老板：那行，你慢慢悟吧，吵架这种事情靠悟性，不用着急，有兴趣的话，你找人练习一下吧，这一套下去之后，你说什么气势都上来一些，我要睡了，最近都有工作，有空我们再见吧。

吵 3357868：嗯。

江影看着那个高冷的"嗯"，摇了摇头："装模作样。"

跟某个人还挺像，只是戚逐更无趣，专注拍戏，压根就不会对这种不务正业的 APP 产生兴趣。

他从床边随手拎了个抱枕，抱着睡着了。

"起床。"早上六点的时候，江寻出门前，顺带敲了江影的门。

"知道了，正在缓缓升起。"江影迷迷糊糊地说，"不会睡过头的。"

一家人都出门了，只有他还在梦里。

墙上挂钟的时针指向了七点，阳光透过窗帘的缝隙洒在了房间的地面上，江影的手机 QQ 提示声响了。

班长：【戳一戳】

班长：起床。

江影看了看时间，觉得大概还能睡五分钟，所以他发了句语音表达了一下自己的期望："正在起，我困……"

他刚要闭眼睛，戚逐那边又发来了消息。

有完没完啊，江影点开对话界面——

班长：？？？
班长："小黄脸微笑.jpg"
班长：这都几点了还睡？
班长："四面八方呸.jpg"

/23/ 人在巨轮在

大钳蟹：？？？
大钳蟹："小黄脸微笑.jpg"
大钳蟹：您吃错药了吗？
大钳蟹：我杠你哦。

江影不知道是自己没睡醒还是戚逐没睡醒，总之这个对话的风格很不戚逐，哪里都不太对。

不过这几条消息劈头盖脸地砸下来以后，他倒是清醒了，睡意全无。

戚逐叫他的时间正好，出发的时间的确快到了，他把手机放在一边，翻身起床，收拾外出期间需要带的东西。

既然是个体验生活的综艺，那必然没那么轻松，江影翻出个28寸的旅行箱，装了两套衣服后，开始给自己装零食。

他打开了家里客厅的冰箱，把能看到的零食都装进箱子里，客厅茶几上的饼干也没有放过，全部打包带走。

被江寻留在家里的柯基冲他汪了两句，江影俯身，摸了摸柯基的头："MVP乖，自己玩，哥哥要出门了，想哥哥的话，就看看热搜吧。"

江寻养的柯基："汪？！"

江影长年赖床，工作却从不迟到，收拾东西的速度飞快，他收拾完行李的时候，陈助理的车还没来，他坐回了床边，揉了两把螃蟹抱枕，刚好看到了戚逐回复的消息。

班长：昂？

班长：收拾好了？"脸红可爱.jpg"

大钳蟹：好了。

大钳蟹：我今天看你说话我就特生气，为什么呢？

大钳蟹："小恐龙出汗.jpg"

尤其是那个微笑和可爱表情，虽然知道戚逐的微笑是真微笑，但他还是觉得怪。毕竟对他这种常年混迹于掐架第一线的人来说，除了保命用的狗头外，别的表情包都有其他的内涵，随时可以拿出来向敌方开炮。

班长：哦。

班长：机场见。"小黄脸再见.jpg"

这个"哦"倒是和平时的风格如出一辙，此后戚逐也没再发来新的消息，江影莫名放松了许多，这才发现自己对戚逐那种干巴巴的聊天方式早就习以为常。

哪怕那个再见的表情，看起来真的很凶。

机场见的两个人，刚一见面就是亲切的问候。

江影："早，你香水不行。"

戚逐："早，你头发翘了。"

综艺录制的地方果然在乡下，离 H 市还挺远，辗转了大半天，傍晚的时候，江影才坐上了去录制地点的车。

"你都带了些什么？"上车前，戚逐看着江影半人高的旅行箱，终于忍不住发问。

"吃的。"

戚逐似乎想笑，但到底只是嘴角动了动，换了个同情的表情："带不进去的，下车要查箱子的，除了衣服，你什么都别想带进去。"

"啊？"江影早上辛辛苦苦地装了一整箱的零食，没想到节目组还能来这一出，当场愣了。

"是不是傻？"戚逐终于笑出了声，抬手从侧面轻轻地推了下江影的头，"观众想看你自己做饭，又不想看你吃零食，像你这种的，顶多等下拍个开箱然后给你没收，给观众找点乐子吧。"

"那……搜身吗？"江影灵机一动。

戚逐警惕地看着他："不搜，你想干什么？"

戚逐觉得自己可能不该提起这个话题，因为江影自打知道不会搜身之后，就开始往口袋里揣吃的，还给他的口袋里揣了点儿。

下车的时候，两个人的口袋里都是鼓鼓的。

"欢迎欢迎，到你们了。"同参加节目的有两位嘉宾已经到了，分别是当红男团 T.ATW 的 C 位（中心位）傅止，还有 T.ATW 的 Rapper 池云开。

"新到的过来排队。"导演拿着喇叭对两人喊，"让我们看看你们都带了些什么。"

不得不说，在看到江影那个 28 寸大箱子的时候，节目组的好几个工作人员都眼前一亮。

桌子上放着刚才嘉宾们上交的物品，虽然只到了两个人，但桌上的物品千奇百怪。

"你们谁带的指南针和帐篷？"江影问。

"他。"傅止指了指身边的池云开，"接工作的时候他在玩游戏，直到刚才他都以为这是个野外生存类节目，都准备好钻木取火了。"

江影：……众所周知，T.ATW 是个不靠谱的男团。

他们说话的时候，导演带着工作人员已经拍完了戚逐的开箱过程，戚逐的旅行箱，和本人一样干净利落，只放了衣服和必需品，各自叠放得整整齐齐，除此之外，没有多余的东西。

"戚老师果然连旅行都是极简风啊。"江影又开始了。

极简风在某种程度上被称为性冷淡风，只能说，这人安分不过三分钟，又开始了。

"在看江影的箱子之前，大家想听一段语音吗？"戚逐突然开口，"发语音的人，联系不到江影，刚才指名要江影听这个。"

"那你刚才在车上怎么不说？"江影迷惑。

"那你自己说说，刚才在车上你在忙什么？"

江影：……哦，忙着藏吃的呢。

导演一听有素材，那自然是要听的："想听想听。"

戚逐打开手机 QQ，播放了一段语音："江竹杠，你有本事不接我电话，你有本事别回来啊。"

江寻的语音："你掏空冰箱我都忍了，可你为什么连 MVP 的狗饼干都要拿走，那是我昨晚才给它买的。"

众人："噗。"

江影："这……"

"开箱开箱。"导演兴奋了。

江影没办法，抬手打开了箱子的锁扣，由于装得太满，箱子的盖子直接弹开，满满的一箱子零食呈现在众人的面前。

果然如戚逐说的那样，江影辛辛苦苦打包的所有零食，都充公了。

"还有一位嘉宾要明早才到，你们可以先入住了。"导演拍完了这一段后，开始催促嘉宾入住。

"之前不是说没收手机吗，导演怎么没问？"江影小声问。

"导演说自己自觉，微博别刷，录制期间别玩，其他时候没人管你。"戚逐小声说。

"太好了。"江影如释重负，"我还担心巨轮没了呢。"

"巨什么？"路过两人身边的导演茫然。

/24/ 掐架 101 C 位出道

"没事。"戚逐冲导演点点头，顺手拖上了江影半人高的大箱子。

导演半信半疑地走了："什么东西，神神秘秘的。"

"是不是傻,巨轮一天两天不聊天又不会立刻消失。"导演离开后戚逐说，"有那么重要？"

"不行。"江影从导演手里抢回一包薯片，跟上了戚逐的脚步，"你不懂，巨轮它不是重点，主要是我一天不跟你掐我就浑身难受，而且我想要大火花。"

"你自己听听你说的是不是人话？"戚逐笑出了声。

"看到你俩关系这么好，我就放心了。"池云开看着戚逐手中江影的箱子，露出了很懂的微笑。

"不好不好。"江影摇手，"你之前播真人秀的时候也看到了，是个人都知道，我们两家是水火不容的。"

"你说吵架 APP 上的那个蟹老板啊。"池云开说，"那种引战的就不能算是个人，网络会教他做人，不提也罢，安心，我带头相信你和戚逐的友谊坚不可摧。"

江影：行吧，自己还真是，里外都不是人。

而且，池云开真是哪壶不开提哪壶，自己现在真的很想教他做人。

　　嘉宾们奔波了一天，都需要休息，导演组拍完了需要的素材，各自收工，留给嘉宾们一人一个房间休息。

　　"你们……好养生啊。"江影看着客厅里的灯光愣了。

　　T.ATW 的两名成员，大晚上的一边泡脚一边泡红枣枸杞茶，好像顺带着还在打游戏。

　　"我们是养生小煳团。"池云开刚好打完一局，冲江影问，"来一局吗？"

　　江影想来一局，但他最近因为在峡谷掐架被封了账号，没的玩。

　　借号的话，江寻丢不起这个人，戚逐压根就不玩游戏，没人能借他。

　　江影决定还是去玩点怎么掐架都不会被封号的游戏，比如他手机里那个今天还没空打开的 APP。

　　"明早要赶录制，别熬夜。"江影回房间之前，戚逐拦住了他，"明早你要是因为起不来上了热搜，我保证第一个点赞。"

　　江影赶了一天的路原本挺困，一听戚逐说话，瞬间又来了精神："你天天盯着我有没有上热搜干吗？"

　　"不是我盯。"戚逐停下脚步，"是你真的太显眼，每次抢的都是好位置。"

　　"你以为你不是吗？"江影不甘示弱，掰着手指数，"戚逐耍大牌、戚逐不接梗冷场、戚逐片场怒斥新演员、戚逐气走编剧……你还想听什么？"

　　"我有一个问题。"戚逐怀疑的目光扫过江影，"你说的这些，比如气走编剧的那个，是三年前的事情了，很多人都忘了，为什么你记得那么清楚？"

　　江影瞬间就心虚了："当然是因为印象深刻了……"

　　才不是什么印象深刻，那是因为他酷爱吃瓜，把这些黑料都给拷贝存档了，没事就翻出来看看。

　　戚逐气走编剧的那条最有意思，那部电视剧，戚逐当初签合约的时候，片方说好的尊重原著，后来拿到剧本，戚逐才发现编剧在无任何理由的情况下对剧情进行了"魔改"①。

　　戚逐发现的时候，立刻反馈了这个问题，但那个编剧非说没怎么修改，戚逐坐在桌前，面前摆着剧本，手里拿着笔，一条条指出了其中的不合理

———————————
① 魔改：大幅度的违背原作本意的修改。

之处，把那个"魔改"编剧说到哑口无言。

偏偏那编剧恶人先告状，找了人爆料诉苦，网友们不知道情况，对着戚逐就是一通掐，后来剧本的真相爆出，关注的人倒也没那么多了。

这样的网络掐架江影看多了，知道很多人都只是为了掐而掐，根本不关注真相，事情就算是有反转，也很少有人会给当事人道歉。

一哄而上过后的作鸟兽散，就是现如今很多网络混战的缩影。

网友的记忆只有三秒，戚逐只爱工作，压根就没把此事放在心上，这件事就渐渐被遗忘了，除了江影。

江影特地找到当时的视频来收藏，因为他就是觉得，戚逐一板一眼地怼人的时候，比平时要有意思。

当然他这种喜欢收集别人黑料的神奇爱好，是不能拿出来跟人分享的。

"困了，睡觉。"江影避开了戚逐的问题，溜了。

他关上了自己房间的门，开始偷听客厅里的动静。

江影关门后，戚逐回头，发现沙发上坐着的两个人都在看他。

戚逐：？

傅止："我算是懂了。"

池云开："懂了，为什么大家都认为，他不说话的时候，才是爱豆。"

"这才哪儿跟哪儿啊。"戚逐说，"这种程度的算是正常聊天了。"

"综艺不适合他。"戚逐站在江影的房间门口说。

"那什么适合他？"池云开顺着戚逐的话问了下去。

"掐架101，绝对C位出道。"

傅止和池云开：……

江影的房间门拉开一条小缝，里面飞出了一包薯片，被戚逐单手接住。

"不是说睡了？"戚逐问。

"睡是睡了，但架不住门口有人打鸣啊。"江影又关上了门。

这次外面安静了下来，江影如愿缩回了被窝，打开"吵"，先签了到，然后他看向自己的好友列表。

巧了，他新收的小徒弟"吵3357868"的头像刚好亮了起来。

蟹老板：晚上好！

蟹老板：今天你吵架了吗？

吵 3357868：没空。

江影摇头，此人果然还是一如既往地高冷，依旧没能学会他吵架的精髓，还不如戚逐。

吵 3357868：你不是说今天没空？
蟹老板：现在有了，但时间有限。
吵 3357868：那你还不去忙？
蟹老板：来，让我们争分夺秒，把我的毕生绝学传给你。
吵 3357868：？不想学，睡了。
蟹老板：看你这个问号，就知道你上课没好好听。
蟹老板："你懂我意思吧.jpg"
蟹老板：先不管了，我们先抓紧时间讲今天的——
蟹老板：当代网络挑事儿必备礼仪，学会说"您"。
蟹老板：建议搭配阴阳怪气的系统自带表情使用呢。

/25/ 偷表情包

对方不知道在忙什么，沉默了很久，在江影以为他不会再回消息的时候，又一条消息蹦了出来。

吵 3357868：……
吵 3357868："您"还有这意思？
蟹老板：有的有的。
蟹老板：信我，我风里来雨里去这么久，懂得多。
吵 3357868：竟然还有这层意思……

徒弟需要仔细斟酌新知识，江影十分善解人意地让他多思考了一会儿，才继续说了下去。

蟹老板：不过，我用"宁"比较多，嘲讽语气比"您"更上一层楼。
蟹老板：慢慢来呗，总之你先学这几个，首先气势上就不会输。

吵3357868：哦。

吵3357868：谢谢您。

江影：……

考虑到这位徒弟说的"您"就是真的"您"，没有其他意思，江影决定按捺下心中那股不妙的感觉，暂且不多计较。

时间不早了，传道授业解惑不急于一时，今天能玩手机已经是意外之喜，江影明天还有工作，不能睡太晚。

蟹老板：我明天还有工作，要睡了，有空我们再聊。

蟹老板：拜拜。

吵3357868：嗯。

这人还是一如既往地话不过三句，他俩聊天没几次，江影却已经有了习惯的感觉，说起来，他以前不喜欢带人，觉得麻烦，现在倒是觉得，好像还不错，比"命题吵"要有意思。

对话停在了这里，江影奔波了一整天，困意渐深，他推开房间门，打算去完洗手间就睡，客厅的灯已经灭了，有人开了盏暖橘色的小灯。

戚逐背对着他坐在灯光里，手里的纸质剧本又翻过一页，手机倒扣在一旁的茶几上。

节目组给嘉宾们在人迹罕至的地方找了这栋小别墅，房子内部装修的风格偏田园风，室外是三月的月夜，室内是柔和的灯光，向来喜动不喜静的江影，突然不想打破这里的氛围。

所以他放缓了脚步，蹑手蹑脚地向洗手间的方向走去。

戚逐拿着手中的剧本正要翻页，抬头的时候，看见客厅里有个鬼鬼祟祟的影子，正在往卧室的方向挪。

戚逐：……

他放下手里的纸质稿，从茶几上的果盘里拿了个剥壳后的开心果，右手一扬，动作十分熟练，目标十分明确。

"哎哟。"江影被砸，停下了脚步，想到其他人已经睡了，不情不愿地捂了自己的嘴，向戚逐的方向走去，"你干什么？"

这砸人的手法，江影太熟悉了，不是戚逐还能有谁。

初中有那么一阵子，老师上课总找不到粉笔，因为那时班里十分流行互砸粉笔头，通常班里新的一盒粉笔刚拆，就被一群人给抢光了。

戚逐不屑于玩这个，但江影喜欢，江影心直口快，有什么话当场就说了，因此树敌颇多。每逢混战，多半的"弹药"都冲着他的方向来。

两人偏偏还是同桌，戚逐再怎么置身事外、再怎么觉得无趣，在帮江影掸了几次头发上的粉笔灰后，也只能帮着江影砸回去，时间久了，就练成了砸人的手艺。

"这么晚了还不睡？"戚逐坐在沙发上，把剧本文件反扣放在茶几上，问走过来的江影，"偷偷摸摸地干什么呢，半夜在客厅里表演行为艺术？"

"看你那么认真，不好意思打扰你。"江影白天穿得像模像样，这会儿却穿着单薄的睡衣，前胸和后背的衣料上都印着一只张牙舞爪的大螃蟹。

"你还有不好意思的时候？"戚逐不信。

既然被发现，江影也不打算回卧室了，他径直走过去，在戚逐旁边的沙发上坐下，安分不过三秒，把爪子伸向了戚逐放在茶几上的剧本。

戚逐一把打落了他的手，扔过去一张毛毯："刚开春，就穿那么点，回头生病了，网友可不管你为什么没精神的。"

江影裹着毯子，就剩个脑袋还露在外面，放弃了伸手拿剧本的念头，不过他原本也没那么想看："太稀奇了，班长还会关心人了。"

"无事献殷勤啊。"

若放在平时，江影被人招惹，那必然是要咬着不放的。

但暖橘色的灯光削弱了人的攻击性，戚逐递过来的毯子也的确暖和，再说江影刚才那瞬间回想起初中时戚逐帮着他砸人的事情，此时此刻，他莫名看戚逐有点顺眼，甚至想夸夸戚逐。

这个时间狗都睡了，戚逐还在研读剧本，要问这不是好演员还能是什么？

江影难得想夸人，被子裹着行动不便，他用左肩撞了撞戚逐，特地换了个称呼："戚哥哥，您还真是认真的好演员呢。"

他话还没说完，戚逐的脸色瞬间就冷了下去，轻飘飘地扫了江影一眼。

"你骂我？"他听见戚逐问。

江影：？

没有啊，他难得想夸夸人呢。

但是可能他杠精的人设在戚逐的心中已经根深蒂固，所以不管他说什么，戚逐都觉得不是好话。

"去睡觉。"戚逐没好气地说，"成天不好好看剧本拍戏都在想些什么，《瑞雪》拍不好你完了。"

江影莫名其妙挨了顿训，始终没搞清楚自己夸人的那句话到底哪里出了问题。

"训人的样子可真像我妈啊。"江影扔下一句话卷着毛毯跑了。

不过戚逐对待工作是真的认真，这多少对他有点触动，决定在空闲的时候也好好把剧本读一读。

客厅里的戚逐就着橘黄色的灯光继续夜读，那份文件的外面写着"剧本"，翻开之后，里面的内容却是和某人的 QQ 聊天记录。

戚逐一只手拿文件，一只手拿红笔，继续画重点。

"您"和"宁"要圈起来。

小黄脸的微笑和再见表情要圈起来，问号也要圈起来，句末若是有语气词，戚逐也顺手给圈了。

江影似乎认定了省略号会有损他的气场，通篇下来，几乎看不到省略号。

除此之外，还有各种表情包。

戚逐放下纸质文件，拿起手机，打开了那个有巨轮的对话框，开始——收藏表情包。

/26/ 找到某人最快的方法

江影发过的表情包很多，戚逐光是收藏就用了很久，还顺便又看了两人的聊天记录，似乎从很久以前开始，两个人的日常吵架就没有断过，已经渐渐成了一种习惯。

对话框上巨轮标识的右边，是戚逐给江影的备注——

"吵架精"。

备注的时间，大概是初中了。

那时的江影身体还没长起来，但骨子里的好看已经初具雏形，楼下几个班的女生打他们那个窗口路过，总是会有意无意地瞥上几眼。

但那个时间的江影，已经是学校里有名的吵架精了。

吵架精有两个特点：一是自己爱吵架；二是爱看人吵架。

哪里有人吵架，哪里就有江影。

当初江家就跟班主任交代过，为了保护其他同学的身心健康，务必让江影跟戚逐坐一起。

戚逐平时话不多，自然不会跟别人发生什么冲突，跟他同桌，既没架可吵，也没热闹可看，对某个吵架成精的人来说，是一种折磨，这被江影概括成无趣，记恨了好多年，明里暗里都表达过不满。

戚逐的回忆到这里就被打断了，因为他的手机振了一下，某个半小时前就声称要睡觉的人，竟然给他发来了消息。

吵架精：【戳一戳】
吵架精：班长，你这个灯光太亮了，降低了我的睡眠质量。
吵架精："呸.jpg"
吵架精：我看你剧本都快能倒着背了，差不多得了，快睡。
吵架精：这么大的人了，还熬夜，看给你能的。

戚逐转头看了看自己身边昏暗的暖橘色灯光，又看向江影房间的方向，淡淡笑了下，起身关了客厅里的灯。

"小竹杠，晚安。"戚逐在心里说。

果然像导演说的那样，第二天一大早，综艺的录制就开始了，戚逐五点半的时候被节目组敲开门，房间整齐精神好，营业状态一流。

戚逐对工作的态度很认真，微博上曾经有人说，无论是表情管理还是精神状态，戚逐随时都可以调整到最好。

"是要发布什么任务吗？"戚逐问工作人员。

"有，抽一张卡，然后叫卡上的人起床。"工作人员递上了两张卡片。

"你们确定让我叫他？"戚逐问。

"可以吗？"工作人员先前听说两人关系不和，戚逐这么问，他们也紧张，"不行就换别人来。"

"可以。"戚逐点头，"我来吧，别人可能……叫不醒他。"

戚逐出门的时候，T.ATW的C位傅止已经起床了，戴着一副金丝边的眼镜，坐在客厅的沙发上看晨报，见到戚逐，抬头打了个招呼。

戚逐敲了敲江影的房间门，和意料中的一样，无人应答。

"有钥匙吗？"

戚逐从工作人员的手里接过钥匙，打开了房间门。

戚逐：……

跟拍：……

江影没盖被子，他还裹着昨天的毛毯，横着睡在了被子上，睡衣被踢到了床下，毛毯半遮半掩着内裤上一只张牙舞爪的螃蟹。

"这段剪掉吧。"戚逐的语气中听不出情绪起伏。

工作人员肃然起敬，戚老师果然是见过大场面的人，遇事丝毫不慌，直接让剪掉。

"江小影，起床，十点了。"戚逐拎起了被子的一角把江影裹好，谎报完时间，推了两下让人起床，然后迅速避开。

跟拍：？

江二少慢慢睁开眼睛，深呼吸，翻身坐起，说出来的话带着一股子怨气："起什么起！三更半夜就让人起床，还瞎报时间，跟我妈叫我起床的套路一模一样，外面的鸡醒了吗？！"

他说这话的时候，身边一个枕头就这么抢了出去。

戚逐一伸手，稳稳地接住了江影扔出来的枕头。

"传说中的起床气。"戚逐对着跟拍的镜头，面无表情地说。

工作人员瑟瑟发抖，心想戚老师果然懂得多。

"外面的鸡早醒了，你再不起来，就抽不到交通工具了。"戚逐对江影的起床气视若无睹，继续冷嘲热讽，"等下我们去镇上，你自己留在这里，反正你四体不勤五谷不分的也做不了什么，添乱。"

站在门外的导演格外担心两人就这样吵起来，没想到戚逐的嘲讽却起了作用——

"瞎说，你才做不了什么，戚老师那么金贵，能干活吗？"

"去镇上？"江影清醒了，迅速套上衣服，"镇上好玩吗？"

在城里长大的孩子，对这种乡村小镇，充满了兴趣，来多少次都一样。

穿好衣服理好头发的江二少人模狗样地出了卧室，四处给人打招呼："哟，导演，您这么早啊。"

跟在他身后的戚逐脚步一顿，清了下嗓子，似乎在提醒着什么。

"你没睡好啊？一大早就阴阳怪气的。"江影回头问戚逐。

戚逐自动屏蔽江影的话，站在原地若有所思。

节目组给他们的任务是去镇上采购东西，顺便找到藏在镇上的另外一名嘉宾。每个人去镇上的方式取决于抽到的交通工具，嘉宾之间不允许共享交通工具。

傅止抽到了小汽车，已经跟车走了，池云开抽了个小木筏，从水路慢慢地划走了，剩下戚逐和江影，各自看着自己手里的抽签纸发呆。

江影抽到了自行车，戚逐抽的溜冰鞋。

"导演。"戚逐说，"我大概，来不及？"

溜到中午也过不去啊。

"午饭在镇上吃，到不了镇上的人没有午饭吃。"导演毫不留情。

"那什么……"江影十分社会地攀上了导演的肩，"导演，商量一下，我不会骑自行车。"

导演：……

"要不我俩换一下？"戚逐提议，顺手把江影从导演那边拨了回来。

"按规则，你提出交换，你要满足江影一个愿望。"导演让步了。

"听到没，满足我一个愿望，不然我推着自行车跑都不给你骑。"江影来劲了，立刻顺竿上要和戚逐谈条件。

"好。"戚逐想也没想就答应了，"你可以好好想想，你想要什么？"

这是在录节目，不是平时开玩笑，导演也没想到戚逐这么快就答应了，戚逐的一句承诺，多少都有点分量。

"那你给我投个票吧，再吹个彩虹屁。"江影说。

戚逐：……就这？

导演：……就这？

事实证明，江二少对投票这件事，十分执着，戚逐答应回去给他投票，江影这才跟他换了手里的小纸条。

"你去吧，我看家。"江影踩着溜冰鞋到处乱滑，顺便跟戚逐挥手。

戚逐一看他那乱窜的劲儿就来气："去捡个竹竿来，我带着你。"

江影：？

十分钟后，通往乡镇的小路上，出现了一幅神奇的画面。当红演员戚逐踩着自行车，车后面挂着根竹竿，拖着某个踩着溜冰鞋的明星。

江影长这么大没这么玩过，兴高采烈，看戚逐都顺眼了不少。

"你累吗？"江影冲前面喊，顺便往前滑了几步。

"不累，快到了。"戚逐说。

小镇离他们住的地方不远，半个小时以后，两人顺利到达了目的地。镇子偏远，认识他们的人不多，加上导演组提前打过招呼，很少有人会凑过来围观。

"来，戚老师辛苦，给你擦擦汗。"江影从口袋里翻出了一张揉得皱巴巴的纸巾。

"嗯，给你十块钱，你去买点毛豆。"戚逐接过纸团，拿出导演组准备好的钱开始数，"毛豆认识吗？"

戚逐："江竹杠？"

戚逐："江影？"

他数钱的这么一小会儿工夫，江影撒手没了。

"他人呢？"戚逐问自己的跟拍。

跟拍和工作人员都摇头，面露无奈，表示不知道。

"我们刚才一路走过来的时候，有看到人吵架吗？"戚逐停下脚步。

工作人员思索片刻，给戚逐指了个方向。

三月的小镇刚下过一场雨，湿漉漉的空气里有淡淡的花香，路上歪歪斜斜的青石板还浸润着水痕，细雨打落的花瓣，被行人纷乱的脚步印刻在青石板上。

巷子的尽头有个卖水果的摊位，两个阿姨不知因为什么发生了口角，站在那里争吵不休，嗓门一个比一个大，你来我往，谁也不肯让着谁。

走丢了的江二少，不知找谁借了张矮凳子坐在那里，歪头看得津津有味。

/27/ 大场面我见得多了

戚逐：这人还真是江山易改，本性难移。

跟拍：……

追上来的安保人员：戚老师果然厉害。

在场工作人员纷纷表示无法理解，一般人对这样的场合避之不及，江影竟然还搬了张凳子，做好了观看全程的准备。

"这是……看什么呢？"导演小心翼翼地问。

"瓜子要吗？"戚逐的本意是嘲讽，伸手递出了口袋里昨天江影给塞的一小袋蟹黄瓜子仁。

"谢谢。"江二少伸出爪子带走瓜子仁，浑然不觉戚逐在自己的身后，依然对眼前的场景全神贯注。

这两位的吵架水准实在不高，江影听得有些皱眉，甚至开始着急，进而指手画脚——

"哎，穿红衣服的阿姨，对，就是您。"江影忍不住了，"您刚才这个逻辑不对，她菜卖给您的价格贵了，这才是您要争的，您被她绕远了，理一下逻辑再开口。"

"还有这位阿姨。"江影换了个方向，"不是我说您，您吵架还能不能有个重点了，菜价的问题一路被您拐到了走路姿势上，您到底会不会吵架啊。"

戚逐：……

这人看就算了，还指点上了。

眼看着两位阿姨在一阵诡异的沉默之后似乎生出了一致对外的苗头，戚逐赶紧伸手，抓住了江影的衣领。

江影：？

"打扰了。"戚逐冲两位阿姨点点头，拎着江影就走。

戚逐的知名度高，作品也多，观众年龄跨度大，不少人都看过他的剧和电影，他走过来的时候，路边明显有人已经认出了他，报出了他演过的一个角色的名字。

江影这才记起来，他好像在录节目："这段剪掉就好。"

"服了你了，录个节目你都能撒手没（一撒手就消失）。"戚逐说，"你这是什么爱好？"

"不是一天两天的爱好了，你又不是不知道。"江影没看完全程，有点意犹未尽，"认真工作，不扯那些有的没的了，我们现在要做什么？"

戚逐默默收回了要给江影拿去买毛豆的十块钱："一起走吧，买点菜带回去就行。"

江影出门时，踩的是旱冰鞋，出了刚才的巷子，都是水泥路面，这会儿戚逐说要一起走，他干脆动都不想动了，抓住戚逐的衣角，任他带着自己滑，完全不用费力走路，自在得很。

戚逐迈出去的脚步一顿，把江影往旁边轻轻一推："自己走。"

"不会。"江影特别不要脸，不肯撒手。

像牛皮糖，扯都扯不下来。

他刚才没看完路人吵架的全程，现在非常想招惹一下戚逐，但戚逐偏偏油盐不进，不屑于跟他闹。

一直跟着两人的导演开口了："戚逐，江影好像不会滑旱冰，要不为了安全，你就带着他一起走吧。"

导演也有自己的考量，毕竟江影是请来的嘉宾，要是摔着了，节目组第一个不好过。

戚逐欲言又止，拖着某个蹬旱冰鞋的人，继续往前走。

江影难得挤对到了戚逐，颇为得意，一路上各种念叨就没停过。

"戚逐啊，你现在的表情，是不是就是传说中的生无可恋？"江影问。

"闭嘴不说话没人把你当哑巴。"

"瞎说。"江影反驳，"他们都说，我不说话的时候，是人见人爱的爱豆。"

戚逐："那你要不要动动脑子想想，这是句好话吗？"

江影：……

路边有认识两人的行人，路过时听见了两人的对话，在一旁偷笑。

戚逐带着个拖油瓶，按照导演发布的任务购买东西，江影倒也没完全闲着，每逢戚逐准备付钱的时候，准时打断，开始和摊主讨价还价。

他菜都认不全，砍价却头头是道。摊主说不过他，几圈下来，原本紧巴巴的采购资金，还有不少剩余。

"江二少啊，不用给我们节目组省钱。"导演在旁边提醒了一句。

"不用管他。"戚逐停下脚步，"他就是喜欢讨价还价这个过程。"

"就你知道得多，你少说几句会……哎哟。"江影没想到戚逐突然停下脚步，脚下的旱冰鞋没收住，一头撞在了戚逐的后背上，"……哐，你会不会走路啊？"

他正要继续指责几句，抬头时目光越过戚逐的肩膀，看见了不远处一个熟悉的身影。

有点眼熟。

江影记得，他之前试戏的时候见过，吃饭的时候也见过——

隔壁公司的艺人，苗野。

当初试戏的时候，苗野出言挑衅，还被江影教训过，这人好像心理素质不太行，不经骂，气势不够，敢挑事不敢闹事，被江影划进了没什么意思的那一类。

"导演。"江影指着不远处的人问，"你瞧瞧，那个，是不是第五位嘉宾啊？"

"哎，对，你们这期因为档期，替换了不少人，苗野也是临时换……"导演话音未落，苗野那边先一步看到了他们这边的动静。

"戚老师！很高兴又能合作了。"苗野没看见江影，率先跟戚逐打了招呼，"听他们说你接了这期的节目。"

"那你听说没有，这节目里还有个我！"江影从戚逐身后溜到了前面，冲苗野伸出手，"任务道具。"

苗野对他有阴影，当场打了个激灵，也没管在不在录节目了："怎么是你？"

"怎么不能是我？"江影反问，"来来来，任务道具交出来，你抖什么，我吃人吗？啊？！"

苗野抓起放在桌上的包，往身后一背，拔腿跑了。

戚逐：……

"别跑。"江影脚下一蹬冰鞋，十分熟练，嗖的一声追了出去。

导演目瞪口呆，缓缓地把目光转向戚逐："他……"

戚逐一如既往地冷静、淡漠，只略带同情地看着导演："他，是学校轮滑社的。"

导演：……

戚逐："没事。"

戚逐："小场面。"

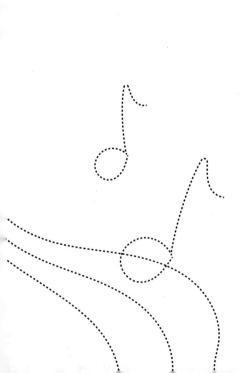

/28/ 我把你当同桌，你把我当……

导演当即表示自己长这么大还没见过这种程度的小场面。

"听说你们……是初中同学？"导演这才想起来这件事。

"嗯，小学和高中也同学过一段时间。"戚逐说，"出于家里的缘故，我有时在国外读书，其他时候，都是同学。"

导演："那他从前？"

"多动，能抬杠，精力旺盛，脾气坏，没消停，爱惹事，喜欢凑热闹，更喜欢掐架，但他讲道理，不招惹他不会被他咬着不放。"戚逐评价完想了想，又补充了一句，"除了对我。"

导演：这两人的关系果然不太好。

这位导演，本意是录点小清新的生活类综艺，平时光鲜靓丽的大小明星们回归乡村生活，让观众感受小镇宁静的氛围，体验乡村小路上那种久违的清新气息。

从刚才江影歪头看吵架的时候起，导演的心中就涌起了一种不妙的感觉，果然，现在这小清新综艺已经快变成全明星运动会了。

敢情江二少刚才不是走不好路，是故意在找事。

苗野别的没有，唯独就是腿长，这种时候跑得飞快，江影把脚下的旱冰鞋蹬出了风火轮的感觉，两个人一前一后追出了半条街，后面还拖着一串安保和跟拍。

"没事，他不会摔，不用太担心。"戚逐反过来安慰导演，不紧不慢地朝着江影的方向走了过去。

导演当即表示比较心疼自己快要跑题的节目。

半条街外，江影轻松追上了逃窜的苗野，正在讨要任务道具。

苗野气喘吁吁，用极其复杂的眼神瞥了一眼江影脚下的旱冰鞋。

"这位喵同学，我吃人吗？"江影伸出右手，在苗野的眼前晃了晃，"你跑什么？"

苗野不仅想跑，而且他要是知道这综艺临时替换上的嘉宾是江影，他压根就不敢来。

"哎，我觉得你这人挺有意思的。"踩着旱冰鞋的江影比苗野高出了好一截，说话的时候也有点居高临下的气势，"你说你胆子这么小，那天哪里来的勇气招惹我？"

"都是为了生活。"苗野小声嘀咕了一句，似乎在努力做什么心理建设，几次深呼吸过后，憋出了一句话，"我觉得你就是不行，录综艺你也不认真，他们说你比鹅还能划水。"

或许是因为胆量不够底气不足，苗野的这句话听起来格外像蚊子哼哼。

"什么东西？"江影没听明白，按着苗野的肩膀想让他再说一遍，"这话谁跟你说的？"

苗野：……

一只手从江影的后面伸了过来，抓住了他的左肩，把他连人带轮子往后扒拉了半米。

苗野终于喘上气了，与此同时，更加佩服戚逐的气场。

大概也就只有这位，能稍稍打压一下某人嚣张的气焰。

"录节目。"戚逐轻飘飘的三个字丢过来，把江影心中蠢蠢欲动的掐架小火苗给压了下去。

"你说得对。"江影对苗野缓缓露出了一个友好的微笑，"来，让我们好好录节目。"

"那、那我们继续。"苗野也终于想起来自己是来干什么的了，他从口袋里翻出一张小纸条，指了指江影，"最先找到我的人，是……你。"

"嗯，我。"江影点头。

戚逐的手一直搭在江影的左肩上没有放下去，这让在场的所有人都觉得有点安心。

"所以你现在要回答我的问题，回答结束后，你将获得任务道具，一篮子鸡蛋。"苗野说。

"好的。"此时的江影看起来非常好说话。

综艺都喜欢挖点明星的八卦新料，但江影没想到这导演真的是圈内的一股清流，苗野递过来的题，是一道高中奥数题。

江影：？？？

江影转头求助戚逐，把题塞进了戚逐的手中，动作十分熟练："班长，班长你会吗？"

终于，导演总算如愿以偿地拍到了他想要的小清新节目效果：偏远乡镇的小茶馆里，戚逐和江影在埋头做题，苗野在一旁等结果，早就到了镇上的傅止捧着杯茶，坐在桌边。

至于另一位嘉宾池云开，由于竹筏划错了方向，暂时还未到达镇上。

"看，这就是我要的慢生活的效果。"导演对着副导演感慨。

"有草稿纸吗？"戚逐抬头。

"没有。"苗野茫然。

"这个可以吗？"傅止慢吞吞地拿出一张晨报。

戚逐："……有别的吗？"

"勉为其难地给你一张。"江影从口袋里拿出了一个小笔记本，绕开了本子的前几页和最后几页，从中间给戚逐扯了张纸。

"随手带笔记本，好习惯。"戚逐说。

江影的眼神有点飘忽不定，十分出奇地没有回应，绕开了这个话题。

导演设置答题环节是为了拍摄素材，自然不会太为难嘉宾，戚逐算完题的时候，在河里漂了一上午的池云开也到达了小茶馆，五名嘉宾终于聚齐了。

几个人在镇上吃了饭，继续采买物品，一直到傍晚才回了临时居住的地方。

农庄里的独立卧室只有四个，昨天他们一人占了一个，苗野一来，就没有了住的地方。

"要不我和池云开挤挤？"傅止提议。

"不用，你们那个床小。"江影冲苗野说，"我房间给你。"

"啊？"苗野没料到这位江二少还愿意给他挪地方，当即有点愣了，"那你呢？"

江影指了指戚逐的房间，又指了指戚逐："我睡床，他睡沙发。"

苗野：……

不管了，反正他俩认识，再怎么掐也总不至于打起来。

晚饭后，江影拖着他的被子、枕头搬去了戚逐的房间，顺便拎上了他为数不多的零食，只给苗野留了包瓜子。

"今天不玩手机？"戚逐看着坐在床边发呆的江影有点意外。

"不想玩。"江影白天精力过剩了，晚上有点提不起精神，"我去洗澡了。"

他脱下外套放在床边，推门走了出去，外套没有放好，掉在地上，连带着他口袋里的小本子一起摔了出来。

戚逐俯身去捡，才发现江影的小笔记本落地时翻开了前面几页。

战力评估

戚逐：这是什么？

他简单扫了几眼，立刻明白，这不安分的东西给周围人都打了分，用分数来衡量掐架的能力，还写了评估备注。

江影最新记录的名字是苗野，后面跟的分数，是负5分，备注是"送人头的小可怜"。

戚逐：……

难怪中午那会儿，江影对小笔记本遮遮掩掩，不给人看全貌。

再往前看，江影给他哥哥江寻的评分是正无穷，备注是"不能惹"。

顾未，60分，画掉，改为三个"×"，备注是"不惹"。

易晴，100分，备注是"跟我差不多，势均力敌"。

齐俊，9分，备注是"毫无技术含量"。

除此之外，笔记本上还有很多戚逐熟悉或是不熟悉的名字。

他从后往前，翻到了笔记本的第一页。

在第一页上，写了一个人——

戚逐。

评分：？？？

备注：人精。

/29/ 你是甜柿子

戚逐：……

他不玩游戏，但多少知道这些，三个问号，等级不明，江影这是，把他当Boss（最强敌人）刷吗？

每天QQ上定时定点的聊天，以及平日里见面的互相"问候"，戚逐越想越觉得就是那么一回事儿。

初中和高一他俩做同桌的时候，江影好像还没这个爱好，这位纪律委员顶多拿本子记完了全校同学各种鸡毛蒜皮的小事。

后来戚逐去国外读书，两人几年没见，他回来以后，才发现江影升级了爱好——

不仅喜欢吵，还学会了评估。

江影不是一般人，他知道什么人能惹，什么人不能惹，以及什么样的人可以持之以恒地去招惹。

他刚洗完澡，头发还在滴水，全身湿漉漉地推开门，发现戚逐靠在床边，目光停在空气中的某个点上，不知在思考着什么。

"好像有点热。"江影自言自语，找到了空调的遥控器，顺手开了个十六摄氏度的冷风。

戚逐依旧在思考问题，对他的动作视而不见。

"想什么呢？"江影嘴闲了，开始找事了，"十八岁的大闺女想心事呢？"

戚逐凉凉地瞥了他一眼："想你。"

"啧，刻薄。"江影点评。

"比不上你。"戚逐头也没转，只是嘴唇略微动了动，"你是尖酸加刻薄，更胜一筹。"

"得了吧，戚逐。"江影说，"我要是尖酸刻薄，你就是笑里藏刀，我俩都黑红，你比我好不到哪儿去。"

"还是比不过您的。"戚逐真的笑了，笑得没什么诚意，"毕竟您演技还差。"

江影：……

江影突然被戳到了痛处，擦头发的动作一顿，加上这人无意之间用上了您，莫名让他噎了一下。

他停在戚逐的面前，摇了摇头，成功甩了戚逐一身小水珠后，摇摇晃晃地走了："头好像有点晕……"

戚逐：……

江二少挪到了床的另外半边，挑了不大不小的一块领土，开始着手铺他自己的被子。

"小影。"戚逐忽然唤了一声。

"干吗？"江影不怎么高兴地哼了一声。

"现在是三月，而且是晚上。"戚逐抓起空调遥控器关掉了空调，"你是有多热，能开十六摄氏度的冷风？"

"但我还是觉得……"江影抗议。

"说起那个战力评估，"戚逐没来由地提高了声音，"你为什么给我评了三个问号？"

江影也提高了声音："您会聊天吗，这思路跨得，我差点没跟上。"

话音刚落，他自己先一步发现了不对的地方："你偷偷看我小笔记本？"

"我没有偷看。"戚逐当即否认，"是它自己落在我面前的。"

"行吧。"江影铺完被子，钻进去靠着床头坐好，"戚逐啊，你说你这人，偷看就偷看，还拿出来问我，你不觉得尴尬吗？"

"你是会觉得尴尬的人吗？"戚逐反问。

"……我不是。"江影皮厚。

"至于为什么给你三个问号，"江影皱了皱眉，似乎也在思考自己的动机，然后他转头，有些神秘地开口，"我改过很多次，你没发现我是用铅笔写的吗？"

戚逐发现了："所以？"

"我觉得戚哥哥你吧，好像偶尔还能升级。"江影说，"我是个有原则的杠精，从不捏软柿子，及格分以下的人，只要不招惹我，我不会欺负人。我也不捏脆柿子，一百分以上的，我刚不过。"

"像你这种能自行升级的。"江影目露凶光，"你是甜柿子，我们杠精就喜欢你这种有挑战性的柿子。"

甜柿子：……

"所以，你是有高人指点，还是自身悟性好呢？"江影凑得更近了一些。

他的头发还没干，就这么凑过去，一绺头发上的小水珠，就沿着戚逐的锁骨，凉凉地一路滴答滴答地落了下去，一路没入戚逐的衣领内。

他刚觉得有些好玩，想要继续往那边凑，一张毛巾就劈头盖脸地落了下来，把他罩在其中，柔软干燥的毛巾被戚逐抓在手中，将他的头发揉到半干的状态。

毛巾被戚逐拿开，露出了炸毛的江二少。

"我去洗澡。"戚逐下床出门的动作飞快，完美躲开了砸过来的抱枕。

留在房间里的江影，对着手机自拍镜头，把自己翘起来的头发一绺一绺地给压了回去，捞回戚逐枕边的空调遥控器，继续享受十六摄氏度的冷风，还把风向调到了门的方向："等你回来，我冻死你。"

又到了一天中玩手机的时间，江影刚开机，就发现齐俊那一连串的消息——

齐俊：江二少？

齐俊：您老最近太安静了吧。

齐俊：我竟然不习惯。

齐俊：你是被炸号了还是被禁言了，怎么这么老实？

大钳蟹："江二少再骂我一次"，小齐总需要提供此类服务吗？

大钳蟹："暗中观察.jpg"

齐俊：不了不了，我心理素质差，是软柿子，求不捏。

齐俊："流泪熊猫头.jpg"

大钳蟹：别说了，我被打包到乡下录综艺了，没有零食吃，网还不太好。

齐俊：什么综艺，去那么远的地方？

大钳蟹：乡村爱情。

齐俊：？

大钳蟹："呸.jpg"是乡村生活，我有点头晕打错字了，主题是小清新。

齐俊：导演疯了？小清新节目找你？

齐俊：我就问一个问题，我们江二少看起来像是安静的清新少年吗？

大钳蟹：你忘了公司给我的人设了吗？

齐俊：？私以为三年前你那人设就没人信了。这位导演不看微博热搜的吗？

大钳蟹：哦，对了，戚逐也在。

齐俊：……

齐俊："流泪熊猫头.jpg"根据我初中生活的惨痛经历，我就问一个问题，这节目还能过审吗？

/30/ 让他闭嘴

江影不解，很不解，他寻思着他和戚逐也没做什么见不得人的事情，怎么就过不了审了？

所以他十分有礼貌地跟小齐总表达了一下自己的困惑。

齐俊：我觉得吧。

齐俊：不够和平。

齐俊：后来高中，我没考上你俩那学校，坐我后排的换了人，我，渐渐地胖了。

大钳蟹：哦？我影响小齐总发胖了？

齐俊大概是几天没联系到江影，今天话还挺多，说的都还是实诚的心里话。

齐俊：二少你像个永动机，叭叭叭地没完。
大钳蟹：？？？
大钳蟹："微笑.jpg"
大钳蟹：您皮痒了吗？会说话吗？
齐俊：你忘了，你俩总掐。
齐俊：班长这人也是，别人他都懒得搭理，但偏偏总跟你过不去。

齐俊对江影进行灵魂发问。

齐俊：人家是小清新生活类节目，你以为全国观众愿意看你俩吵架吗？

江影：……

江影从头到尾，把今天经历的事情做了个回忆，虽然不够小清新，但也没什么不认真的地方，他很认真地在营业了，也比较和平。

至于齐俊为什么会留下这样的印象，大概是由于初中那段鸡飞狗跳的岁月——

他们班的早读，周一、周三背英语，周二、周四背语文，周五的话，同桌之间互相抽查背书。

这个时候，比较考验同桌之间的友谊，基本上大家不会在背书这个问题上纠缠不清，在老师面前做个样子就过去了，除了最后一排靠窗的那一桌。

江影英语和语文都不差，但他背不下文言文，每逢背书，各种造句词，偏偏戚逐这人刻板严格得很，逮着他的错处就不放。

"上一句错了，重新背。"戚逐面无表情地放下书。

"背不掉。"江二少把书一扔，没骨头似的趴在桌子上，彻底放弃，一副你奈我何的模样。

"背不掉也要背。"戚逐不吃他这套，一根根掰开江影抠着桌子的手指，抓着江影身后的衣服把人拎起来，"话那么多，背个文言文怎么就困难了？"

戚逐："坐好。"

"坐不好。"江影杠上了。

戚逐开始武力镇压，再次拎人的过程中，江二少发起了微不足道的物理攻击和令人闻风丧胆的语言暴击，其间桌上的一杯开水，被某人一爪子挠了下去，寒冬腊月里，泼了前排的齐俊一身。

冬日的寒风中突然迎来了后排滚烫的"温暖"，坐在前排的齐俊眼前一黑。

江影能惹事，特别能给同桌惹事，他不高兴了，那这一个上午，大家都不得消停。

上课的时候，老师喊了戚逐回答问题，江影趁此机会偷偷抽掉了戚逐的凳子，冲前排的齐俊比了个嘘声的手势。

戚逐十分流畅地回答完问题，像是背后长了眼睛一般，面无表情，在众目睽睽下慢吞吞地走出老远搬回了自己的凳子。

江二少被罚抄书。

二十遍他一个人是抄不完的，所以到了最后，后排的几个人一起帮着抄书——

包括戚逐。

就为这个，他们那一圈的几个人都会模仿江影的笔迹。

那段抄书抄不完的日子给齐俊留下了深刻的印象，认为只要江影在，必然就不够和平。

倒是戚逐，这么多年来，和江影一直保持着联系，两人的相处方式，也依旧是从前那种不咸不淡的样子。

大钳蟹：所以小齐总你找我有事吗？

齐俊：啊，还真有。

齐俊：那什么吵架用的 APP，我捧的明星好像很喜欢，所以我注册了一个号。

齐俊：本人目前什么都不会，大佬能带带我吗？"星星眼.jpg"

大钳蟹：不能，我们大佬从不轻易带人。

从不轻易带人的大佬残忍地拒绝了小齐总的请求，退了微信，缩进被窝里，想到了自己那个美丽可爱的 APP。

卧室的门关着，戚逐还没回来，江影戳开"吵"，找到了自己特别中意的那个徒弟。

徒弟竟然在线，这么多天过去了，也没见这人换个头像和名字，依旧是最开始系统给他的那个。

> 蟹老板：是缘分吗？我们在线的时间极其一致。
> 吵 3357868：？
> 蟹老板：你咋不改改名字和头像？
> 吵 3357868：没意义。
> 蟹老板：你们这种人，是不是都觉得，做没意义的事情会浪费时间？
> 吵 3357868：嗯。
> 吵 3357868：我们这种人？
> 蟹老板：没事，想到了一个熟人。
> 蟹老板：徒弟弟，你连名字都没有，你不会哪天不想玩了，就消失了吧？
> 吵 3357868：不会。
> 吵 3357868：你不是"没意义"。

江影安心了，这人说话一板一眼的，嘴还挺甜。

> 蟹老板：学吵架吗朋友，包你成为人生赢家。
> 吵 3357868：……
> 吵 3357868：没兴趣。

一天没聊，这人又缩回之前冷冰冰的状态，像极了江影的某位熟人。
这位熟人出门洗澡至今未归，江影觉得，在戚逐回来之前，他大概还可以来一场教学——

> 蟹老板：今天，我们上新的一课，学会观察。

对方似乎来了点儿兴致。

> 吵 3357868：观察什么？
> 蟹老板：观察吵架。网友互掐，路边的吵架，都能看啊，主要是我觉得挺好看。
> 吵 3357868：没兴趣。
> 蟹老板：不行啊，我觉得你这人缺少点斗志。对了，你身边有杠精吗？

吵3357868：……大概有？

蟹老板：凶吗？

吵3357868：凶。

蟹老板：有我凶吗？

吵3357868：他说他不知道。

蟹老板：他玩这个吗？来吵一场。

吵3357868：他说他不玩。

蟹老板：还挺矫情。

蟹老板：那就盯紧他，把他当作你的目标，什么时候能让他闭嘴了，你就出师了。

吵3357868：好。"奋斗.jpg"

/31/ 江蝇

江影觉得自己大概是昏了头了，他看着那个系统自带的奋斗表情竟然有那么一瞬间想起了他那做什么事都很认真的班长大人。

蟹老板：难得看到你有了斗志，为师感到十分欣慰。

蟹老板：看来你认识的杠精很强。

吵3357868：很吵。

吵3357868：但不讨厌。

蟹老板：哦对了，忘了给你说，当面掐架暂且不论，网上掐架你记得准备好工具。

吵3357868：？

吵3357868：比如？

蟹老板：工欲善其事，必先利其器，你拿手机打字跟人家拿键盘打字，那效果肯定是不同的，练练打字的速度吧。

吵3357868：……原来你们还有这么多讲究。

蟹老板：还有一点，光有标点符号和阴阳怪气打底是不够的，你要学会把这些与博大精深的语言文化融会贯通。

吵3357868：举个果子（例子）？

蟹老板：你真好看，这是陈述句，也是句人话，我们拿这一句来举例子。

蟹老板：？？？"微笑.jpg"，您竟然也能这么好看呢。你品，你细品，是不是有点气了。

蟹老板：换成"居然"也有同样的效果呢。

吵3357868：……

蟹老板：大概就这样，唉，你自己悟吧，这个东西不太好言传，主要靠你意会，看悟性，也看胆子。

蟹老板：我连我班长都敢掐，基本没人敢惹他的。

吵3357868：那你是很棒。

蟹老板：我在说什么啊……我有点头晕。

蟹老板："兔子超疲惫.jpg"

蟹老板：先下了，拜拜。

江影从刚才开始就有点儿晕，他索性停止了线上教学，关了手机，继续往被子里钻。

"小影。"戚逐在这时恰好推开了房间的门，"你在做什么？"

感受到房间里的温度，他皱了皱眉，有些不满："又调成这个温度，你想冻死谁？"

"冻死你啊。"一团被子里传来了一个含含糊糊的声音，"冻死你这个没感情的拍戏机器。"

"占着我的房间，还想冻死我。"戚逐没理他，直接走到了墙边，抬手把空调的插头给拔了。

戚逐："那你觉得，我现在想做什么？"

江影团在被子里听到了动静，从被子的另一端探出头："什么？"

"把你，连人带被子，一起丢出去。"

江影更加不屑："班长你这么凶，以后讨不到老婆哟。"

江影这个"哟"的尾音，欠揍得很。

"没大没小。"戚逐伸手像往常那样在江影的额头上轻轻拍了一下。

不过这次，他没收回手。

江影：？

江影："本杠精的头是你想摸就能摸的吗？"

江影："先交钱，后摸头。"

"小影。"戚逐严肃地问，"你是不是……有点烧？"

江影自己碰了碰额头："有吗？"

事实证明，江二少不是有点烧，他是有点高烧，本人还浑然不觉。

"应该是着凉了。"导演那边带的医生给江影量了体温，还给了他常备的退烧药。

"昨晚踢了被子。"戚逐陈述事实，"穿得少，今天白天那会儿疯完后直接脱了外套，刚才还开十六摄氏度的冷风，哦，开空调之前大概已经在烧了。"

江影冲他就是个白眼："瞧见没，我们戚老师看起来冷冰冰的，其实也挺会关心人的。"

江影："要不咱还是开会儿空调吧。"

"你再说一句，我马上找胶带把你嘴给封起来。"戚逐和医生说话说到一半，转头就是一句威胁。

江影：这么凶。

正打算进门看情况的导演被这句吓得不轻，脚下一个趔趄差点撞在门框上：……

这两个人，随时随地都在互戗。

导演逐渐意识到，他请的不是两名嘉宾，是两位祖宗。

"他烧迷糊了。"戚逐把人送了出去，"我看着他。"

戚逐回来的时候，江影靠在床头，看着他的眼神有点迷茫。

江二少平时好动且好事，话多的时候唠个没完，挑事的时候像刺猬，谁碰谁扎手，骨子里却还是个身娇肉贵的小少爷，这会儿终于知道有点难受了。

因为发烧，他看向戚逐的时候，眼睛里还带着朦胧的雾意，消弭了平时那耀武扬威的眸光。

"这会儿消停了？"戚逐没好气地说。

江影安静下来的时候，特别符合爱豆的气质，他的长相随妈妈，宋婧溪的好看在圈内一直都很有名，曾经有人说，江影不说话的时候，有一种盛气凌人的好看。

但仅限于不说话的时候。

"哎，班长你蹦迪呢，你别乱晃，我现在有点儿头晕。"江影揉了揉眼睛，"你站着别动，千万别动。"

戚逐：……

他站在原地压根就没移动过，江影自己头晕，倒把锅甩到他身上。

江影安静的时间不到五分钟，又开始躁动了。

他是不可能承认自己是着凉发烧的，他吃了退烧药，裹好了被子，抓着戚逐的手臂，一边头晕，一边开始了他那番高谈阔论。

江影把发烧的原因，从水土不服胡扯到了风水不宜，最后扯到了八字不合。

"睡觉。"戚逐催促他，"看看明天能不能退烧。"

江影被塞回了旁边的被子里，十分不满地伸出滚烫的手去贴旁边的戚逐："烫死你。"

某个人滚烫的手心进一步轻拍在了戚逐的脸上："嘻嘻，烫吗？"

戚逐：……

江影安静的时间真的只有刚才他进屋那一瞬，着凉发烧以后，杠精变成了烫人的杠精，本性难移，随时都在别人爆炸的边缘疯狂试探。

戚逐了解江影，这人大概也是真的困了，就是那股闹事的劲儿还没下去，强撑着舍不得睡。

戚逐索性不再搭理这人，只是一直简单地重复着拍掉江影的手，然后打包塞回被窝这个单调的过程。

"戚哥哥啊，你这是，把我当苍蝇拍呢？"江影反复挑事未果，十分不满地嘀咕了一句。

戚逐："睡觉。"

戚逐："江蝇。"嗡嗡嗡的没完没了。

江影：……

这个人总有一句话把人气死的本事。

/32/ 我就喜欢浪费他的时间

他抬腿踢了被子，给了戚逐一脚："去你的。"

"再不睡。"戚逐坐起身，把人给按了回去，进一步威胁，"我去找导演借绳子了，把你绑床上。"

"睡睡睡。"江影也困了，不闹了，"我睡相好，你夜里不许踢被子，也不许卷我被子。"

戚逐翻了个身，意思是自己已经睡了。

江影小声嘀咕了一句，终于安静了下来，睡着了。

他那句梦呓一般的话却传到了戚逐的耳边："想吃甜柿子。"

现在是三月，哪里来的柿子，大概是发烧嘴里苦，加上这人现在有点神志不清，所以才念叨出了这样的话。

只是戚逐忽然想起江影先前那一套柿子理论，目光里多了几分柔和。

如江影所说，昨天踢被子大概真的是个意外，平日里张牙舞爪的江二少睡相真的很好，守着他那一小块地方，半点也不越界。

大概是最近和戚逐接触得多了，江影连睡着梦见的都是从前的事情。

高一午后的教室静悄悄的，窗帘的一角被风掀起，透出几道阳光，十六岁的江影坐在窗边，百无聊赖地伸手想去抓那几束阳光。

"我的梦想，"江影对着身边的戚逐发表演讲，"是当一个娱乐记者。

"这样就可以扒好多人的黑料了。"包括你的。

"你图什么呢？"梦里十七岁的戚逐这样问他。

江影一夜睡得十分舒坦，就是感觉似乎有人偶尔在碰自己的额头试温度。天亮醒来的时候，他的烧也退了，除了有点感冒外，整个人神清气爽。

"我活了。"江影睁眼就是一声吼。

戚逐闻声推门进来，凉飕飕地剜了他一眼，看起来十分嫌弃。

"今天有什么活动吗？"江影刚醒就惦记着玩。

"有啊。"

"什么活动？"江影来了兴致。

"村头搭个戏台子看你吵架吧。"

江影：有完没完。

"这位哥啊，大清早的脾气这么坏。"江影找了个舒服的姿势坐好，恶人先告状，转过头来把戚逐上下打量了一通，"我怎么觉着你又升级了呢？"

戚逐挪开了视线："错觉。"

"我没有。"江影说，"你就是在我睡着的时候自动更新了系统。"

江影："你粉丝知道你平时这么凶的吗？"

江影："哦，忘了，戚哥哥不走我们这种偶像路线，全凭演技说话。"

江影："我昨晚烧迷糊了，怎么得罪你了？你瞧你这全身的怨气。"

他这会儿来了精神，又开始挑事。

外面有人敲了敲门，戚逐起身出了房间："你再躺会儿，等下户外活动我叫你。"

"江大爷"听话地躺好，从被窝里扒拉出自己的手机，打开了微博——

哟，热搜。

昨天他睡着以后，戚逐履行了白天许诺的事情，如约上线给他投了个票。

两个人微博都没有互关，戚逐突然上线投票，成了当晚的热门话题。

投票有了，那说好的彩虹屁呢？

江影太想看戚逐能吹出什么风格的彩虹屁了。

所以他点开了某人的微博——

戚逐艾特了他，并且配了一个微笑表情。

@戚逐：@江影 KANI，你很好，"微笑.jpg"
【投票记录】

江影：……

果然是戚逐的极简风，就是这条微博看起来实在不像夸人，像宣战。

诸位网友：？

两家之间的关系再度成谜。

戚逐的微博，同本人一样是极简风，就算是电视剧和电影的宣传，他通常也就是简单地转发，很少表态。

粉丝难得看到自己正主营业，却被内容搞得一头雾水。

什么意思？

戚逐这是在内涵，还是在真心实意地夸奖？

@江影 KANI：@戚逐，你也很好。

粉丝进一步茫然：？？？

这是什么神奇的隔空喊话，总感觉这两位下一秒就会打起来。

"友谊的小船翻了吧。"有人提出见解，"毕竟他俩的友谊看起来真的好脆，或者说从未有过友谊，只是网友想多。"

"不一定啊。"有人反驳，"之前都说了，说不定这就是人家的相处方式，人家友谊的小船好着呢。"

江影心说我们还有巨轮呢，说出来吓死你们。

只是他俩的巨轮是长年累月吵架吵出来的，说出来并不光彩。

他没能刷太久的微博，因为他手机弹出了一条新的微信消息。

"喵爷"请求添加你为好友。

备注信息：江哥，是我呀。

头像是精灵宝可梦里的喵喵。

喵爷？

哦，苗野，那个战斗力只有负5的小可怜。

江影点击同意，加上了苗野的好友，他今天心情格外好，主动给苗野发了句问候。

　　大钳蟹：早。

　　大钳蟹：你想好今天怎么挑事儿了吗？

　　喵爷：……

　　喵爷：江哥，我错了。

江影很失望，他还没表态，这人先一步怂了。

　　大钳蟹：别啊，别叫哥，我比你小。

　　喵爷：你比我演技好，你就是我哥。

　　喵爷：还要录两天的节目，江哥放过我。

　　大钳蟹：好说好说。

　　喵爷：再过一阵子大家就同剧组了，一起加油啊。

　　大钳蟹：好呀。

柿子原则第一条，不捏软柿子，苗野不挑事，江影不会主动欺负人，所以他俩十分友好地扯了一会儿。

　　喵爷：江哥你还烧吗？

　　大钳蟹：不烧了。

　　大钳蟹："精神小伙不请自来.jpg"

　　大钳蟹：话说你们都知道了？

　　喵爷：对啊，我看戚老师昨晚还挺紧张的，问了医生很多事情。

江影试着想象了一下，实在是想不出来戚逐紧张是个什么样子，倒是他昨天睡着的时候，戚逐好像每隔一段时间，就伸手试他的体温。

喵爷：不过你和戚老师的关系是真的好啊，我都不太敢跟他说话，从剧组群里加了微信至今没通过，虽然也不是说高冷，但就是……

大钳蟹：是不是那种，拒人于千里之外，让人觉得跟他说话都在浪费他的时间？

喵爷：对对对，差不多。

大钳蟹："呸.jpg"

大钳蟹：死样儿。

大钳蟹：我习惯了，反正我皮厚，我就喜欢浪费他的时间。

戚逐的确不爱搭理人，微信只拿来办公，QQ只拿来和江影养巨轮，熟悉他的人给他发消息或打电话，一般都是有事说事，从不闲聊。

他所有闲聊的时间，大概都拿来和江影吵架了。

喵爷："惊恐.jpg"

有件事，江影一直有些困惑，刚好苗野自己送上了门，他就直截了当地提了出来。

大钳蟹：我一直很好奇，你胆子那么小，又不经骂，为什么之前还要送人头呢？

大钳蟹：谁雇你的？

对面一直显示正在输入中，最终没了消息，消失了。

随后苗野改了朋友圈的签名——

"都是为了生活。"

江影：他就知道。

事出反常必有妖。

江影回想了事出反常的根源，精准定位到了他哥江寻的身上，决定旁敲侧击地跟他哥聊聊，看看这位到底作了什么妖——

大钳蟹：江哥，忙啥呢。

大钳蟹：一日之计在于晨。

大钳蟹：起来工作了。

十万伏特：这个时间你应该在录节目吧？

大钳蟹：在的呢。

大钳蟹：你认识，苗野吗？

又来了，对面一直显示正在输入中，最后江寻就此消失，没了消息。

江影：……

大钳蟹：江哥您套路到我头上来了？

"大钳蟹"撤回了一条消息。

柿子原则第二条，不捏脆柿子，江影想了想，感觉此人刚不过，撤了。

江影现在有点想念戚逐了，所以他把聊天工具又切换成了QQ，动作十分熟练。

大钳蟹：【戳一戳】

大钳蟹：班长，干吗呢？

班长：？

大钳蟹：好无聊。

大钳蟹："走神.jpg"

班长：我马上回来了，你躺着别动。

班长："小恐龙出汗.jpg"

江影看着那个熟悉的表情包，打字的手停顿了一瞬。

戚逐最近，是不是发生了一点变化？

比如——

戚逐最近是不是偷了他好几个表情包？

江影是真的闲了，现在是工作日的早晨，"吵"的线上玩家不多，同等段位的玩家更少，他匹配了半天也没有等到合适的对手。

他最近总有工作，留给"吵"的时间不多，无论是"自由区"还是"命题区"都没成绩，他的时间都拿来带徒弟了。

这个他捡来的看起来无欲无求的徒弟，不知道什么时候才能出师，造福一下社会大众。

所以江影难得地有了上进之心，决定趁此机会看看《瑞雪》的剧本，戚逐的那份"剧本"就放在床边的柜子上，江影裹着被子下了床，把手伸向了戚逐的"剧本"。

戚逐推门的时候，刚好看到这一幕。

"江竹杠！"

江影刚到手的剧本还没来得及翻开，就被戚逐按住手腕，抽走了剧本。

江影：什么剧本，这么宝贝，还大惊小怪的，一点都不戚逐。

"昨天还在发烧，现在看什么剧本。"戚逐把文件放回了自己的行李箱内。

江影："你反常，这个时候，你不应该夸我勤勉吗？"

"我夸过人吗？"戚逐反问。

"好像没有。"江影看开了。

这么一说，戚逐好像真的从来不夸人的。

他很认真，无论是以前的学习还是现在的拍戏，都会致力于把每件事都做好，严谨到了一定程度，周围人对他都有些敬而远之。

除了某个迎难而上不畏艰险的杠精。

"刚才路边买的。"戚逐把一个纸袋子扔到了江影的面前，"要不要？"

"路边？"江影困惑，这附近除了他们录节目的，哪还有其他人，不过他更好奇戚逐给他买了什么。

柿饼。

"你怎么突然想起来买这么甜腻的东西？"江影拆了包装袋，把自己昨晚睡前的嘀咕忘得一干二净。

"中和一下某人尖酸刻薄的性子。"戚逐说。

/33/ 给你一个实战的机会

"不好吃。"江影说，"中和失败。"

"还我。"戚逐冲他摊开手。

江影还给他一个空袋子，嘴角还沾着糖霜。

"牙尖嘴利的。"戚逐顺手把床头的抽纸扔给江影，忽然想到江影昨晚烧得迷迷糊糊的样子，又补充了一句，"但你就这样也挺好。"

不知戚逐是故意还是无意，江影没接住，被抽纸砸了头。

江影：……

江影："看在柿饼的分上，我让你三分钟。"

或许是为了契合主题，节目录制的时间安排并不紧张，由于江影昨晚的突发状况，导演把今天的录制工作排到了下午，上午的时间，嘉宾们都在室内活动，顺便拍摄一些素材。

昨天去镇上的时候，大家采购了不少食材，闲置在小农庄里的五位嘉宾打算自己动手，准备午饭。

T.ATW经常在宿舍偷偷做饭，傅止和池云开两个人都表示午饭不成问题，戚逐生活自理能力一流，也能承担做饭大任，剩下两个什么都不会的，被打发到客厅的桌边剥毛豆。

"江哥，我觉得你们一家人都很厉害。"苗野真心实意地说。

江影点头："对，除了我，我们家人都挺有出息的。"

"我的偶像，"苗野发表感慨，"是你爸爸。"

江影："我爸？"

苗野打开客厅的电视，联网找了当年江争的一个采访视频："我们这一代人小时候算是看他的电视剧长大的，他对作品的一些观点很独到。"

电视里的江争正在对着镜头，谈他的两个儿子："我们家小竹杠，小时候特别乖，嘴可甜了，见人说人话，见鬼说鬼话，石头都能被他哄开心。"

"噢，不是这段，应该在后面。"苗野手一抖，他想象不出来嘴甜的江影是个什么样子。

江影：……

"可惜了。"一个声音从他的身后幽幽地飘了过来，"小竹杠现在长歪了，见人说鬼话，见鬼说人话。"

戚逐端着盘子路过两人的身边，看见电视上播放的采访视频，停下了脚步。

"画风不对啊戚老师。"江影头也没抬，专心剥毛豆，"我怎么觉得你最近说话有那么一点阴阳怪气的趋势，从哪里学来的？"

苗野有点好奇地打量着眼前的两个人，忽然想起了宣绘桐提过的"看破不说破"。

"打劫，盘子里是什么？"江影余光瞥见人，原本打算一个眼神都不给戚逐，但他突然闻到了食物的香味，反手一把抓住了戚逐的裤腿，不肯放人走。

戚逐似乎料到了他的动作般，稳稳停在了两人的面前："刚炸好的鸡翅。"

江影张嘴："啊。"

戚逐从盘子里挑了一个，顺手塞进了江影嘴里。

他也没漏了旁边的苗野，把盘子放到了两人的身边，示意苗野自己拿。

"不烫，有点咸。"咬着鸡翅膀的江影含混不清地说，"谁炸的？"

"吃完赶紧剥豆子，话多。"戚逐睨了江影一眼，似乎不太满意他干活的速度。

"江哥，你和戚老师，很熟吗？"看着戚逐走远，苗野表达了自己的困惑。

"就是同桌啊，小学记不清了，初中三年，然后高一一年，高二他去国外读了。"江影说，"你跟你同桌，能不熟吗？"

"不瞒你说，我已经快忘记我同桌的脸了。"苗野诚恳地说，"也就每年同学聚会的时候见见。"

"那你们有巨轮吗？"江影将手里的一把豆子噼里啪啦地扔进盆子里。

"我和我妈有。"苗野更加诚恳地说，似乎料到了江影要说什么一般，自己先认了，"是，江哥您说得对，我是妈宝男。"

江影："……你江哥我还什么都没说。"

长这么大，他还是第一次遇见能在他开口之前先自黑的，从某种程度上来说，苗野也是个神人了。

两个人剥好的毛豆成了今天的最后一道菜，戚逐检查任务的时候，看着江影那一半带着指甲印的毛豆欲言又止，最后轻飘飘地瞧了江影一眼，挥手让摄像来了个特写。

"你看。"江影自言自语，"这人蔫儿坏。"

苗野：……

"我听工作人员说，昨天出发之前，有个环节，戚老师答应了帮你实现一个心愿。"苗野有点好奇，"你找他要了什么？"

"投票啊。"江影说，"还有个有等于无的彩虹屁，戚老师真的不会夸人。"

"你就要他给你投票？"苗野觉得不可思议，"我怎么感觉你这人其实还有点无欲无求。"

"这个词难道不是更适合戚逐吗？"江影抬头去看厨房那边的戚逐，目光对上的瞬间才发现戚逐也在看他。

不知是不是他的错觉，他感觉今天从早晨开始戚逐好像一直在看他。

准确地说，那不是"看"，那是一种"观察"，是一种带着琢磨和探究的目光。

"我是什么珍稀动物吗？"长期处于这种带有学术性质的目光中，江影觉得不可思议，于是吃完饭后，主动承担洗碗任务的江影终于礼节性地向戚逐表达了自己的困惑。

"国家一级保护杠精。"戚逐面不改色地把江影洗完的碗分类放回了柜子里。

拿着水杯路过厨房门口的池云开呛了口水，看看戚逐，再看看江影，摇摇头走了。

"观察我能让你学会什么吗？"江影把最后一个洗好的盘子递给戚逐，"我身上有什么闪闪发光的地方吗？"

戚逐没搭理他。

下午的时候，节目组按照安排，给嘉宾们租了条船，全体嘉宾都去湖区钓鱼了。

出发前，导演反复给嘉宾们强调："我们是主打小清新生活风的综艺，要静不要动，大家就当是出来放松，坐在船边撑着鱼竿就行，不需要太多的交流。"

强调完以后，导演双手握拳，然后饱含着期待的目光给江影比了个加油的手势。

湖区风大，江影昨晚才着凉发烧，今天被戚逐强行裹了条围巾，戚逐还找节目组借了件厚大衣，把江影打包好才带上船。

由于穿太多行动不便，江影生无可恋地坐在船头撑着鱼竿安静了一个下午，难得地让导演捕捉到了不少满意的镜头。

下午钓鱼，晚饭也是鱼，这会儿，昨天路人拍的照片在微博上流传开来，剪影们终于认识到，江影去参加了一个小清新生活风的综艺。

@是你的剪影啊：一时间竟不知道这节目是委屈了我们江影还是委屈了导演，虽然人设吹得好，但是我们哥哥，和小清新一点都不搭，我先夸一下导演的胆子大。

@看完这集就睡：综艺环节设置体感还可以，嘉宾都好棒，而且江影在，搞不好有惊喜，什么时候播，我有点想看，处于风口浪尖的两个人，竟然出现在了同一个综艺中，我看粉丝也都别纠结了，关系好还是差，看完这个综艺就知道了。

@123321：这个照片谁拍的，穿着旱冰鞋的江影抓着戚逐的衣服，莫名看出了一点斯文乖巧的感觉（虽然他本人跟这个词没什么关系，"狗头.jpg"）。

江影安静了一个下午，吃饭的时候专注刷手机，压根没注意自己吃了什么，连旁边人给他丢的小青菜，也蒙混过关，被他当鱼肉一起吃了。

几天没动静的sunny选手此时通过"吵"的内置聊天系统给他发了一张海报。

> sunny：在干吗在干吗？最近看你一点都不活跃，来看看这个。
> 蟹老板：最近忙于工作。
> 蟹老板：什么东西？
> sunny：来不来？
> 蟹老板：吃饭呢，你让我先看看。
> sunny：一年一度，排位赛。

"吵"的官方最近大约是赚了不少钱，举办的活动也越发花哨，海报的档次上升了不止一点点，活动的安排也变得更加丰富了。

sunny发来的海报，是官方每年举办的积分排位赛，只不过今年办得更加正式，增加了前十的福利，包括奖金、个人虚拟形象定制和粉丝见面会等内容。

对游戏APP表示不满是所有玩家的日常——

> 蟹老板：垃圾官方，不好好做系统，成天搞什么有的没的，吵个架而已，他们是打算让人出道还是咋的！
> 蟹老板：奖金，我是那种会馋它奖金的人吗？
> sunny：就是，还能不能优化一下系统了，动不动就卡顿。
> sunny：你懂那种，你有一箩筐的话想说，结果系统卡了的感觉吗？
> sunny：废物官方。
> 蟹老板："两眼泪汪汪.jpg"我可太懂了。
> 蟹老板：有这时间，还不如丰富一下命题区的题目，"鸡有几条腿"这种弱智题目能不能少一点。

但是骂归骂，这种争名次的东西，这群人哪一个都不会轻易放弃。

蟹老板：喀喀，我报名了。

sunny：喀喀，我在发给你之前就已经报名了。

蟹老板：那就，期待我们在赛场上的相见。

sunny：对了，你之前不是收了个徒弟吗？

蟹老板：对，是有一个。

sunny：他不参加吗，多少拿个成就吧，而且这也是个好机会。

蟹老板：不行啊，我感觉他好像没什么上进心，也不争气，我不指望他能学会多少了。

蟹老板：而且他好像不太爱搭理人。

sunny只是随口提起，但这给江影提供了新的思路，排位赛的赛制上说，只要参加，就有排名，还会根据排名附加成就徽章。

江影不才，除了传授毕生所学之外，好像没什么能给小徒弟的了。

所以他动了动手指，给"吵3357868"报了名。

"蟹老板"寄语——

师父给你一个成长的机会，希望你奋发图强，永不言弃，为师希望有朝一日能听到你说，你战胜了你那位杠精朋友。

/34/ 说到做到

"吵"这个神奇的APP，从某一天开始，在开发新功能的道路上越走越远。

这次官方不仅发布了排位赛的消息，还多了个用户论坛。

论坛版规——

（1）首先声明，我们是正经吵架软件，不是约架软件。

（2）本论坛拒绝任何与线下约见相关的消息，如有发现，账号永封。

（3）排位赛开始在即，欢迎所有与比赛相关的话题。

于是，江影帮他徒弟报名之后不久，论坛里就有人刷起了新的话题。

"'蟹老板'给他徒弟报名了，你们怎么看？"

"不怎么看，这人戏太多了，之前微博上因为他掐成一片，怎么想他都不是个好东西，这种人也就在咱们这种无聊软件里说得上话，现实中不知道有多讨人嫌弃。"

"不过挺多人想拜他为师的，之前还有人说愿意交学费，他都没搭理。"

"交学费的是智障吧，来刷刷论坛也能会点皮毛吧，不过有谁给我钱吗，我乐意教。"

"跑题了跑题了，你们说，蟹老板的徒弟，能打到什么名次？"

"不知道，也不知道他是从哪里捡的小号，名字和头像都是初始的没换过，看起来特别地与世无争。"

"对了，说到蟹老板本人，这次排位赛的前十，是不是还有个类似于玩家见面会的东西，就不知道这位大佬会不会去了。"

江影在"吵"的主页里发现了这个新生的论坛，论坛的界面做得倒是挺干净，映入他眼帘的第一个帖子，就与他有关。

论坛马甲：蟹老板本人。

论坛留言：你们想多了，我徒弟只要开心就好了，我只是想让他见见世面，名次和排位什么的，有本事冲我来啊。至于见面会，你们以为我那么容易见吗？天真。

江影的留言后面，跟了一整列其他用户的"呸"。

"不要脸啊。"

"哎哟喂，好大的脸哦。"

"谁想见你啊。"

"本来就是，是你们目光短浅。"江影动动手指，在论坛的帖子上留言，"想见我，你得先学会跟黄牛抢票。"

坐在他旁边的苗野猝不及防听见了江影的这句自言自语：……

江影这句话说完，终于放下了手机，把视线定格在了自己面前的碗里。

他的碗里不知什么时候多了好几筷子小青菜，绿油油的，看起来还被他自己吃了不少。

江影：……

他斜斜地瞄了一眼身边的戚逐，戚逐似乎全然不知他这边的动静，正在专心和 T.ATW 的傅止聊国际象棋。

江影冲对面刚好向他看过来的苗野露出一个友善的微笑，动了动腿，用膝盖撞了撞旁边戚逐的腿。

戚逐：？

江影用筷子敲了敲自己的碗，敲出了悦耳的叮当声。

"嗯。"戚逐神色如常，一点都没有表现出干坏事被发现的尴尬，伸手把江影乱晃的腿拨了回去，"不许夹回来。"

江影本来就有些感冒，有点食不知味，这会儿也懒得和戚逐计较小青菜的事情，所以听话地吃了，没给人夹回碗里。

苗野看这两人看呆了，筷子上的一块鱼肉掉了好几次。

综艺录到这里，导演想要的素材都拍得差不多了，后面的时间都留给了嘉宾们自由活动。

江影是城市里长大的孩子，这里的环境在他看来比较稀奇，之前有节目行程安排加上他发烧头晕，所以耐着性子没乱跑，这会儿得了空，自然要到处逛逛。

"小影，你感冒药吃了吗？"收拾完桌子的戚逐问。

问完才发现这人又撒手没了。

戚逐问了苗野，出门找到人的时候，江影正坐在河边发呆，他出门时嫌冷，顺手披上了戚逐搭在沙发边的外套。

外套对江影来说有点大，他这么穿着坐在河边，显得身形有点单薄，在戚逐眼里还是当年同桌的少年。

"小影，回去了。"戚逐停在小路边，轻轻唤了一声。

江影坐着的时候看着挺安静乖巧，但仔细一看就会发现，他身边的青草被他薅秃了一片。

也不知道小时候家里是怎么养的，养出了他这种闲不下来的性子。

"班长你怎么来了？"江影站起身，他出门的时候穿着旱冰鞋，河边那一段他走得小心翼翼。

"把药吃了。"戚逐递出手上的药和保温杯。

江影接过保温杯，扯了扯自己身上随手拿的外套："班长，你这个外套，是去年的款了吧，不考虑换换？"

"不穿还我。"

"小心眼。"江影摇摇头，状似十分惋惜地说，"也就我迁就你，班长你这性格，以后你对象肯定被你冻死。"

"嗯，你对象肯定要被你吵死。"戚逐不带什么感情地陈述了事实，"回去了，河边有什么好看的。"

"好的。"江影又懒得动了，伸出双手在戚逐的肩膀上搭好，让戚逐带着自己往前滑。

三月的夜还带着乍暖还寒的凉意，江影穿得不多，在河边发呆的时间不短，这会儿双手都是微凉的。戚逐带着他往前走，他又突发奇想地伸手往人家的脖颈上贴，蹭到了对方颈间的那点暖意，这才满足地像是呓语般轻叹了一声。

出乎意料地，这次戚逐倒是没把他的手拎下来。

《瑞雪》的剧本他最近看过不少，这时候氛围挺好，他顺便开口和戚逐对了几句剧中的台词。

"演技暂且不说，台词功底是真的烂，回去练台词。"戚逐说，"情感倒是到位了。"

"台词功底是有点烂，我回去好好练台词。"江影也觉得自己发挥得不错，"有点感觉。"

"嗯，有感觉。"五分钟后，戚逐说。

这期节目的录制差不多就到这里，T.ATW的两个人档期排得满，当晚和大家道别后就坐上了返程的车，苗野不红，没什么工作，留在了农庄享受生活。

"你是不是也要赶工作？"江影一边铺床一边问戚逐，顺手把戚逐那半边的被子也给铺好了。

"最近不忙，明天一起走。"戚逐靠在卧室门边，盯着手机一直微微皱眉，像是看到了什么不可思议的东西。

"你在看什么？"江影停下手中的动作，"你手机上有花吗？一直盯着看。"

"没有。"

江影："……那是什么东西让我们多年以来处变不惊的班长头疼了？"

"没有。"

戚逐收回了所有的表情，开始打量江影。

江影：？

江影："我头上有花吗？"

"你说话算数吗？"戚逐没来由地发问。

"什么说话算数？"江影正在用自己的被子挤占戚逐的睡眠空间，听他这么发问，顿时一头雾水，"说人话。"

戚逐却懒得解释，只是一动不动地盯着他看，似乎没兴趣也没耐心给他解释。

江影回想了一下，自己最近三小时内放过的话。

要说有什么带有承诺意味的，好像就只有刚才在河边小路上的那句——

"台词功底是有点烂，我回去好好练台词。"

那应该就是这个了。

"我当什么事呢。"江影十分大度地走过来，拍了拍戚逐的肩膀，"班长你放心，我保证说话算话，不会拖你后腿的。"

"那就好。"戚逐收回视线，出房间之前，冲江影晃了晃手中的手机，"我录音了。"

江影："您还真是老奸巨猾……"

"我是那种食言而肥的人吗？"江影冲戚逐出去的方向吼了一声，"戚逐你看不起谁呢？"

门口正准备敲门的苗野被这一声吓了一跳，迎面看到了走出来的戚逐。

"导演说空出来两个房间。"苗野小声传达导演的意思，"你们……"

"不用。"戚逐打断了他的话。

江影铺完床，退了两步，飞扑到柔软的被子上，来回滚了两圈，把刚铺好的床揉出了褶皱，这才开始了晚间的玩手机时间。

他手机上收到的最新消息就是来自"吵"的日常问候——

"今天，你吵架了吗？"

没有。

江影好几天没玩了。

他有点惦记之前论坛里的那个帖子，果然，在他先前放出的那句话下面，各地用户纷纷用表情包和优美的文字文明地表达了自己的不屑。

"买票看您？好大的脸啊，宁配吗？"

"蟹老板疯了，我先笑为敬。"

"何必呢，清醒一点，说白了您就是一个吵架的，何必立那种明星人设呢。"

"送票我都不去，呸。"

江影挑着几个特别顺眼的单独约了战，这才发现他那个整天表现得像是不问世事无欲无求的小徒弟"吵3357868"竟然主动给他发了消息。

"吵3357868"接受了您的排位赛报名邀请。

您的徒弟"吵3357868"确认参与排位赛，参赛宣言是"别烦我"，战绩将计入师徒值。

吵3357868：在？"微笑.jpg"

蟹老板：你这个"在？"已经有点我的气势了。

蟹老板：不过我相信你是真的在微笑。

蟹老板：排位赛不用紧张，你随便玩。

吵3357868：哦。

吵3357868：我也是这么想的。

蟹老板：……

吵3357868：对了，如果我"奋发图强""永不言弃"，最终"战胜"了我的那个"杠精朋友"，有"奖励"吗？

蟹老板：你说话带那么多双引号干吗？"暗中观察.jpg"

蟹老板：那必须有。

蟹老板：我说到做到。

/35/ 你才是妖精

江影心情挺好，自打他捡了这个"误点"拜师的徒弟后，一直想好好养，但是对方对这些事情一直都是一副不冷不热的态度，直到今天，对方终于表现出了那么一丁点儿的兴趣。

他不喜欢抓那种送上门的徒弟，他就喜欢这种欲拒还迎的。

江影觉得，这是一个难得的进步——

蟹老板：你想要什么？

蟹老板：本人多才多艺，可以唱歌跳舞，可以卖萌打 Call（支持），也勉强可以陪聊谈心，但最擅长吵架。

蟹老板：希望你的心愿能充分发挥本人的价值，不要大材小用，你好我好，世界和平。

吵 3357868：不急，先当个目标吧。

蟹老板：嗯？

吵 3357868：你是我的目标。

吵 3357868：先这样，到时候再告诉你吧。

蟹老板：妈耶，我可太喜欢你这种不说大话空话的实干精神了。

蟹老板：徒弟弟你是个什么宝贝，我怎么就捡到你了。

吵 3357868：过奖。

吵 3357868：有目标有动力。"奋斗.jpg"

吵 3357868：还有。

吵 3357868：不可以随便叫人宝贝。

蟹老板：好的。

蟹老板："暗中观察.jpg"

"我可太喜欢你这种假正经的性子了。"江影十分舒适地叹了口气，"我就喜欢扒你们这种一本正经的人的皮。"

说完这句话，江影似乎意识到了什么，小心翼翼地回望了卧室的门，门口没有动静，客厅里也静悄悄的，戚逐刚才出门前好像说要去打电话，看起来一时半会都不会回来。

这就意味着暂时不会有人打扰，江影继续网上冲浪。

蟹老板：来一拨激情线上教学？

吵 3357868：行。

蟹老板：那我们今天就讲，学会用字母说话。

吵 3357868：？

吵 3357868：QAQ？

吵 3357868：TAT？

蟹老板：不是这种……

蟹老板："擦汗.jpg"

蟹老板：我之前怎么没发现，你这人还挺可爱。

蟹老板：srds，虽然但是，nsdd，你是对的。

蟹老板：除此之外，还有很多，你可以自己找找，自己总结一下，这些线上吵架的时候很好用，但是当面不行，当面还是该说什么说什么。能做到线上不输气势就已经很不错了。

吵 3357868：图什么呢？

蟹老板：该死的胜负欲吧。

蟹老板：学会这些，别的不说，最起码以后别人骂你的时候，你不会因为不能解码而傻乐。

蟹老板：怎么说呢，学会吵架，活得清醒一点。

江氏教学靠悟性，点到为止，今晚他留给徒弟的时间已经很多了，江影用剩余的时间匹配了一局命题吵。

对手：贫穷也要追星。

【因最近活跃度不够，本局您无权选择命题。】

【对方选择内娱区命题："追风逐影"好追吗？】

【您本局分配的立场为：正方】

【倒计时 10 秒后开始您的战斗。】

追风逐影？

"这是什么？"娱乐圈男孩江影第一次开始感慨"追星"巨大的信息量，他出门参加综艺这才几天，就又出了他搞不明白意思的词。

江影捞起手边的平板电脑，顺手在微博上搜索了一下这个关键词。

江影：震惊。

哦，戚逐。

江影深刻地反思了一下他最近和戚逐的接触次数。

同学聚会算一次，剧组聚餐算一次，平台合作的直播，还有，这几天的综艺，这些是被网友看到的，除此之外，没被网友看到的，还有好多次。

在他思考的时间里，开局的倒计时已经结束，对话框解禁。

江影纵横"吵"这么久以来第一次发言落在了别人的后面。

忙也要追星：居然是大佬，不打排位打娱乐局是对的，我竟然匹配到了大佬。

忙也要追星：大佬来啊，我想听你吹我家追风逐影的彩虹屁。

忙也要追星：之前那事儿吧，他们都骂你，但根据我这两年来吵架的经历，我觉得你不是黑，也不是引战，而是胜负欲在作祟。

忙也要追星：吵架这么多年，这么点儿道理还是懂的，只要能赢，给我什么话题，我都能掐。

忙也要追星：是吧大佬，只有我们"吵人"才能互相理解。

忙也要追星：大佬你说话啊大佬。

【系统提示：用户"蟹老板"超出30秒未发言，扣除信誉积分5分。】

【系统提示：用户"蟹老板"超出60秒未发言，扣除信誉积分5分。】

【系统判定，用户"忙也要追星"获胜。】

江影只是发了个呆，完事了以后就发现自己的手机屏幕上多了个"消极作战"的处罚。

"吵"新开的论坛上又热闹了。

"刚才蟹老板是不是消极作战了？"

"少见啊，才放的狠话，这么快就给憋回去了。"

"网不好？断线了？"

"不可能，'吵'能检测网络状况，他这种的就是消极比赛，都判罚了。"

"什么问题，把他都给吓跑了。"

"新题，好像是关于戚逐和江影的双人粉丝？还是什么来着？"

"嚯，这两人还能一起喜欢啊，活久见。"

"事实证明，蟹老板也放弃抵抗了，你看，现在这种题他都开始避嫌了。"

"不是避嫌，是震惊。"江影默默在心里纠正了一句。

他和戚逐，虽然有多年同学情谊，但都是吵出来的，在外人看来他们的关系一直不太好，怎么突然就被网友上升了一下。

不应该啊，他俩吵架吵得还不够多吗？随便来个问题，他俩都能各自站在对立面，这怎么就有双人粉丝了？

那一定是网友的问题了。

江影手机的提示声响起，他低头发现，这段时间里，他那个没有姓名的徒弟竟然没有下线，而是围观了他的这场战斗。

有点可惜，江影叹气，没让小徒弟看到自己战斗时的风采。

吵3357868：再接再厉哟！

徒弟还给他发了两个系统自带的抱抱表情，丑兮兮的绿色小人，晃动着胳膊，做出了一个笨拙的拥抱姿势。

江影看着那两个小人，忽然感觉有点诡异的眼熟。

是巧合吗？

他跳下床推开门，坐在沙发上戴着耳机正在打电话的戚逐抬头看了他一眼，露出了探询的神色。

"嗯，我知道了。"戚逐好像在和自己的经纪人打电话，"我们明天就回去。"

"稍等。"戚逐对电话另一端的人说完，把目光又投向江影，像是在说："有事？"

"没事。"江影说，"我、出来看看外面的世界。"

"外面的世界精彩吗？"戚逐挑眉。

"没你精彩。"江影想也没想就是一句反驳。

"说说，我精彩在什么地方，"戚逐做了个邀请的手势，"值得我们江二少没来得及穿鞋就蹦跶出来了？"

江影又匆忙地关上了门，忽略了戚逐眼中一闪而过的笑意。

他回房间的时候，又一次看见了放在旁边柜子上的文件，文件的封页上写着"剧本"二字，是昨天戚逐不让他看的那个。

江影想了想，还是走过去，翻开了那份文件，入眼就是电视剧《瑞雪》的台词。

江影：？

真的就是剧本，不知道戚逐有什么好藏的，倒是上面被戚逐勾画了不少地方，写了很多他自己的见解。

"你可以看看。"戚逐在他身后说，"对你应该会有些帮助。"

"谢啦。"江影随口道了句谢，也不知为何，他突然想起了刚才在命题区遇到的那一道题。

"追风逐影"好追吗？

他突然没来由地有点心虚。

其实……戚逐人还是挺好的，以后对他友好点也不是不可以。

这种心虚的感觉还没在他的心上过完一圈，原本在门边的人走了过来，十分自然地伸手贴了贴他的额头。

"你现在体温正常了，药得按时吃，明天回去以后我让你助理盯着你，感冒应该还有几天才能好。"戚逐说，"睡吧，别熬夜玩了，刚才剧组那边通知，说后天要开工了。"

"演员苦演员累，生病了台词还得背。"江影叹气，钻进了自己先前铺好的被子里，看起了戚逐给的剧本。

"爱豆要有爱豆的样子。"戚逐说，"好好背吧，我在的剧组，导演不可能允许用配音。"

不得不说，同样是演员，他俩的确不在一个水平线上，他长年在偶像剧里划水，无论演技、台词还是感情表达和戚逐都不是一个档次。

江影发现自己这会儿根本看不进去剧本，他还在纠结之前的问题。

所以他又在睡前戳了戳小齐总的微信。

大钳蟹：俊啊，睡了吗？

齐俊：夜生活刚刚开始，那必然是不能睡的。

大钳蟹：问你个事。

齐俊：你说，知无不言。

大钳蟹：你觉得我跟谁关系好？

齐俊：跟你？

齐俊：哈哈哈

大钳蟹：哈哈哈？

大钳蟹：你再哈一个试试。

齐俊：身为老同学，我想象不出来你能和谁关系好。

齐俊：男的女的都算上，你会照顾人吗？你会关心人吗？你会维护和别人的关系吗？

齐俊：我每天和plmm（漂亮妹妹）定时聊天养大火花，养小帆船养巨轮，你有这耐心吗？

　　齐俊：你也就在自家群里是个龙王吧。

　　齐俊：说实话，每天怼天怼地怼空气，没事还能挑事儿，有架上赶着吵，没架吵创造条件也要吵，也就班长不嫌你烦。

　　大钳蟹：……

　　齐俊：所以，你就盯着班长可劲儿祸害就行，你俩掐，放我们常人一条生路吧。

　　齐俊："敲木鱼.jpg"

　　大钳蟹：……

　　难道是因为这个？

　　戚逐在收拾明天要离开的行李，他的东西向来都整整齐齐地排放在箱子里，使用过后都会及时摆放回去，基本没什么需要特别整理的。

　　倒是江影，各种充电线和衣物扔得到处都是，戚逐帮着捡了好一会儿，替江影把这些东西整整齐齐地排好，直到他又看见了江影扔在柜子边的软面抄。

　　江影的战力评估笔记，竟然还在每天更新，比如他自己，在江影这个记录里好像就升级了。

　　第一页——

　　戚逐

　　评分：！！！

　　备注：妖精，凶，难杠（你看什么看，我就知道你会偷看）

/36/ 赶紧续火花

　　说者无心，听者有意，由于刚刚才在命题区遇到了某个神奇的题，江影现在越看齐俊说的话，越觉得哪里不对，好像有什么很重要的事情，被他忽略了。

　　他的视线从手机屏幕转向戚逐，才发现与此同时，对方的视线也转向了他。

两个人的目光在半空中交会，彼此心照不宣地偏过了头，各自像是心怀鬼胎一般，格外一致地对自己看到的东西只字不提。

"该睡了。"戚逐不动声色地把江影的本子放回原处。

"睡吧，我都困了。"江影不动声色地关掉了和齐俊的聊天框。

由于在命题区遇到的那个怪题，江影今晚神奇地没给戚逐找碴儿，而是格外安分地守着自己那半边床，一点儿也没有要越界的意思。

第二天一早，几个人都踏上了返程，江影连家都没来得及回，就直接被送上了去剧组的车。

《瑞雪》的导演要赶拍摄的进度，苗野还好，没什么戏份，江影和戚逐的戏份都不少，综艺刚结束，就被剧组催着往回赶。

"你不对劲。"车上戚逐突然开了口。

"我哪里不对劲了？"江影问。

他从昨晚到现在，安分守己，半点也没闹腾，甚至连微博都没刷过，怎么戚逐就瞧出不对劲了？

"你从昨晚23点45分，到现在，10点17分，只跟我说过三句话，这不像你。"戚逐扫了江影一眼，又对自己的表述做了个补充，"其中还有一句是梦话。"

江影：……

江影没忍住："……梦话说什么了？"

戚逐没回答，而是一动不动地打量着江影，嘴角牵起了浅浅的弧度，看得江影瞬间警惕。

"您也不对劲。"江影反诘。

"说说。"戚逐示意。

"众所周知，我们戚老师爱安静，怎么还有嫌我话不够多的时候？"江影总结，"这也不像你。"

一番交锋下来，两人谁也没占到口头上的便宜，各自休战，看向窗外向后飞逝的风景。这座城市下了好几天的雨，路面还是湿的，空气倒是比以往清新。

早晨起床后，两个人就一直在赶路，以至于现在，说了几句话江影就有些犯困。他把车窗打开了一条小缝，让窗外的冷风吹进来提神。

"我怎么就跟你接了一部戏呢？我发现凡是跟你合作的人，都喜欢较真。"江影叹气，"如果没工作，我现在应该回去睡一会儿。"

"你较真吗？"戚逐针对他话里的这个词提出了疑问。

"我？"江影指了指自己，"那得看什么人什么事。"

"比如？"

"你这么问，一时半会儿我也想不到，哪天遇到事了，我较真给你看看。"江影的思绪被一个电话打断了，来电人是"齐俊"。

"有什么事不能微信上说啊，小齐总？"江影早晨犯困，全身骨头都是懒的，接电话甚至懒得举起手机，想着大家都是初中同学，这通电话也没什么戚逐不能听的，所以他动了动手指，把通话调成了外放。

"有个工作，我想找你帮忙。"齐俊十分诚恳。

"说，按市场价来。"

齐俊不服："我去，江二少不能友情价吗？"

"我也缺钱啊，小齐总，我妈说了江家不养闲人，我和江寻都不花家里的钱，我的零花钱可都是自己赚的。"江影说，"所以到底让我做什么？"

"是这样的。"齐俊求人办事，语速飞快且逻辑清晰，"我想给我们公司的小姐姐投资一个节目，总之就是想捧她，你能去混个评委位吗？"

"你要我当花瓶吗，还是要发言？"江影账算得明白，"我们杠精不会夸人的。"

"要发言的，不过我保证一点都不为难你，别的评委负责夸，你负责挑刺就行了。"齐俊说着有点得意忘形，"别人扮黑脸有可能担心人气受损，你上，那可一点都不用担心。"

齐俊继续说："你本来就黑红，虽然我承认你脸好看，但你当花瓶真的可惜了，那是必须开口啊，本色出演，物尽其用。"

"物尽其用是你这个用法吗？"江影没好气地说。

"我当你答应了哦。"齐俊傻乐，"啊，对了，昨晚后来你怎么就没理我了，照我昨晚说的，你就盯着班长可劲儿祸害不就……"

"再说吧，我工作忙，马上到剧组了。"江影眼疾手快，在齐俊正式摆出话题之前，伸手要挂电话。

"不忙，到剧组还有半个多小时。"一直闭目养神的戚逐睁开眼睛，慢悠悠地说了句风凉话。

"哎，我怎么听着那边还有班长的声音，你俩在一起吗？"齐俊话还没问完，电话就被江影挂了。

"他话多。"江影面不改色。

"嗯。"戚逐对他强行挂电话的举动没有表态，也似乎没对齐俊后面被掐掉的话表现出任何兴趣，而是对江影刚接的工作发表了一下看法，"节目中规中矩，估计小火，但再高的层次，这节目上不去，现在接的话，你的人气会有所提升。"

"但是后面，如果你开始转型，这样的节目要少接。"戚逐很认真地给江影分析了齐俊要投的节目。

"这个我知道。"江影分得清好坏，知道戚逐在给他分析以后的发展路线，所以也认真听了进去，"但是你有没有想过，我可能还没来得及转型，被人骂着骂着就糊了。"

"糊了以后你打算干什么？"

江影真的很认真地在思考："当个记者吧，我料多。"

戚逐：？

当记者的愿望暂时无法实现，身为江争的儿子，江影始终被寄予厚望，总有人觉得他只是现在浑了点，以后一定是一个好演员。

就比如，他跟在戚逐身后赶到剧组的时候，导演和副导演看他的眼睛都在发光。

"我看起来很好吃吗？"江影忍不住拉着戚逐问。

他的声音小，戚逐似乎没有听见他的问题，只是简单地"嗯"了一声。

"导演啊。"江影实话实说了，"您还是多看看戚逐吧，我演技稀烂，只能尽力而为了。"

"不烂不烂。"导演摇手，"我看过你之前的那部电影，刑侦题材的，朋友给我说过，当时是冬天，零下的温度，水特别凉，拍戏需要，你想也没想就跳了进去，电影我也看了，那一段你的表现只看眼神，我就知道，你能演好我的角色。"

江影被骂习惯了，很少被人夸，当场表达了自己的震惊——

他在戚逐的手背上挠了一爪子，又被打了回来。

"我听你经纪人说你剧本都是自己挑的？"这位导演是明白人，"你是没选对剧本，你这样的演员，应该多接正剧。"

下午，没有江影的戏份，他化完妆换好衣服，就在片场周围游荡，看戚逐拍戏。

"听说戚老师是戚安导演的儿子？"同样下午没戏的苗野坐在一堆道具木桩上，和江影一起看热闹。

"对，不过他爸太文艺了，虽然他拿过很多奖，但他的作品我基本没有看完的。"江影承认。

戚逐工作的效率是真的高，很多时候都是一条过，只有部分时候因为群演的失误或者导演的高要求，才会重拍。

"同样是大佬的儿子，你俩怎么就差距这么大呢。"苗野看得出神，不小心说了句心里话。

"谁知道呢。"江影靠着木桩，"说起来，你是不是黑我黑上瘾了？"

苗野：对不起，职业病。

"小心点说话。"江影偷瞄了一眼片场的摄像机，"你现在说的每一句话，都可能变成电视剧播出前后的花絮。"

苗野：！！！

"不过说真的。"苗野承认，"上次试戏的时候，你演得是真好，特别坏，一看就是坏人本人。"

"喵哥啊，"江影说，"有时候我真的搞不明白，你是在夸我，还是在骂我。"

"江哥，"苗野那会儿听到了导演对江影说的话，有点好奇，"你应该不缺资源吧，你先前接恋爱偶像剧做什么？"

江影："……因为剧本好看，我喜欢甜甜的恋爱。"

江影："不过拍起来挺没意思的。"所以他就划水。

苗野没想到这位令人闻风丧胆的大佬还好这口，一时间说不出话来。

"我感觉我今天好像忘记了什么重要的事情。"江影盯着片场中的戚逐自言自语。

戚逐一副古装少年的打扮，背后背着长剑，鼻梁高挺，目光凛然，主角那种年少时的高傲感，被他呈现得十分到位，和平时不近人情的淡漠模样，有了些微的差别，他的目光扫过面前扮成刺客的群演，在江影的身上停顿了一下，目光稍稍柔和了一些。

导演喊了"卡"。

"对不起。"戚逐冲导演和群演点头以示歉意，"刚才走神了。"

"他刚才是在看你吗？"苗野问，"然后就走神了……"

"我？"江影指了指自己。

"总不能是你背后的木桩吧？"

江影：……

下午戚逐单人的几个场景过得很顺，后面由于饰演司梦的尹嘉遇是新人演员，经验不足，接不住戚逐的戏，稍稍耽搁了一段时间。江影和戚逐的对手戏安排在晚上，江影用了一个下午，也没能想起来自己到底忘了什么事情。

他没和戚逐拍过戏，原本以为会很困难，开拍之后才发现，和戚逐搭戏，十分舒服。他俩平时聊得不算少，时常互相"问候"。

别人接不住戚逐的戏，他却可以，除此之外，戚逐很会调动人的情绪，带着他往前走。

江影这才意识到，这群人把他推上这个角色的位置，是有道理的，洛南柯和宣末翎最初的相处方式，那种亦敌亦友的关系，简直与他和戚逐的状态一模一样，演起来完全不费力。

剧组的日程安排得紧，临近午夜十二点的时候，工作还没结束。

"前面的都可以了，戚逐带江影再练一下台词，刚才那段我们再走一遍，然后就结束。"导演说。

这一段角色的情绪变化比较激烈，江影好好说话的时候还行，一旦感情爆发，台词的短板就会显露出来。

23 点 54 分，练了好久的江影在戚逐身边坐下。

江影："差不多了。"

戚逐："嗯，我也觉得还可以，我们自己再走一遍。"

23 点 55 分，两个人开始对台词。

23 点 56 分，江影因为心不在焉背错台词被戚逐用剧本敲了头。

戚逐："你在想什么？"

江影："我好像忘了什么。"

戚逐："你忘的是台词吧。"

23 点 57 分，江影终于找对了情绪，记全了台词，打算先和戚逐把这段走一遍。

23 点 58 分，江影追上戚逐的脚步，一把抓住戚逐的手腕，气场眼神十分到位——

"说台词。"戚逐提醒。

江影目光一动，情绪激动地开了口："糟了，今天忘聊天了，大火花要没了！"

/37/ zqsg（真情实感）

戚逐：……

打瞌睡惊醒的苗野："啊？什么火？"

一头雾水的导演和满脸茫然的员工们：……

然后这群人就看着江影抓着戚逐的手腕，两个人朝助理的方向跑过去。

23 点 59 分 50 秒。

大钳蟹：【戳一戳】

大钳蟹：赶紧的，搞快点。

23 点 59 分 55 秒。

班长：【戳一戳】

续火花成功。

江影和戚逐保住了他们的大火花。

班长：……

班长：我算是明白，你在什么事情上会较真了。

班长："呸.jpg"

天晴了，雨停了，江影感觉自己又行了。

"来来来，这段重新过一遍。"精神抖擞宛如新生的江二少冲导演热情招手。

导演受宠若惊，果然，这一次江影的状态出人意料的好，演技在线，眼神到位，把预计的工作结束时间提前了好多，现场的工作人员都向江影投来了感激的目光。

"你们刚才跑出去做了什么，怎么突然状态就那么好了？"《瑞雪》的导演问，"我年纪大了，不太懂你们年轻人的玩意儿了。"

"刚才打瞌睡了，我也没懂。"苗野笃定地说，"但我知道，我会在花絮上见到他。"

尽管提前收工，当天工作结束的时间也已经很晚了，陈助理下午帮江影回去取了不少生活用品，也布置好了他拍戏期间要住的房间。

　　江影迅速收拾好自己，准备早些休息，耳边却突然响起了齐俊那天说过的话。

　　齐俊：我每天和 plmm 定时聊天养大火花，养小帆船养巨轮，你有这耐心吗？

　　还真有。
　　江影拎出了小齐总的微信号，开始回复。

　　大钳蟹：我有。
　　大钳蟹：你懂什么。

　　凌晨一点多了，齐俊竟然没睡，还给他秒回了消息。

　　齐俊：我去！

　　大概是看了自己前面说过的话，齐俊总算是明白了江影在回复什么。

　　齐俊：您这反射弧也太长了吧。
　　齐俊：服气，你不会用了一整天来思考这个问题吧？
　　齐俊：你能有什么耐心？养出大火花再来找哥哥吧。
　　齐俊：再见！

　　火花和巨轮都有，只是不好跟齐俊解释，为什么这个火花和巨轮都交代在了戚逐那边。
　　江影对他和戚逐会有共同的粉丝这件事表示困惑，他用了一天的时间思考也没思考出答案，他和戚逐的日常，就是互相看不惯，连戚逐出国在外读书的那两年里，他俩的看不惯都没消停过。
　　江影的手机上还有两个人高三时的一段聊天记录——

　　大钳蟹：【火锅图片】【钵钵鸡图片】【大闸蟹图片】【过桥米线图片】
　　大钳蟹：馋死你。

班长：【五三图片】【王后雄图片】【各类教辅试题图片】

班长：写完了吗？

这就是他俩这些年来的日常。

"要是让你们看到这些，你们就追不动'追风逐影'了。"江影很自信。

"所以为什么追风逐影粉会诞生呢？"江影发问。

"为什么？为什么？"他的枕头边传来了一个冷冰冰的机械音，"时候不早了，现在是一天中该入睡的时间，小瓜希望你不再困惑，消除迷茫，早些入睡，为你点播一首《因为爱情》，伴你入眠。"

江影：……

他的话语触发了关键词，歌声就这么在房间里响了起来。

江影扭头看向床边的智能音箱小瓜同学，这个窒息玩意儿是什么时候被放在这里的？

大概是下午陈助理替他收拾生活用品的时候，把智能音箱当闹钟给带了过来。

日有所思，夜有所梦，江影一整晚的梦都是掐架，以至于他早晨被小瓜同学的闹钟叫醒时，都还有些恍惚。

"这个果然是闹钟，我就知道你需要。"来叫江影起床的陈助理十分欣慰，"你什么时候买的闹钟？"

"戚逐送的，说是慈善晚宴的主办方……"江影说到这里，突然意识到了什么——

他也是那天晚宴的嘉宾，如果主办方要送礼的话，不可能漏掉他。

"今天的工作安排没那么赶。"陈助理说，"你这个反派，前期都比较闲，中后期开始'作妖'，下午有个戚逐的单人采访，你可以去看热闹，不想看的话，你也可以休息。"

"好的。"江影收回思绪，"我看热闹。"

他喜欢看热闹。

戚逐的采访，对江影来说，真的很好玩，因为这人往那里一坐，整个采访就开始变得索然无味，也不知道这次的记者能不能有什么妙招改善一下采访的氛围。

《瑞雪》的团队当前在国内都是顶配，除了主角团外，其他很多角色请的都是有名的老戏骨，拍戏的时候每个人状态都在线，工作效率很高。

江影闲散习惯了，第一次跟这种高效率的团队，工作的节奏加快，连他也不由得感受到了一点紧张的氛围，对待工作渐渐变得认真起来。

他一认真，反倒状态就不对，昨天那种自在的感觉不见了，他找不到宣末翎早期那种无忧无虑天真的少年感。

"小影找一下昨天的状态。"导演提醒。

导演还没说完，戚逐先把人给拉一边训了："你们杠精还会紧张？"

江影：来了，班长式凶人。

戚逐："前期角色的心理还没发生变化，又没人要害他杀他，他还是天天缠着他的洛哥哥，你那么紧张做什么？"

戚逐："虽然今天片场人多，但是你想，能有大火花要没了紧张吗？"

"那必然是没有的。"江影一秒找回状态，接下来再也没出过状况。

"你心态真好。"吃饭的时候，苗野蹭到了江影的身边坐下，"被戚老师说完，你还能调整好状态，换我我就吓蒙了。"

"还好吧，他也没说什么。"还提供了非常适合江影的帮助。

"他光是走过来，我都觉得紧张，后背发凉的那种。"苗野说。

"有那么可怕吗？"江影被逗笑了，"那你是不知道，他初中早读催我交作业的时候是什么样的。"

苗野对他俩从前是同学的事也有耳闻："有多凶？"

"拎个棍儿，这么长。"江影把饭盒放一边伸出双手比画了一下，"板着个脸，把班里的一摞作业放一边，然后盯着我补作业，看到我走神或者哗哗就狠狠敲一下桌子，敲出一声巨响，把我前排那哥们儿都吓疯了。"

苗野：……

苗野擦了擦汗，诚恳地问："那你是不是很快就补完了？"

"没，周末玩疯了，没写的有点多，再催我都搞不定，最后班长把他的数学作业给我抄了。"江影说，"作文我自己写的，我喜欢写作文，《一个终生难忘的人》，我写了我的班长，他是个好人，不仅早读盯着我补作业，还把自己的作业借给我抄，他是一个我终生难忘的人，我这辈子都忘不掉他。"

苗野："……后来呢？"

"后来我俩都被罚站了呗，我还被叫了家长，作文被班主任发到家长群作为反面教材。"江影说，"然后我爸妈没空，我哥来的，穿得特别帅气，那天下午有二十多个人找我要了我哥的微信号。"

苗野扶额："……你们班的班主任可真不容易。"

江影还打算再说什么，有人从他的身后轻轻踢了踢他脚下的凳子。

江影：？

戚逐站在他俩的身后，也不知道刚才听见了多少，他指了指江影放在地上的饭盒："快吃，凉了。"

"好嘞。"江影心情不错，"你吃完了？"

"我吃饭的时候没那么多话。"戚逐转身就走。

"哎，班长，你下午有采访啊？"江影拎着饭盒追了上去。

"有。"戚逐点头。

"有什么环节啊？"江影低头看饭盒，十分没有诚意地隐藏了一下自己眼中幸灾乐祸的情绪。

"说是简单问几个问题，然后读网友评论。"

"读网友评论？"有意思，那必须围观啊。

于是下午戚逐接受采访的时候，门边多了看热闹的江影和苗野。

"您对这部剧有什么期待吗？"椰子台的记者让戚逐给大家打过招呼后问。

"对剧情、演员和制作都有期待。"戚逐说。

"你看。"江影给苗野解说，"如果你看多了他的采访，你会发现，这人的回答永远中规中矩，简言之，就是没料。"

"看多了他的采访？"苗野重点不对。

"这不重要。"江影摆手。

几个常规的问题过后，到了江影最期待的读评论环节。

江影和苗野伸长了脖子，看戚逐手里拿着的小卡片。

网友的第一条评论。

"啊啊啊期待你的这部作品。"

戚逐顺利读完，补充一句："谢谢。"

"你体会一下，什么叫没感情地朗读。"江影忍笑。

苗野：……不敢笑。

第二条评论。

"希望戚逐老师可以在剧中'欺负'一下江影，以解广大网民心头之恨。"

戚逐读完，竟然浅浅地弯了唇角："会的。"

江影："哼。"

第三条评论。

"你是我 zqsg（真情实感）地粉过的第一个明星，我特别喜欢你的作品，我会永远支持你的。"

戚逐看到这张题卡的时候，略微停顿了一瞬间，似乎有些意外。

来了，传说中的读评论坑嘉宾环节。

"赌五毛。"江影扒着墙，小声对苗野说，"zqsg 他不会。"

苗野："好。"有钱不赚是傻子。

结果，江影就听戚逐十分流畅精确半点儿不带思考地读出了那个"真情实感"。

"五毛拿来。"苗野五毛也想赚，立刻伸手，"支持转账，江哥你看是支付宝还是微信？"

负责采访的娱记似乎也有些惊讶，他们原本就是打算用这些戚逐可能不认识的追星用语来制造笑点，结果没想到戚逐竟然知道。

后面纸卡上的评论全是追星用语，什么 nsdd（你说得对）、srds（虽然但是）、awsl（啊我死了）、dbq（对不起）、xswl（笑死我了）之类的，戚逐全部精准识别。

苗野这么一小会儿的时间，赚了江影好几个五毛钱。

"我怎么感觉他又升级了呢？"江影琢磨。

"啥？"苗野没听懂。

众人继续围观，直到戚逐又翻开了一张评论卡。

"zfzy（追风逐影），戚逐哥哥有什么想法吗？'狗头 .jpg'"

/38/ 江影是什么品种的大可爱

这张卡被戚逐抽出来的时候，门口看热闹的两个人正沉迷算账。

苗野："十道题了，他都念出来了，支付宝还是微信？"

"支付宝吧。"江影说，"顺便加个好友，让我偷你能量。"

苗野："……我早就不玩了，你怎么还在玩！"

"哎，我这个人，比较长情。"江影给苗野转了五块钱，"一个小游戏我能玩好几年。"

苗野不敢相信："我以为江哥你是那种三分钟热度的人。"

"我不是。"江影摇头，"我们杠精，就喜欢纠缠不清，我要是盯上哪只羊，我就长年累月地薅他的羊毛。"

苗野：这是在说，戚逐吗？

长年累月地掐，关系有目共睹地迷。

"小影？"江影的耳边传来一个声音。

他下意识地应了一声，应完才发现，这声不是苗野叫的，而是正在接受椰子台娱记采访的戚逐。

突然被 Cue 的江影抬起头："他叫我干吗？答不上来了要场外求助？等等，他怎么知道我们在围观他。"

戚逐叫他名字的时候，镜头就已经向门口的方向扫了过来，江影和苗野没来得及躲，一律被收入了镜头中。

他们这一行，多少都有点职业素养，面对镜头的时候，要调整出最佳营业状态，江影表情管理满分，十分友好地给出了回应："怎么了？我们戚老师需要场外求助吗？"

"你怎么看？"戚逐示意记者小姐姐把他抽到的那张题卡递给江影。

"刚路过这边，没想到被 Cue 了，让我看看是什么题把我们戚老师都给难倒了。"江影接过卡片，人愣了。

"zfzy，戚逐哥哥有什么想法吗？'狗头.jpg'"

怕什么来什么。

有的时候，当你在意某人某事的时候，某人某事就会接二连三地出现在你眼前。

戚逐问的是"你怎么看"，而不是"这是什么意思"，江影皱着眉打量了戚逐半晌，这人却始终带着一副求知的表情，丝毫没有露出破绽。

故意的吧。

江影：……

踢皮球也不带这么踢的，这锅甩得堪称绝妙，这题问的明明是戚逐的想法。

"我觉得你这人，坏得很。"江影避开了"zfzy"，说了句大实话。

"举个例子听听？"戚逐表现得特别无辜。

"装，你继续装。"江影用口型说。

记者倒是对采访的效果满意得很，又让戚逐读了几个中规中矩的粉丝评论后，为了不打扰剧组的工作，迅速结束了采访。

"你俩可真有意思。"苗野现场围观了两人的互动全过程。

采访一结束，江影和戚逐对视一眼，又开始了。

"你真不知道是什么意思？"江影对着戚逐甩出了一个质疑的眼神。

"你在说什么我听不懂。"戚逐站起身准备去片场。

"行，您迟早是'影帝'。"江影跟上戚逐的脚步，做出了一副十分狗腿的语气。

"好好说话，你又想被我骂了？"戚逐伸手轻轻敲了敲江影的头，似乎对江影话中的那个"您"极其不满，"我可从来没有立过什么'影帝'的人设。"

两人一路走远，留下苗野在原地思考戚逐话里的那个"又"到底是什么意思。

"说实话，我有点意外。"江影在去片场的路上对戚逐今天采访时的表现做出了一个客观的点评，"我以为你不知道这些的，没想到你都还挺熟练。"

"嗯。"戚逐不置可否。

"哎，班长你不是都不关注这些吗？"江影问，"你不是连微博都不怎么刷的吗，怎么最近，突然就能跟上我们年轻人的思路了？"

"你们、年轻人？"戚逐略微提高了声音。

"哦对不起。"江影说，"我忘了你就比我大一岁。"

"最近突然想活得清醒一点。"

江影：？？？什么逻辑。

就是这话他最近好像在哪里听过，但一时半会儿，他也想不起来，总之，接这部电视剧和那个综艺以前，他俩算是见面不多的网友，最近因为各种合作，网友见面次数变多，他就更加觉得戚逐有点深不可测。

"算了。"想太多会占内存，江影做出让步，决定先把这事情放下，先解决另一件重要的事情，"先续个火花吧，免得今晚又忘了。"

大钳蟹：【戳一戳】

班长：【戳一戳】

大钳蟹："呸 .jpg"

班长："换个方向呸 .jpg"

"你最近，是不是偷了我不少表情包？"江影看得直皱眉。

他总觉得，最近的戚逐，离他的生活，更近了那么一点，更像是个同龄人该有的样子了。

戚逐转身接电话去了。

江影在自家 QQ 群里，狂吹了一拨努力工作努力拍戏的自己，并号召全家人给自己投票，成功保住龙王标识，安心投入当日工作。

他下午要过的戏，有一段无实物表演，这种表演很考验演技，一方面要求演员具备充分的想象力，另一方面还要防止笑场，毕竟让人对着空气或是莫名其妙的物体来表达喜怒哀乐，极具挑战性。

苗野在围观了对着空气说话的江影之后，终于笑场了。

"他的无实物表演其实挺好。"苗野听见副导演在和戚逐聊天，"我原本以为他会笑场。"

"嗯。"戚逐点头，"他话多，自己和自己也能吵起来。"

虽然这么说，但苗野还是看见了戚逐脸上的笑意。

"你是怎么做到不笑场的？"江影这段戏结束后，苗野赶紧找人请教。

"不难的，你好好读一下剧本，然后自嗨，就好了。"江影看了看周围，确定戚逐不在附近，这才小声说，"而且你看到没，戚逐刚才就在下面盯着我，就差没拎个棍儿了，我能不好好演吗？"

苗野：……这位的状态，原来都是这么找出来的。

这两个人，苗野一时间也说不好哪个更凶一点。

今天的工作结束得早，但是难度不小，江影从威亚上被放下来的时候，感觉整个人都在飘，脚下踩的像是棉花。他重心不稳，刚才拍打戏的时候差点挂在威亚绳上翻了个跟头，被近处的戚逐眼疾手快一把扶了回去："专心一点。"

他回房间的时候，还有些腰酸背痛，把陈助理吓了一跳。

"我没事。"江影摇头，"我去吵一架就好了。"

助理：？？？

对江影同学来说，吵架有益于身心健康，延年益寿，最近忙于工作，没时间打开"吵"，他的 1000 多天连续签到竟然漏了一天。

江影充了 50 元补签。

他把补签到氪金的截图发给了"sunny"。

蟹老板：缺德公司，还挺会圈钱。

sunny：坑的就是你这种傻子，连签图个什么？

蟹老板：我们喜欢。

sunny："拱手.jpg"，您对自己的定位堪称绝妙。

"吵"的排位赛从昨天就正式开始，这两个月内的积分将用于评定选手最后的成绩，江影趁着晚上的时间，给自己刷了不少积分，把这几天落下的名次刷回去不少，这才满意地退出了自由区。

他徒弟的头像也在这一刻亮了起来。

两个人的对话还停留在前几天徒弟发来的绿色小人抱抱上，江影点击查看战绩，果然这人的战绩依旧为零，名次位于全服参赛者的最末端。有时候，江影真的觉得，这人来"吵"这个 APP，似乎不是为了吵架，而是有别的动机。

只不过今天，徒弟主动跟他打了招呼。

吵 3357868：晚上好。"微笑.jpg"

蟹老板：晚上好。"可爱.jpg"

吵 3357868：昨天怎么不在。

蟹老板：昨天在忙工作。

吵 3357868：哦。

吵 3357868：我以为吵架是你的主业。

蟹老板：虽然你没按我的套路来，但我感觉你已经逐渐有了气死人的本事。

吵 3357868：那就好。

吵 3357868：【链接】，我看论坛有人在讨论你。

论坛？

江影打开了徒弟发来的链接——

来猜测一下"吵"排名前十的玩家在三次元的工作吧。

1L：建议讨论一下"蟹老板"，我对这人可太好奇了。

2L："蟹老板"不知道，但是"sunny"晒过自己的生活动态，键鼠都是顶配，感觉是打电竞的？

3L：就"蟹老板"上次微博引战的实力而言，本人有充分的理由怀疑他是搞自媒体的。

4L：职业键盘侠？很有可能，"狗头.jpg"我带狗头了，蟹哥不要盯上我。

5L：说起来，玩"吵"的都是单身狗吧，虽然我自己也长年奋斗在刷分的第一线，但我不得不说，这个APP的初衷真是太无聊了，但凡我有个对象，也不至于在这里吵架。

6L：5L我觉得你说得不对，就你这斗志，都能叫奋斗在刷分的第一线？

......

2020L：他上次放话说我们见他得买票，那么问题来了，他是熊猫吗，这么金贵？

"是个好问题。"江影把目光转向了床边的智能音箱小瓜同学："小瓜，给我夸两句江影。"

"江影，可爱。"小瓜干巴巴地说。

"还有呢？"

"为您搜索词条，江影。"小瓜开始运行，"微博搜索，江影，选择最热搜索结果，现在给您播报网友评论。"

小瓜："啊啊啊啊，江影是什么品种的大可爱，戚逐太会了。"

小瓜："我好喜欢江影和戚逐的相处方式啊，椰子台的采访太可爱了。"

江影：？

什么情况，白天戚逐的那个采访这么快就播了？

/39/ 知道的太多了

"小瓜？"江影出言打断，"别读了。"

他自己去看吧，这个能读网友评论的智障机器戚逐到底是哪里找来的。

"我还没读完，你不听了吗？"小瓜十分机械地回答，"那给你放一首江影的歌吧。"

"不听，我为什么要听自己的歌。"江影一边在枕头下找到自己的手机，一边义正词严地对小瓜同学表示拒绝，他自己也就那么几首电视剧片头片尾曲，练过N遍，录过N遍，早就听腻了。

"好吧，不太能搞懂你的爱好呢，但小瓜会一直陪着你。"智能音箱继续检索，"接下来，为你推荐，戚逐的歌单。"

随便听吧，这热情的"人工智障"没完没了了。

在江影的心里，刷微博才是重点。

他猜得没错，戚逐的采访的确是播了，挑的还是当晚的黄金时间，他的前几部作品圈了不少粉，关注度居高不下，而且粉丝黏度大，关于戚逐的任何节目都会去追，讨论度也很高。

所以椰子台的采访一出，他家粉丝们火速赶来——

"我看过小说，这次的造型，超级满足，采访我蹲好久了，有心了。"

"来围观哥哥的采访了，这次的记者有没有想到什么有趣的问题坑戚逐呢？"

"我总觉得听戚逐的采访啊，路演发言啊之类的，感觉像是我自己在汇报工作，总之就是非常的套路哈哈哈。"

"姐妹们别聊了，先看吧，这次的采访有惊喜，我保证你们会回来笑的。"

这段采访视频，经过了后期的剪辑，的确很有看头，前面几个中规中矩的问题过后，就是网友们最期待的读评论环节。

"天哪，我以为我们戚老师从来不关注微博上的这些东西，没想到他知道得这么多，感动。"

"所以我就说了，我们家的不要因为觉得戚逐不怎么看微博就连投票都懒得打，我感觉他偶尔也会默默看的。"

"我回来笑了，xswl，他知道得太多了！不对不对，戚逐是不是找人偷偷补了课！"

"倒数第三条，是哪个姐妹的？舞到蒸煮①面前去了。"

---

① 蒸煮："正主"的谐音。

这些评论来自先前椰子台征集问题的一条微博，早在三天前，椰子台就放出了要去剧组探班采访戚逐的消息，透露了要读评论的这个环节，被选中的网友们，纷纷带图留言表示自己十分幸运。

@努力攒钱买专辑：妈耶，欧气满满，第一条竟然是我的，我好了，我还能再写十几套试卷，追星使我充满了学习的动力。

@好好学习好好追星：哭泣，早知道能挑到我，我就多写一点了呜呜呜，哥哥的声音好好听，我以为椰子台看不到卑微的我的，谢谢椰子。

@大山深处的一颗柠檬：啊哈！"暗中观察.jpg"倒数第三个是我的，戚老师的反应太有趣了吧，我满足了。我不是故意舞的，随口说的，没想到自己会被椰子台选中，感谢椰子，信女无以为报，愿吃素三天。

这个张牙舞爪一不小心舞到蒸煮面前的3号网友，被江影盯上了，这位网友的微博名还挺长。

"为什么感觉有点眼熟？"ID眼熟，头像眼熟，江影抓到了罪魁祸首并点进了她的微博主页。

江影：……

哎呀，真的是熟人。

网友"大山深处的一颗柠檬"，拥有12W粉丝，微博用户认证信息是"A大校辩论队队长"以及——

"吵"APP连续三年蝉联第一。

这位网友在"吵"的ID是"柠檬子"，常年住在APP上，一年365天，她吵了2000多场，江影一度以为，她在APP上买了海景房，柠檬子用实力证明了努力就会有奇迹，以及——

某些大学生真的是太闲了。

江影慢慢缩回了准备搅浑水的手，决定履行大佬之间的礼仪，微博上见面绕道走。

不知道是谁挑中了柠檬子的评论，还一路把评论送到了戚逐的面前，原本大家都以为，戚逐要么读不出来，要么避开这个话题，结果戚逐的反应，堪称绝妙。

"他好会啊，戚逐：我看懂了，但我不说，我把另一个当事人Cue出来跟你们聊聊吧。"

"！！！他怎么知道江影在偷听？太妙了，门口那俩人在干吗，拿着手机在扫码？"

"江影说这人坏得很，我感觉也是，我现在好像有一点 Get（知道）到戚逐的那种'坏'了，更帅了好吗？"

"这下没人说他俩关系差了吧，感觉关系很好的样子啊，所以追风逐影是真的！"

"那也说不准，或许是电视剧的宣传呢？"

"说过很多次了，《瑞雪》是正剧，走的剧情和制作，不需要这样宣传吧。"

"本来就没什么好掐的，'蟹老板'是引战的，本剪影再强调一遍，期待他俩的合作！"

正在刷微博的蟹老板本蟹：……

行吧，这件事他从头到尾，就没有发言权。

"小影，睡了吗？"江影的房间门外传来了敲门的声音。

"没没没。"江影跳下床去给人开门。

门一开，两个人都有点愣。

"你听我的歌？"戚逐似乎有点意外。

不仅在听，声音开得还是 90%，不开门还好，一开门整个走廊都听得见。

江影："我没来得及关。"

江影："一点都不好听。"

戚逐：？

江影：……还不如不回答。

戚逐反手把身后的门关上，观察了一番江影房间的临时布置，最后目光停在了江影床头的"小瓜同学"身上。

"你还好吗？"戚逐收回目光。

"啊？"江影迷惑完才意识到，戚逐这么问，大概是因为他那会儿在威亚绳上栽的跟头，"早没事了，你扶得及时，没什么事。"

"下次拍戏的时候专心点。"戚逐说，"虽然剧组的保护措施做得很好，但是由着你那么摔一下，还是会疼的。"

戚逐："有什么事那么重要，非要在拍戏的时候想？"

江影当时，的确是走神了，那段打戏两人之间的距离很近，近到他突然开始思考，他和戚逐的睫毛哪个更长这种十分没有营养的问题，以至于手上的动作到了，脚没跟上，当场就要摔。

这种降智原因，是不好拿出来对戚逐说的。

"没什么。"江影摇头，"你来应该还有别的事吧。"

"对了班长，你要不要吃这个？"江影翻了翻自己的旅行箱，找出了一袋水果糖，分了几个给戚逐，"助理给买的，我记得你以前喜欢这个糖。"

"嗯。"戚逐看着江影言语十分大方动作十分吝啬地挑出了几颗糖塞进了他的口袋里，"过来和你讨论一下角色歌的事情。"

江影："歌？"

戚逐走过去，拍了拍小瓜同学，房间里的音乐停了下来。

"可是《瑞雪》的歌不都给T.ATW了吗？"之前江影听哥哥江寻说的。

"那是片头片尾曲，另外还有角色歌，四个主演都有。"戚逐耐心给他解释，"你是要自己唱，还是剧组请人唱？"

"我自己我自己。"江影举手。

"我想的也是这样，所以中午剧方问的时候，我就替你答了。"戚逐说，"刚才突然想起来，过来跟你说一声。"

敢情这人是先斩后奏来了。

"班长，你知道得太多了。"江影说。

"那你要怎样？"戚逐向他投去询问的目光，"灭口？"

"得了吧。"江影一把将戚逐推出门，"出去出去，我们的关系好到你能进我房间了吗？"

刚刚收工的苗野路过走廊，看见戚逐背靠着房间的门，嘴角噙着笑。他顶着满脑门问号走出去好远才想起来，刚才那个吧，好像是他江哥的门。

江影在找齐俊聊天。

迷茫的大钳蟹：俊儿。

齐俊：哟，二少改名啦。

齐俊：我这工作号，就不能改你那么多花里胡哨的名字。

齐俊：你咋就迷茫了？

迷茫的大钳蟹：微博刷多了吧。

齐俊：有理，我家齐总时常让我们年轻人少刷微博。

齐俊：你还是吵架去吧。

有理。

刚才和徒弟的聊天还没结束，江影决定把聊天继续下去。

彷徨的蟹老板：还在吗还在吗？

吵3357868：在的在的。

彷徨的蟹老板：我突然有点空虚。

吵3357868：需要我献身吗？

彷徨的蟹老板：你变了。

彷徨的蟹老板：徒弟你无欲无求的人设崩了。

彷徨的蟹老板：反正现在也没什么事，给你讲点新的吧。

吵3357868：嗯。

彷徨的蟹老板：一直都在讲网上的掐架，讲讲生活中的吧，除了自己送上门的傻蛋之外，你也可以自己找事，给自己枯燥的生活带来一些乐趣。

彷徨的蟹老板：教你挑事儿吧。

彷徨的蟹老板：不过，挑事儿的目标要谨慎选择，我们不欺负人，我们也不招惹惹不起的人，要找合适的。

彷徨的蟹老板：我一直在给我班长找事。

彷徨的蟹老板：他就是我的乐趣。

彷徨的蟹老板：你可以试试你那个杠精朋友。

吵3357868：嗯，行。

吵3357868：怎么挑？

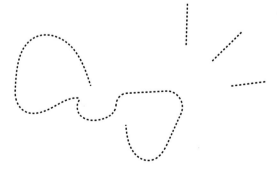

/40/ 给你找点事

怎么挑事？

这是个好问题。

那其中的道理可真是太多了，江影能说上一整个晚上，所以，他需要总结一下经验。

> 彷徨的蟹老板：其实，不是我不要脸，到了我这个境界以后，我往那儿一站，就算不说话，别人都会觉得我在挑事儿。
>
> 吵 3357868：……
>
> 吵 3357868：嗯。
>
> 吵 3357868：了不起。

对方的这个"嗯"有点意味深长，但江影这话确实没瞎说，他的确是这样的，毕竟以前他当纪律委员的时候，刚走到班门口，班里就严阵以待如临大敌。

还有齐俊投资的那个节目，别人都不敢上的评委位，齐俊第一个邀请他，说要撑场子。

> 彷徨的蟹老板：不得不说，这大概是我长年累月形成的气场。
>
> 彷徨的蟹老板：不说这些了，说点实在的东西吧。
>
> 吵 3357868：嗯。
>
> 彷徨的蟹老板：真正的杠精，别人说一句话，他主谓宾定状补都能杠，言语行动之间，都在隐隐挑事儿。
>
> 彷徨的蟹老板：反正我就说这么多，你意会一下。
>
> 彷徨的蟹老板：你要不先试试，看看效果？
>
> 吵 3357868：嗯。"微笑 .jpg"

对话眼看着要停在这里了，江影看着屏幕上的三个"嗯"，也不知道对方到底意会了多少，江影挑了个卖萌的加油表情包，给对方发了过去。

卖萌表情包与蟹老板的画风严重不符，但管它呢，徒弟高兴就好。

他原本打定了主意不看微博，微博却弹出了新的消息，都这个时间了，竟然还有人给他的微博发私信。江影滑开私信界面，发现是那位常年盘踞

APP 第一名的"柠檬子"。

> @大山深处的一颗柠檬：兄弟。
> @爱和平的蟹老板：？
> @大山深处的一颗柠檬：命题区出了新题，来辩？
> @爱和平的蟹老板：什么？我看看情况。
> @大山深处的一颗柠檬：关于我两个爱豆的，我双担①。

她的两个爱豆，江影刚看完椰子台的评论区不久，不用想也知道是谁。

> @爱和平的蟹老板：不来，没空，还有，戚逐走的不是爱豆路线。
> @大山深处的一颗柠檬：哎，无敌的我。不过你真的金盆洗手不吵娱乐行业命题了吗？太可惜了，命题区积分多啊，你怎么失去斗志了？

身为 A 大"闲置"大学生的代表，深夜不睡的柠檬子一边在找对手，一边还在自己的微博主页给人讲道理。

柠檬子的微博置顶是这样的——

> @大山深处的一颗柠檬：奉劝某些网友，不要来跟我杠，我掐架贼牛，想和我吵架之前先看我的微博认证信息，不然我把你头打飞。

柠檬子的最新一条微博——

> @大山深处的一颗柠檬：你们只知道看表面不行啊，你们要学会看私下相处。江影和戚逐现在就处于私底下都很有趣的阶段啊，比如他俩互相的称呼就很有意思，这说明他俩熟。还有之前，编剧放出的那段视频里，他俩互相给对方夹不喜欢的菜，这说明他们特别了解对方。还有就是今天椰子台的采访，怎么看都很好追啊。料给你们喂到嘴边了，Get 不到的等综艺播吧，播完了我再给你们画重点。

身为国内一流高校 A 大的学子，柠檬子的智慧好像都用在追星上了，她的记录做得十分有条理，评论下面不少人表示认同。

---

① 双担：指同时喜欢某两个成员。

有料吗？这就能说明关系好？

"可我们一直都是这样的啊。"江影垂眸，"只是，先前没让你们看见罢了。"

零点了，江影刚跟人聊完挑事儿的话题，又听柠檬子提起了戚逐，此时非常想去招惹一下隔壁房间的戚逐，反正按照戚逐的作息，这个时间，肯定是睡了。

就当他在单方面续火花好了——

清醒的大钳蟹：【戳一戳】
班长：？
清醒的大钳蟹：你没睡？
班长：你，吵醒我了。"骂人.jpg"
清醒的大钳蟹：谁让你睡觉不关手机，这可怪不到我。"摊手.jpg"
班长：去睡。"骂人.jpg"

对，就是这种熟悉的聊天方式，让江影感觉浑身舒适。他抛开原先困扰他的事情，安心睡着了。

五个小时后，江影尝到了半夜打扰人的后果，戚逐找酒店的工作人员打开了江影的房间门，在开门的瞬间灵活躲开，一个枕头飞向门的方向，落在了地上。

"现在是北京时间，五点整。"小瓜同学捕捉到房间里的动静，报了个时间，"您可以选择再睡两小时，或者来一段提神醒脑的早间娱乐新闻。"

小瓜："在昨天椰子台的采访中，当红演员戚逐，读到了各种有趣的网友评论……"

戚逐在小瓜同学的机身上拍了两下，停止了播放。

"五点啊哥哥。"江影眼睛都还没睁开，哭丧着脸，"你这也太记仇了，我半夜给你发消息，你就一大早来折腾我。"

他闭着眼睛抱怨，没有看见戚逐在听见那声"哥哥"时，眼睛里晕开的笑。

"我没有。"戚逐正色道，"昨天说好的录歌，你忘了？"

"今天？"江影清醒了一点，"真不是公报私仇？"

"嗯，今天。"戚逐说完，拎起床边的衣服递给江影，帮着扣好了江影衬衫领口的扣子。

江影跟着人一路去了录音棚，才发现他被戚逐坑了。

今天剧组没他的戏份，日程的确排了录歌，但今天录的是戚逐的角色歌，跟他半毛钱的关系都没有，他顶多被老师拉到一边学歌。

大部分时间，他都趴在监听控制室的桌子上，听戚逐唱歌。

"你去哪里了？"上午八点半，没找到自家明星的陈助理有点慌张地给江影打电话，"你梦游了？"

"差不多吧。"江影说，"梦还没醒，就被妖精抓走了。"

陈助理：？

听不太懂，这难道是，代沟？

江影终于意识到助理没听明白自己在说什么："我是说，我一大早被班长坑来了录音棚，一时半会儿都回不去。"

"哦，戚老师啊，那没事，今天反正也是你的休息日，没有其他工作，你去玩吧。"助理说。

江影被人打包带走，陈助理意外收获一天假期，语气中都能听得出雀跃。

"我现在眼前只有一个戚逐，我玩什么？"江影撑着下巴，侧过头去看观察窗另一端的戚逐，戚逐戴着耳麦，在同一时间，向他的方向看了过来，略微点了点头。

陈助理自动忽略了江影的话，提醒他："你们录的那一期综艺好像要播了，你要是无聊，就看综艺吧。"

戚逐录的这首歌，挺有记忆点，江影听了两遍，就能跟着唱，他一边跟着哼歌，一边打开了自己随身携带的平板电脑，接入静音键盘，点开了"吵"的论坛。

排在首页的还是江影看过的那个帖子。

来猜测一下"吵"排名前十的玩家在三次元的工作吧。

3001L：柠檬子不用扒了，人家微博上写着呢，是A大辩论队的，果然，学霸做什么都很厉害。

3002L：蟹老板第几名了？

3003L：第七，他和sunny名次不相上下。

3004L：对不起，跑题涛一下第二十名，最近冲上来的，好像是个外国友人，看生活动态据说是朋友推荐中文学习软件的时候给他推荐了这个……

3005L：哈哈哈哈哈。

3006L（蟹老板）：没毛病哈哈哈，他的朋友干得漂亮。

论坛是匿名的，江影手里的静音小键盘敲得飞快，在无数个帖子里搅了浑水。

戚逐录完歌，在观察窗的另一端，短暂地停留片刻，看见了心情十分美妙的江影。

江影的平板电脑上——

柠檬子：掐吗？

柠檬子：工作日，大家都在忙，你只有我了。

蟹老板：好吧。

柠檬子：速度排一局，我马上下课了。

蟹老板：不要娱乐区，我老翻车，不想再被围观了。

柠檬子：你虚了。

江影开了一局自由区，邀请了柠檬子，自由区的话题，漫无边际，不知什么时候，话题就被柠檬子拐到了她粉的明星香不香这个问题上。

蟹老板：？？？不香，你Get到的，说不定是人家的日常，人家都习惯了。

柠檬子：？？？要真是这样那就更好追了啊！日常都这么有趣，要是营业，那还得了。

蟹老板："呸.jpg"你歪理。

柠檬子："换个方向呸.jpg"你强词夺理。

"你在干什么？"江影和柠檬子掐到一半，才听见自己的身边传来了戚逐的声音。

江影：……双手离开键盘。

十分凑巧，对面的柠檬子也不见了。

还好他字体调得大，现在屏幕上只有那两个呸的表情包。

"过来看看你有没有认真练歌。"戚逐的目光扫过江影面前的设备，"看来没有。"

江影："我会唱了，我……就熟悉一下这个 APP 的功能。"

他转过头，想要伸手合上自己的平板电脑，却没料到戚逐突然伸手，拇指和食指捏住了他的下巴，指尖停留在他的侧颊上，轻轻把他的脸扳了回去，手里的歌词本轻轻拍了拍他的手："既然学会了，那唱给我听听？"

江影：……

"你在干什么？"江影挑眉。

"没看出来吗？"戚逐淡淡地说，"看你太清闲，给你找点事。"

找事？

也不是这个找法吧！

恰逢柠檬子突然复活，伴着"吵"自带的爆炸音效提示声，刷出了两条消息——

柠檬子：我回来了，刚才老师突然点名叫我回答问题。来，我们继续。

柠檬子：zfzy 它不香吗？

/41/ 普普通通

香不香江影不知道，但他知道柠檬子这消息发得真是时候。

刚好赶上了戚逐过来"找事"的时候。

"找事的意思是，你想……找我吵架？"因为不确定，江影问得有点迟疑。

"你觉得呢？"戚逐反问。

"觉不出来，这位哥哥，我们找人吵架的没有这个路子。"

"你在看什么？"江影刚瞥完屏幕，没来得及关，又听见了戚逐的声音，"好玩吗？"

"不好玩。"江影说了句违心的话，眼神有点飘，感觉有点对不起自己热爱了三年多的 APP，"真的。"

"那这是什么？"戚逐的目光停在了江影旁边的屏幕上。

柠檬子不知道是不是下课了，打出那句消息之后，就没有再说别的，以至于两人面前的屏幕上始终停留着柠檬子发来的那句话。

"之前的那个 APP，你之前不是说适合我吗，我就下了一个试试。"江影因为对方的动作微微仰头，"熟悉一下功能。"

在他面前的，是戚逐没错，但是他总觉得，今天的戚逐，有点不同寻常，但他一时半会儿也说不出到底是哪里不太对劲。

"那这又是谁？"戚逐看了眼屏幕上的 ID。

江影：？

真找事来了？问题怎么这么多。

这是在问柠檬子吗？

"哦，一个普通玩家。"

一个普普通通的 A 大掐王，辩论队队长，也就拿过那么十几个冠军吧。

但是没关系，戚逐他不知道。

"嗯。"戚逐松开手，也不知道信没信。

"班长，你来干什么？"江影对他这趟的目的有点怀疑。

"都说了，看你无聊，找你吵架。"戚逐的语气波澜不惊，与平日里那种不动声色的讥讽没有什么差别。

"有你这么找事的吗？谁教你的？"

意料之中，戚逐没有回答。

江影狐疑地看了他半晌，实在没能从这人脸上看到什么别样的情绪，最终只能作罢。

"练歌吧。"江影泄气地说。

"你们聊的这个话题……"戚逐还没打算放过他，"上次……"

回答他的是江影吼出来的歌声，打断了他还未说出口的话。

恰逢指导练歌的老师从监控室外进来，被这难听的歌声吓了一跳，提高嗓门开始威胁："江二少！练半天你就给我唱这个？我要跟你妈告状。"

江影：噫，血亏。

今日第一回合，戚逐，胜。

"班长。"从录音棚出来的江影一路小跑追上了戚逐的脚步，"腿长了不起啊，你站住。"

戚逐看着面前因为一路奔跑而低喘的人，停下脚步，露出了探询的神情。

"饿饿饿，请我吃午饭。"江影开始蹭饭。

"理由？"

"你把我拐出来的，今天本来没我的工作，你得管我午饭吧。"江影说的是实话，他一大早就被拐出来了，助理一听有假，立刻跑了，现在唯一能管饭的好像就只有戚逐了。

"我助理跑了。"江影看着手机上的请假短信，十分悲愤，"谁同意他走的？"

"我。"戚逐说。

"你？"江影有点难以置信，"为什么是你？"

戚逐："我刚才想了想，早上那么突然把你拐出来，还没跟你助理打过招呼。"

戚逐："所以我给他发了短信，说你要出来练歌，废寝忘食。"

江影顿时感到十分头疼，难怪连接人的车都没来。

"他挺高兴的。"戚逐说。

"他能不高兴吗，他放假带薪。"江家给的待遇可好了。

"你还坑我。"江影指责，看了看周围，确定没人后，这才开口，"那老师她要是跟我妈告状，我这个月的零花钱就都没了，连工资都没了。"

这就是签自家公司的弊端。

"我要是饿死了，你养我吗？"江影挡住了戚逐的路。

"嗯。"戚逐点头。

江影："你还'嗯'？"

"知道了知道了。"戚逐说，"勉为其难请你吃吧，就普通的午餐。"

"我不挑。"江影得逞。

今日第二回合，江影，胜。

二十分钟后，江影看着地库里那辆熟悉的红色超跑，心情有点复杂。

又是它。

虽然他早上是没太睡醒，但他可以肯定，上午来的时候，坐的肯定不是这辆车。

那么问题来了，这车是什么时候出现在这里的？

"去哪里？"江影揉了揉眉心。

"一个普通餐厅。"戚逐有意无意地强调了"普通"二字。

江影的眼皮一跳，有点心虚。

江影戳开了自己家的 QQ 群。

大钳蟹（龙王标识）：@十万伏特，哥！！！

大钳蟹（龙王标识）：哥你在吗？

十万伏特：？

大钳蟹（龙王标识）：我之前要的超跑呢？！

十万伏特："皮卡丘超凶.jpg"

大钳蟹（龙王标识）：呜呜呜。

大钳蟹（龙王标识）：别人家的孩子都有超跑。

十万伏特：不是不给你买，主要是你不会开。

十万伏特：我给你想了个办法。反正你也不会开，你和别人家的孩子做朋友不就好了。

大钳蟹（龙王标识）："生气熊猫头.jpg"

别人家的孩子用余光扫了眼副驾驶位上的江影："龙王？"

江影捂住手机屏幕："你偷看我？"

"猜的。"戚逐说，"你那么多话，龙王肯定是你的，你忘了语文老师对你又爱又恨了？"

江影：……

因为话多事多吗？

江影话多，但当年学生时代，语文成绩也够好。他们班的语文老师遇上江影这种学生，必然是惊喜中带有一点惊怒。

江影大部分时候语文成绩是真的好，和大部分人不同，他写作文丝毫不费劲，条理清晰逻辑明确，就是有时候，内容有点惊人。

比如那篇《一个终生难忘的人》。

"我怎么他了？"江影明知故问。

"你作文跑题，跑出了天际。"戚逐说，"看图作文，图上的两个人争论不休，议论文，那题的论点应该是合作，你还记得你写了什么吗？"

江影记得，他直言两个人所谓的"争论"十分低端，吵得不够味儿，于是他在有限的作文纸上用优美的中国话模拟出了一场高端局。

然后他收获了1分作文，1分是同情分。

直到今天，江影都没觉得自己写得有问题。

"怎么突然提起了这个？"这人揭他的黑历史，江影收起手机，礼节性地表达了一下自己的不满，"看在这顿饭的分上，我先不和你吵。"

"在哪儿啊，怎么还没到？"江影问。

"到了。"戚逐说，"简单吃个饭。"

这家"普通"的餐厅位于H市中心，餐位价格不菲，需要提前预订。

今日就餐的，只有他们俩人。

/42/ 是在坑底还是坑里

从下车一直到心不在焉地吃完整顿饭，江影都还有些精神恍惚。

戚逐此人，逻辑清晰，把整顿饭说得滴水不漏："之前订的，有点忘了，今天你说要我请吃饭，我刚好想起来。"

江影：……

那地库里的红色超跑，也是今天刚好自己瞬移过来的吗？

还有刚才餐桌边那束红色的小玫瑰，也是自己盛开在那里的吗？

"你之前打算请谁吃饭？"餐厅里，江影眨眨眼睛，问对面的人，开始在脑海中自动搜索合适的对象。

"我就不能自己吃？"戚逐问他。

"你不像这种人。"江影摇头，"这里是要提前预订的。"

江影列举了好几个戚逐的绯闻对象，都被戚逐一口否决："你说的那几个人，有的我连脸都记不住，你为什么知道得那么清楚？"

都收藏起来了，没事就翻出来看看能不清楚吗，江影在心里默默地说。

他俩的出身其实都有那么点星二代的意思，家庭背景好，圈里的资源基本要什么有什么，想蹭个绯闻的人不在少数，只是江影凶，来蹭的基本都是眼瞎的。

而戚逐那边，长期以来的印象使然，大家都知道他对谁都没兴趣，来炒绯闻的通常都是自嗨，蹭不到什么实质性的热度。

只是这些自媒体放出的乱七八糟的消息，被江影记录得清清楚楚。

这种收藏别人黑料绯闻八卦的爱好，江影自然不会自己暴露："也就……偶尔听人提过吧。"

"看不出来你这么关注我。"戚逐话锋一转，"别多想，没想着请别人，就请你吧。"

"为什么请我？"江影手上的动作一顿。

"感谢你吧。"戚逐意味不明地说。

"谢我？"江影没问明白，反倒是被戚逐的回答弄得一头雾水，"我给你提供了什么帮助吗，为什么要谢我，我有什么值得你借鉴的优点吗？"

"有吧。"戚逐说，"受益匪浅。"

江影：怎么感觉跟戚逐说话越来越困难了。

他除了能杠，还有别的优点吗，怎么就受益匪浅了？

　　整一个中午，江影都没想明白，下午，剧方要谈新的合作，广告投入又增加了齐俊他家公司，江影刚回剧组，就看见了一个眼熟的胖子。

　　"你爸要投这个剧？"江影问，"真的会火吗，怎么你们都来了？"

　　"目测会，就凭演员的颜值也不会亏，我爸从来不做无用功。"齐俊说，"戚逐和你哥不都投资了吗，有钱一起赚呗。"

　　剧方临时开了个会，齐俊和江影都混了个位置，刚好在会议桌的两边。广告合作与江影的关系不大，他决定把自己此时微妙的心情和工作繁忙的小齐总分享一下。

　　江影冲对面甩了个眼神："看手机，来聊天。"

　　小齐总瞥了一眼前方战况："来了。"

　　迷茫的大钳蟹：齐总。

　　齐俊：不敢当不敢当，我是小齐总。

　　迷茫的大钳蟹：我现在有点迷茫。

　　齐俊：看出来了。

　　齐俊：你ID就很迷茫。

　　迷茫的大钳蟹：你说，如果有个人，一大早特地把你拐出来，然后开了辆超跑，带你去那种需要预定的餐厅吃饭，吃饭的时候只有你们两个人。

　　迷茫的大钳蟹：这是在干什么？

　　齐俊：你脑子瓦特（坏）啦？

　　齐俊：这听起来像是在约会啊？

　　齐俊：这人还挺会。

　　迷茫的大钳蟹：？？？

　　江影手一抖，手机摔在了桌上。

　　"不听就不听，安静一点。"戚逐压低了声音说。

　　江影："哦，行。"

　　"还聊吗？"齐俊用口型问。

　　"聊。"江影低头。

　　聊天继续——

齐俊：咋了，你在哪儿看到的剧情？小说？电视剧？你不是最爱这种甜甜的剧情吗，怎么突然识别不了了？

迷茫的大钳蟹：不是，我刚吃完饭。

迷茫的大钳蟹：你懂我意思？

齐俊：！！！

齐俊：胆大包天啊，谁敢约你？

"真的假的？"齐俊朝着对面疯狂眨眼睛，努力传达自己的意思，"谁啊？"

"当然是真的！"江影坐不住了。

眼神交流信息传递量有限，江影和齐俊同时低头打字，同时按下了发送。

齐俊：谁约你啊？让我听听是哪个姑娘对你有企图？是不是眼瞎？

迷茫的大钳蟹：班长他一大早就把我坑出来了，我说让他赔我顿饭，然后他就把我带到餐厅……

同一时间，两个人都一眼扫到了最关键的信息，齐俊看见的是"班长"二字，而江影则看到了"眼瞎"。

此时，会议桌边，戚逐正在说自己的想法。

与此同时，江影和齐俊同时抬头。

齐俊："啥？"

江影："啥？"

讨论暂停，所有人都向他们这边看了过来。

"小齐总有意见吗？"

齐俊低头："没没没。"

两个人都被戚逐凉凉地扫了一眼。

齐俊：瑟瑟发抖。

迷茫的大钳蟹：抖啥，我都习惯了。

齐俊心说你这习惯就比较微妙。

齐俊：你上午是做了个梦刚醒吗？

迷茫的大钳蟹：滚滚滚。

齐俊：还以为哪个姑娘眼神儿不好看上你了，是班长的话，可能是看你可怜？

迷茫的大钳蟹：他一定在酝酿什么阴谋！

又是两声"砰"，两人又被对方的话给惊到了。

戚逐结合两人刚才的反应，判断了一下不和谐因素的来源，伸手没收了江影的手机。

齐俊：……

江影：……

十五分钟后。

"你等一下。"江影想起来自己还有个平板电脑。

聊天继续。

齐俊：啧啧啧，班长收你手机的手法好熟练。

迷茫的大钳蟹：初高中没少被他收，后来他出国了，没人动得了本人了。

齐俊：这就叫一物降一物。

齐俊：说到这个，真没想到你俩竟然还有双人粉丝，名字还挺好听，叫什么"追风逐影"。

齐俊：我只能说，这届粉丝很有想法啊。只要敢编，一切皆有可能。

迷茫的大钳蟹：滚滚滚，严肃点，找你出主意呢。

正聊着，齐俊的手机又砸了桌子，江影寻思着自己没说什么语出惊人的东西，所以应该是齐俊自己手滑了。

"这桌子。"戚逐突然开口，神情中似乎有些不满，"你俩是看不惯吗？"

江影：……

齐俊：速度结束聊天，他好像不高兴了，我怕我家生意没了。

齐俊：他有说他为什么请你吃饭吗？

江影回想了今日自己和戚逐的对话，检索出了一句有效答案。

迷茫的大钳蟹：他说他要感谢我。

齐俊：那大概是了吧。

迷茫的大钳蟹：感谢我什么呢？

齐俊：不知道，可能在你不知道的时候，你做过什么吧。你先观望吧，不管怎么样，难得人家有这份心，你要对人家好一点。

齐俊：吃了人家的饭，你就要好好对人家。

迷茫的大钳蟹：有理。

迷茫的大钳蟹：啊，对了，他还说他要给我找事，这是想掐架？

齐俊：你俩还真是谜一般的存在。

齐俊：你自己处理吧，我就先退下了。

"你觉得呢？"戚逐突然转头问身边的江影。

"啊？"江影抬头，"我都可以。"

反正都没听，只要说没意见就对了。

"他说他没意见，那我也没有。"戚逐说，"你们可以直接去找他公司谈，时间的话我自己工作室那边可以协调。"

谈什么？

一直到晚上，接了经纪人的电话，江影才发现，他又"被"接了个综艺。

"对方说是你自己同意的。"经纪人每次跟他说话的时候，语速都特别快，似乎生怕被他找到了杠点，"反正大概就是这么回事很快就给你定下来时间会协调好反正戚逐也去，就一期节目，不耽误多少时间，你俩最近合作挺多我也放心，还有上次的综艺播了反响不错你可以看看，就这样我孩子哭了我要去看看他。"

电话的另一端传来了忙音。

江影：？

这位经纪人什么时候有的孩子他怎么不知道。

他下午那声"我都可以"，给自己添了个直播类真人秀，具体的节目策划还没出来，暂时还不知道是要做些什么。

戚逐是个"坑"。

江影逐渐意识到了这个问题。

就是不知道他现在是在坑底还是坑里。

综艺是要看的，期待一整天了，江影参加的综艺也就那么几个，这种小清新生活风的节目，他第一次上，不知道网友们会有什么样的反应。

但是"吵"目前正处于排位赛中，江影记着要刷分，所以在看综艺前，他先登录了APP。

他那个名字只有一串数字的徒弟在线，竟然还有了一串负分战绩。

江影：？

徒弟弟在他不知道的时候，做了什么？

江影点开了对方的战绩，发现徒弟弟在娱乐区闲逛，掐了几个命题，都没赢。

彷徨的蟹老板：你在做什么？

吵3357868："奋斗.jpg"

彷徨的蟹老板：你在娱乐区奋斗？

彷徨的蟹老板：别去了，娱乐区是非多。你还没出师，暂时吵不过。

彷徨的蟹老板：徒弟弟，你给杠精挑事挑得怎么样了？

吵3357868：不急。

吵3357868：慢慢来。

彷徨的蟹老板：哦，那你继续加油？

吵3357868："微笑.jpg"嗯。

/43/ 隐藏技能

江影关心完徒弟，刚要吵自己的，才发现上午他和柠檬子开的那场自由局结算了成绩。

上午因为戚逐，他没能接着掐完全程，超时未发言，系统自动判了他失败，柠檬子获胜。

比赛界面上还留着柠檬子最后发来的消息——

柠檬子：人呢？

柠檬子：怎么一说这个你就不见了。

柠檬子：哎，你这样的，大概也就只能在微博引战了。

柠檬子：超屁蟹老板。

柠檬子：结算了，再见。

柠檬子：最后再说一句，我爱他们。

柠檬子：可惜，我的爱你不懂。

"懂一半吧。"江影对自己说，"至少我爱我自己。"

江影，一个永远在带头给自己投票的爱豆。

除了比赛之外，柠檬子还给他发了私信。

柠檬子：咴蟹，APP 那个前十见面会你来吗？

蟹老板：不来的。

柠檬子：为什么？大家对你的身世都很好奇。

蟹老板："吵"请不动我。

蟹老板：我大牌。

柠檬子：不要脸……

为了弥补失去的积分，江影随手找了个命题区，开始刷分。

"晚上好。"柜子上的小瓜同学主动开口。

"晚上好。"江影的心情挺好，甚至愿意搭理"人工智障"。

"你在做什么？"小瓜问。

"在吵架。"江影头也不抬，把最近落下的积分一点点刷了回去，"在寻找你不懂的快乐。"

小瓜：？

在他掐架的时候，综艺如期开播了，播放键点开，就是节目组航拍的小村庄，微风细雨，的确如这个综艺一开始打出的主题那般，有乡间村舍的清新氛围，弹幕从这里，就已经开始刷了。

"这期是不是临时换了两个人？"

"换了，但苗野是飞行嘉宾，戚逐和江影是顶上的。"

"江影？？？导演疯了吗哈哈哈哈哈，清新少年江小影。"

"我在某大 V 那里看到了一个小道消息，说戚逐是因为江影来才接的这个节目，好像有点道理，不然这节目也请不到戚老师吧。"

"前面的胡扯吧，他俩接节目那会儿听说还不熟，多少对关系都有点影响吧，看后期怎么剪辑了。"

"他俩关系没那么好，戚逐和导演认识过来帮着救场的好吗？"

"看节目看节目，还没开播你们就能吵起来我也是服气。"

开头的画面结束，画风突变，导演组开始检查嘉宾们的旅行箱，最先到达的两位嘉宾把自己的箱子打开，让导演组取出其中不符合节目要求的物品。

"你都带了些什么东西……"负责检查箱子的工作人员愣在了原地，从顶流男团 T.ATW 的 Rapper 池云开的箱子里，拎出了一捆攀爬绳，一个指南针，还有一本户外求生手册。

"啊？不是野外生存吗？我弄错了吗？"池云开挠头，"这些都是我们团主舞和主唱特地给我找来的，说应该能用得上。"

"完了哈哈哈，我已经预感到这期画风要崩了，他们团好能来事儿。"

"傅止哥哥蛮适合这个主题的，毕竟喜静不喜动。"

"同样是一个团的，池云开怎么回事哈哈哈。"

"还有三个人怎么没来，我们小影呢？"

画面一转，一辆车停在了小农庄的前面，戚逐和江影从车上一前一后地下来。

"我天，江影带了好大好大的一个箱子，半人高，他这是想干什么？"

"啊啊啊啊戚逐帮他拖箱子了，我们哥哥真的好暖啊。"

"得了吧，你们哥哥暖不暖可能得看人，你们忘了他之前对提着箱子的女嘉宾视而不见了？"

"那个谁明里暗里想拉我们哥哥炒绯闻好吗，吃瓜请带一点脑子谢谢。"

江影箱子里的零食和狗粮，都引发了网友们的热议。等到江影在"吵"找到了充足的人生动力，回到播出平台和微博的时候，微博上大批的观众已经看到了嘉宾们去镇上买菜寻人的那一段了。

江影打开视频，调了个和观众大军差不多的进度，此时他的粉丝正在心疼那天穿着旱冰鞋的他。

"我们小影可以吗，看戚逐一路把他带过来，每一刻我都在担心他摔。"

"戚逐抓紧一点我们小影，感觉他真的不会这个。"

"对不起，只有我觉得他们过来的方式好好笑吗哈哈哈。"

节目把镜头切到了苗野的身上，苗野刚到镇上，正在从工作人员那里了解信息，顺便拎上了自己那一篮子鸡蛋作为任务奖励。

"我很期待。"苗野对着镜头说，"不知道是我先找到他们还是他们先找到我，希望我手里的任务物品能给他们带来一点惊喜。"

"我有点担心，他们会不会不认识我。"不太红的苗野对着镜头十分老实。

弹幕——

"这个谁煳得好真实……以后我爱你。"

"喵喵自信一点，你虽然总演炮灰，但你有粉的好吗，你看路边卖菜的阿姨一直在瞄你。"

"阿姨：我在电视里见过你。"

"从后面来的，喵喵自信点，等下有人一眼从人群中揪出你。"

"别剧透啊。"

节目中，傅止早早到达小镇，找了茶馆泡上了养生茶，池云开的小船在小河上晃悠，找不到正确的方向，江影蹭了戚逐的自行车，一路慢悠悠地到了小镇上，准备完成节目组布置好的任务。

江影想起来，他当天录综艺的时候，被路边的掐架吸引，溜出去看掐架了，后来才被戚逐和 Follow PD（跟镜导演）在巷子里找到。现在看节目才知道，戚逐和工作人员当时的反应，十分精彩。

工作人员 1：？

工作人员 2："糟了糟了，我们重金请来的嘉宾丢了。"

工作人员 3："江影人呢，刚才还在啊，Follow PD 有跟着吗？"

站在旁边的 Follow PD："哦，不好意思，没来得及。"

戚逐除了一开始眼中一闪而过的错愕外，一直都表现得十分淡然："没事。"

根据戚逐提供的线索，节目组很快在小巷子里找到了正在歪头看人吵架的江影。

观众都乐死了，到了这里，大家基本已经认清了事实，这一期节目，已经和"清新"二字关系不大了——

"天哪，这有什么好看的。"

"我现在相信《走出去》这个综艺，是没有剧本的了，我要被他笑死了哈哈哈。"

"剪影表示让大家见笑了，哥哥平时就爱热闹。"

"他们家哪里是爱热闹，我直说了，江影就是爱掐，那么多明星，就他天天住在微博，天天看人掐架，有时候还撸袖子自己上哈哈哈。"

"前面的胡说，我们哥哥明明天天在微博豆瓣知乎天涯贴吧都买了房哈哈哈哈哈。"

"还在'吵'买了房。"江影看着弹幕说，"但这个，是不会让你们知道的。"

"哦，这个巷子，是青石板路面，他是怎么过来的。"

"我们哥哥太不容易了，为了看人吵架，穿着旱冰鞋颤颤巍巍地滑过来的。"

"我想说的是，戚逐好厉害，一句话直接找到人，粉丝知道正主特性就算了，他怎么能知道那么多？"

"哎，没什么，都是我们粉丝知道的。"

"一旦接受了这个设定，我突然觉得江影以前那些黑料都不算黑了……"

"本来就不黑，他是真性情，总免不了有人盯着黑。"

原来那天，戚逐是这样找到自己的，江影看着有趣，他是喜欢凑热闹，但也不至于在戚逐那儿留下了那么深刻的印象吧。

节目里的江影抓着戚逐的衣角，一步都懒得走——

"原来那天微博上有人拍到的是这里啊，难得看他这么安分，好难得啊，果然旱冰鞋他不会。"

"是错觉吗，我怎么感觉戚逐对他有点纵容。"

"我也想问，这个货平时那么凶，到戚逐这边怎么这么黏？这样看起来还是挺乖的嘛。"

"路人觉得他俩关系还行？没网传的那么差哎。"

陈助理跑了，今晚没人帮江影买奶茶，他原本以为喝不到了，没想到戚逐敲了他的门。

"哪儿来的？"江影问。

"我生活助理买多了。"戚逐把奶茶放在柜子上，"你晚上喝这个，还睡得着吗？"

"睡得着的。"作为资深奶茶爱好者，没有奶茶才会睡不着。

"在看综艺？前阵子我们录的那一期吗？"戚逐听到了声音，目光从江影的平板屏幕上掠过，"你看吧。"

综艺刚好播到他们在小镇的街道上发现了人群中的苗野，江影脚下的旱冰鞋一蹬，就那么飞快地追了出去。

之前一直在刷"哥哥小心哥哥不会戚逐带带我们小影"的观众瞬间刷出了满屏幕的问号和省略号——

"？颤抖的手缓缓打出一个问号。"

"是谁刚才说他不会来着？"

"不仅会，还很熟练……"

"？小影是校轮滑社的？这个我们粉丝都不知道，他从来没说过。"

"出现了，某爱豆的隐藏技能。"

"看，你们粉丝不知道的，戚逐也知道，他好淡然哈哈哈。"

"他不仅知道，他还觉得是小场面。"

"啊，好想看看大场面啊。"

/44/ 签名"造假"

江影也觉得这是小场面，是周围的人大惊小怪，类似的事情，这么多年来戚逐见多了，自然不会当回事，倒是网友们第一次看到江影这个由静转动的过程，有点诧异。

看自己录制的综艺的乐趣就是，能看到别人视角下发生的事情，能知道在他冲出去之后还发生了什么。

当天江影远远在人群中看见苗野，想也没想就追了出去，没想到戚逐这边还有这么有趣的反应。

"剪影表示，从来没听江影说过，他还会这个。"
"我忘了之前在哪里看到过了，说他俩以前不仅是同学还是同桌。"
"想象不出来他俩做同桌的样子，求一个人给我讲讲他俩做同桌时的故事。"
"呜呜呜，虽然戚逐什么都没说，但我感觉他好像就是那种'你们不知道的我都知道'的感觉。"
"前面的脑补什么呢，我们哥哥哪有那么多内心戏，懒得搭理罢了。"

某条变成粉色的弹幕表示：你们哥哥表现出来的样子可不是懒得搭理，不信你们往后看。

综艺里，跟拍的镜头定在了苗野带着的那篮子鸡蛋上，鸡蛋在两人奔跑的过程中碎了好几个，有点惨不忍睹。江影蹬着脚下的轮滑鞋把苗野堵在街道的尽头。

"我吃人吗？"屏幕里的江影气势汹汹地发问，"我有那么可怕吗？"
弹幕——

"吃。"
"有！"
"鸡蛋：我做错了什么？"
"目测导演已疯，节目跑题了，但我喜欢。话说苗野怎么这么怕他啊，在我们不知道的时候，还发生过什么吗？"
"圈里都怕他，'笑哭.jpg'我感觉也就戚逐不嫌弃他。"
"对不起，我好像又 Get 到了。"
"这俩都凶，圈里俩钉子户，我带狗头了，别骂我。"

综艺里的戚逐赶到，把耀武扬威的江影拎了回来，解救了瑟瑟发抖的苗野和为数不多的鸡蛋。画面又切到了几个人在茶馆里做题的场景，为了烘托节目的小清新氛围，后期还给配了一段悠扬的纯音乐。

"我突然发现，导演也是不容易。"看到这里的江影，终于发出了感慨。节目的节奏都被搅成这样了，这位导演依旧在坚持不懈地追求他的清新乡村生活。

"你也知道啊。"戚逐一直没走，靠在江影的房门边，和他一起看综艺。

"你还没走？"江影看得入迷，听到声音回头，这才惊觉这人送完奶茶还盯着自己看了好一会儿。

"走了，你慢慢看。"

江影略微皱眉，总觉得戚逐有意无意地强调了"慢慢"这两个字。

再往后看就是他们从镇上回去的场景了，因为不够一人一间房，苗野惊喜地得到了江影让出的房间，江影扛着自己的被子和枕头，占了戚逐的半边床。

"放心了，我以为喵喵小可怜要和江影一个屋了，吓死。"

"！！我们不放心，真的不会打起来吗？"

恰逢此时，后期在综艺中插入了一段话——

晚上，发生了一个意外……

意外就是江影感冒发烧了，戚逐去找了导演和随行的医护人员，客厅里的摄像机拍到，他的脚步明显比平时快了很多。

"有点意外，平时我感觉戚逐没什么人情味，但现在看来好像不是这样的。"

"不管怎么样，毕竟是同学，大晚上的突然发烧，我们哥哥也会着急的。"

"我是这样想的，他是不是只对江影这么好？"

"演出来的？毕竟戚逐是演员，江影也是演员，他们最近要合作，说不定是被迫营业，总不能真的在节目中明显不合吧。"

"得了吧，说了多少遍了，我们戚逐从来没有立什么人设，谢谢。"

"那什么，理性讨论，有一说一，他俩的家境，没有哪一个需要被迫营业吧……应该是真的关系好。"

"好歹也是多年的同学关系，友爱不行吗？真是搞不懂你们，不要动不动就脑补好吗？"

弹幕掐得厉害，微博上倒是有了新的热搜。

#戚逐 江影 巨轮#

综艺里，在入住小农舍之前，江影拉着戚逐说了句什么，被摄像机完完整整地录了下来，有网友发现了这个细节，把音量调到最大，听到了江影对戚逐说的那句话。

江影："太好了，我还担心巨轮没了呢。"

众网友：

"？？？巨轮？"

"是我想的那个 QQ 上的巨轮吗？"

"我天，他俩竟然有友谊的巨轮，怎么做到的？他俩微博都没互关。"

"很稀奇吗？"江影不明白了，巨轮都有了好几年了，还天天养着大火花，只不过之前没什么机会让人知道。

戚逐已经走了，不然他现在还能问问戚逐的想法。

小齐总晚间网上冲浪，看见热搜，吓得一哆嗦，围观了网友评论，节目视频都没点开看，赶紧在微信上找江影聊天。

齐俊：我发现，现在网友真是越来越会玩了。

齐俊：这群人说你和班长关系好，还编排你们 QQ 有巨轮。哈哈哈哈哈，太能扯了。

齐俊：想象力太丰富了，我和 plmm 的巨轮都还没养起来呢，她现在是上升期，太忙了经常忘了跟我聊天。

迷茫的大钳蟹：是真的。

齐俊那边大概有五分钟都没回消息。

齐俊：什么？

齐俊：你把话说清楚点，哪个是真的？

迷茫的大钳蟹：巨轮啊。

为了证明自己的话，江影打开 QQ，截了一张图，给齐俊发了过去。

齐俊：什么时候的事了？

迷茫的大钳蟹：初中就有了啊。

迷茫的大钳蟹："发呆 .jpg"

迷茫的大钳蟹：有问题？

齐俊：那你俩每天都聊啥呢？

迷茫的大钳蟹：就，互相看不惯呗，吵架啊，吵着吵着，就有了。

齐俊：有了这么多年？他出国期间也一直没丢过？

迷茫的大钳蟹：？距离不是问题啊。

齐俊：你俩掐架掐出了友谊的巨轮？

齐俊：……

齐俊：好，就当你俩是互掐掐出了一个巨轮，那你为什么要一直留着它？

迷茫的大钳蟹：就，习惯啊。

齐俊：……你等会儿。

齐俊：我去洗个脸清醒一下。

江影在齐俊离开的时间里，简单翻了翻热搜，此时无论是粉还黑，都异口同声地表示了震惊。清醒过来的齐俊给江影发了一张微信聊天截图。聊天截图上的，是戚逐一直没怎么用过的微信号。

戚逐：？？？

戚逐："微笑 .jpg"

消息发送的时间，刚好与下午江影和齐俊接二连三地砸手机的时间完美重合。

齐俊继续给江影发消息。

齐俊：看见没，知道我下午为什么不跟你扯了吧。

齐俊：他微信号连头像都没有，还诈尸威胁我，好凶哦，可吓死我了。哎，你别说，可能是跟你打交道久了，他这个凶人的路子，跟你太像了。

迷茫的大钳蟹：？？？哪里像了？

迷茫的大钳蟹：这是我独创的凶人技巧，只传我徒弟的。

齐俊：当时，我以为他是嫌我俩吵人，让我俩闭嘴。

齐俊：现在我觉得吧，是我想得不够多。

迷茫的大钳蟹：？？？

齐俊跑了，说什么都不肯再回消息，江影没办法，只好把目光转向了戚逐，刚好他俩今天，还没有续过大火花。

QQ上的江影，最近叫"清醒的大钳蟹"，和微信名略有不同。

清醒的大钳蟹：【戳一戳】

班长：【戳一戳】

清醒的大钳蟹：干吗呢？

班长：看热搜呢。

清醒的大钳蟹：唉，我发现现在的网友太能大惊小怪了，巨轮有什么稀罕的。

清醒的大钳蟹：我俩又不是第一天养出巨轮了，少见多怪。

班长：嗯，是他们见得少了。

清醒的大钳蟹：班长你会说人话了哎。

清醒的大钳蟹：怎么办，今天看你好顺眼。

班长：那你再多看几眼？"微笑.jpg"

清醒的大钳蟹：不了不了。"小黄脸再见.jpg"

江影选择再看看综艺上的戚逐，他那天突然发烧，早早地回房间休息，看剪辑后的综艺，江影才意识到，自己似乎错了一个环节。

这个综艺的导演比较随性，嘉宾也经常更换，每一期的嘉宾都会在明信片上签名留念，集齐几位嘉宾签名的明信片照片前几天还在官方微博上晒过。

官博还说，让大家睁大眼睛仔细看。

当时大家都觉得官博的意思是本期换了两个嘉宾，也没想到能有什么别的含义，没人发现官博话里的深意。

抽奖活动早就开了，江影看过微博上那张照片，五个人的签名都在上面，包括他自己的。江影想了半天也没想起来自己什么时候签过名，最后默认自己烧糊涂了给忘了。

现在他明白了，由于他发烧，这群人压根就没打算带他玩，有人给他代签了。

客厅摄像机拍到了那天上午，几个人先后签名的过程。

"江哥还好吗，要不要叫醒他？"苗野看着紧闭的房门问，"退烧了吗？"

"还没醒，让他睡吧。"戚逐说，"明天签可以吗？"

"节目组急着晒照片。"傅止说。

"我来吧。"戚逐接过桌上的签字笔。

苗野：？

傅止：？

池云开：？

"先凑合一下，后面再补。"戚逐说，"以前帮他抄过作业，勉强可以模仿一下他的笔迹。"

然后戚逐就在明信片上，自己名字的旁边，用另一种笔迹签下了江影的名字。

手法熟练，以假乱真。

和江影自己的签名几乎一模一样。

在线观众：？

这叫勉强模仿？

/45/ 你现在说的每一句话，都会变成他们的花絮

"哇，这也太厉害了。"苗野当即没能掩饰自己的惊诧，表情管理都扔到了九霄云外。

"我们悄悄地，帮戚逐挡一下，别让导演组看到。"池云开很有干坏事的自觉，转了个身挡住了摄像机。

弹幕——

"江影：ZZZZZZ……"

"噗，他们还挺有干坏事的自觉，还知道挡镜头。"

"喵喵不要慌，是戚逐干的，他不怕江影的！"

"T.ATW：只要我们不说，谁都不知道。"

"哈哈哈哈我下一期还想看他们呜呜呜，可惜他们都只是临时加入的。"

"是的，这一期节目，让我们发现了他们的隐藏技能。"

"谢谢，我又 Get 到了。"

"我也是我也是，之前看到的时候我根本想不到这是戚逐签的，太像了，哥哥什么时候练的啊。"

节目组也知道这里是个爆点，特地给那张签名明信片来了个特写，江影和戚逐的签名排在一起，各有特色，丝毫看不出"造假"的痕迹。

播放到这里，节目组的后期在屏幕上缓缓打出了一排问号，紧接着就是一行字——

江影：在我睡着的时候，你们都干了什么？

后期还给江影的卧室门配了个困惑的表情包。

看综艺的观众刷出了无数的"哈哈哈"。

看综艺的江影：？？？

这节目太神奇了，不仅有人代他签名，还有人代他表达感受了。

戚逐代笔的签名显然是个亮点，江影拿笔顺手在纸上签下了自己的名字，与戚逐签名的那张图做了对比。

真的一模一样，正主都分不清真假。

难怪那天在微博看到的时候他毫无印象，原来这件事压根就没人跟他提。

江影爬上了自己的微博大号，转发了综艺官方的那条微博——

@江影KANI：？我还以为是我睡迷糊了自己签的，原来你们……//@我们一起走出去：本期留念，大家睁大眼睛仔细看哦。【图片】

正在追综艺的网友们自然知道他这个问号是什么意思，因为热搜上很快就有了新的词条。

戚逐　笔迹模仿

江影压根就没签上名
江影 迷惑

当日目睹了"签名造假"全过程的苗野立刻出来，努力把自己从这件事里择了出去。

@喵喵苗野：我以为你知道。"捂嘴.jpg"

综艺播出的缘故，江影的微博多了一批新的综艺粉，这群网友都格外活跃。

@原香瓜子：我当场笑死，我就问一个问题啊，就一个，戚逐他为什么这么熟练？顺手就签上了，丝毫不带停顿，读书的时候是帮江小影同学抄了多少作业，我怎么突然有点……同情？

@学到昏迷：这是签名啊宝贝儿们，戚老师是不是练过，有没有人扒过他们是哪个学校的，我好想去扒他们的贴吧。

@捕影草：好像有人扒过高中，但他俩高中是不是只同学过一年还是两年来着啊，话说江影竟然和我们一起在看综艺，太可爱了吧，看官博那唧瑟的样，话说我们刷的弹幕里有没有江小影？

@取名字好难QAQ：戚逐竟然发微博了哈哈哈哈哈。

@戚逐：@江影KANI，哦，忘了说了。"微笑.jpg"

@钥匙我吞了你们锁死：戚老师好，"瑟瑟发抖.jpg"围观一下这个友善的微笑，望周知，戚逐的微笑表情是真的在对你微笑，不是内涵。

@一个顺眼的ID：我们戚老师表示：我只是告诉你，我不是和你商量。

@家有两条狗：只有我一个人，想问问节目组那张明信片可不可以送嘛，你们不要给我啊，我真的好想要呜呜呜，抽奖也行啊。

江影放下手机，继续追综艺的时候，弹幕已经换了一种画风。

"刚谁说关系不好来着，他们有巨轮。"
"迷惑行为，他俩微博都没互关，但是拥有了友谊的巨轮？"

"别的不说，这个代笔签名，真的厉害，起码人家关系没微博上掐得那么差，说他俩关系不好的真的可以散了。"

"日常辱骂'蟹老板'，引战的。"

"话说，你们有人知道'狸猫直播平台'吗，领衔主演团之前预热直播的那个，剧组在那边开了号，经常放一些花絮短视频，都是独家的。"

"感谢科普，等下我们去看看。"

综艺节目继续，可以看出，第三天的节目安排里，导演仍在锲而不舍地追求原定的综艺主题，嘉宾们合作的那顿饭，还有下午的钓鱼活动，都给观众带来了不少乐趣。

江影是看着综艺睡着的，早晨醒来，平板电脑已经因为没电关机了，他恍惚间还记得，自己昨夜睡前，看到的还是满屏幕的网友弹幕。

"好有趣呜呜呜，真的不考虑再来一期了吗？"

"好喜欢啊，他们的相处方式我超喜欢。"

《走出去》作为一款主打清新生活风的综艺，有顶流男团 T.ATW 在，人气一直居高不下，而本期节目，增加了人气演员戚逐的热度，加上江影身上黑红的话题量，节目的点击播放和热度，在当晚冲到了平台的巅峰。

网友的呼声很高，但出于档期的缘故，无论是戚逐还是江影，都没办法再参加这个综艺的录制，拍戏的进度逐渐加快，两个人都投入了繁忙的工作中。

自打综艺播出后，微博上"追风逐影"的粉丝越来越多。

最开始在柠檬子那边听说的时候——

江影："哦。"

与我无关。

后来在微博上发现自己名字的时候。

江影："哦？"

与我有关？

江影网络上混得久，简单地翻过后，不难知道，综艺播出以后，"追风逐影"粉的势力又有所壮大，这的确在他的意料之外，毕竟网友心中他俩的关系越好，粉丝们追得越厉害，先前引战的"蟹老板"就越会被粉丝看不起。

蟹老板委屈。

但是江影和戚逐之前的合作不多，可供粉丝参考的素材不够，所以新生的粉丝们把目光投向了每周投放拍摄花絮的"狸猫直播平台"上。

剧组之前说过，会在平台上偶尔放一些不涉及剧透的花絮，大家这才发现，剧组早在上周，就放过一段拍摄的花絮。

"小心点说话。"等戏的江影正在拉着苗野聊天，"片场摄像那么多，你现在说的每一句话，都会变成他们的花絮。"

苗野当即正色道："好的江哥。"

短视频的画面一转，夜晚降临，江影被戚逐带到了一旁反复练台词。

戚逐用剧本卷了个小纸筒，有事没事敲敲江影的头。

两个人就位，准备走一遍那段戏，小视频上突然出现了几个字——

"调大音量，你不会后悔。"

以及一个倒计时。

然后大家就看到了江影拉着戚逐赶去续火花的场景，也听到了那句"糟了，大火花要没了"。

网友：……

"剧组果然有钱，服装和道具感觉都 OK，颜值也在线。"

"上面的重点不对。"

"哈哈哈哈哈这件事告诉我们，就算你是明星，你也要续火花。"

"公开处刑，江影剧组划水，不好好拍戏，只想着续火花。"

"我想知道他们最后续上了吗，看得我好紧张哈哈哈，我粉的爱豆一定不能失去大火花。"

"好，非常好，剧组太会了，巨轮终于锤实了，我放心追了。"

不少微博上的自媒体都搬运了剧组的视频，没过多久，这段视频就被"追风逐影"的粉丝看到了，成了新的素材。

这几天，江影被柠檬子缠着杠了无数场没有硝烟的战斗。

可能是职业病，柠檬子特别执着于说服人，天天在"吵"上找江影匹配自由局——

柠檬子：zfzy（追风逐影）真的香，你见识短浅。

彷徨的蟹老板：你坐井观天少见多怪，那是他们的日常，而你只看到了一部分，懂吗？

柠檬子：日常什么，小学生你不懂。

柠檬子：就算是一部分，花絮也足够支撑我过计算机考试了。

彷徨的蟹老板：我不懂？我不懂你懂。"一个大榴莲丢死你.jpg"

柠檬子：是日常那更好啊，蒸煮每天都很充实，那我不用找了，我张嘴等着就好了。

彷徨的蟹老板：我鄙视你，有料也不会掉进你嘴里。

因为争论这个问题，江影最近都没来得及给他的小徒弟在线教学，徒弟应该是不满的，毕竟不知道从哪一天开始，他每晚九点，准时给江影发一个微笑表情，风雨无阻。

比如今晚，江影和柠檬子争论到一半，就收到了徒弟的微笑问候。

他刚要回复，余光瞥过身边深色的衣角，戚逐不知什么时候，过了一段戏，走到了他身边。

江影不知道为什么，莫名品出了这人身上的一点不满，但是戚逐面上看不出什么，江影也不好多问。

"你在干什么？"戚逐问，他刚从片场中心走过来，还穿着戏服，举手投足之间，气质尽显。

"就……聊天啊。"江影想到自己刚才和柠檬子一直在争论的话题，忽然对戚逐的问题有些心虚，于是他把目光从戚逐身上挪到了脚边的一棵草上。

"怎么坐在了这里？后面没你的戏了，你之前就可以回去了。"戚逐示意江影和他一起离开，"穿着戏服不觉得沉？"

"忘了……"江影蹲路边看了会儿戚逐拍戏，原本他身边还有个苗野，但现在，江影环顾四周，苗野早就不见了。

"在和谁聊天？"戚逐像是随口问的，"看到你打开那个APP了，还是上次那个普通玩家吗？"

江影的脚步一顿：戚逐怎么还记得这茬，他自己都快忘了。

戚逐注意到他的反应，又说："我就随口问问，你不用介意。"

江影："哦……"不介意不介意，不敢介意。

"那你们聊的，还是上次那个话题吗？"某人继续随口问。

/46/ zfzy 它不香吗?

江影:?

随口问这么多啊,了不起。

"顺口就问了,你不介意吧。"戚逐好像在和人聊工作,真的是无意中提起了这个话题,说话间,他还低头,在手机上编辑了一句什么。

"不介意不介意。"江影牵出了一个微笑。

"嗯,你不介意就行,介意我就不问了。"戚逐像是根本就不在意他的回答般,把对话自顾自地继续了下去,"怎么总和人聊这个,它有什么特殊的地方吗?"

一瞬间,一个声音炸响在了江影的脑海中。

柠檬子:zfzy(追风逐影)它不香吗?

那句聊天和此时此刻的场景就这么莫名其妙地联结在了一起,恰好三月底的夜空,倏地有闪电划过,紧接着就是一声春雷,江影脱口而出:"你在想什么?"

不对,他想说的应该是"你觉得我们关系好吗",奈何话到了嘴边,换成了一句别的。

江小影同学从小到大都是横着走,有什么话当场就说了,基本不会留着过夜,这功能到了戚逐这里,竟然隐隐有了要失效的趋势。

这让他生出了一点挫败感,追溯这挫败感的来源,又让他觉得有些微妙,有待斟酌的那种微妙。

"在想工作。"戚逐手腕转动,手机屏幕上的工作聊天界面出现在江影的眼前,"小影,你觉得我在想什么?"

问题又被抛了回来。

"随口的聊天,谁会想那么多,我可没那么多想法。"江影说完,路也懒得看了,边玩手机边抓着戚逐的袖口,一路往回走。

戚逐的目光越过夜晚影视基地建筑朦胧的轮廓,看向辽远的夜空,他伸手轻轻在江影的背后推了一下:"那就不想,要下雨了,回去再玩。"

"他俩在聊什么?"江影的助理听得直皱眉,"什么想不想的?"

"哎，慢慢来。"戚逐的助理说，"不要急。"

陈助理：听不懂，怎么只有自己不在线？

刚才有雷声响起，果然没过多久，雨水就从天空中坠落，戚逐改抓着江影的手腕，几人都加快了脚步。

前些日子，见过戚逐给江影签名的网友，很想看看戚逐帮江影抄过的作业，戚逐和江影忙着拍戏，于是有闲不住的网友戳了小齐总。

小齐总翻了翻自己的云文件夹，拎出了两张从前的照片。

@瓜皮传媒小齐总：我好不容易翻出来一张，当时某个人被罚抄书，大家一起帮着抄，左边是戚逐抄的，中间是杠哥自己的，右边我抄的，然后还有高中的，照片都在这里了。【图片】【图片】

网友们在小齐总的微博下面徘徊了好几天，没想到真的蹲到了东西。

@核桃瓜子：齐总赞一个，我就知道你这里肯定有货。

@鲜花饼：左边和中间那两份完全看不出来是两个人写的，我们戚逐真的厉害。

@明天一定学习：这是帮着抄过作业的情谊啊。

@小刺猬快长大：这么多年了，戚逐还是那么熟练，这说明了什么啊，人家一直都有练啊，反正我是 Get 到了呜呜呜。

@在线贴膜：我来给大家总结一下，他们有巨轮，他们续大火花，他们知道对方不喜欢吃的菜（盲猜喜欢的也知道），这叫关系差？

"他竟然拍了照，我们都没有留。"戚逐把手机上的照片给江影看。

"齐俊那孙子，非说滴水之恩要涌泉相报，非要拍照取证。"江影说完，才想起来，戚逐帮他抄的作业，已经数不清了。

"嗯。"戚逐应了一声，不作评价。

"班长，你想过要我报答你吗？"江影饶有兴趣地问，"要不要我帮你掐架啊，我看你黑粉也不少啊。"

"这份孝心你还是免了吧。"戚逐停在了自己的房间门边，"再说吧。"

戚逐在江影面前关上了门。

是再说，而不是"不必"或者"不用"，戚逐说话带着点余地，留给人无限的遐想空间。

"老谋深算诡计多端老奸巨猾。"江影没走，对着门就是一串优美的问候，"你想得美。"

"江哥……你，跟门也过不去？"恰好从房间里出来的苗野，站在五米安全距离外，不敢再前进一步，"这门，怎么得罪你了？"

"那得看是谁的门。"江影小声嘀咕了一句，转身撤了。

窗外是一声惊雷。

戚逐的问题暂时放到一边，江影觉得，当务之急，是要赶紧哄一下他的小徒弟。

这段师徒关系原本就是他强买强卖的，最近太忙，忙着和 zfzy 粉中的掐王柠檬子争辩，江影一时间没顾得上徒弟，既没有进行掐架教学，也没有关心徒弟的交友问题。

刚才那声惊雷，让他突然醒悟。

徒弟每天定时定点地微笑，是在表达不满。

再不做点什么，他是不是就要失去这个他一直都十分顺眼的徒弟了？

不可以。

还是要哄一下的。

吵 3357868："微笑 .jpg"

这是一个小时前，徒弟发来的消息。

彷徨的蟹老板：徒弟弟，我回来了，"可爱 .jpg"

吵 3357868：你还知道回来。"微笑 .jpg"

江影不知道为什么，隔着屏幕竟然感受到了一股子怨气。

明明什么也没做的江影，此时此刻莫名感觉自己，像极了渣男。

彷徨的蟹老板：最近太忙了。

吵 3357868：嗯。

江影：……完了，这短短的一个"嗯"字表达了此人深藏的不满和难以言表的怨气。

　　彷徨的蟹老板：我三次元的工作特别忙。
　　吵 3357868：哦。

这次短短的一个"哦"字表达了此人满腹的不屑和不信任。
全部被江影顺利解读。

　　彷徨的蟹老板：好吧，我最近匹配了太多次自由区掐架了。
　　吵 3357868：你还丢了好多积分。

这都被他知道了？
　　江影觉得有些意外了，"吵 3357868"不但每天问候他，而且每天还观看他的战斗。
　　人家在一个好徒弟的路上越走越远，而他自己——
　　不像话。

　　彷徨的蟹老板：你是个好徒弟。
　　彷徨的蟹老板：你会学有所成的。
　　吵 3357868：所以你为什么要一直吵一个你永远吵不赢的话题？
　　彷徨的蟹老板：……你这灵魂发问也太精辟了。

他这不是一直在寻找答案吗？

　　吵 3357868：过奖。

回复字数大于一，说明心情有所好转。

　　彷徨的蟹老板：我们来换个话题吧。
　　吵 3357868：比如？
　　彷徨的蟹老板：你和杠精的关系怎么样了？
　　吵 3357868：嗯，不算换话题。

江影：换了啊。

算了，徒弟说没换就没换吧，这不重要。

彷徨的蟹老板：上次你说，你有了点想法？

彷徨的蟹老板：如何了？

吵3357868：我都不急，你急什么？

江影觉得吧，这位大概离出师不远了，毕竟徒弟现在说话真的好气人，一股子戚逐味儿。

好想看徒弟和班长Battle啊。

彷徨的蟹老板：看你这进度，这么小心翼翼的，很难相处？

吵3357868：哼。

怎么是哼？

这是个出乎意料的答复，江影经过解读，得出了一个似是而非的答案。

彷徨的蟹老板：杠精罢了，还想好好相处？

彷徨的蟹老板：我就随口一说，你千万别介意。

瞎猜，总比没的聊好。

吵3357868：嗯。

彷徨的蟹老板："惊恐.jpg"

彷徨的蟹老板：呃，有点重口，杠精都有人稀罕啊。

"彷徨的蟹老板"撤回了一条消息。

吵3357868：？？？

彷徨的蟹老板："哑.jpg"当我没说。

吵3357868：行。

还好撤回得及时，江影无比感谢自己的手速，徒弟没气，徒弟还在。

为了留住徒弟，江影觉得，还是多说说人话。

彷徨的蟹老板：那你打算慢慢来？

吵 3357868：不急，你也别急。

彷徨的蟹老板：我不急，杠精知道有人不嫌弃自己，一定会很高兴的。

吵 3357868：真的？

彷徨的蟹老板：真的，如果你能杠，人家肯定更看好你。本人只擅长掐架，你自己加油吧，这种事情我没什么经验，没法给你建议了。

吵 3357868：OK。

彷徨的蟹老板：完事了记得孝敬师父呀。

吵 3357868：好呀。

江影看着那个有点雀跃的"好呀"，嘴角微弯。

"吵 3357868"撤回了一条消息。

吵 3357868：嗯。

江影看得直皱眉，徒弟学习太认真怎么办，连撤回都学会了。

不过总算，徒弟没因为他这两天的忽视而跑路。

某黑红偶像近日工作繁忙，哄完了徒弟，还要解决工作的问题。

书架上放着工作助理下午抽空送来的节目策划，江影在桌前翻了翻，发现这是前几天他"被"接的那个真人秀的策划。

"因为是全天直播，后期再次剪辑播出，所以节目安排有什么需要调整的地方，现在可以给节目组提。"助理下午的时候跟江影提过，"你可以和戚逐讨论一下细节。"

不知道戚逐那边有没有拿到节目的策划，江影打算去问问戚逐的意见。

清醒的大钳蟹：【戳一戳】

清醒的大钳蟹：班长你睡了吗？

班长：【戳一戳】

班长：没有哦。

"班长"撤回了一条消息。

班长：没有。

江影：？

心情好就心情好了，怎么还撤回了？

这是遇到了多大的好事，怎么连人设都捂不住了？

/47/ 你中文太好了，在哪里学的？

> 清醒的大钳蟹：您心情不错？
> 班长：嗯，不许说"您"。
> 清醒的大钳蟹：哦哦。
> 清醒的大钳蟹：都看到了，撤回什么？

不得不说，徒弟和戚逐的撤回，都有些异曲同工的妙。

可这偏偏是两个人。

清醒的江小影想了想，还是在输入栏里打了一行字。

> 清醒的大钳蟹：班长，刚才回房间以后，你都做了些什么啊？
> 班长：您很好奇？
> 清醒的大钳蟹：别学我说话。
> 清醒的大钳蟹：有没有人告诉过你，"您"不可以乱用。

戚班长和蟹老板的徒弟弟还是不一样的，毕竟徒弟已经学会了他30%的掐架绝学。

不过戚逐刚才在做什么，江影依旧想问。

> 清醒的大钳蟹：有一点点好奇，不多，你爱说不说。
> 班长：满足你。
> 班长：回房间以后，先是听某人骂了我的房间门。
> 清醒的大钳蟹：停停停，这个你可以略过不用汇报。
> 班长：那没了，然后就去洗澡了。
> 清醒的大钳蟹：就这？

正在打字的江影面露不满，但又有些释然。

仔细想想，这的确就是戚逐无趣的生活方式。

班长：就这。

也是，江影觉得是自己多心，班长这样的人，手机上的APP都没几个，和他的小徒弟再像，到底还是两个人。

他想到这里，正要再说什么，戚逐又发来了新的消息。

班长：开门。
清醒的大钳蟹："惊恐.jpg"
班长：赶紧的。

"你怎么来了？"江影打开房间门，门外的戚逐一只手拿手机，一只手拿着一叠文件。

"不是要说节目的事吗？下午助理跟我提了，我就知道你会找我。"戚逐把手里的文件卷了卷，轻轻在江影的头上敲了敲，"说话没重点，绕来绕去的，我不来，你还想把话题撇到什么地方去？"

"这样啊……"不是他，肯定不是他，这个人满脑子都是工作，做事目标极其明确，从来不会做无意义的事情。

江影松了口气，但又隐隐有些自己都难察觉的失落。他把戚逐迎了进去，两人在桌边坐下，认真讨论节目的事。

"班长啊。"江影枕着胳膊趴在桌上，手里的铅笔在纸页上绘出了无意义的图案，像以前无数次上课和写作业时那样，歪头去看身边的戚逐。

"嗯？"戚逐正在挑节目策划里需要调整的问题，闻言停下了手中的笔，"想说什么？"

"我有点想知道，你怎么想起来要接这个综艺的？"之前的《走出去》算是戚逐的综艺首秀，因为家里的缘故，他一直走的都是演员的路线，他自己的团队，很少给他接综艺。

江影先前觉得，戚逐只是拍戏累了，想体验体验综艺的生活，过后就不会再接，但现在看来，好像并非如此。

"这个不一样。"戚逐说。

"不一样？"江影手中的铅笔在纸页上乱画，他突发奇想，试着去写戚逐的签名。

"节目形式新颖,活动安排吸引人,拍摄地点风景优美,采用直播形式,嘉宾和观众实时互动,以及……"戚逐眸光微动,发现身边的人压根就没在听。

江影正在埋头回忆戚逐签名的写法,耳边传来了戚逐的声音:"不是这么写的。"

江影开小差被抓,不仅没有歉意,反倒是懒洋洋地问:"那要怎么写?"

戚逐没有直接回答,而是握住了他的手,在纸上熟练地写下了签名。

"你……"江影看着纸上的名字微怔。

"应该是这么写的,你那个,还差一点。"戚逐收回手,目光回到面前的节目策划上。

江影:?

他还没困惑完,戚逐又开始谈工作了。

"那目前需要修改的就这几条。"戚逐停笔,把自己做的记录摆到江影的面前,"我让助理跟他们说,你还有什么意见吗?"

"没有意见。"江影专心看桌上的草稿纸,提笔继续练戚逐的签名。

"对了,明天我的一个朋友会来探班。"戚逐把文件和笔收好。

"朋友?"江影抬头,"我认识吗?"

"应该不算认识。"戚逐说,"是我在国外认识的朋友,他中文不太好,我拍戏的时候,你可以带着他四处逛逛。"

江影:"这样啊。"

不认识就是不认识,什么叫"应该不算认识"?

那戚逐今天心情这么不错,是因为朋友要来吗?

这段时间,剧组拍戏的进度飞快,第二天要拍的戏,涉及人物情感的激烈变化,江影饰演的宣末翎在这里,正式和戚逐饰演的洛南柯决裂,自此以后,剧情进入下半部分。

"Action(开始)。"导演示意这段正式开始。

"你走吧。"江影持剑单膝跪地,"你不是要走吗?"

戚逐站在门边有些犹豫,他想伸手去拉眼前的人,对方却避开了:"你……"

江影闭上眼睛:"洛哥哥,你从这里走出去,我俩再无瓜葛……来日若再见,就是你死我活的时候。"

导演又一次喊了停:"江影你那个眼神不对,休息一下再开始吧。"

他们这一段，已经反复 NG 了好几回，导演没办法，只好让戚逐带带江影的戏。

"他俩决裂的时候，宣末翎应该是有点悲伤又有些愤慨的，你怎么光生气了？"戚逐拿着剧本给江影讲戏，"反派也是人，他并非一开始就是坏人，他也有自己的喜怒哀乐。"

江影闭上眼睛，试图感受角色的心情："洛南柯坏蛋，就很气啊。"

他替角色感到不平，所以表现出来的，也是内心真实的感受，但这样的表演，在导演和戚逐的眼中，都还有所欠缺。

戚逐："……除了生气以外，还有呢，如果你的朋友因观念不合，要与你分道扬镳，你除了生气，还有什么感受？"

"在宣末翎眼中，错的是洛南柯。"戚逐继续给他解释，"洛南柯为的是天下大义，但是对身边的人，他的确是自私了，司梦因他而死，宣末翎因他重伤，他为了大局这个时候离开，角色怎么可能不悲不愤？"

"这两人一个重情，一个重义，说白了谁都没做错，注定了都没有好下场，这两个人从一开始，就不该做朋友。"

江影试着去体会那种情感，他没想角色，想到的却是戚逐。

他俩互掐了这么久，要是哪一天，戚逐有了自己的家庭，忙于自己的事业，不再有空搭理他，那会是什么样的场景。

大火花大概会变成小火花，然后消失？

QQ 巨轮呢？

江影从来没考虑过这个问题，现在忽然想起，他好像——

还挺难过的。

导演一直在旁边观察着两人，觉得感情到位了，就立刻喊了开拍，江影这一次拍得很熟，他眼眶微红，死死地盯着戚逐离开的背影，像是眷恋，又像是恨之入骨。

"我不认同你。"江影说，"你护你的天下人，我保护我自己，从今往后，你好自为之。"

戚逐似有动容，但最终转身离去，江影徒手抓着剑刃，镜头只拍了他面前地上的血迹与转瞬即逝的泪滴。

"卡，过了。"导演对这一段尤其满意，"这算是我们剧的名场面了，我看 NG 的那几场也可以做花絮安排。"

现场拍摄正打算再补几个花絮，问问两人拍这段戏的感受，然而戚逐一路走回刚才的位置，弯腰看向依旧没有起身的江影。

"江竹杠，还哭呢？"戚逐的手里多了一束不知从哪里找的狗尾巴草，拿着草轻轻扫了扫江影的手背。

江影抬头的时候，眼睛还是红的："我没有。"

他一把抓过狗尾巴草，当场薅秃。

"你说得对。"戚逐把他从地上拉起来。

"什么？"江影想不起来自己和戚逐说了什么，"什么是对的？"

"洛南柯是坏蛋。"戚逐低声说，语气很轻。

"你？"江影没料到戚逐会这么说，有点错愕地抬头看他。

这话他说不奇怪，但是戚逐，为什么要说？

戚逐却没再做解释，拉着江影到片场外休息。

"之前拍过哭戏吗？"戚逐问他。

"好像没有。"江影歪头，"这应该是第一次。"

"感觉怎么样？"

"不太好受。"江影实话实说，刚才戚逐要是没拉他一把，他搞不好还得郁闷好一会儿。

"剧本是剧本，现实是现实，我又不走，你难过什么？"戚逐把剩下的一束狗尾巴草递给他，"你坐这里吧，等我回来。"

他话说得模模糊糊，留着江影在原地，有点心不在焉。

后面还有一段戚逐的戏，江影坐在木桩边围观，手里还在摇着两束只剩秆儿的狗尾巴草。

"Hi！"一个声音从他的身边传来，"朋友。"

江影：？

哇哦，外国友人，哪儿来的。

江影想起来，戚逐昨晚说有个国外认识的朋友会来，那大概，说的是这位兄弟？

江影用英语主动问了问。

"哎，您不用讲英语。"金发的国际友人说，"我中文还行，我过来找我女朋友，顺便来看看热闹。"

江影：？

还行是还行，勉强听得懂，也勉强能理解，但好像，哪里不对？

友人的表情是友好的，但语气听起来凶凶的。

"是'你'不是'您'。"江影尝试着纠正了这位兄弟的发音。

"您难道不是戚的朋友吗？我刚才看见他安慰你，他对别人从来都是好冷漠的。"

　　江影：？？？这熟悉的反问句，这熟悉的称谓，有种诡异的违和感。

　　"这位兄弟。"江影开口，"你中文太好了，在哪里学的？"

　　"是吧，我也觉得挺好。"

　　"所以，你是在哪里学的？"

　　"在一个叫'吵'的APP上学的，我觉得太好用了，感觉那里的用户都很喜欢交流。"

　　江影：……

　　他和排位赛闯进"吵"前二十的那匹黑马，猝不及防地相见了。

/48/ 你就是江竹杠吧

　　"你，下载了这个APP以后，打比赛了吗？"江影觉得现实太扯，实在不太敢相信，所以试探着问，"就是首页打开后的那个积分赛。"

　　不会这么巧……吧。

　　"打了，一直都在打。"友人说，"好有用，我进步飞快，有一天还进了前二十。"

　　就冲这说话方式，江影不信也要信了。

　　还真就这么巧，前几天江影在论坛一眼瞥见的那位黑马，此刻竟然就站在他的眼前。

　　"这位朋友。"江影动动手指，示意对方靠近一些，"那么，能告诉我，是谁给你推荐的这个APP吗？"

　　"他。"国际友人抬手一指，指向了片场中央，画过一圈人，最后稳稳地停在了戚逐身上。

　　江影："他？！"

　　刚好戚逐在此刻回头，看向他们所在的方向，略微点头示意，江影冲戚逐摇了摇手里光秃秃的草秆儿。

　　他开始怀疑这位兄弟到底是不是戚逐的朋友了。

　　这位朋友的中文名比英文名好记很多，据他自己说，是他女朋友给取的，叫卓越，听起来比本人要靠谱。

　　卓越和戚逐，大学时是同一个学院的学生，卓越这次来，刚好路过影视基地这边，顺带过来看看朋友。

考虑到戚逐刚帮过自己，而这位是戚逐的朋友，江影带他在周围走了走，暂时当了回导游，以卓越能听懂的方式，用中文夹带着英文做了些介绍。

　　以及，江影很努力地在消除这位朋友说话时无时无刻不在外露的杠味儿。

　　江影也没想到，不做人这么多年，有一天竟然还能轮到他教人说话。

　　"他经常和你提起我吗？"江影听卓越的语气，像是对自己并不陌生的样子。

　　"久闻大名。"

　　说是这么说，但江影不大能想象出戚逐对着外人提起自己的模样："他怎么说我的？"

　　"你，就是，江竹杠吧。"卓越表现得十分熟稔，顺带着十分好学地纠正了自己的主语，把"您"变成了"你"。

　　"？我是江影。"江影咬牙切齿地继续纠正称呼，"姓江名影。"

　　竹杠这个称呼，是怎么传出去的？

　　"哦，也是。"卓越似懂非懂地点头，"反正说你特别可爱。"

　　"他会夸人可爱？"江影问，"你确定他用的是这个词吗？"

　　杠精和可爱，应该不太能搭吧？真的不是反讽吗？

　　说话间，两人逛完了影视基地，又回到了片场附近，江影看着身边的外国友人卓越，心里倏地出现了一个急于求证的新想法。

　　"所以，你俩是初高中同学吧？"卓越又问，"他给我说过不止一次，说他对你……"

　　"哎，我问你。"江影极其在意自己的新想法，并没有在意卓越的问话，他揽过了新朋友的肩膀，"班长，就是戚逐，他为什么给你推荐这个APP啊？"

　　"他说好用。"卓越十分老实地复述，"就让我试试。"

　　"那我问你。"江影进一步压低了声音，做出了一副要说悄悄话的意思，"戚逐他自己，用这个吗？"

　　"我想想啊。"卓越打开手机，戳开了屏幕上那个江影十分眼熟的APP，"好像有……"

　　震惊，戚逐竟然会下载"吵"这种对他来说毫无意义的APP，光这个信息就足够江影笑一年。

　　江影继续套话："那你还记得，他的ID是什么吗？"

　　"他后来好像就没玩过了，不过有个截图，名字不太好记。"卓越沉思后说，"啊，我去翻翻聊天记录。"

江影的眼睛亮了："好。"

卓越当场打开手机，开始翻聊天记录。

江影瞄了一眼："你们的聊天，还真看不出来是朋友。"

不过戚逐这人，如果不是朋友的话，多半连消息都不乐意回。

倒是他和戚逐，掐架掐出花了，每天又是火花，又是巨轮，还有系统自带的戳一戳动效，丰富得很。

这样层层对比，戚逐对他，确实比对旁人要特别一些。

"找到了，应该就是这个。"卓越说着，把手机递了过来。

"让我看看。"江影转头去看卓越的手机屏。

一份节目策划横在了他的眼前。

已经拍完戏的戚逐不知什么时候走过来，把节目策划递给了他："修改后的策划，你再看看有什么需要修改的。"

江影："……哦。"

"之前的那一场，导演想跟你讨论后期剪辑的问题，选择的角度和剪辑方式，导演想听听你的意见。"戚逐说，"他们在那边等你。"

"知道了，我过去。"工作的事情还是得上心，江影秒忘自己刚才要和卓越聊的内容，转身向导演所在的方向走去。

"小影怎么来了？"正在看录像的导演有些惊喜，示意工作助理给江影搬了凳子，"现在心情怎么样？"

"挺好。"江影在一旁坐下。

"那就行，刚好来听听你的意见。"导演说，"正打算让人去叫你，你恰好自己来了。"

江影：正打算？

那就是还没叫了，戚逐好神奇，成精了。

战力评估小笔记本上的戚逐，大概又可以升级了。

这段时间里，《瑞雪》前半部分的戏已经基本拍完，从今天以后，工作会进入后半部分，尹嘉遇饰演的司梦杀青退场，其他角色，在性格上多半会出现一些变化。

对江影而言，今天的哭戏是个挑战，而后面的戏只会更难。

一路往回走，江影才发现在他们讨论后期剪辑与下半部分剧情的这段时间里，戚逐已经高效地完成见朋友、请朋友吃饭、把朋友打包送上返航客机这一系列的过程。

戚逐从机场回到酒店，在自己的房间门口捡到了搬了个凳子正在等他的江影。

"你的朋友，挺有意思呢。"江影堵在戚逐的门口，毫无让路的自觉。

"还好。"戚逐也不急着进房间，就这么跟他耗着。

"他不在这儿多留几天吗？"江影问。

戚逐摇头："不留，他忙。"

"半天就走了，饭都来不及吃顿好的。"江影托着下巴抬头看戚逐，"难为戚哥哥昨天那么高兴了。"

"谁说我是因为他要来，所以高兴的？"戚逐稍稍皱眉，"我心情好，和他来添乱，这有什么必然的联系吗？"

江影：？总不能说是因为跟他续火花所以心情好的吧。

"先不说我。"戚逐伸手，抬了抬江影的下巴，迫使对方抬头看自己，"你呢？拍戏的时候没来得及问，导演没看出来，我可看出来了，你那时候，在难过什么？"

那个时候——

戚逐不提还好，一提到这里，他就想到当时的场景，从未有过的，他竟然因为一段戏，影响到了自己的情绪。

洛南柯和宣末翎，从志同道合到分道扬镳，令人惋惜。

这两个角色让他想到了戚逐和自己，他在害怕戚逐的离去。

这是他已经习惯了的，生活中的一部分。

会有那么一天，成为别人生活中的一部分吗？

"行了，不问了。"戚逐的手从江影的脸颊边滑过，轻轻拨了下江影的睫毛，"别又被我逗哭了。"

"谁哭了，尽胡说。"江影刚生出一丁点的愁绪，就被戚逐打散，话题又跳回了先前的那个，"你朋友的中文……"

"不好吗？"戚逐问。

"好过头了。"江影微笑，"你怎么想起来，给他推荐掐架 APP 啊。"

"我随口说的。"戚逐解释，"我只是推荐，用不用是他的事，那个 APP 我好像也给你推荐过，你觉得有趣吗？"

江影：……

"没什么意思。"江影低下头。

"我看也是。"戚逐若有所思地点头，"每次看你打开，好像都是那一个话题。"

江影：……

他拎起折叠小凳子要走，蓦然又记起了另一件事："我能加卓越好友吗？"

"不能。"戚逐取出房卡开门，直接拒绝，"他工作忙，你那过剩的精力，打扰我就够了，别给人添乱。"

"那他近期，还会回来吗？"江影依旧没放弃。

"三年内大概都不会来了。"戚逐推开了房间门，"怎么？你有问题？"

"没，我哪敢有问题。"江影提着他的小凳子，"我们戚老师时间宝贵，不便打扰，我就先撤了。"

算了，江影选择放弃，戚逐这么忙，就算是下了"吵"，也不会去用，他再好奇，好像都不会得出什么特别的结果。

黑马走得太快，那张没看到的截图，只好不了了之了。

倒是别的问题，他需要分出一点吵架的时间，来进一步思考。

《瑞雪》电视剧的宣发自打入驻了狸猫平台后，花絮放得很勤，圈了好一拨演员粉和剧粉，也起到了给平台引流的作用。

电视剧的宣发部在平台上上传过江影和戚逐续火花的花絮视频，也放过宣绘桐练舞的视频。

前一阵子还放过一个短视频，几个演员在等戏的时间里，用手机打QQ斗地主——

视频里的江影一直在采用干扰战术，不断给戚逐的游戏角色倒茶，并给苗野的游戏角色扔烂番茄，最终地主苗野惨败，短视频的点赞过百万。

今天剧组的宣发又上传了新的视频，刚拍完一段戏的江影单膝跪地，久久都不肯站起身来，戚逐在路边摘了狗尾巴草，弯下腰，去挠江影的脖颈。

江影原本还红着眼睛，被逗笑了，抓着戚逐的衣袖站了起来。

短视频的评论里迎来了好多只"土拨鼠"——

"啊啊啊啊啊，我以后就是那根狗尾巴草，谁都不要跟我抢。"

"别啊，你往后看，江影薅狗尾巴草特别厉害，你想秃吗？"

"天哪戚逐也会安慰人的，人家不是没感情的拍戏机器。"

"这是拍戏拍哭了，所以戚逐在哄吗哈哈哈哈。"

"啊啊啊啊啊，求小雪多放一点花絮，又看到我的追风逐影了，我真的好爱他们啊。"

/49/ 你签的谁的名字？

江影今日登录"吵"时，见识了一场空前绝后的对局。

他的好友"柠檬子"和"sunny"都在线，状态显示的都是自由区战斗中。

江影在"sunny"的名字后面，点击了观战选项，以"sunny"的视角，观摩了这场战斗。

一个称职的掐货，能迅速在一场混乱的掐架中抓住应有的重点，只需三十秒，江影就能看明白这两人正在争论的问题——

谁追的星更香。

柠檬子高举 zfzy（追风逐影）大旗，而 sunny 妹妹高举 nrxw（耐人寻未）大旗，两人一个强于逻辑，一个强于手速，谁也不肯退让。

平时还好，凭本事吵架，这种越是令人重视的话题越容易让人失去理智，到后面，两个人的聊天已经有些眼花缭乱。

柠檬子：细节你懂吗，要自己找。
sunny：呸，说着是自己找，还不是你自己脑补。
柠檬子：自己找才香，你懂啥（四声）。
sunny：妹妹，我已经过了需要自己找的日子了。"无奈摊手.jpg"
柠檬子：你叫我妹妹？老娘比你大。

这两人都是"吵"中的翘楚，刷屏速度越来越快，江影默默抬手，正准备点选退出观战，柠檬子在观战的名单里发现了他。

柠檬子：尿蟹。
柠檬子：说好的对 zfzy 不感兴趣，你怎么还围观起我们的话题了。

江影观战被抓，决定吵个架来缓和一下自己的心情。

"吵"的排位赛如果想进入前列，光匹配自由区是不够的，命题区的话题必须参加，江影最近都在自由区，还丢了不少分，今天的他，选择了命题区。

命题区有个新的领域，叫"突发奇想"，是 APP 收集的来自玩家的问题，江影避开娱乐行业命题很久了，这次也一样，他选择了"突发奇想"这个新区。

新区有新的玩法，类似于踢馆，持有某个观点的玩家，自带话题立场，等人上门挑战，挑战失败，提出话题的人得分，挑战成功，玩家得分且话题消失。

这个玩法特殊，开启话题的玩家，基本都带着头被骂飞的勇气。

柠檬子那边系统判了平局，她立刻从隔壁赶来围观。

【系统提示，命题区战局即将开始，你抽到的命题是：江影这种人值得被爱吗？】

江影：？

观战的柠檬子好像是他的粉，看到自家正主的话题，已经按捺不住了，奈何观战的人不能说话，柠檬子速度找了张表情包——"你小心点说话 .jpg"成了她现在的头像。

倒计时结束，江影进入对局状态，他立刻明白，为什么会在这里遇到这种话题了。

这是个他的黑。

也不知道是什么时候得罪的黑，在"吵"的新区开了个擂台，孜孜不倦地黑他。

"你完了。"江影笑了。

双方进入赛前问候环节——

camera：您还好吗？

蟹老板：？？？

蟹老板：您不太好吧？

蟹老板：私人情感不带进游戏宁不懂？

蟹老板：这种匹配吵架减压游戏"夹带私货（夹杂自己个人情绪）"有意思？钻规则的空子？没看到官方禁止"夹带私货"人身攻击吗？

蟹老板：管理员那边自首了解一下？

柠檬子把头像换成了举旗子喊加油的小人。

camera：？ 我说的都是实话，怎么就"夹带私货"了？

camera：你是蟹老板啊，江影演技烂不是你说的吗，而且他那么凶，圈内没几个人喜欢他吧。

camera：替他的粉丝感到不值。

柠檬子把头像换成了炸弹。

蟹老板：什么叫不值得被爱？

蟹老板：我看您从小到大都缺爱，您是地里长出来的，才会说出这种话。

蟹老板：我和你不一样，我那是胜负欲。

camera：那你倒是说说他怎么值得被爱了？

柠檬子把头像换回了"你小心点说话.jpg"。

蟹老板：江影黑粉多，但是粉也多吧，他可没做过什么对不起粉丝的事情。

camera：演技烂综艺划水难道不算吗？

蟹老板：得了吧，你也就会盯着这一点了，那我要说，你的命题本身就很有漏洞，他的粉丝不爱他吗？家人不爱他吗？还有他的朋友不喜欢他吗？不珍惜他吗？

绕开烦琐的对话，直接攻击话题本身，是"吵"的得分点。

江影吵得多了，知道网友掐架都喜欢模糊重点，很多喜欢带节奏的人，渐渐地会把话题拐到神奇的走向，但江影不一样，他一开始就会掐重点。

反复击中几个得分点后，"蟹老板"胜利，话题消失，用户"camera"因为挂机被系统扣分封号。

柠檬子：我爱死你了，黑子直接被骂到挂机。

柠檬子：爱死你那该死的胜负欲了。

柠檬子：这拨"毒打（教训）"太漂亮了。

柠檬子：反蟹，你等着，我要给你正名。

江影：？

新区首战获胜，但江影的心里，还在想着刚才的话题。

江影值得被爱吗？

不知道为什么，这个问题，他突然很想拿去问问戚逐。

他其实挺有自知之明，他向来认为，他这种说三句杠两句的杠精不讨人喜欢。他从小就横着走，从来就没自卑过，现如今却对这个问题产生了点兴趣。

电视剧的拍摄即将进入后半部分，第二天导演给演员和所有工作人员都放了假，然而演员们基本没有假期，比如江影和戚逐，各自都有工作。

江影早晨出门时，刚好遇到了准备出门的戚逐。

"早啊。"江影眼睛还没完全睁开。

"早。"戚逐走过来，伸手帮江影整理了下歪了的衣领，"早饭别忘。"

"今天有雨，戚哥哥记得带伞。"江影说完，才想起带伞这种小事，戚逐的工作助理必然不会忘记。

"好。"戚逐又摸了摸江影柔软的头发，帮着把经常翘起来的那缕头发理顺，某杠精嘴硬得很，头发却是柔软的。

江影要去的，是之前接下的那档节目，小齐总为了捧小姐姐出道，特地投资了一档节目，让江影去混个评委位。

"来，我们补个合同。"齐俊也到了录制现场，"之前没来得及给你送过去，你签个名就好。"

"你的漂亮妹妹是哪个？"江影问，"你追到了吗？"

"差不多了。"齐俊拿着笔盖等江影签名，"我这不是在减肥吗？"

江影："……啧，小齐总为爱付出真伟大啊。"

他和齐俊熟识，齐俊自然不会坑他，合同江影也没细看，两人说话间，他签好了名，把文件给齐俊推了过去："好了，收起来吧。"

"江纪律委员？"齐俊当场愣住。

江影："叫这么客气做什么？"

"心不在焉的江影同学，你仔细看看，你签的是谁的名字？"齐俊把合同推了回去。

"我签的……"江影当场愣住。

他刚才光顾着和齐俊说话，伸手签下的，是戚逐的名字。

"这签得还挺像。"齐俊忍了好几天没找江影说话，此刻终于不忍了，

"你俩在干吗，互相练对方的签名较劲呢？胜负欲都带到这里来了？"

/50/ 蠢蠢欲动的……

手机提示，"吵"的内置聊天系统接收到了一条新的消息。

"我有消息来，先不聊了。"江影对齐俊说。

"您折腾吧。"齐俊简直不能更服气，"这位评委别忘了给我家 plmm 微博点赞。"

江影打开"吵"的内置聊天，刚才的提示声，来自全服第一捌王柠檬子发来的信息——

柠檬子：尕蟹，多谢你昨天的那一战。
柠檬子：剪影爱你。
柠檬子：那个黑，估计要自闭。
柠檬子：有时间看看微博，我给你正名了，带你走上洗白之路。
蠢蠢欲动的蟹老板：？
蠢蠢欲动的蟹老板：你干了什么？

微博启动。

柠檬子说正名就正名，在网友们即将忘记蟹老板的时候，再次把蟹老板带到了舆论的巅峰。

@大山深处的一颗柠檬：【截图】【截图】，爬上来给尕蟹正个名，他真的不是黑，也不是在引战，只是胜负欲在作祟。#心疼一下蟹老板#

柠檬子身为 A 大学霸，除了吵架圈，在微博上也极其活跃，她发的消息，自然能被不少人看到。

"蟹老板没钱恰饭（吃饭）又出来自炒了？"

"为什么要心疼一个引战的？"

"柠檬子才不会帮着炒，他要真是炒，柠檬姐姐会把他的头给骂掉。"

"看截图好像真的蛮有诚意，听说这个'吵'很多时候都是随机分配立场，虽然之前骂得我好气，但如果说是为了赢，也不是不能理解。"

"但我还是不能接受他骂我们江小影，哥哥也有在努力的好吗，演技什么的感觉也有进步，虽说是对局当不得真，但是他骂得真的好扎心。"

"那就这样，不吹不黑吧，我不骂他了，以后这位的事情我都不关注。"

"可以，有生之年我竟然看到蟹老板洗白①了。"

江影觉得，不论如何，都要感谢柠檬子的好意，虽然"蟹老板"手撕江影黑这件事，再度把他的吵架马甲推到了风口浪尖。

但是微博账号"爱和平的蟹老板"在经历很长一段时间的沉寂后，终于能上线见人了，还圈了一拨新的粉丝。

@爱和平的蟹老板："狗头.jpg"谢各位粉丝，我蟹老板终于重见天日了。

@一个专门和蟹老板学掐架的小号：蟹哥，欣赏你这种公事公办的吵架精神，我喜欢和认真的人打交道。

@蟹老板是我哥说话小心点：老板，你掐黑粉的样子可太帅气了，老板你单身吗？

@跟个风我叫梭子蟹：追个组合，蟹老板和江小影。

@爱和平的蟹老板：@跟个风我叫梭子蟹，走开走开，不给追，这怎么追。

柠檬子的正名，多少还是有点用的，起码"胜负欲"这个人设一出，江影又可以回娱乐行业命题区掐架了。

一天里，他纵横各大命题区，排位赛的积分飞涨。

这让江影看柠檬子顺眼了不少，有时柠檬子发来的自由区对局链接，他也会点开——

柠檬子：zfzy（追风逐影），了解一下？

柠檬子：吧啦吧啦吧啦……

蠢蠢欲动的蟹老板：嗯嗯。

【系统警告：检测到自由局内用户聊天过于友好，氛围过于和谐，与掐架关系不大，为防止本应用被用于不良行为，现红牌警告一次，集齐三次警告将永封账号，红牌可通过命题区匹配局消除。】

① 洗白：指反面角色倒戈反正。

【系统警告：因用户违规操作，本局将被强制解散。】
【系统提示：不要指望用我们的 APP 交友或恋爱，永远不要。】
柠檬子：……
蠢蠢欲动的蟹老板：……
柠檬子：拜拜。
蠢蠢欲动的蟹老板：拜拜。

《瑞雪》的拍摄进入后半段，原本轻松的剧情逐渐变得沉重，尹嘉遇之后，逐渐也有其他演员杀青退场。

作为反派幕后 Boss，江影能活到倒数第二集，暂时只有他送别人的份。

剧情到了后面，洛南柯和宣末翎拍得差不多了，明里暗里都在拍，这十分考验演员的演技。

"悲伤中带点愤怒，自己感受一下，调整好情绪。"导演给江影讲戏，"不能只生气。"

江影已经找到了调整状态的好方法——

想想巨轮和大火花。

"你感觉心情怎么样？"一场戏后，戚逐照例问江影，"还会像之前那样，被角色影响吗？"

"会。"江影发挥了皮厚的技能，"要不你安慰我一下？"

戚逐安慰了他好几下，包括但不限于给买奶茶、讲戏和摸头。

江影哼着歌走了，压根没想到他那演技糊弄观众可以，在戚逐的面前根本不够看。

"他们……"远处的苗野愣愣地问，"演什么呢？"

"看破不说破呀。"宣绘桐挽了一把被风吹乱的头发，神色如常，"毕竟有人惯着。"

拍戏顺利、工作顺心，"爱和平的蟹老板"得以洗白，江影的心情，真的挺好，以至于他想给徒弟，多教点东西。

吵 3357868：换名字了？
蠢蠢欲动的蟹老板：是哒。
吵 3357868：你，因为什么蠢蠢欲动？

好问题，江影想改名的时候顺手就改了，当时没想那么多。

蠢蠢欲动的蟹老板：徒弟弟，教你新的东西呀。

吵 3357868：好呀。

蠢蠢欲动的蟹老板：教你现实中杠精说话的小技巧吧。

吵 3357868：好呀。

蠢蠢欲动的蟹老板：那今天我们就讲，学会打断。

吵 3357868：怎么打断？

蠢蠢欲动的蟹老板：就是抢占先机，抢先说话，养成习惯后，可熟练使用打断技能。

蠢蠢欲动的蟹老板：但是要谨慎，此技能不宜用于爸妈，还有哥（如果你有哥的话）。

吵 3357868：……嗯，你确定你不会错过一些信息吗？

蠢蠢欲动的蟹老板：不会吧，"挠头.jpg"我说完对方还可以再说嘛，有空你可以找个人试试。

吵 3357868：好的，学到了。

/51/ 你又不是麻烦

教学工作需要循序渐进，考虑到徒弟对知识的消化和领悟问题，不能一次灌输太多掐架干货，以及时间有限，今日蟹老板的教学工作到此结束。

接下来的时间，江影作为"吵"系统中称职的师父，要和徒弟弟聊聊别的问题，维护一下他那来之不易的师徒情。

蠢蠢欲动的蟹老板：你和你的杠精朋友最近相处得如何了？

吵 3357868：他好像心情不错。

蠢蠢欲动的蟹老板：WOW（哇），他跟你说什么了？"苍蝇搓手.jpg"

吵 3357868：他还什么都没有说。

蠢蠢欲动的蟹老板：杠精难得有人关心，他怎么可以没有表示？

蠢蠢欲动的蟹老板："柠檬捶桌子.jpg"

吵 3357868：你也会有人关心的。

蠢蠢欲动的蟹老板：谢谢。

蠢蠢欲动的蟹老板："奋斗.jpg"

"吵"的论坛今晚又有了新的热帖，帖子的主题自然是关于刚刚被洗白的蟹老板。

"李涛（理性讨论），你们看了今天的微博吗，蟹老板给了柠檬子什么好处，掐架区一姐都跳出来给他洗白了？"

江影点进这个帖子，帖子是晚上八点半发的，他翻了五页都是柠檬子的掐架名言，到了第六页，柠檬子下了晚自习，走在回宿舍的路上，才有所谓的理性讨论。

1001L：都别吵了，"笑哭.jpg"楼主已经被骂跑了。楼主是新人吗，这边有个不成文的规定，惹谁都别惹柠檬子，她时间多且精力旺盛，可以在上课下课以及深夜骂你，而你，没有她那么闲。

1002L：柠檬姐姐A大学霸好吗，人家有资格闲，再说了，她这能叫闲吗，这叫为打比赛积攒实力。

1003L：我来把话题拉回去，蟹老板意外洗白，逐渐有了发展成网红的趋势。

1004L：我是觉得，他炒作得太多了，就是想当网红，以本条为证，我想等他下一次翻车。

……

2005L（蠢蠢欲动的蟹老板）：我？网红？真当我靠吵架发家致富呢？我会稀罕那么点话题量？

2006L：楼上本尊？本尊又出来发言了？

2007L：他就是稀罕，没看见本尊都来洗地了吗？炒作就是炒作，之前溜着两家的粉玩大家都看到了，现在又想洗白，口气还挺狂，有本事让我们看看你为什么不稀罕这点话题量啊。

讨论到这里，一路走回A大女生宿舍的柠檬子又回来了，继续掌控本楼的话语权，掐退了本楼大部分活跃网友。

8888L（柠檬子）：厩蟹以后就是我柠檬子的朋友，掐之前先来问问我柠檬子的意见，我们"吵人"从不认输。

可以。

只要你维护了我的爱豆，我们就是朋友，追星女孩柠檬子，逻辑清晰，强到变形。

"又到了一天中睡觉的时间。"柜子上的小瓜同学突然开口，"你可以选择，听我唱歌或是让我闭嘴。"

"你闭嘴。"江影选择后者，"谁要听你唱歌。"

"好的。"小瓜又说，"那听点趣闻吗？"

"这个可以。"

小瓜："知名 APP'吵'的用户蟹老板，终于完成了洗白的过程，有网友预测，该用户在现实中应该比较缺爱……"

"哪个网友预测的？"江影问，"真当蟹老板不骂人哦。"

从今往后，为了保护自己的爱好，他保证小心招架，绝不再让"蟹老板"翻车。

小瓜在这方面的信息比较滞后，播报的几个趣闻江影多少都知道一些，他在小瓜喃喃的声音中睡意渐深。

齐俊投资的节目近期正在录制中，趁着第二天晚上在剧组没有戏份，江影放弃了休息的时间，去给小齐总录节目。

节目前台正在布置，江影在后台和齐俊聊天。

"咋样了啊？"齐俊问，"你和班长最近拍戏拍得咋样了？"

"今天来，除了录节目，还有一件重要的事。"江影从背包里，翻出了几本厚厚的日记本，"我找到了这个，让你看看。"

齐俊：？

齐俊："我怎么不知道您还有记日记的习惯呢？还是手写？"

"准确来说，应该是流水账。"江影翻开最新的一本，"但是正是因为有了这种流水账，我们才能坐在这里画重点。"

齐俊：……

这字数，算是明白江影为什么中、高考语文分数都那么高了。

流水账有什么好看的？在翻开江影的日记本之前，小齐总是这么想的，翻开以后，小齐总觉得，流水账真的很有看头。

齐俊："可以啊你们，剧组最近拍戏那么忙，竟然能抽空一起出去吃饭，班长还提前订了餐厅，这叫关系不行、多年不和？"

"嗯。"江影标出重点，"还有呢？"

齐俊："哎哟，你买什么超跑啊，你以为戚逐喜欢红色超跑吗，开来哄你开心的吧，只有你喜欢那种张扬的颜色……还有你那个比美的想法，是从哪里来的，杠精思维？"

齐俊："你是不是觉得，别人有备而来就是来跟你掐架的啊，杠精？"

"哦。"江影把日记上的那一行圈出来，"你看你的，别攻击我引以为傲的杠精思维。"

"行，你引以为傲。"齐俊往前翻，"哦……班长还给你送小企鹅抱枕，我还没给 plmm 送过毛茸茸的东西。"

翻完了时间最近的这本，齐俊又随手拎出了一本不新不旧的，刚一翻开，齐俊就乐了："江二少？"

"日记本挑得还挺少女。"齐俊晃了晃手里的本子，"小白云？"

"闭嘴闭嘴，说重点。"

"你这日记，没想到啊。"齐俊看不下去了，"看不出来你这么口是心非啊，你天天跟班长吵架，恨不得每天都给他找麻烦，人家出去读书了你搁日记本上搞青春伤痛文学呢？

"你俩天天掐成那样，他出国读书了，你还挺难过？

"瞧这酸溜溜的行文，所以没人陪你掐你还挺失落的，是不是？"

江影：？？？

江影卷起了所有的日记本，打包带走，拒绝再让齐俊看任何一个字。

节目录完，已经接近零点，江影上午拍戏，晚上录节目，困到睁不开眼睛。

"我明明可以划水的，我为什么要这么努力。"江影快被最近努力的自己感动哭了。

"我送你回去？"齐俊看他走路都在飘。

"我助理来接我，你陪你家小姐姐去吧。"江影摆摆手，表示不用麻烦，"本来也没多远。"

齐俊也困，他想打开窗户，吹吹夜晚的冷风稍作清醒，刚打开窗户，他看到了一抹炫酷的红。

齐俊揉揉眼睛：？

江影日记里出现的那辆限量版红色超跑，此时此刻就在他眼前不远的地方，稳稳地停着，公司有刚下班的人路过，频频回头观看。

"小齐总看什么呢？"江影皱眉，"再往前探一点，你可以从窗户摔出去了。"

"没……什么。"齐俊欲言又止，这两个人的情况，比他想象的好像要复杂得多，"我走了。"反正这里没他什么事了。

江影背着包出门，才发现没看到自己的助理，他刚要打电话问，他的巨轮发来了一条新消息。

班长：【戳一戳】

大彻大悟的大钳蟹：【戳一戳】

大彻大悟的大钳蟹：班长，我助理失联了，我助理还好吗？

班长：他给我请假了，说是家里临时有事。

大彻大悟的大钳蟹：好的，那没事了，我去打个车。

班长：你出来。

班长：我接你回去。

大彻大悟的大钳蟹："惊恐.jpg"

江影向外走去，在夜幕中看见了那辆熟悉的红车。

天色已晚，但周围难免会有记者，江影戴好口罩，压低了帽子。

"班长，接我你随便开辆车就好啊。"

"你哥说，你喜欢这种车？"戚逐说。

江影：以后不敢看不起齐俊了，小齐总还真是料事如神。

江寻说，可以和别人家的孩子做朋友。

也不是不可以。

"你困吗？"戚逐问他。

"现在不困了，被你吵醒了。"江影找了个舒服的姿势坐好，闭上眼睛，"让你助理来接就好，你亲自过来，多麻烦啊。"

"你又不是麻烦。"

车窗外夜色很深，周围的写字楼灯光寥寥，戚逐放了首曲调和缓的歌。

江影的日记本，一直都是按顺序收藏的，刚才抱出来给齐俊看，弄乱了顺序。回剧组的路不长不短，他刚好靠在副驾驶位上，整理自己的日记本。

流水账日记从江影的小学，一路记到了现在，攒了不少本。

"你先回去吧，我去停车，你早点休息。"戚逐把车停在剧组酒店的楼下。

"OK。"江影下车。

江影在电梯里遇到了苗野。

"你的包，看起来好沉啊。"苗野上下打量江影背着的包。

"是我的人生。"江影意味深长地说。

苗野听得一头雾水。

戚逐把车在地库停好，车灯亮起，他余光瞥见副驾驶的座椅边，有一个本子。

江影从前就这样，上学丢课本，放学丢作业。

戚逐捡起来的时候，本子刚好是摊开的。

回到房间的江影，江影给助理打了个电话。

"你还好吗？"江影问，"戚逐跟我说了，你要有事，就请几天假吧，我就在剧组，生活可以自理。"

"没什么大事，已经解决了，明天我就回去。"工作助理说，"对了，这周末你要和戚逐去上次接的那个真人秀，你别忘啦。"

"我记得的。"江影策划都看了好几遍了，"周末就去那个岛。"

"还有件事。"助理说，"因为是全天直播，所以在直播的几天内，嘉宾是不允许使用手机等通信设备的，也就是说，弟弟，你要断网了。"

江影：……

断网？

大火花和巨轮？

No！！！

/52/ 幸好遇见你

不可以，掐架多年掐出来的巨轮和火花，都快成为江影生活中的一部分了，怎么可以消失？

人无远虑，必有近忧。

真人秀是要和戚逐一起去的，江影决定还是和班长郑重商量此事。

大彻大悟的大钳蟹：你回房间了吗？

班长：刚回，怎么？

大彻大悟的大钳蟹：你还挺慢，地库里的风景这么好看啊。
大彻大悟的大钳蟹：有个大事，需要跟你商量一下。

一个亟待解决的大事。
戚逐不知道在做什么，回复消息的速度比平时慢上一些。

班长：说说。
大彻大悟的大钳蟹：真人秀，要上岛，去国外录。
班长：我知道。
大彻大悟的大钳蟹：那那那……
大彻大悟的大钳蟹：巨轮和火花怎么办，我们小学生真的很在意这个。
班长：巨轮不会丢，火花可以充钱。

什么？
还可以这样吗，江影不知道。
毕竟他们俩的巨轮和火花，从未面临过此类危机。
但是——

大彻大悟的大钳蟹：氪金不行。
班长：？
大彻大悟的大钳蟹：我缺的是那二十几块钱吗？
大彻大悟的大钳蟹：充了钱，火花就变质了。
大彻大悟的大钳蟹：班长，你平心而论，我们这么多年吵架吵出的感情，是用钱能衡量的吗？

他急于得到这个问题的回答，给戚逐戳了好几个带问号的表情包，熊猫头问号，兔子头问号，应有尽有。
然而戚逐那边，却迟迟没有给出回复。

大彻大悟的大钳蟹："小恐龙汗滋滋.jpg"
班长：开一下门。

江影：？

这个人，怎么不按常理出牌。

"我想和你 QQ 聊天，谁让你找上门的？"江影打开房间门。

"我也不想。"戚逐递出手上的东西，"谁让某人每次见我，都能落点什么。"

江影的视线从戚逐脸上移到了戚逐手里的东西上。

哦豁，完蛋。

小白云日记本，小齐总眼中的青春伤痛文学。

掉哪一份流水账不好，偏偏掉这个，丢人。

"日记本挺眼熟。"戚逐把日记本还给他。

戚逐送的，能不眼熟吗，除了江影的家人，也就戚逐知道，他喜欢写流水账日记。

"大火花的事情再想办法吧。"戚逐说。

是想办法，不是就这样。

挺好。

江影："我欣赏你。"真的欣赏，不是内涵。

"这个给你。"戚逐的手里还有一袋包装得花花绿绿的棉花糖，"生活助理买的，我觉得，你大概会喜欢。"

"一般般吧，我都多大了，不稀罕这个了。"江影接过棉花糖，冲戚逐点头，关门，转身，拎出小齐总的微信——

觉醒的大钳蟹：【图片】
觉醒的大钳蟹：班长刚才送的。
觉醒的大钳蟹：嘻嘻嘻。
齐俊：……

江影继续，拎出下一个微信号"爱我请给我打钱"，这是他曾经的对家，T.ATW 的主舞顾未。

觉醒的大钳蟹：【图片】
觉醒的大钳蟹：嘻嘻嘻。
爱我请给我打钱："憨憨脸红.jpg"
爱我请给我打钱：哪来的？
觉醒的大钳蟹：薅戚逐的羊毛。

爱我请给我打钱：？

再来一个，江影找到了他哥的微信。

觉醒的大钳蟹：【图片】
十万伏特：已阅。
十万伏特：二十来岁的人了，别一惊一乍的。"皮卡丘超凶.jpg"

打扰了微信上一大圈人，江影终于想起自己的小白云日记本了。

流水账写完他就扔柜子里了，平时也不常翻阅，也不知道齐俊是看到了什么惊世骇俗的东西，才把这本编排成了所谓的青春伤痛文学。

江影拆开棉花糖，翻开日记本。

人不憨憨枉少年，以后再也不嘲笑当初年少轻狂的江寻了。

他写日记的时候，基本不带脑子，有什么写什么，现在看来，字里行间都是一股子诡异的酸味。

至于吗？不就是不能跟戚逐面对面吵架了吗？

江影想把当年的自己拎出来问个明白。

这段有损杠精脸面的经历，希望戚逐刚才，没有看见。

《瑞雪》的拍摄接近尾声，剧组的宣传在狸猫平台上的运营也越做越好，除了拍戏时的花絮，有时会放一些演员的采访直播。

"今天轮到我读网友评论了啊？"江影看着工作人员手里的一沓纸卡，问充当临时小记者的苗野。

"到你了，这是剧组随机抽取的网友评论。"苗野把纸卡递给了他，"记得和网友互动哦。"

评论的顺序是预先准备好的，江影读评论的时候，直播屏幕上也会给出网友的评论，同时网友还可以通过狸猫直播平台的弹幕进行实时互动。

第一条网友评论：

"小影我看了花絮，太好看了呜呜呜，我等不及想看电视剧播出了。"

"谢谢。"江影读完后，表示感谢，"我可喜欢你们的彩虹屁了。"
在画风正常言辞恳切的几条粉丝彩虹屁过后，开始出现各种神奇的网友评论。

第九条网友评论：

"哥哥哥哥，有没有看到蟹老板和你黑粉大战三百回合的热搜，想问问哥哥你怎么看这个网红？"

"蟹老板啊，我知道他。"问题都送到嘴边了，江影不会放过这个给自己小号正名的好机会，"我觉得网红没什么不好的，他也是凭本事做到网红的，之前骂我的事情，我相信不是他的本意，我觉得我还比较能理解他的胜负欲，希望大家也别去打扰他的生活吧，让他独自美丽。"

今天是他的直播，直播间里大部分都是他的粉，之前没少骂过蟹老板，听他这么说，纷纷跳出来表态——

"我们哥哥真是太大度了，听哥哥的，以后我们家和某网红桥归桥路归路，互不打扰。"

"哥哥你都发话了，我们不会为难他的。"

"啊，我是路人，我好遗憾，看不到你们 Battle 了。"

正名成功，"蟹老板"进一步洗白，江影翻开了下一张卡片。

"小影，看到戚逐哥哥摸头安慰你的花絮了，我们哥哥的怀里温暖吗？"

江影：？这怎么答。

温暖不温暖是你们能知道的吗？

江影张口就编："小影的演技越来越好了，剪影会永远爱你的，要加油哦。"

第十一条评论：

"是不是有一段把戚逐哥哥推下悬崖的戏，想问问小影，我们哥哥腹肌的手感好吗？"

江影：？

这都什么问题，腹肌手感好不好，那得摸完了才能告诉你们。

江影闭眼继续编："小影真棒，看得出这次拍戏很上心了，期待你的精彩演出。谢谢这位网友，在剧组的每个人都很好，我会加油的。"

弹幕——

"？？？"

"哈哈哈哈哈哈哈缺德。"

"可以，开局一张纸，评论全靠编。"

"江哥哥，忍不住了，我出来提醒一下，你读的评论，我们都是能看到的。"

"他好像不知道，喵喵忘了给他讲了。"

"'笑哭.jpg'他的彩虹屁比我们粉丝的段位还高，哥哥你平时到底背着我们给自己投了多少次票，我粉了一个热爱给自己投票反黑的爱豆。"

"我疯了哈哈哈，我盼望了一个月的江影读评论环节，变成了他的即兴创作。"

"换个人帮他读吧，随便谁都行。"

宣发组的人也看不下去了，笑着示意担任临时小记者的苗野打断一下。

"应各位网友的要求，那最后一条评论就……"苗野刚要伸手从江影手里抽出最后一张纸卡，有人先他一步伸出了手。

"我来吧。"刚拍完戏的戚逐，还穿着戏服，走进了直播范围内，"给我。"

最后一张纸卡上的评论江影还没来得及看，江影右手捏紧了卡片，不愿意给出去，戚逐一根根掰开了他的手指，强行把卡片夺了过去。

弹幕——

"小影不要慌，最后一张是我的彩虹屁，保证把你吹到天上去。"

"看给孩子紧张的。"

"不要被他的外表迷惑，你们怕是没有看过他和造谣的媒体掐架。"

"呜呜呜戚逐为什么不早点来。"

"强行抢走，他俩关系真好，我好喜欢他们，希望蟹老板那种人还有一些自媒体别再出来带节奏了。"

戚逐低头浏览了卡片上的网友评论，抬头看向前方正在被各种弹幕飞快刷屏的直播屏幕，对着镜头比了个嘘声的动作。

弹幕瞬间少了一半，剩下的都是"啊啊啊"和爱心表情。

少了文字的遮挡，直播屏幕上清晰地显示出了戚逐要读的那句评论，江影微微睁大了眼睛，听见了他熟悉的声音，再次于他的耳边响起——

"江影是一个很有潜力的演员，他也许和我们每个人一样都有小毛病，偶尔喜欢偷懒，偶尔不够努力，有时候会迷茫，但也有奋不顾身坚持不懈的时候，我曾在他的表演中看到灵气。"戚逐的台词功底使他能够仅凭一眼，就记住纸卡上的句子，他没看卡片，没看屏幕，对着坐在沙发上的江影一字不差地念出了网友的评论，"小影，我相信总有一天，你能演绎出让所有人印象深刻的角色，你能让所有人因为你的优秀而记得你。"

江影微怔地看着戚逐，这条明明就是普通的粉丝评论，被戚逐读出来，却有一种别样的感觉。

戚逐对自己的要求近乎严苛，更是很少夸人。

江影能感觉到，正在刷弹幕的网友们自然也能发现——

"天啊，哪个姐妹这么会吹，演技烂还能这么吹，我给跪了。"

"不是会吹，是戚逐会读，简直了。"

"声线好温柔，我要跪下了，我怎么感觉戚逐哥哥有点撩？"

"一个顺口瞎编，一个过目不忘，相比之下戚逐好厉害。"

"啊啊啊啊，可不可以当作是我们小影获得了戚老师的认可？"

"小影，我承认最开始关注你，是因为你和自媒体那场惊天动地以至于崩掉微博的掐架。"戚逐继续脱稿念这条网友评论的后半部分，"你的日常动态，让我看到了你的真性情，看到了最真实的状态，不被人设掩盖，不被评论粉饰，你和我们一样，是有喜怒哀乐的人，是离我们很近的爱豆。"

评论的最后一句——

"继续加油哦。"戚逐的唇角浮现笑意，低头说，"小影，世界那么大，幸好遇见你。"

弹幕和评论瞬间暴增，一分钟后，直播平台崩了。

/53/ 塞小卡片

狸猫直播平台原本只是想蹭蹭江影的热度，学着椰子台搞个读网友评论环节，戚逐出现在直播镜头内的时候，平台工作人员高兴坏了，觉得蹭一个是一个，只是没想到戚逐只是帮着读了一条评论，平台就崩了。

这时的弹幕是这样的——

"啊啊啊啊啊啊啊。"

"我语文不好，除了啊我没什么会说的了。"

"为什么普普通通的一句网友评论，戚逐说出来就这么有感觉？！"

"怎么卡了？"

"狸猫崩了？"

弹幕不动了。

此时是四月假期，江影开始顺口编评论的时候，就有不少闲着的网友赶进直播间看热闹，这下平台突然崩掉，诸位网友憋了一肚子话没说，立马转入下一个平台。

于是在狸猫直播平台加班加点维修的时候，有热心网友把直播录像搬到了微博上。

@大山深处的一颗柠檬：！！！天哪，为什么刚好赶上清明假期了，我在外面给我太爷爷烧纸，边烧边看直播，然后我就开嗓了，现在村外这片坟头的人都要被我号起来了。

@大山深处的一颗柠檬："捂脸哭.jpg"方圆百里清明上坟的都要认得我了，呜呜呜。

@大山深处的一颗柠檬：刚才有个好好看的小姐姐安慰我让我别难过，我这是高兴，高兴啊，我太喜欢他们两个了。

@巧克力都没我黑：我投的我投的，我给我爱豆表白的，我就知道真情实感地吹一定会被选中，没想到有感情地朗读以后是这种效果，有被"苏（心动）"到。

临时担任小记者的苗野眼睁睁地看着面前的实时转播屏幕上，突然冒出了一排排"啊啊啊"，紧接着屏幕上的画面静止，APP 显示出现错误。

"江哥和戚老师的话题热度太高了吧。"苗野感觉自己，像个柠檬。

读完评论的戚逐跟个没事人似的，冲江影意味深长地笑笑，刚好剧组那边叫人，就起身回去拍戏了。

江影瞧见他那笑容，再联系刚才那条评论，莫名觉得自己在哪里又落后了一截。

"来个冰水。"猝不及防被戚逐这么真情实意地夸，江影觉得自己仍需冷静一下。

"哦哦。"苗野递给他江哥一瓶冰矿泉水，接着就看着他江哥摇摇晃晃地站起身，抱着冰水走了。

狸猫直播恢复使用后，《瑞雪》剧组的花絮小视频，立刻受到了很多新用户的关注——

"微博安利（分享）来的，有料吗？"
"这个剧组好和谐啊，大家的关系都很好的样子。"
"看过原作的人提示，这剧后期全员互掐，非常带感。"
"啊啊啊啊，说真的，我就没看戚逐对别人这么好过，并不是不近人情啊，看人吧。"

当晚，"吵"APP的内置聊天系统中——

sunny：排位啊？
整装待发的蟹老板：不排。
sunny：忙啥呢？
整装待发的蟹老板：思考人生。
sunny：？？？
sunny：怎么这么反常？我看你不是恋爱上头，就是憨憨进化。
sunny：告辞。

江影真的在思考人生，《瑞雪》电视剧的拍摄即将走到尽头，他不得不思考他和戚逐之间的关系要何去何从。

读评论的事情对他多少有些触动，有些话他也想对戚逐说。

可是要怎么说，对他而言，是个问题，当面好好讲话不符合他的风格，至于别的方式……

　　柠檬子：排位啊？
　　整装待发的蟹老板：不排。
　　柠檬子：切，尿蟹。

沉迷排位的人，不懂得蟹老板的纠结。
但江影还有个好友，他的徒弟"吵3357868"。

　　整装待发的蟹老板：晚上好！
　　吵3357868：心情不错？
　　整装待发的蟹老板：挺好。
　　整装待发的蟹老板：徒弟弟，你和你的杠精朋友，怎么样了？
　　吵3357868：他更有趣了。"飘花花.jpg"

　　江影这个时候才发现，他徒弟换头像了，虽然还是系统自带的火柴人吵架图片，但是图片的背景颜色，变成了粉色。
　　粉粉嫩嫩的头像配合那个飘花花的表情食用，隔着屏幕都能感觉到这人在心花怒放。

　　整装待发的蟹老板：你说得对，杠精也是有人看好的，我也感受到了！
　　整装待发的蟹老板：我要把我吵架最核心的精华部分传给你。
　　吵3357868：？
　　吵3357868："四面八方呸.jpg"
　　整装待发的蟹老板：哎，你这个表情包，我QQ上也有。

　　说到表情包，江影想起来，他最近QQ上的图被戚逐盗走不少，是时候进一拨新的了。
　　有一个插拨电话，打断了江影的思路，他按了挂断，暂时没接。
　　秉着负责的教学精神，江影把注意力拉回了面前的APP上。

　　整装待发的蟹老板：上回我们说到，要善用打断，你试了吗？
　　吵3357868：？还没来得及。

整装待发的蟹老板：先打断对方说话，再用歪理打断对方的思路，再把扭曲后的问题抛回去。

整装待发的蟹老板：你看微博吵架就这样，由于双方水平不相上下，最后你会发现，问题的主旨出现了极大的歪曲，一般是网友无意中造成的，但不乏会掐的人有意在其中带节奏。

整装待发的蟹老板：学会了这一点，你就是未来的节奏大师，祝你早日打败你的杠精朋友。

吵 3357868：学到了，谢谢。"微笑 .jpg"

整装待发的蟹老板：纸上得来终觉浅，咱们还是要实践的。

吵 3357868：放心。"奋斗 .jpg"

完成当日的教学任务，"吵"的系统发放了金币奖励，"吵"的金币可以通过师徒教学和排位赛获得，可以用于兑换商城里的纪念品。

"吵"刚上架的时候，就设计了自身的虚拟形象——

一个正在吵架的火柴人。

用户的初始头像正是这个火柴人，商城里每年会出不同姿态动作的吵架火柴人模型，作为玩家纪念品，数量有限，不能购买，只能通过金币兑换，作为食物链顶端的玩家，江影换过三个了，都摆在他家的书桌上。

今年的模型江影还没兑换，他点击商城下单，成功拥有第四个火柴人。

江影记完今天的日记，想起来刚才教学的过程中，似乎接到过插拨的电话，他在联系人列表里找到了齐俊的电话，回拨了过去。

"小齐总，干吗呢，这么关心我？"江影问，"我怎么觉得你有点看热闹的心思在里面呢？"

齐俊被戳穿，但好在脸皮厚："我没有，我是真的关心老同学。"

"说起来，我现在刚好有个想法，正好和你说说。"江影手里的笔在纸页上写写画画。

"说说？"齐俊就是来凑热闹的。

"闲着无聊，我又想去招惹一下班长。"江影坏笑，"我非常好奇，他会有什么感受。"

齐俊："……江二少，你这是，又要皮？"

"皮，不皮不是江竹杠。"江影说，"你等着啊，我等下给你汇报战况，你不是喜欢看热闹吗，我给你汇报班长的反应哈哈哈哈哈。"

"你来我往地干吗呢你俩，不能好好说话？"齐俊的电话又被按了。

江影从枕头下，翻出了自己的掐架战力评估小本子，打开，找到第一页，撕下，开始更新信息。

戚逐
最新评分：……

江影把小纸条折成小方块，这个时间，戚逐大概已经睡了，非常适合作案。

江影蹑手蹑脚地穿过走廊，踱到了戚逐的房间门口，看着四下无人，从口袋里拿出刚刚改完的评分小纸条，蹲下身来往戚逐的门缝里塞。

由于是第一次干这种事，江影忽然觉得，自己像极了宾馆中给人门缝里塞小卡片的，就是不知道那些人，会不会比他娴熟很多。

/54/ 你输了

作案时间有限，江影没有经验，小纸条塞了好几次才成功。折成方块的小纸片，被江影塞到了门缝下面，再伸手推了推，彻底消失在他的视线中。

大功告成。

该跑路了。

搞定就跑计划，已经成功了一半。

江影拍了拍手上的灰，转身要走，发现不远处立着个熟悉的身影。

苗野：……

江影：……

他们俩一个是干坏事被撞见，一个是撞见别人干坏事，一时间都很尴尬，一个看天花板，一个看地毯，努力让彼此的视线不在半空中交会。

"你什么都没看见。"江影强调。

"我什么都没看见。"苗野捂嘴，"你放心。"

苗野要下楼，江影要回房间，两个人此时要走的是对向。

"你先走？"两人同时开口，又同时陷入了沉默中。

"我走我走。"多大点事，江影不慌，真的不慌。

江影一路回了自己的房间，房门一关，靠在门边，等着自己的心跳慢慢恢复到正常的频率。

"小齐总，我好像已经成功了一半了。"江影发去贺电，"来，跟我一起等着看，班长的反应。"

齐俊："我有个问题，你到底干了什么？"

江影把自己塞小纸条的过程简要给齐俊介绍了一遍："我想告诉他，他也是我的爱豆。

"世界很大，有幸在学生时代就遇见他。

"或许我的胜负欲是强了一些，但他的确是我努力的方向。我决定以后对他好一点。"

他不想和剧中的宣末翎走上一样的道路，不希望两人有一天会分道扬镳，未来的路还很长，但他好像渐渐有了想要追逐的方向。

"操作起来倒是不难。"齐俊似乎有话要说，"可是……"

"谁说不难？"江影第一个跳出来反驳，"太紧张了，我塞了好几次才成功，不知道宾馆那群人，有没有我这么紧张。"

"没吧。"齐俊不太理解江影为什么不跟戚逐当面讲，这是什么神奇的杠精胜负欲，"但是……"

"不知道班长会有什么反应，在线等。"江影兴奋地搓搓手，"你说班长什么时候能发现呢？"

"江二少你能听我说句话吗？！"齐俊终于中气十足地吼出了声，吼完意识到自己吼的是谁，立刻怂了，"但是我有个事，需要跟你在线反馈一下。"

"啊？"江影把手机放在桌上，开了免提和齐俊通话，"你说啊，我又没拦着你不让你说话。"

齐俊：……

齐俊："我想说，你确定班长他现在能看到吗？"

"什么意思？"江影拧冰水瓶盖的手微微一顿，"只要他想出门，或是走到门边，就能看见啊。"

"那他要是在这之前就出门了呢？"

江影："什么意思？"

"虽然有点残忍，但我必须告诉你，刚才有记者拍到，戚逐在 C 市参加电影宣发活动，是很久以前就定好的活动，就刚刚我刷微博的时候看到的……"齐俊硬着头皮说，"你可能要等他回来，才能知道他会有什么反应了。"

江影：……

No！！！
不会这么巧吧。

大彻大悟的大钳蟹：？
班长：？？
大彻大悟的大钳蟹：？？？
班长："熊猫问号.jpg"
大彻大悟的大钳蟹：你在哪?
班长：【定位】

齐俊没有看错，大晚上的，戚逐真的飞去了 C 市。
那完了，纸条塞早了，这和他想的不一样。

大彻大悟的大钳蟹：你为什么不告诉我一声?
班长：? 我说了。
大彻大悟的大钳蟹：? 你什么时候说的?
班长：读评论后。

戚逐读完评论后，江影有被感动到，当场摇摇晃晃地走了，丝毫不记得戚逐跟他说过什么。

班长：我今天飞 C 市，明天在 C 市参加活动，后天岛上见啊，小影。

五分钟后。

班长：人呢?
班长：你是不是背着我干了什么?

江影：……
No！！！
白干了。

第二天拍戏时，江影都心事重重，偏偏特别符合角色此时心事重重的状态，意外地还被导演副导演夸了好几句。

当夜幕降临，行动派江影做出了一个新的决定，打算把他的小纸条先弄回来。

昨天他因为担心戚逐看不到，特地把小纸条往前推了推，这给今天的他带来了不少麻烦。

但好在问题不大，机智的江影请全剧组吃了烧烤，多点了一根作案工具——

竹签。

反正戚逐人在C市，真人秀结束前都不会回这边的酒店房间，作案无风险，所以江影也没那么着急。

晚饭后，他先是例行问候了戚逐和齐俊，又打开了"吵"。

躁动的蟹老板：Hi！

吵3357868：忙？

躁动的蟹老板：不忙。

吵3357868：为什么躁？

躁动的蟹老板：因为胜负欲。

吵3357868："兔子问号.jpg"

躁动的蟹老板：哎，我俩真的很聊得来，连表情包都是一路的，我也有这个表情包。

躁动的蟹老板：有机会我们可以见见面。

躁动的蟹老板：我觉得我们应该很有共同话题。

吵3357868：……嗯。

【系统提示：检测到您的对话不符合师徒交流的内容，与掐架关系不大，为防止本应用被用于不良行为，现红牌警告一次。】

【系统提示：不要指望用我们的APP交友或恋爱，永远不要。】

躁动的蟹老板：@系统，你滚。

躁动的蟹老板：@系统，内心纯洁一点。

躁动的蟹老板：@系统，我们就是普通朋友，不要觉得每个人都跟您一样会想多。

吵3357868：……

【系统全服公告：用户@躁动的蟹老板因辱骂本 APP 系统被封号 24 小时，在此告知各位玩家，系统是无辜的，吵架可以，别骂系统。】

sunny：干得漂亮，我早就想骂了。

江影因封号无法回复。
"柠檬子"发来贺电。

柠檬子：我是觉得这破 APP 系统挺烦，但我没想到，它也可以骂。
柠檬子：我好像打开了新世界的大门。

江影用蟹老板的微博号给柠檬子发了消息：你去吧，杠哭它，我有个人生大事，亟待解决。
出于昨天的教训，江影今天考虑得更周到了，在行动前，他先给苗野发了微信消息。

觉醒的大钳蟹：喵喵，22 点 30 到 23 点之间，千万别出门。
喵爷：你还干？
觉醒的大钳蟹：嗯嗯！
喵爷：虽然不知道江哥你在做什么，但是加油吧。
觉醒的大钳蟹：谢谢，以后哥罩着你了。
喵爷："惶恐 .jpg"谢谢哥。

22 点 30 分，江影换了身黑色的连帽衫，拿着外卖多叫的竹签，蹑手蹑脚地出门了。
他想好了，先把小纸条拿回来，等到真人秀的时候，再找机会给戚逐塞小纸条。
竹签真的好用，卡进门缝里没多久，昨天塞进门缝里的小纸条就被揽了回来。
大功告成。
撤退。
江影：？

撤退失败。

有人从他的身后，伸手蒙住了他的眼睛："说说吧，在干什么？"

是戚逐。

江小影被当场抓获，挣了两下，没能挣脱。

"你怎么回来了？"不是说好的不回来，后天直接飞海岛吗？

"回来看看你在搞什么事情。果然逮到了。"

"江竹杠，我一天不在，你就能上房揭瓦。"戚逐低头问，"是不是？"

"谁管你回不回来啊，走了。"江影把手里的小方块和竹签往戚逐的手里一塞，气呼呼地走了。

战力评估小纸条

姓名：戚逐

备注：妖精（划掉）

最新备注：狐狸精，勾魂，狡诈

戚逐看着手里纸条上那三个新画的小爱心，无声地笑了。

"齐总！"房间里的江影在讲电话，"你知道吗，你爸爸我长这么大就没这么厌过。"

"是是是……"小齐总应声附和，"所以你计划失败了吗？"

"算失败了吧，差点没跑掉，戚逐就是个大骗子，说好的今晚不在呢？"不过他还是顶住压力，把计划执行到了最后。

小齐总："是是是，您说得对。"

"不行，我好气。"

小齐总："要冷静，这是你那该死的杠精胜负欲在作怪。"

"不行。"江影决定了，"为了纯粹的'巨轮'，在我们纯粹的大火花变成混入了 svip（QQ 超级会员）气味的大火花之前，我要上了。"

三十分钟后，卷土重来的江影一脚踢开了戚逐虚掩着的门，迈进了戚逐的房间。

戚逐刚洗完澡出来，只披了件浴袍，腰间松松地系着带子，正在擦头发，见到他，戚逐似乎也不是很意外，只是指了指床边的椅子，示意他坐下稍等。

江影：……

一瞬间，无数条弹幕，于他的内心世界飘过——

"WOW，哥哥的身材真好。"
"哥哥腰好腿好，还有腹肌。"
"怪不得那么多小粉丝馋他啊啊啊啊啊。"

"那什么，戚哥哥。"江影摇了摇头，找回自己的初心，立刻开口，
"我……"
我其实挺看好你的。
也看好你的超跑。
找你吵架不是因为看你不顺眼。
要不，我们正式握手言和？
那些少年时翻过的试卷、桌角细碎的光影，于他的心上一闪而过。
"别后重逢"四个字在他心中的分量越来越重要。
然而，这些都是江影还未来得及说出口的话，在他开口前，戚逐像是
料到他要说什么一般，伸手直接捂了他的嘴。
江影：？谁让你打断的？
"我们和好吧。"戚逐率先开口。
"是你输了。"

/55/ 江影，可爱

戚逐说这话的时候，身上还带着刚洗完澡的清新气息，他一动不动地
看着江影，刚才那种严肃认真的状态渐渐消融，取而代之的是他眼睛里不
再隐藏的笑意和狡黠。
江影眨眨眼，愣得很彻底。
江影：……好的，戚哥哥也想跟我和好，江影式开心。
江影：……我输？
杠精式生气。
江影：？？？就这？
他从上周，到现在，为了他的先发制人计划，攒了一箩筐的话要讲，
甚至还在日记本上打了草稿，反复修改了三遍，结果计划赶不上变化，话

到了嘴边，全被戚逐打断了。

这人什么时候开始变得这么缺德了，上哪里学的打断？

虽说他俩谁先动手都一样，但杠精此时的感觉就是，有点开心，又有点气。

不行，得争口气。

江竹杠咬人了。

"怎么还和以前一个样，说不过我，就开始咬人。"戚逐撤回手，中指的指腹上留着一个浅浅的牙印，他往后退了些，做了个请的手势，"到你说了。"

你来我往，公平得很。

"你想得美。"江影大摇大摆地在戚逐的床上坐下，把原本铺得整整齐齐的床压出了褶皱，"采访一下这位当红演员，你怎么知道我是来干什么的？"

戚逐靠在柜子边，腰带只是松松地系着，领口微微敞开，他身体微微前倾，把问题抛了回去："不然你当我为什么给你留门？"

江影：……

是，他进来的时候，还因为戚逐忘了关门而小小地窃喜了一下。

现在看来，这人压根就是故意的。

"那这么算，应该是你输。"江影指了指被戚逐放在床头的杠精牌小纸条，"算我先求和的吧，我先递的小纸条。"

"那这么算，应该是你输。"戚逐重复了他的话，"那我暗示你求和好多次了。"

江影：？？？

戚逐是什么时候，有了那该死的胜负欲的？

"读评论不能算，那是人家网友的彩虹屁，是我的粉丝吹得好，你只是恰好碰到了。"江影开始讲道理，"这不能算的。"

"我没说算这个，那是哄你玩的，原本就不算。"戚逐在说话间擦干了头发，"除此之外，还有好多次吧。"

不算这个，除此之外，还有哪次？

"自己想。"戚逐不肯透露。

好气，要怎么办呢？

"戚哥哥。"江影忽然出声。

戚逐答了一声，江影在想坏心思的时候，会无意识地咬舌尖，脸上浮现坏笑，戚逐把一切看在眼中，不动声色。

"那现在……"江影毫无预兆地站起来，右手飞速扯掉浴袍的带子，"我回去休息了。"

然后，他扯完拔腿跑了，也算是间接实现了他的报复计划。

戚逐看着他蹿出去的背影，舌尖轻轻抵了下唇角："那你倒是别跑啊。"

江哥说，22 点 30 到 23 点之间不要出门，苗野真的没出门。23 点 30，苗野想去外面吹吹风，刚打开门，看见了一个从走廊蹿过的身影。

苗野：？什么东西突然飞过去了？

苗野：？？？好像是他江哥啊？

他不红，是因为不会搞事吗？这大半夜的，江哥又折腾什么呢？

江影蹿回了自己的房间，收到了戚逐发来的 QQ 消息。

班长：【戳一戳】

班长：跑了？

班长：扯完就跑？

正在傻笑的大钳蟹：跟您学的。

正在傻笑的大钳蟹："嘎嘎大笑.jpg"

QQ 许久都没有消息，江影决定给齐俊汇报一下进展。

"爹啊，你知道你现在像什么吗？"小齐总举着香槟，在天台上看城市夜景，"你像个记者，在转播自己的故事，十足地敬业。"

齐俊的脚下是 H 市流光溢彩的夜景，他低头又抿了一口杯中的香槟："江二少，如果我没记错的话，你当初是想当记者的。"

"谁还没几个不能实现的梦想啊，我爸妈在圈里这身份我是不能明着当记者的。"江影急了，"齐总，讲重点啊。"

齐俊："好的好的，回到正题，战况如何？"

接下来的三十分钟里，江影声情并茂地给齐俊讲述了刚才发生的故事——

"我感觉班长真的蔫儿坏，谁指使他打断我的，憋死我了，本杠还没这么憋屈过。"江影总结，"我还有好多话没说，不吐不快。"

"那你现在，回去说？"齐俊建议。

"不妥。"江影义正词严地拒绝，"我刚搞了点事情，现在回去，我不要面子的啊？"

"你还真是烂锅自有烂锅盖，你俩绝了。"齐俊听得嘴角抽搐，"你俩真是什么都要杠，我怎么有你们这样的同学？输赢有那么重要吗？"

"你说什么？！什么锅？！齐俊你个瓜皮。"

瓜皮传媒的小齐总顿时清醒："对不起对不起。"有点醉，不小心把心里话给说了出来。

"不过也挺好。"齐俊真情实感对着城市的夜空举杯，"感谢你们两个人为世界和平做出了贡献，你俩杠就行了，别伤及无辜。"

江影："话说，戚逐之前送过我一个'人工智障'。"

"让我康康。"齐俊说。

"小瓜。"江影唤了声。

"嗯哼？"小瓜被唤醒，"听歌吗，为你推荐一首……"

"就是这么个东西，一言不合就给我唱《好运来》。"江影开了通话视频，让齐俊看柜子上的小瓜，"他之前跟我说是慈善晚宴的主办方送的。"

"我记得那个晚宴，我也有去啊，怎么没送我？国内的智能音箱好像没这个款的。"齐俊琢磨，"让我看看制造商。"

江影在小瓜的底座上找到了标签，机器是改装的，署名十分眼熟，他想起，是上次那位外国友人，卓越的英文名。

那个杀进"吵"前二十的黑马。

江影：……哇哦，他好像发现了什么不得了的事情。

"小瓜，江影？"他对着小瓜报出了自己的名字。

小瓜的屏幕上浮现出了一个笑脸颜文字："江影，可爱。"

接着小瓜才念出了搜索到的词条信息。

江影又报了好几个其他明星的名字，小瓜都没再夸人可爱。

"不是国产的吧？"齐俊说，"国产的那几个我都有，都比较高冷，一般不会和我主动聊天，也不会夸我可爱，更不会对我笑。"

江影点头，他先前一直觉得小瓜的交互性太强，现在才知道小瓜是被改造出来的，全世界独一无二的"人工智障"。

智能音箱的底座上，有一个可打开的储物槽，江影先前以为是换电池的地方，一直没去碰，想着亏电的时候再去查看。

小抽屉被江影拉开，掉出了一张照片。

齐俊从视频的另一端看到了照片，当场就是一声长叹："班长厉害，你玩不过他。"

照片是拍立得相机拍的，像素一般，看起来有些朦胧，但足够让人看清照片上的人和风景。

照片大约是他们的同学拍的，那是高一的运动会上，十六岁的江影穿着校服，躺在学校操场的看台上睡得正香。

他的头顶是澄澈的蓝天，身侧是看台的栏杆，江影抱着没吃完的薯片，身上盖着给戚逐加油的横幅，露出来的刚好是戚逐的名字。

同样穿着校服的戚逐刚刚跑完长跑，敞着校服，坐在他的旁边，似乎是担心吵醒他，对着拍照的人比了个噤声的动作，就这么闯入了构图中。

照片的背面有一行字，是戚逐熟悉的笔迹——

"致我和我所想念的。"

时间是戚逐回国的前一天。

/56/ 只对你有效

因为一张很有岁月感的拍立得照片，江影一晚上没睡好。

小瓜一首高亢的《青藏高原》把江影从梦中唤醒时，已经是第二天早晨了。

他恍惚间觉得自己好像梦到了从前的时光，看到了从前的自己，少年人的校服总是不愿意好好穿在身上，摊开的作业纸上散发着油墨的清香，数学课漫长得像是永远都不会下课，同桌的班长又在催他赶紧补完周末没写的作业。

往事不可追。

"你没睡好？"戚逐带着自己的旅行箱敲开了江影的门，看到了一个睡眼蒙眬的江影。

江影哼了一声，转身收拾行李："这么早就出发，扰人清梦。"

戚逐俯身帮他收拾行李，低头时看见了柜子上的小瓜和小瓜底座边靠着的旧照片，弯了下嘴角："还算聪明。"

"你就嘚瑟吧。"江影正在自己的床上翻东西，他从枕头下抽出了战力评估本，顺手就是一抛，要把本子扔进旅行箱里，然而抛物线计算失误，还差那么一点距离就要落在地上，戚逐伸手，稳稳地接住了江影抛出的本子。

"我们是去录节目又不是去吵架。"戚逐把本子塞进了江影旅行箱的隔层，"带这个？"

"可不得带上嘛，它是我生活中的一部分。"想了想，江影又说，"虽然不想承认，但你也是。"

"你就不担心我一直都找不到？"江影冲着旧照片的方向扬了扬下巴，"从哪里学的这些小手段。"

"没学。"戚逐否认，"只对你有效。"

"你会找到的。"戚逐继续说，"小瓜……不可爱吗？"

江影：……

"行啊。"江影开始往箱子里塞零食，这次的真人秀是允许嘉宾带零食的，"敢问这位正在自吹自擂的天赋型选手，还有什么是你不会需要学习的吗？"

"有。"戚逐说，"正在学着。"

"谁那么荣幸能教您啊。"江影一边说话，一边扣上箱子，"准备出发。"

早晨正准备去片场的苗野和宣绘桐遇到了刚要出门的江影他们。

"早。"宣绘桐说。

江影："早早早。"

"绘绘姐，是我不够努力吗？我对工作的热情是不是不够？"苗野看着两人离去的背影问，"他们是去录综艺吗？一大早感觉好有精神啊。"

"看和谁一起吧。"宣绘桐转身去片场，留下苗野在原地思考自己的事业。

苗野没能在这个问题上纠结太久，公司的经纪人很快给他打来了电话，他被人黑了。

其实不是什么大事，对方挑在这个时候黑人，显然是想蹭蹭电视剧即将杀青的热度。

苗野本人没什么背景，剧中戏份不大不小，对方觉得挑他来黑，最为合适，苗野三百多万粉的微博下面，转眼间全是来骂人的网友。

开往机场的车上，江影靠着戚逐的肩膀打瞌睡。

"还有多久到机场？"江影问，"昨天没有睡好，有点困。"

"半小时吧。"戚逐看了时间后说。

"那我睡觉了，昨天睡得不太好。"江影往车后座上一躺，"到了叫我。"

然而由于剧组临时出了点事，江影没能睡成，剧组托助理给他打了电话。

　　当初没拿到赵珏这个角色的演员胡泽晗在微博闹事，非说一开始这个角色定了他，苗野没经过试戏就拿到了这个角色，说剧组有内幕，他的粉丝和水军在电视剧的微博下闹事。

　　剧组一开始的确接触了胡泽晗，但后来胡泽晗试戏后，剧组经过综合分析觉得不合适，压根就没和他谈这个角色。

　　最终拿到赵珏这个角色的苗野还没红过，莫名其妙被一群黑加上水军骂了一个早上，有点呆滞。

　　"这人谁啊？"江影问，"不认识啊，喵喵试了啊，和我还有一场啊。"

　　"就是蹭热度来的，涉及剧透，剧组那边只放了一小段试戏的录像，剧方说让你微博说句话，夸夸苗野演技什么的，随便说，搅浑水就行了。"助理交代，"反正你是搅屎棍专业户。"

　　"我来了我来了。"江影瞬间清醒，"你告诉他们，绝对放心，半小时内保证完成任务。"

　　助理：？？？

　　助理："歪（喂）？人呢？你想干吗？"

　　助理："不是，你点个赞就好了，你别轻举妄动，你……"

　　"掐架？"戚逐睁开眼睛。

　　"嗯！"江影打开微博。

　　"掐吧。"戚逐闭上眼睛，放任不管。

　　为了庆祝终于和戚逐正式和好，不用别别扭扭非要找他麻烦了，江影的微博头像，从几天前开始，就换成了粉的。

　　@江影KANI上线了。

　　@江影KANI：@胡泽晗，您谁啊？

　　@江影KANI：@胡泽晗，蹭剧组热度蹭到您这份儿上，不嫌丢人哦，公司不给您谈角色，您来碰瓷剧组哦。想红可以，谁都想红，谁都想要热度，但是别让无辜的人遭受网络暴力，OK？

　　苗野发来微信消息。

　　喵爷："Wonderful.jpg"
　　觉醒的大钳蟹：骂退他。

喵爷：感激不尽，但你……还记得你是个偶像吗？虽然我很高兴，但你要不……悠着点？

觉醒的大钳蟹：没事，我皮厚，让他们来骂我吧。

觉醒的大钳蟹：没背景不要紧，从今往后，我江凶就是你的背景。

觉醒的大钳蟹：可能我从小都被家里和身边人保护得很好，看事情比较幼稚和天真，圈内什么风气其实我也清楚，只是有时候不愿意去深究，有的事情黑白难辨，但这种损人利己的蹭热度行为，绝对是活该被骂。

原本胡泽晗那边，是想着借这拨操作给他上个热搜的，反正路人不懂，卖惨总能卖出点知名度，然而他们万万没想到某个安分了三个月的黑红明星，突然重出江湖，把黑红的热度，都集中到了自己的身上。

"冷静。"胡泽晗的团队拼命安慰他家艺人，"据说江影还有半小时就要进机场了，扛过这一拨。"

《瑞雪》的剧组也快疯了，他们团队一个都没上，反派演员自己先冲了，说出去太没面子了。

这个时候最高兴的是江影的粉丝们——

"哇，哥哥营业了，最近是不是一直都在忙着拍戏啊。"

"哥哥最近心情不错？头像都变粉了。"

"头像越粉，骂人越狠……"

"'比心.jpg'哥哥不要理这种人啦，他的团队买了好多自媒体天天靠拉踩别人捧他，大家都知道是怎么回事的。"

"小影和戚逐好好去海岛玩吧，别骂累了。'倒茶.jpg'"

"他旁边有人吗，劝劝他别掐了。"剧组在给江影的助理打电话。

"戚老师好像在，我在后面的车上，我给戚老师助理说吧。"陈助理见多了，丝毫不慌。

坐在江影旁边的戚逐接到了自己助理的电话——

戚逐："嗯。"

戚逐："嗯。"

戚逐："好的。"

戚逐登录微博，搜索江影的 ID，给江影的最新微博，点了个赞，他俩时常在对方的微博评论区互发问号，微博却还没互相关注，彼此的关系时常被网友称为"令人迷惑的友谊"。

"圈内从不站队从不表明立场的戚老师，你干什么呢？"江影问，"纵容我啊。"

"讨好一下我同桌，可以吗？"戚逐把自己的手机递过来，手机登录的是他自己的微博账号，屏幕上停留的是江影的微博主页。

"讨好我干什么？"江影抬头，"老实交代，有什么想法？"

"你说呢。"戚逐说，"小影，求个微博互关呗。"

/57/ 我是那种人吗

由于某艺人临时想蹭剧方的热度，《瑞雪》剧组的团队整装待发全员待命，但是最终没能派上用场，剧组中两位今日出去工作的演员，一个靠骂，一个靠点赞，吸引了全部网友的火力。

除了部分很容易被带节奏的路人，多数网友拥有自己的判断能力，不会因为头脑一热就无故黑人——

"那个是谁啊，论资历苗野可以接这个角色了吧，虽然没什么名气，但他是科班出身的啊。"

"+1，苗野接的戏不少了，演技也过得去，综合考虑的话，我们也选苗野啊。"

"这个操作很常见，《瑞雪》应该是快杀青了，所以挑了这个时候，他是来蹭热度的，不理他就好了。"

"粉不多也有粉的好吗，有点心疼我家喵喵被骂，以前对江影没什么感觉，现在突然 Get 到了。"

"+1，我也好想交这样的朋友啊，关键时刻就很能掐。"

江影每逢微博掐架，微博评论区都有人赶来黑他，掐架的套路其实也就那么几个，江影今天心情好，把那堆骂人话一条条给看完了，甚至挑出了几条，十分好心地做了批注。

@江影今天煳了吗：多管闲事，这事情和您有关系吗？江影什么时候连这种热度都想蹭了？

@江影 KANI 回复@江影今天煳了吗：动动你的脑子想一想，我需要蹭这种热度吗？逻辑不通无脑黑，下一个。

@我有素质：有这时间在微博帮着骂人，你还不如想想自己那稀烂的演技呢。

@江影 KANI 回复@我有素质：得了吧，就事论事不懂？在别人那里带节奏就算了，模糊重点乱带节奏这事儿，在我这里行不通，下一个。

@江影不煳不改 ID：江影和他家粉都是一帮小学生，智商低，又蠢又坏。

@大山深处的一颗柠檬 回复@江影不煳不改 ID："微笑.jpg"您看看我智商低吗？

随后，柠檬子用实力证明了什么叫粉随正主，以及什么叫学历越高，骂人越凶。

"互关啊。"去往机场的车上，江影看着戚逐递到他面前的手机，故意拉长了音调，"好啊。"

"等等。"江影一把按住了戚逐的手，"我先关注你吧。"

"刚才不小心已经点上了。"戚逐十分冷静地说。

江影："……没看到没看到，重新来。"

胜负欲，又来了。

五分钟后，没人管什么"胡泽晗蹭热度""苗野的角色"还有"江影又掐架"了，微博冉冉升起了一条新的热搜——

#戚逐、江影微博互关#

不明真相的路人：？？？

不明真相的路人：互关有什么稀奇的，微博是没词条了吗，这也能上个热搜？

知道点东西的网友们：嗯？？？他俩竟然互关了？

这段时间里，这两个人之间的关系在网友心中，从"水火不容"变成了"令人迷惑"，而现在，这两个人，竟然互相关注了。

"圈内关系最令人迷惑的两个人竟然互关了？"

"蟹老板拉踩惹事实锤了。"

"他俩要去录真人秀吧，互关是因为节目？"

"不管是不是节目，这是具有里程碑意义的互关啊，我好开心，我特别喜欢他们。"

"不懂就问，这不就是点个关注吗，现在的明星做什么都能上热搜了吗？"

"回这位姐妹，互关不稀奇，但是这两个人互关就很稀奇，这俩以前是同桌，关系成谜，经常在微博上相互艾特内涵对方，宁愿每次搜索对方ID，都不点关注！现在突然就关注了啊！"

"啊啊啊啊啊我好了。"

"看来以前不互关是有好处的。"引发讨论的当事人拖着自己的旅行箱往前。

江影和戚逐抵达机场后，胡泽晗的团队终于松了一口气，只是他们今天不仅没蹭到热度，还被剪影一通掐，实在是有几分偷鸡不成蚀把米的意思。

在江影和戚逐飞往海岛期间的几小时里，两人的双人粉丝激增，扒出了不少两个人从前的事情。

"原来他们是一起长大的啊，真好，小时候就认识了。"

"我看了剧组的花絮，很有意思。"

"和隔壁剪影掐了这么久，没想到还有握手言和的一天！"

"再过几个小时，真人秀要开直播了啊姐妹们，赶紧去直播间排队啊。"

"是我最喜欢的两个演员了！ QQ巨轮是真实存在的！"

这个真人秀的录制地点在海岛上，小岛是有名的旅游景点，几位嘉宾一起入住了岛上的一栋小别墅，要用两天的时间经营店铺。店铺是由小别墅改造的，岛民提供给节目组使用，希望能在节目播出后，给自己的店带来一些热度。

这家店铺经营的项目很多，包括旅游纪念品、海鲜，还有海滩游玩项目。

除了六位嘉宾休息的房间和洗手间等涉及隐私的位置，店里的其他地方都安装了直播摄像头，并给每个人配备 Follow PD，观看直播的网友可以自己切换视角，观察各个房间的状况。

"热热热，我要融化了。"江影和戚逐出现在店铺外的时候，直播早已开始，"这边的温度也太高了吧。"

"所以我为什么要穿毛衣？"江影堵在门口不让戚逐进去，"是谁跟我说，海风大，怕着凉，让我多穿一点？"

"这位演员，我融化了对你有什么好处吗？"江影拎了拎毛衣的领口，给自己扇风。

戚逐伸手在他后背上轻轻推了一把："这位演员，进去了。"

店铺的大堂内，已经按照策划说的那样，装好了一块直播实时反馈屏幕，已经可以看到网友的弹幕了。

"看得到我吗？"江影伸手在屏幕前挥了挥。

"看得见啊啊啊啊啊。"
"又有人来了！"
"小影去换衣服吧，看着你我都觉得热。"
"有没有人告诉他一下，摄像在他背后啊。"
"哈哈哈哈。"

"去换衣服。"戚逐催促他。
"哦，好。"

"你们是第二、第三个到的，赶紧上去挑房间吧。"第一个到的嘉宾，是去年一部贺岁档电影红起来的女演员，叫方宜，声音很温和。

这次节目组准备的房间绝对够用，江影挑了走廊尽头的房间，打开窗户，就可以看到不远处的大海。不得不说，戚逐真的很会挑节目，这样的环境，江影觉得不像是在工作，像在度假。

这几个月江影都待在剧组，习惯了紧凑的生活方式，能闲下来享受海岛上的一段假期，对他来说非常难得。

戚逐挑了他隔壁的房间，两人各自把行李箱推进了房间里，江影换了先前准备好的夏装，简单清爽的夏日穿搭，配上一副太阳镜，非常适合度假。

"你好了吗？"江影的爪子扒上了戚逐半掩着的门，"下去看看？"
"好。"戚逐放下手里的东西，跟他一起下楼。
"我们要自己做饭吗？"江影突然考虑到了这个问题。
"要。"戚逐说，"不过店里的食材，我们都可以用，节目组埋单。"
"吃穷他。"江影坏笑，"我提前准备了30G的海鲜美食教程，在我硬盘里，晚上我们研究一下，等着，晚上我房间见。"

"好。"戚逐看他的时候，眼睛里也带着笑。

走廊的直播监控实时转播了他们的对话——

"太阴险了，录综艺带菜谱。"

"节目组要哭了哈哈哈哈。"

"原来是××岛啊！！呜呜呜，我现在飞过去还来得及吗？"

"你来不及，上岛人数有限制，游客都是提前好久预约的，只能说这一批运气超好。"

"他们真的可以自己做饭吗？"

"戚逐粉告诉你，可以，而且看起来很好吃，江影就算了，我估计没多久你们就能看见他和螃蟹打架了，这人真的跟什么都过不去。"

"……"

两人下楼时，剩下的三位嘉宾也到了，嘉宾们彼此打了招呼，开始讨论接下来两天里这家店铺的运营。

"纪念品主要都是明信片，会寄往各地，海鲜的话，我们只负责卖，烹饪由厨师来，但不包括我们的饭菜，我们的饮食要自己来。"方宜读了节目组发来的要求，"除此之外，还有一些海滩游玩项目。"

"就当度假吧。"方宜已经一键进入度假模式，换上了海滩夏日风长裙，戴着一顶草帽，近乎素颜，但也不失好看。

按说经营活动第二天才正式开始，但当天傍晚，这家店已经迎来了第一拨客人，小岛是世界有名的旅游胜地，来的外国游客也很多，考虑到店铺的生意，嘉宾们提前开始了营业。

开始营业以后，江影才发现，节目组挑的人都很合适，他和戚逐两个人英文交流都无障碍，而看起来特别温柔的方宜，日、韩文轮流切换毫无障碍。

由于是饭点，店内的客人很多，江影趴在前台专门负责数钱。

方宜正在帮一位新来的客人点菜，江影算着钱，听到了一个熟悉的单词。

"Kani？她要螃蟹啊？"江影抬头。

"嗯，对的。"方宜笑了，"江影你能听懂呀。"

"就会这一个。"江影十分谦虚，"别的不会了，姐姐你比较厉害。"

正在给游客介绍店内旅游纪念品的戚逐，回头看了江影一眼。

"笑得那么意味深长干吗？"江影捕捉到了戚逐脸上的神情，"好好工作啊戚老师，这么多网友看着呢，可别划水啊。"

弹幕——

"好耳熟。"

"Kani？微博ID'江影KANI'，我之前就想问了，这难道不是日语的螃蟹吗？"

"一直不知道那是什么意思的我惊呆了。"

"蟹？"

"怎么感觉有点诡异的熟悉？"

"脑海中有个呼之欲出的名字，但是突然想不起来了。"

"蟹……蟹老板？"

"？？？"

"巧合？"

"江影和蟹老板还真有点诡异的相似，他俩都好能掐。"

"瞎说。"江影抽空瞄到了弹幕上的内容，气定神闲，"我用这名字好多年了，我先用的。

"想象力不要太丰富，没有证据，不能瞎说。

"我是那种会自己骂自己的人吗？"

/58/ 看你可爱

"不要乱刷弹幕，不看也知道你们在刷什么。"江影右手托着下巴，逗一群弹幕玩，"他是他我是我，每个上网的网民都应该得到尊重，不是第一次说了，我家粉丝不要去打扰人家的生活哈。"

有本事你们找证据啊。

"剪影表示收到！绝对不会去打扰蟹老板。"

"我们哥哥真好，他虽然凶，但他真的很讲道理啊。"

"杠精还能这么吹？给跪了。"

"前面的想象力太丰富了哈哈哈，我是柠檬子，大山深处的一颗柠檬，剪影应该都知道我，玩'吵'三年多了吧，我认识蟹老板，算是朋友吧，我可以确定以及肯定地告诉你们，他俩真的没什么关系。"

"哈哈哈没人当真的，大家都是开玩笑。"

岛民提供的店铺售卖的旅游纪念明信片很特殊，是岛民的女儿绘制的，游客每人限购一张，填写地址后，投进门外街角的邮筒中，可以发往世界各地。

一个晚上，除了海滩游玩项目几乎无人问津外，其他两项都取得了不错的销售额。

"有种赚钱的成就感。"同为嘉宾的牧泉明是靠网播剧火起来的新星，今天他给店里招揽了不少客人，"明天继续加油，早点达到目标营业额，我想去海边玩。"

"我也想去海边玩。"江影在翻海滩游玩项目的菜单，"快艇和拖拽伞，我都想试一试。"

"哥哥别划水，你们能去的。"
"明天加油啊，完蛋，我想彻夜盯着节目了。"
"姐妹明天看吧，晚上他们都要休息的。"
"各位哥哥姐姐，你们夜里会出来活动吗，没有我就睡了。"

"大家早点休息吧。"方宜冲着镜头说，"希望大家能和我们一起享受假期。"

店铺大堂内亮着灯，几位嘉宾各自收拾整理了店铺里的东西，上楼回了自己的房间。

岛上的温度高，空气湿润，加上江影今天被戚逐坑惨了，穿了毛衣过来，店里一收工，他就进房间洗澡换了身衣服，躺在空调房的床上，想念自己的手机。

前几天，他好像兑换了"吵"的年度纪念品，那个掐架火柴人的模型，算算日子，也快送到了，考虑到这种荣耀的勋章不宜让旁人看见，他填的是自己住处的地址，用的是蟹老板的名字。

然而他这几天都在岛上，没人能帮他收快递，他不愿意他那荣耀的徽章在小区的储物柜里寄存太久。

江影趴在床上想了想，从认识的人名中，拎出了一个名字——

齐俊。

小齐总倒是可以帮忙拿个快递，但现在没有网，他该怎么联系上齐俊呢。

"小影？"门外传来敲门声，是戚逐的声音，"我借了笔记本电脑，不是说要看菜谱吗？"

"来了来了。"江影从床上跃起，跑去房间门口给戚逐开门。

"哇哦。"江影看见戚逐手中的笔记本电脑，"有网吗？"

"做梦吧，梦里什么都有。"戚逐绕开他进了房间，在桌边坐下，冲他伸手，"硬盘。"

"旅行箱里你自己翻，红色的那个。"江影心生一计，"我去趟楼下马上回来。"

"嗯。"戚逐俯身去找硬盘，"知道了，去吧。"

江影一路下楼，楼下大堂里果然没人，互动屏幕上，都是网友刚才发的弹幕。

"走廊好安静哦。"

"戚逐和江影在聊什么？让我换个视角康康。"

"关门了，房间里看不到的。"

"保护嘉宾隐私，房间里当然不会给你看，想什么呢。"

"呜呜呜，咦？江影怎么下楼了？他要干什么？"

"他走过了客厅，哦，他好像在看我们啊……"

"就是在看我们。"

"哥哥？"

"帮个忙，朋友们。"江影对着一群弹幕说，"谁能帮我去微博，把瓜皮传媒的小齐总叫到直播间来？"

"……"

"江影：在座的各位，都是工具人。"

"知道了，马上去。"

"这都可以……"

"绝了……"

几分钟后，小齐总被自己微博蜂拥而至的一堆私信吓得够呛，刷了好几条，才明白江二少在隔空呼唤他。

实况反馈屏幕上出现了新的弹幕——

"我是你小齐总：大晚上不睡觉，你干吗呢？"
"我是你小齐总：我真是服了你了。"

"齐总，帮我拿个快递吧。"江影看着屏幕，笑得特别真诚。

楼上江影的房间里，戚逐正在找江影口中那个红色的硬盘，他几乎把江影的旅行箱翻了个遍，还顺手给整理了，也没找到那个红色的硬盘——

倒是有个蓝色的。

江影记错了吗？

戚逐取出那个蓝色的移动硬盘，接入店里借来的笔记本电脑，很快，电脑屏幕上出现了一个新的文件夹。

【真的假的大众的独家的我都有。】

戚逐：？

菜谱也要做这么全面细致的分类吗？

江影先前说，有30G的菜谱视频教程，但现在从界面信息来看，好像不止这么多。

戚逐点开了文件夹，里面一排排的，都是人名。

戚逐：？

他在这些人名中还发现了自己的名字。

这应该，不是菜谱吧。

全是瓜，圈内的瓜，圈里叫得上名字的，几乎人人有份。

戚逐点开了自己的那个文件夹——

戚逐：……

文件夹里，铺天盖地的，全是他的黑料，两人做了那么多年的同桌，戚逐知道，江影在当纪律委员的时候，几乎抓了全班所有人的小尾巴。

但是戚逐不知道，这么多年过去了，当年的纪律委员变成了圈内的黑红爱豆，依旧江山易改，本性难移，这么爱吃瓜的爱豆，大概也只有江影了。

他刚出道时凭借一部大制作的电影，直接爆红，挡了不少人的路，有人买通稿全网黑他有背景，说他的成就都是硬捧起来的。

"我决定不了我的出身，我不认为我的出身是一个黑点，但我希望你能把关注点放到作品上。"当时的戚逐这样回应，"有这心思和时间，不如回去练练演技。"

有人说他心高气傲迟早翻车，也有人觉得他刚出道不知道天高地厚。

这条视频所在的文件，被江影命名为"他说话就这样，但你们不知道"。

他在走红毯时，拒绝与某个想和他炒绯闻的演员靠得太近，被媒体曲解为高冷和不尊重人，这条被江影命名为"干得漂亮"。

几乎他出道以来，经历的大小事件，都能在江影的文件夹里找到记录，还有很多不为人知的小瞬间，他某日在慈善晚宴致辞的时候漏读了一行字，某日在剧组拍戏的时候走了神，全得很。

各段视频和图片在文件中的命名，一路看下来，都是江影自己的点评，"戚逐超凶.jpg""这种程度你们就气啦""假瓜，这是剧照，不过真的好性感嘿嘿嘿""江影烟了戚逐都不会烟"。

再往前翻，是手写记录和手机照片的存档，文件名都是江影自己写的，完全符合某网站的入职标准。

"震惊！当红明星戚逐，高一上课陪同桌打游戏，照片为证！"

"某Q姓明星，中学时代拒绝的人可绕H市一中一圈。"

始于学生时代，行至今日，江影把他的黑料囤了个遍。

楼下，成功召唤了小齐总的江影，正在交代拿快递的事情。

"别的都是高仿，我才是你小齐总：什么快递，这么重要？"

"是我荣誉的勋章。"江影正色道，"请务必亲自前往。"

"别的都是高仿，我才是你小齐总：……我服了你了，毕业这么多年了，还能隔空让我拿快递。"

"收件人名字，你懂的。"江影疯狂暗示。

"别高仿了，爸爸、我才是齐俊：……懂了。"

小齐总留下了一声优美的长叹，消失在弹幕中，留下一群网友，在直播间里拼命猜测江影到底有什么重要的快递。

江影一路大摇大摆，踱回了自己的房间："菜怎么样？"

"菜不错。"戚逐有点同情地丢过去一个眼神。

江影：不对，他好像带错移动硬盘了。

蓝色的那个，是……

"你在看什么？！"江影一路扑过去，左手捂了戚逐的眼睛，右手合上了笔记本电脑，强行打断正在播放的视频。

"你打断得有点晚。"戚逐动也没动，任由他捂着眼睛，一字一顿地说，"我、看、完、了。"

江影：……

江影："……那是我多年的珍藏，你就这么随随便便地都给看完了？"

"那不如，你来给我解释一下。"戚逐伸手扣住江影的手腕，摘下他那只挡着自己的眼睛的手，身下的椅子转了半圈，单手按住对方的两只手腕，"交代一下，你收集我那么多黑料干什么？"

"看你可爱呗。"老底都被掀了，江影索性也认了，"本人冷冰冰的，凶人的时候还怪有意思的，没平时那么冷冰冰，看谁都一个表情，黑料比本人还有趣点。"

"怎么，你有意见啊？"杠精的脸皮是真的厚，反应速度也快，立刻模糊重点，把问题抛回了别人的身上，"其实，你可以理解为，这些黑料是本杠精对你的认同。"

"有意见提啊。"江影十分大方，"我保证以后还干。"

"不敢有意见。"戚逐松开手，"不过，我也没对谁都冷冰冰吧。"

"你这是什么爱好？"戚逐想到刚才看到的那些文件名，"从小到大，都没消停过。"

"挺讨人厌的爱好吧，我特别有自知之明。"江影说，"杠精性格，瓜农体质，圈内凶名在外，人人喊打，时常进化成掐架人……"

"挺好的，"戚逐打断了他的这番自我分析，"不讨厌。"

"嗯？"江影有点意外。

"我说你挺好的。"戚逐说。

江影无声地笑了。

"这位朋友，我以前怎么没发现你嘴这么甜呢？这不是挺会说话吗？"

"那你多发现几次。"

不过，说起杠精，江影突然想到了另一件事。

最近断网，他登录不了"吵"，也不知道徒弟和他的那位杠精朋友怎么样了。

这个时间，徒弟弟在做什么呢？

掐架练成了吗？

打败他的杠精朋友了吗？

/59/ 这是什么丑东西

徒弟和戚逐的性格，在某种程度上有些相似，这让江影对他很有好感，能教的基本都毫无保留地教了。

"江竹杠同学，在想什么？"戚逐伸手，轻轻推了推江影的侧颊，让他把头摆正，顺口数落，"上课走神，拍戏走神，跟我说着话还能走神？"

"没走神。"

"死猪不怕开水烫"和"煮熟的鸭子嘴硬"这两项精神，在江影身上绝对能得到充分的体现。

"刚才在想什么？"戚逐松开手，不为所动，"别杠，你可能不知道，你走神时那种游离的目光，我很熟悉。"

江影：哦，可不嘛，以前他上课隔三岔五就在戚逐面前走神。

戚逐来江影的房间走了一趟，菜谱没看到，倒是看到了自己的黑料，两个人聊到了将近十点，戚逐起身要回自己在隔壁的房间。

"对了。"戚逐握住门把手，回头提醒，"虽然室内没有镜头，但明早起床时 Follow PD 可能会进来。"

江影："嗯？进来呗。"

"藏好你的小螃蟹。"戚逐转身出了门。

江影：？

什么螃蟹？

哦，他的内裤，是螃蟹系列的，一共七个，一天一只，一个比一个凶。

那么问题来了，戚逐是怎么知道的？

江影回想了半晌，觉得应该是上次综艺的时候，发生了什么，幸好节目后来播出的时候，并没有什么问题，估计是戚逐让节目组剪掉了。

戚逐离开后，房间里瞬间就有些空了，先前两人说话时，江影还没觉得有什么，现在戚逐一走，他立刻觉得有点——

空荡荡的。

毕竟是不太熟悉的地方，房间太大了空虚，没有手机空虚，看着窗外夜空中的小星星，也有点空虚。

他在桌子上，找到了戚逐留下来的一张明信片，是这家店里的纪念品，店主送给戚逐的。

明信片的背面，绘着岛上的夜空与星辰，星空下的海滩上，有一只沐浴着星光的小螃蟹，对着远处的海面挥舞着钳子。

明信片上的地址和寄件收件人，已经被戚逐填写好了，不用通过邮筒邮寄，直接到达了收件人的手中。

那么多张明信片里，戚逐挑了他最喜欢的一张。

班长挺好的，江影心想，自己可以用最真实的模样站在他的面前，不用把棱角磨平，不用刻意去迎合。他们见证过彼此最年少轻狂的时光，在往后漫长的岁月里，也会继续相互信任。

十点多的直播间里，还有网友没有离去，所以有人看见，戚逐从江影的房间出来，一路回了自己的房间。

"蹲直播间是对的，这个点了，竟然还有人串门。"

"这能叫串门吗，这可是互关的感情啊。"

"那互关之后是不太一样。'狗头.jpg'"

"三个多小时，他们在里面聊了什么啊，我好想知道呜呜呜。"

岛民的别墅很大，江影和戚逐的房间都在走廊尽头，房间带着阳台，窗户打开，就是不远处的大海。

戚逐回房间后重新洗了澡，正打算休息，就听见有什么东西在敲自己的窗户。

戚逐：……

果然，隔壁又不安分了。

江影在屋内找了个鱼竿，从阳台伸出来去戳戚逐的窗户。

"十一点半了，你还不睡？"戚逐打开阳台门，走了出去。

"唉，不太睡得着。"江影站在另一端阳台上举着鱼竿，"没手机，有点不习惯。戳一戳你的窗户，看看能不能说句晚安。"

出门夜跑的方宜，带着自己的安保和 Follow PD，在海滩走了一圈，回来的时候，仰头看见小别墅的窗户上架了根鱼竿。

方宜：……

"那边有什么吗？"跟拍问。

"没事，我眼花了。"方宜说，"……好像看到有人在钓鱼。"

而且看位置，还是江影的房间。

大半夜的，开窗户架鱼竿？

方宜决定，当没看见。

由于前一日戚逐特地叮嘱，第二日 Follow PD 进入房间的时候，江影以一个十分标准的睡姿睁开眼睛，开启了当天的直播节目。

有了前一日的营业额，嘉宾们的任务轻松了不少，江影继续担任收钱（划水）工作，店内的生意比昨日更好了。

"啊啊啊啊啊，你是那个、那个……"新进入店内的一个小姑娘，指着坐在前台的江影激动得说不出话来。

"我啊。"江影主动搭话，"姓江，名影，爱好原地开屏。"

方宜：……

戚逐在不远处给他鼓了个掌："自我认知满分。"

"一点都不凶啊，她们怎么都说你凶呢？"小姑娘拿到了签名，兴高采烈，买了不少东西，店内的营业额增加不少。

"路转粉吗？"江影问，"路转粉我再让戚老师给你签一个。"

"转转转，就地转。"小姑娘十分激动，带着两个签名，心满意足地走了。

"变成我的粉，以后和我一起凶。"江影记完账，继续趴前台，不时偷瞄戚逐。

白天店铺营业的时候，直播间的弹幕很多，看得人眼花缭乱——

"小影你在看哪里啊，眼神都快粘我们哥哥身上了。"

"啊啊啊啊哥哥康康我。"

"方宜姐姐真的太厉害了，语言技能满点。"

"我也感觉江影没那么凶，圈粉了。"

"他本来颜值就高，好好说话的时候，本来就特别圈粉，可惜骨子里是掐架人。"

"羡慕死刚才那个小姑娘了，呜呜呜。"

"我是小齐总，爸爸看我一眼：我拿到了，包装一般般，袋子破了，快递员让我给你拆了，这什么丑东西？你急要吗？急我托人给你送过去。"

/60/ 我像不像从天而降

"哎，你们慢点刷啊，看得我眼花。"江影叼着圆珠笔，一边敲键盘算钱，一边逗弹幕玩，"怎么这个时间，都这么热闹啊？"

"不要挤，我都看不见我发的了。"

"我也是我也是，哥哥抬头康康我。"

"这个时间一定要来看我家女神！"

"啊，关了弹幕，神清气爽。"

这个时间，他那荣誉的勋章，应该已经在小齐总手中了吧，江影心想，等他这趟回去以后，就能集齐他的第四个火柴人模型了，有一个能帮忙拿快递的朋友真好。

他嘴里咬着的圆珠笔杆被人轻轻扯了扯，江影游离的目光有了焦点，戚逐不知什么时候，走到了他的面前。

"干什么？"江影咬着笔杆，含混不清地问，"好好工作，不要划水。"

"过来看看你划到哪里了。"戚逐的语气中，像是有点嫌弃。

"松口。"戚逐伸手在他的脸颊上轻轻一捏，夺走了那支圆珠笔，低头看了看木质笔杆上留下的牙印，手腕一扬，把笔扔进了不远处的笔筒中，"牙尖嘴利的，圆珠笔你都不放过。"

"那我咬什么呢？"某人丝毫不慌，开始索赔，"要不，你赔我一个。"

"赔你。"

戚逐递过来一颗奶糖，江影剥开糖衣，甜香卷上舌尖，是他喜欢的味道。江影满意地眯了眯眼睛，伸出了爪子："私藏零食啊，还有吗，全交上来。"

"你俩干吗呢，公费划水？"

"奶味的江小影，我们也想感受一下。"

"我怎么感觉戚老师刚才瞪了我们弹幕一眼，警告我们不要妄想吗哈哈哈。"

"互关以后就是不一样啊，虽然他俩交流还是以前那种互损的风格，但我就是觉得有趣！"

上午店铺的生意很好，连海滩游玩项目，都有营业额的增长。中午时分，嘉宾们自己做了午饭，一群人体会到了自己动手做饭的乐趣，于是，大家决定，晚上不妨来一顿丰盛的海鲜宴。

店内食材有限，嘉宾们想去附近的海鲜市场看看。

"我们来看店吧，下午的人应该会少些，忙得过来。"方宜提议，"戚老师你和江影去附近的海鲜市场买点东西呗。"

海鲜市场坐落在这座小岛的南部，岛上不少店的食材，都来自这里。

"小影，你还想吃什么？"戚逐付完钱，转身江影又不见了。

在找江影这件事上，戚逐有独特的技能，没往回走多远，他就在一家卖螃蟹的店里，找到了走丢的江影。

"这个季节，都没什么好吃的螃蟹，都是熟冻的，不好吃了。"江影趴在店里的柜子边，全神贯注，歪着头看水里的两只小螃蟹打架。

戚逐：……

直播间里有人一直追着他们两人的镜头看——

"怎么感觉这个场景有点诡异的眼熟。"

"看过《走出去》吗，那个清新田园生活风综艺，我们小影时常撒手没，上次是在巷子里看人吵架，这次是看螃蟹打架。"

"哈哈哈哈，很符合他的'人设'了，我说的不是官方给定的那个清新少年，姐妹们你们知道我说的是哪一个。"

"怎么感觉他那么喜欢螃蟹，听他们聊天，感觉他对品种都很熟悉。"

"之前不是有人扒过吗，某个时常自己下场的黑红，有两个系列的小号，一个影卫系列，一个螃蟹系列，专门负责精分帮自己掐架带节奏。"

"噗，难怪他不讨厌那个蟹老板，也算是有缘了，好奇怪的缘分。"

两人在海岛的南部绕了一圈，向小别墅的方向走去，途经小岛南部海边的沙滩，远远看见了海面上的冲锋快艇和天空中的降落伞，海边的天空很蓝，降落伞在天空中绽开，披着一身金色的阳光，周围陪着一起飞的，是海鸥和不知名的海鸟。

江二少蹲在海滩边舍不得走了。

"我们的营业额会提前达标，预计明天下午前就会完成任务。"戚逐俯身，抓住江影的右手腕，开始牵人，"到时候岛民会给我们提供免费的海滩游玩项目，再来也不迟。"

江影一步三回头地走了，并在第二天的下午，成功体验到了海边的拖拽伞。

快艇牵着五色的降落伞在海天一色间游弋，咸湿的海风微暖中，江影借着身后的降落伞，升上了海面的上空，远远看见了海边在等他的戚逐。

他冲戚逐挥了挥手，也不知道戚逐有没有看见，海滩娱乐项目的时间不长，快艇行驶向海岸，他带着降落伞慢慢落向海水的方向，戚逐站在浅浅的海水中，仰头看着他的方向。

恰好他落下的位置，就是戚逐所在的那里，江影伸开双手，刚好搭在了戚逐的肩上，戚逐也伸手抱住了他。

色彩亮丽的降落伞伞衣跟着他一起缓缓落下，遮挡了镜头所在的方向。

"戚哥哥，你看我，像不像是从天而降……"江影弯了弯眉眼，像是乘着风，落在傍晚的沙滩上。

直播间——

"WOW，看这个从天而降的拥抱。"

"谁去把这碍事的降落伞拨开，挡到我了。"

"伞还没完全落下来的时候，我截图了，太美了好吗，背后是未落的夕阳，然后我们小影刚好落进了戚逐面前的海水中，像是自己扑过去又像是被抱住，呜呜呜呜，世纪之抱。"

"啊啊啊啊我好喜欢，我宣布这是本期综艺的名场面了。"

"名场面 +1"

"真人秀是不是要结束了，我还想多看看他们啊呜呜呜。"

历时两天半的真人秀基本就到这里，节目还会剪辑后在电视上播出，岛民自家的直播也会再持续一段时间，给这家店带一些热度。店门前的小公告板上，为了尊重顾客的隐私也写着"直播中"的字样，只不过很多嘉宾的粉丝都已经退出了直播间，只有部分闲着没事的网友，还蹲在直播间里看慢直播，希望还能看到尚未离开的自家明星。

由于第二天还要回剧组拍戏，江影和戚逐当晚就提前踏上了返程，其他嘉宾也会在第二天先后离开。

"班长你可真会挑节目。"坐在车上的江影，在两天断网的日子后，终于又拿回了自己的手机，感觉神清气爽，"也还行，玩得不错。"

"你喜欢就好。"戚逐把一罐饮料抛给他，"回去之后，继续赶工。"

"我知道。"江影冲他笑了下，"不会再像前几年一样划水了，会好好加油的，我的班长大人。"

"说起来，小齐总，就是齐俊，最近帮了我不少忙，算是帮我认清了自己的内心吧。"最近这段时间，江影终于意识到了老同学真的是个不错的人，"之前我还让他帮我拿了快递，我们前桌，人真好。"

/61/ 恭喜，你热搜第一了

两人回到剧组的酒店时，时间已经不早了，几天不在，江影推开自己的房间门，先听到了小瓜的问候。

"你回来啦。"小瓜感觉到了有人接近。

江影现在看这个"人工智障"是越来越顺眼，所以他放下行李走过去，拍了拍小瓜的头。

"小瓜猜您今天的心情不错，时间不早了，要早些休息哦。"小瓜提醒。

江影说"好"，然后捧着手机躺好，开始了报复性熬夜活动。

首先，点开QQ，找到班长，大火花不见了，但是巨轮还在。

心花怒放的大钳蟹：【戳一戳】
心花怒放的大钳蟹：班长，来点个火。
班长：【戳一戳】
班长：好了，要早点睡。
班长：明天要拍戏。
心花怒放的大钳蟹："奋斗.jpg"晚安。

时至今日，他们的大火花和巨轮，不再是唯一的牵挂和念想，而是重要的符号，从今往后，不必费尽心思去维护，因为该存在的，会一直都在。

齐俊这个时间，应该已经睡了，江影没有打扰他，而是打开了几天不见的"吵"APP，开始问候他的几个老朋友。

欣喜若狂的蟹老板：徒弟弟！我出差回来了！

吵 3357868："翻了个白眼 .jpg"还不睡。

欣喜若狂的蟹老板：看到我 ID 了吗？

吵 3357868：看出来心情不错了。

欣喜若狂的蟹老板：嘻嘻，徒弟弟你和你朋友相处得怎么样了？

这一段时间，他们的师徒值直线上升，江影觉得，按照系统的算法，徒弟大概是要出师了，他的要求不高，他那些看家本领，徒弟若是能沾点皮毛，那也算是学有所成了。

"吵"第一好的师父，刚出差回来，就开始关心徒弟的成长。

吵 3357868：挺好。

欣喜若狂的蟹老板：到什么地步了？

吵 3357868：进展中，没到你想的那个地步。

欣喜若狂的蟹老板：嘻，徒弟弟你是不是不行？

吵 3357868：？？？"微笑.jpg"

欣喜若狂的蟹老板：开个玩笑嘛，不要气，总之加油，我看好你！总有一天你会吵赢他的！

吵 3357868："奋斗.jpg"

虽然知道明天有工作，但江影明天戏份不多，加上他好几天没有在"吵"试试手感，实在是有些心痒痒，所以他决定，来几局找找感觉。

柠檬子：厐蟹，好久不见。

欣喜若狂的蟹老板：还没睡？

柠檬子：我前几天又帮你正名了，我可真是个好人。

江影当然知道柠檬子又帮他正名了，但装模作样是必须的。

欣喜若狂的蟹老板：是吗，我都不知道呢。

柠檬子：在我爱豆直播的时候嘿嘿，放心，你维护过我爱豆，我不会让他们对你有误解的。

欣喜若狂的蟹老板："龇牙笑.jpg"

柠檬子：准备睡了，你玩吧，我们仙女都不熬夜。

欣喜若狂的蟹老板："呸.jpg"

柠檬子：哦，对了，还有件事。

欣喜若狂的蟹老板：哦？

柠檬子：今年的纪念品出了，别忘了换。

欣喜若狂的蟹老板：换过啦，忘什么都不会忘这个，这可是我一路披荆斩棘奋勇杀敌的证明，是我荣誉的勋章。

柠檬子：行了，闭嘴。

列表里的好友都已经下线，江影又匹配了三局，掐完积分直线上升，"吵"这个赛季的积分赛逐渐接近尾声，玩家的积分与排名也逐渐稳定下来，没有太大的变动。

柠檬子还是稳居全APP第一，sunny闯进了前五，江影由于这段时间太忙没时间刷分，勉强保住了前十的位置。

"排名与实力不成正比，实力更强。"蟹老板更新了赛季名片上的签名。

考虑到第二天还要工作，江影暂时放过了"吵"的网友们，他把赛季前十成就的截图分享到微博，跟小瓜说了声晚安，关灯睡着了。

某小岛上，真人秀的直播还在继续，岛民家正准备关店，店里来了一位新的客人。

"您好，我们已经打烊了，要不您……"岛民的女儿轻声问。

"打扰了，我不是来买东西的。"来人从随身携带的箱子里，取出了一样东西，"江影在吗，有人托我把这个送给他，说是挺着急的。"

店主："啊？他们傍晚的时候，就已经离开了……"

深夜，直播间里，只有零零星星几名网友——

"江影的快递？怎么给送到这里来了啊？"

"真的好丑啊，这是个什么东西？"

"欣赏不来，他这是买了个什么？"

"晚上睡不着看直播竟然有惊喜，齐总怎么让人送过来了哈哈哈哈，话说我们小影现在都到剧组了吧。"

"看起来质感好差，不过这是什么，为什么感觉有点眼熟？"

"真的好眼熟啊，我一时想不起来这是什么。"

"@江影，回来拿你的快递哈哈哈哈哈。"

"截个图，我去带图搜索一下，我真的太好奇这是什么东西了。"

"你昨天是不是熬夜了？"早晨，戚逐过来和江影一起吃早餐。

"没熬。"江影扭头不承认。

"熬了。"戚逐不为所动。

"好吧，你怎么什么都知道。"江影认了，"说说看，你还知道些什么？"

手机上有一条新的消息提示，"吵"提醒他昨天战绩分享失败，是否重新分享，失败原因江影懒得看，他直接选择了"是"。

战绩分享到微博而已，"吵"什么时候这么婆婆妈妈的了。

"这么多年了，你有什么，是我不知道的？"戚逐反问。

"可多了。"江影披上外套去片场，"你慢慢扒，扒得出来算我输。"

吃完早餐，江影发了条消息，告诉齐俊自己已经回来了，随后他把手机放在助理那里，和戚逐一起去工作。电视剧的拍摄进入尾声，角色之间的矛盾已经激化，几乎每一场戏、每一段对话，都十分考验演员的演技。

"情绪不对啊。"导演看着回放对江影说，"你们俩现在是不死不休的那种关系，你现在应该恨死他了，你看着他那么高兴做什么？"

江影：对不住，最近的确有些得意忘形了。

戚逐捏了捏江影的脸颊，江影的长相随妈妈，阳光下皮肤白得几乎透明，抬头看人的时候，眼睛里还闪烁着干了坏事后的窃喜。

"干吗呢，别盯着我。"江影抗议，伸手拍掉了戚逐的手，"不要急，马上调整状态。"

好在这段时间拍戏经验的积攒，让他能尽快调整自己的状态，没过多久，这一段就顺利通过，导演喊了"过"，江影立刻收起苦大仇深的眼神，心情大好地踮脚在戚逐的头顶上拍了一下，跑远了。

片场附近的木桩边，江影和苗野一人捧着一杯茶聊天。

"前几天的事情谢谢你。"苗野说的，是前几天，他莫名其妙被胡泽晗团队黑的事情，江影和戚逐在微博上的一通操作，帮了他不少忙。

"啊，举手之劳，我不骂他，剧组也有其他人，我就是看不过。"江影在一次性纸杯的边缘咬出了一个浅浅的牙印，"后来他的团队，有再找你的麻烦吗？"

"没有。"苗野摇头，"他们想蹭剧组热度的事情，被群嘲了。"

两个人碰了碰手中的一次性纸杯，就此建立友谊。

"其实想红没什么，谁都想红，但他不该把这件事建立在伤害别人的基础上。"江影说，"干吗啊，我们喵喵人在家中坐，锅从天上来啊。"

"是啊！"苗野悲愤。

江影还没掐够，意犹未尽："看我反手就给他把锅扣了回去。"

苗野靠在木桩上，叹了口气："江哥，你有没有想过，其实你挺有天赋的，演员这碗饭，你天生就能吃。"

"说起来，我以前一直觉得，我有好多碗饭，不愁这一碗。"江影也叹气，"只不过现在我觉得，拍戏好像还挺有意思的。"

剧本很有趣，认识的朋友很有趣，能和戚逐合作，先前他也没想过是这么值得高兴的事情。

戚逐那边已经收工了，他回头正在和助理说着什么，似乎在交代事情，时不时还往他们的方向投来目光。

"其实，我挺羡慕你的。"苗野说。

"羡慕我什么？能杠？"江影在木桩边发现了一束新的狗尾巴草，俯身就要去薅，"还是羡慕我黑红啊？"

"都不是。"苗野摇头，"我只是觉得，你好像一直都是我行我素，并不在乎那些黑粉的看法。"

不必忍气吞声，不用被磨平棱角，一直都保持着最真实的模样。

"因为在乎也没用啊。"江影扯完了狗尾巴草，抓着草秆，在手里摇了摇，"我在乎的话，他们就不黑我了吗？"

"那倒不会，但是……"这也是苗野百思不得其解的事情，"我明明没做什么，他们却……"

"喵喵，你不会觉得，谨言慎行，他们就不黑我了吧？"江影觉得有些好笑，所以他丝毫没掩饰。

苗野："嗯？"他一直以为是这样的。

"这么说吧。"江影把折下来的狗尾巴草收好，放在木桩子上，拍了拍手上沾到的土，"你要搞清楚，很多时候，不是先有黑点，才会招黑，而是他们先想黑我，所以才拼命找我的黑点。"

"傻喵喵。"江影叹气，"光是谨言慎行是不够的，人无完人，谁还没缺点了，他们想黑我的时候，我连呼吸都是错的，我说过的每一句话，做过的每一件事，甚至是看人的眼神，都会被拿出来二次解读，断章取义，比如戚逐那种人，都能被黑。"

"你看。"江影摊手，"支持我的人会一直爱我，想黑我的人无论如何都能找到黑点，既然圈内风气是这样，那我还不如有什么话就说，该干吗干吗，做自己就好了，我就是杠，我开心就好，随便他们怎么说。"

"原来如此。"苗野若有所思，"那之前那什么蟹老板说你演技差的时候，你怎么……"

"哦，我演技真的差，他说得对。"江影打断了苗野说的话，"我虽然凶，但我讲道理，何况他只是胜负欲作祟，不是故意黑我。"

苗野似懂非懂："哦……"的确，江哥对蟹老板还是很宽容的。

"不过话说回来，我那是和他们吵架吗？"江影站起来，抬高了声音，"我那叫，在复杂的网络环境中的自我保护，在黑粉网络暴力中一点小小的反抗。"

苗野伸出双手，呱唧呱唧地给江影鼓了个掌，深表认同。

"哎，说得的确冠冕堂皇了一点。"江影自谦，"这和我喜欢掐，也脱不开关系，某人也纵容我。"

"但是，"江影话锋一转，"掐架归掐架，除了我哥、顾未，还有戚逐，我一般都是人不犯我，我不犯人，无论是我还是我家粉丝，都不会为了红，去欺负别人，把别人当作垫脚石。骂人者人恒骂之，欺负别人之前就要有可能会踢到铁板的自觉。"

苗野面露敬佩："江哥你说得太有道理了，我瞬间感觉你整个人好像都在发光。"

"嗯？"江影觉得他这个说法很有意思，"那这可能就是传说中的高光时刻吧。"

"高光时刻。"一只手落在他的肩膀上轻轻拍了拍。戚逐从片场那边走过来，把自己的手机递给江影。

"干吗啊？"江影聊得起劲，忽然被打断有点不满，抬手接过手机的时候，顺便在戚逐的手腕上挠了一下。

戚逐看他的眼神像是有点同情，又像是有点幸灾乐祸。

江影：？

戚逐示意他看手机："恭喜，小螃蟹，你热搜第一了。"

/62/ 喜从天降?

"啊?"江影正在给苗野讲道理,还没缓过来,"我热搜了?是真人秀的时候有人截图了我的绝美侧脸吗?"

苗野:……

江影沉思:"是我的从天而降被吹彩虹屁了吗?"

苗野:?

"自己看。"戚逐不紧不慢地往旁边一靠,等着看热闹,"你名字在热搜上飞。"

苗野:"噗。"戚老师说话还是一如既往地毫不留情。

江影:???

在他对着苗野发表杠精世界观的这段时间里,他的名字的确在热搜的词条上飞,和他一起飞的,还有眼熟的"蟹老板"这个名字。

全网都在蒙,江影自己也很蒙。

碰巧陈助理也赶了过来。

"你上午发了什么?"助理气喘吁吁,把罪魁祸首的手机递给了他,"你是怎么上去的?"

微博热搜实时榜——

我是那种会自己骂自己的人吗 # 爆

江影 迷惑行为

吵 蟹老板

蟹老板的真实身份

江影:???

No!!!

完蛋。

什么情况,他早晨还神神秘秘自信满满地和戚逐说,自己还有很多他不知道的事情,有本事慢慢扒。

怎么这么快他就被扒皮①扒到底裤都不剩了???

江影点进了那个蟹老板真实身份的词条,终于知道了大概原因。

_____

① 扒皮:揭开某人真正的面目。

齐俊真是太好心了，让自己的特助，把他的纪念奖品用箱子装好，特地送到了岛上。

然而那个时候，他已经和戚逐离开了，直播镜头记录了全过程。

有好事者截了图，去微博问那是什么东西，人多力量大，"吵"的隐藏用户遍布在微博的各个角落里，没过多久，大家就认出，这个灰扑扑丑兮兮的火柴人模型，竟然是"吵"顶层玩家那高贵的身份证明。

当晚，直播间里涌入了一拨新的网友——

"来头不小啊，这是谁的哈哈哈哈，嘉宾里混进了一个'吵人'？让我来看看是谁？'狗头.jpg'"

"还能是谁的，'狗头.jpg'之前是谁隔空喊人拿了个快递，还说那是他荣誉的勋章，@江影KANI，你的光辉事迹我们都看到了。"

"'狗头.jpg'引用一下江二少的话：'想象力不要太丰富，没有证据，不要瞎说。'哈哈哈哈哈哈他本人知道他翻车了吗？"

"我也好想要小齐总这样的朋友啊，'狗头.jpg'"

"这个时间，他们都睡了吧，夜晚的世界，可真美好啊。"

"你到底背着我干了什么？"陈助理捂脸，"你就说那个骂你演技烂的是不是你。"

江影看看戚逐，看看助理，再看看刚才被自己感动的苗野，经过了一番复杂的心理建设，终于吐出了一个字："……是。"

陈助理感觉自己当场就能晕过去。

苗野："噗。"

戚逐背靠着树看着他，江影确定以及肯定，如果空气中有弹幕，戚逐身边飘的应该是"活该""喜闻乐见""幸灾乐祸"还有"精彩至极"。

"哎，只是送到了店里，那么多嘉宾，谁知道一定是我的啊，万一是别人的呢。"刷到这里，江影觉得，自己还能再挣扎一下，只要皮够厚，不承认就好了。

"总不能是我的。"戚逐凉飕飕地插了一句。

"弟弟你不妨看看自己的微博，"助理不忍心看了，"然后你再决定要不要挣扎一下。"

"我微博？"江影想不通，"我就昨天真人秀结束的时候，爬上去转发营业了……"

No！！！

他昨晚在"吵"打出了七连胜，加上积分赛战绩闯入赛季前十，习惯性地分享到微博……

分享到了哪个微博？！

他的手机提醒页里，还留着"吵"发来的提醒信息——

"您的分享出了一点问题，检测到您战绩所分享到的微博，不是平时关联微博，是否分享？"

江影：……

@江影KANI：分享战绩，排名与实力不成正比，实力更强。【战绩截图】

截图上，是"吵"的结算界面，上面是他本赛季至今的赫赫战果，以及，APP 上的 ID——

【欣喜若狂的蟹老板】

已经没人管他是不是脸皮厚，他是否承认，他是否回应，没人在乎了。

事已至此，江影就是蟹老板本蟹，他就是！锤死了的那种！

于是——

剪影们：？

路人们：？？

黑粉们：？？？

各大吃瓜自媒体们：？？？？

@瓜皮传媒小齐总：那、那……刷了一上午的微博，我觉得哦，我觉得这大概、好像、似乎、应该、仿佛不怪我吧？"小恐龙吃瓜.jpg"

@TMW-Xun：意料之中。

@TMW-Sunny：震撼。

@宣绘桐 lisa："哆啦A梦吃惊.jpg"玩这么大的吗？

@T.ATW-池云开：@T.ATW-顾未，@T.ATW-傅止，@T.ATW-洛晨轩，@T.ATW-石昕言，别睡了，来吃瓜。之前做节目的时候，他们让我用了"吵"APP，我匹配到了"江影的演技烂吗"这道题，然后对手是"蟹老板"你们还记得吗，都给我醒醒，由于对手太猛，我还一直觉得过不去，几个月来一直承受着良心的谴责。"狗头.jpg"

@T.ATW-池云开：是我太善良，万万没想到，有的人，掐别人的时候超凶，骂自己的时候竟然也可以逻辑清晰面不改色头头是道振振有词。"捂脸哭.jpg"

@"吵"官方微博："哆啦A梦吃惊.jpg"生活好精彩。

@电视剧瑞雪官博："哆啦A梦吃惊.jpg"

@编剧—宋婧溪："哆啦A梦吃惊.jpg"

"我现在删来得及吗？"江影回头，"我好像问了个傻问题？连我妈都知道了。"

"你知道就好。"戚逐说。

某人的高光时刻太刺眼，苗野去一边笑了，戚逐就是来看热闹的，不可能会走，陈助理正在打电话跟经纪人告状。

现在还是工作日的上午，上班的还在激情工作，学生还在上课，还有很多人不知道这件事，他就已经占据了无数的话题。

可想而知，最近几天，他都是人们茶余饭后香甜的小饼干。

@年度迷惑行为欣赏：#我是那种会自己骂自己的人吗#，这两个人的恩怨，皮下吃了好几个月的瓜了，万万没想到，这俩竟然是一个人。"捂脸.jpg"

【真人秀录屏】

@再熬夜是狗：@江影KANI,#我是那种会自己骂自己的人吗#,你是。"拱手佩服.jpg"他是怎么理直气壮地对着那么多网友说出这种话的哈哈哈哈，若要人不知，除非己莫为，承包了我一天的笑点。

@冲浪网友：太迷惑了，建议入选本年度迷惑行为，这个胜负欲，太好笑了哈哈哈哈。

@Emile KANI：粉一个会自己骂自己的偶像，每天都能收获快乐，虽然本剪影现在心情复杂，但是顺便安利一下江小影吧，他好真实，有什么话当场就说了，我就是喜欢他这种直率的性格。

"你还有什么我不知道的吗？"戚逐已经学会独立吃瓜了，他穿着戏服，靠在树边，视线没从手机屏幕上离开过，直接把早晨江影问过的问题给抛了回去。

"没了，扒皮来得猝不及防。"江影仍旧没能回过神来，"如你所见，我已经什么都不剩了。"

"你当初不是说，对这个 APP 只有一点点兴趣吗？"戚逐问。

江影：……对不起，其实是亿点点。

一时间，蟹老板这个 ID，先前所有的发言都被网友扒了个干净。

@诗酒趁年华：看到蟹老板匹配局里给戚逐吹的彩虹屁了吗，感觉应该是对戚逐本人很了解，四舍五入就是江影对戚逐很了解，嘻嘻嘻，还要我再说下去吗？

@banana：不是，我笑翻了，如果说他俩是一个人的话，我第一次看到，一个爱豆可以这么直白地骂自己的演技烂哈哈哈哈，江影活得太清醒了，@江影KANI，要不要出来回应一下，证据你自己抛出来了。

@今天恰柠檬了吗：别人家的爱豆都在想着好好圈粉好好努力，只有他在想着怎么成为吵架 APP 的前十名怎么自己骂自己，怎么感觉还有点可爱。

APP"吵"的用户集体在微博带话题刷起了各种震惊表情包，有人还在微博放出了"吵"内部论坛的截图。

@我真的不喜欢吵架：#我是那种会自己骂自己的人吗#，【截图】，不玩"吵"的人可能不知道，"吵"的积分赛结束以后，会有一个玩家见面会，前一阵子，蟹老板在论坛放狠话，结果被用户群嘲。

截图上，是论坛的讨论帖。

吵的前十玩家在现实中都是什么职业？
蟹老板（四十天前）：你们想见我，是要买票的。

由于蟹老板身份暴露，这个讨论帖又被一铲子掘回了论坛首页——

11034L：……当初嘲讽他的时候，你们想过有今天吗？是我们孤陋寡闻了，是我们没见过世面了。

11035L：你应该问他，当初说我们要买票去看他的时候，他想过有今天吗？

11036L：微博来的，刚下载，请问这个APP怎么玩，好像很有意思的样子。

11037L：他当初说我们想见他要和黄牛抢票，没想到竟然不是吹牛，真实身份竟然是爱豆……

11038L：虽然我不追星，但我也惊了，这样的明星竟然是真实存在的，为什么之前总看到人黑他啊。

11039L：没事，他心态好脸皮厚，他能自己骂自己，那些黑粉的段位，他根本就看不上。

11040L："吵"快给江影打钱，我看到了好多新人。

接近上午十点，上早课的第一拨大学生下课了，柠檬子在网友和"吵"内部用户的一片呼声中，上线了。

@大山深处的一颗柠檬：下课啦姐妹们，早课这老师一直随机点名，你们在吃什么瓜，怎么感觉好多人艾特我，好像很热闹的样子，我先去热搜游一圈，我刚才好像看到我爱豆的名字了。

@大山深处的一颗柠檬：小影真的好努力啊，刚从真人秀回来又开始营业了。

"能给她断网吗？"江影转头问陈助理和戚逐。

"那我建议你先做梦。"戚逐十分认真地说，"毕竟这个的难度要小一些。"

大概是热搜的信息量实在太大，消息过于离奇和震惊，柠檬子足足用了半个小时，才重回了自己的微博主页，继续发微博。

@大山深处的一颗柠檬：我，是在做梦吗？早起毁一天？

柠檬粉1号：姐姐，脸疼吗，疼的话就不在梦里。"哆啦A梦吃惊.jpg"

柠檬粉2号：终于等到你下课了哈哈哈哈，我太想知道你的反应了。

@柠檬深处的一颗大山子：谢邀，改了个ID，艾特太多了，实在是看不过来，感谢大家对我大山子的关心，统一回复，脸很疼。"鼻青脸肿哭.jpg"

/63/ 翻车了

整整一天，微博上的热度都没有下去过，只要是当代网民，基本上都知道，有个黑红明星，在别的 APP 上披皮骂自己。

江影下午拍戏的时候，总觉得周围有无数双眼睛在盯着他，他的一举一动都被人看在眼里，那些无处不在的目光，仿佛在说——

"快看，就是他，自己骂自己，好绝。"

"年纪轻轻的，长得也不错，家庭背景也好，说话也怪有逻辑的，怎么骂起自己来，那么凶呢？！"

"江哥真的厉害，能屈能伸，对别人对自己都狠，我觉得他一定能红。"

"活得太清醒了，我该说什么好呢，我活了四十多年，都做不到这个境界。"

"戚逐和他关系不错吧，感觉戚逐也不简单啊。"

江影攒了那么多的瓜，从未想过，有那么一天，他会以这种方式，成了周围人手里的那块瓜。

他拍戏的间隙，经纪人终于从呆滞状态中回过神来，给他打了电话。

"怎么办？"经纪人小心翼翼地问。

"你问我？"江影当场愣住，"你们不是专业的吗？"

"不好意思。"经纪人慢吞吞地说，"之前没碰到过这种情况，他们说自己骂自己虽然少见但问题不大，主要是你自己放锤并被无数网友当场抓获，实在是不知道怎么办，所以问问你的意见。"

在旁边认真刷微博看热闹的戚逐突然咳嗽了两声，江影转头看他，就差把"质疑"两个字明明白白地写在脸上。

"我没笑。"戚逐头也不抬，"我在刷一条很严肃的微博。"

"歪？"江影继续打电话，"现在解释有用？"

"不好意思。"经纪人的语速更慢了，"没什么用，基本都知道了。"

自打江影帮苗野骂跑了某个蹭热度的明星后，两人之间建立了深层次的友谊，这个下午，苗野往这边凑了无数次，就是为了看他江哥的笑话。

苗野过来的时候听见了江影和他经纪人的对话："我妈都开始问我，我们剧组是不是有一个自己骂自己比别人骂自己更狠的傻子了。"

"那还撤什么啊，让网友乐吧，这还怎么圆？"江影放弃了，"费那些钱让他们看我们再表演一次吗？就当省钱了。"

"其实也不是坏事。"毕竟能带掐货的经纪人，都不是一般人，这样的事见多了之后，腰也不疼了，腿也不酸了，人也淡定了，"反正每次你的电视剧一播，就有一群人写通稿说你演技烂，这下好了，演员自己出手，率先端掉了别人的饭碗，多好啊。"

"江哥。"苗野发自心底地佩服，"他们说得对，你真的活得好清醒。"

当天下午，有不明真相的老艺术家，在通过微信朋友圈吃到了这口新鲜瓜后，特地托人发微博转述自己对此事的看法——

@王远钧：虽然大家都觉得好笑，但在我们年纪大的人眼里，这是件好事。年纪大了，可能看问题的角度和你们年轻人不太一样。我时常担心年轻人太过浮躁。这件事让我在你们年轻一代的身上，看到了希望，圈里需要这种杜绝心浮气躁的演员，他头脑清醒，善于反思，不沉迷于夸张的赞美，没有在当前花样繁杂的环境里迷失自我，他清楚地知道自己的短板，将来就一定会有进步的机会，前途无量。
@TMW-Xun 点赞并转发了这条微博："热泪盈眶.jpg"
@TMW-Sunny 点赞并转发了这条微博："痛哭流涕.jpg"
@T.ATW- 顾未 点赞并转发了这条微博："热泪盈眶.jpg"
@ 苗野 点赞并转发了这条微博："哆啦A梦吃惊.jpg"
@ 戚逐 点赞并转发了这条微博："点赞.jpg"

"别人看我笑话就算了，你凑什么热闹呢？"江影扔下手机，刚刚一直拿着冰水瓶子的左手冰凉冰凉的。他看着戚逐那副幸灾乐祸的样子，倏地起了坏心思，把手往戚逐的脖颈上贴："刚才是谁说自己在刷一条很严肃的微博？"

"他们都能吃的瓜，我是不是可以吃更多？"戚逐伸手，按住江影凉飕飕的左手。

"我怎么不知道你还喜欢凑这热闹呢？"这一天下来，江影已经没什么秘密能变瓜了，他一下子泄了气，"没瓜了，我就那么几个爱好，现在你都知道了。"

江影："我梦想不大，爱好不多，平时也就偶尔收集圈内黑料，评估身边人的吵架实力，以及在'吵'那边掐掐架，现在你全都知道了。"

"我倒是想多给你几口瓜。"江影摊开双手,"没了,一块都不剩的。"

"会再有的。"戚逐话语间极其笃定,"你看,你之前说你不怎么用那个'吵',结果惊喜就来了。"

"没了,你这是把我当西瓜地了吗?"江影更坚定,"这位哥哥,人要知足,'惊喜'一两次就够了,哪有那么多呢?"

戚逐不跟他辩了,江影也弄不明白,他是被说服了还是另有想法。

"你外公可真会吹啊。"话题回到了老艺术家的那条神奇微博上,江影越看那条微博越觉得佩服,"追星文化哪里比得上老一辈的底蕴深厚,这一条彩虹屁,够我消化大半年了。"

"外公上次还问我,江家的小胖子什么时候再去看看他?"

"跟外公讲。"江影立刻反驳,"我也就小时候胖,现在可好看了,幼儿园以后一直颜值在线。"

@江影KANI 转发并点赞了某老艺术家的微博并发表看法:"奋斗.jpg"

从清晨到下午,无数网友都在等着他和他的团队回应,其间,江影的一个职业黑粉宣布失业。

@江影一生黑:此号弃用,我不干了,他自己黑自己太猛了,我搞不过。实话说了吧,这钱我不赚了,"吵"这个APP我也有用,前十是什么水平,随便抓一个"吵人"问问,就知道答案了。

吃瓜群众期待了一个上午,终于等到了江影上线。

@对我是个猹:大佬来了,给大佬递茶,以前是小的有眼不识泰山,我是蟹老板的铁粉,以前一直看不惯妹妹追星喜欢江影,现在才知道,原来我和我妹一直站在同一战线。

@月考想要第一:啊,好强的胜负欲啊,是真的佩服。

@想成为掐王:票贵吗?我想买票看你,我愿意跟黄牛抢票。

被江影迷惑的行为砸晕了头的自媒体们,终于想起来要发消息蹭热度了。

@圈内趣闻早早报：#江影 迷惑行为#热搜大家看到了吗，我们都知道，江影黑红是因为爱抬，但是没想到他在"吵"还有号，而且是高级玩家的那种段位，战斗力惊人，而且出现过自己骂自己的壮举，怎么突然觉得，杠精明星还有点可爱啊。

@米米KANI 评论：可不是嘛，黑也黑不过他，那只好喜欢他了。

@对我是个猹 评论：这个APP好玩吗，想下载下来试试。

@什么时候能中奖 评论：其实还好了，总不能要求一个偶像各项都很完美，我觉得他就是真性情，把该说的都说了，不怎么管别人的看法。

下午结束工作，化妆间里，江影躺在沙发上等戚逐卸妆换衣服："你知道吗，我今天就像是动物园里新进的动物，被围观了一天了。"

戚逐在卸妆，没发表意见，江影也没准备等他发表意见："我大学在学校论坛跟人吵架，论南门和北门的炒面哪个更好吃，这都被人扒出来围观了。"

戚逐：……

"热度该降了吧。"江影抱着冰水瓶子许愿，"快点忘记我，我这个号还想用。"

@江影KANI："合掌许愿.jpg"//@小锦鲤祝你每天好心情：转发这条锦鲤，接下来三个月内，你一定会遇到好事。

【锦鲤图片】×9

傍晚，热度没降，热搜倒是有了新的一条。

#吵 崩了#

由于今天的热搜，江影的神秘身份大白于天下，无数好奇宝宝，打开了自己的应用商店，动动小手，下载"吵"APP，希望能一睹这位"欣喜若狂的蟹老板"的风采。

流量过大，APP猝死。

@柠檬深处的大山子：#吵 崩了#，谢邀，睡了个午觉醒了，脸还疼着，爬上来先给大家说一下，谨慎下载"吵"，新玩家先去论坛潜水，再尝试匹配。

这里的人吵架靠的不是单纯的骂人，而是逻辑和手速，不带半个脏字气死人的玩家遍地都是，再次强调一遍，新人谨慎使用。

@柠檬深处的大山子："尖叫土拨鼠.jpg"经网友提醒，开了两罐核桃露补了补我空荡荡的脑子，翻了翻我和灰蟹的聊天记录，我现在又惊又喜又气又乐，我要裂开了，嗷！

/64/ 这熟悉的杠精味儿

用了大半天时间醒神的柠檬子，又用了一整晚的时间等到了"吵"恢复功能可以使用，柠檬姐姐的第一件事，就是打开 APP，翻开了她和某蟹的聊天记录。

只要本人不主动删除，良心 APP"吵"会为用户保存所有的战斗和私聊记录。

两周前——

"蠢蠢欲动的蟹老板"和江影黑粉 Battle，把对方掐到挂机。

柠檬姐姐带头在微博给蟹老板写小作文洗白，掐架前十的两位大佬自此顺利建交，她用"柠言柠语"给灰蟹理论了追风逐影为什么好追，灰蟹回了她两个字——"嗯嗯"。

翻到记录的柠檬子：妈耶，她在偶像面前追了个星。

蟹老板，等于江影，等于她的爱豆，那是不是意味着，她这个低调的追风逐影粉，舞到蒸煮面前了？

柠檬子：……不妙。

柠檬子继续翻阅聊天记录，进一步接受会心暴击。

她看见，她在爱豆面前脑补，反驳、挑衅并掐了她爱豆，最后还自作主张洗白了她的爱豆？

蟹老板：？？？不香，你 Get 到的，说不定是人家的日常，人家都习惯了。

彷徨的蟹老板：我鄙视你，有料也不会掉进你嘴里。

柠檬窒息。

微博上，有网友整理了江影用"蟹老板"这层皮留下的壮举——

@桥桥：自己骂自己这事儿，已经尽人皆知了，这个 ID 把这个亏给一口闷了。"捂脸哭.jpg"直到柠檬子给他洗白，蟹老板的微博才重新活跃了起来，在这之前，他在挑战局里痛批无脑黑粉，在反黑史上，留下了光辉灿烂的一页。

【事发时的截图】

@快乐追星的 lily 评论：666，先前只知道戚逐家的粉丝反黑比较厉害，现在见识到了，那些算什么啊，有的人哦，一个人顶一个反黑组。

@粉我必抽 SSR 评论：粉他真的好省事，看热闹就好了，黑和反黑，他都自己承包了，投票他也时常自己上，我们粉丝什么都不用做，省时间省力，还能收获快乐。

@熊猫头 935358 评论：哈哈哈哈哈我真的搞不懂现在的爱豆了，明明可以靠脸吃饭，却偏要去掐架。

@W1ff 评论：江影——对不起，只是本人的一个小爱好，不小心变成了掐王，能有什么办法呢？

一直盯着微博没撒手的江影咆哮："他们怎么没完了，这号我还想用的啊，笑够了没啊？"

"怪谁呢？"戚式风凉话。

"你。"江影一言难尽，"是不是从晚饭后到现在，一直赖在我房间里吃瓜？"

"你才发现？"戚逐坐在江影的床边，脸上写着"理直气壮"。

"我以前怎么没发现你这么喜欢瓜呢？"江影戳了戳戚逐的胸口。

"看是谁的吧。"戚逐直视着他的眼睛，一字一顿地说，"你来我往吧。"你收集我的黑料，我就要吃你的瓜。

江影：……相处时间久了，他极其熟悉戚逐的说话风格，话只说一半，偏偏剩下的半句，他都能读懂。

"没事。"戚逐笑话看完了，半真不假地安慰人，"娱乐行业瓜多，总有人会顶热搜救你的，大概。"

江影的手指在手机屏幕上滑来滑去，最后停在了"吵"APP 所在的界面上："班长，你真的不想试试这个吗，我感觉你这说话阴阳怪气的调调，越来越符合我们'吵'的画风了。"

戚逐："哦。"

先前外国友人卓越说，是戚逐给他安利了这个APP，作为学习中文的工具，这件事江影还记得，卓越还说过，戚逐有账号，只是从来没活跃过。

先前他碍于"蟹老板"的身份不好私信去问，现在底裤都被人扒干净了，光脚的不怕穿鞋的，那是不是意味着，他可以抽空在"吵"的内置聊天系统里问问卓越了？

晚上十一点，备受全网关注的用户"整装待发的蟹老板"终于上线了。

无数条好友邀请躺在他的新消息框里，带着各路网友发来的一句话消息——

"兄弟，认识一下？"

"想不到有一天，我竟然要来这里追星。"

"你长得真好看，能和我一起吵架吗？"

"打卡，听说你是大明星。"

江影顺手改了自己的个性签名。

"乖，哪儿来的都回哪儿去，有句话听过没，要离偶像的生活远一点。"

论坛网友表示不听不听，偶像你玩你的，我们看我们的，我们保证不黑你，我们只会哈哈哈。

有点羡慕蟹老板的徒弟了，近距离追星，还拥有和爱豆私聊的机会。

1L：如题，我算是路人粉吧，喜欢他的性格。

2L：他徒弟？吵3357868，感觉特别低调，也不知道他是从哪里捡的。

3L：羡慕归羡慕，但是有一说一，江影这种一点亏都不吃的性格有时候挺招黑的，万一他徒弟刚好是黑他的那一部分人之一呢。

4L：那我们即将看到一段师徒情谊的破裂，蟹老板痛失爱徒。

5L（正在改名的蟹老板）：？？？"微笑.jpg"赛季末了，积分刷上去了吗？有这时间为什么不去匹配刷分？难怪玩了这么久名次还上不去呢，"可爱.jpg"

6L：嗯？楼上本尊空降，还是山寨？

7L：看这个语气，应该是本尊无误，他急了。

8L：看出来了，他慌了。

　　江影认为，皮掉了一层，事情不大不小，戚逐不可能嫌弃他，他是什么德行家里人一清二楚自然也不会嫌弃他，江影目前想听听，小徒弟的看法。

　　万一小徒弟不喜欢江影，那他是不是还得用他的杠精逻辑给小徒弟洗洗脑子？

怂怂蟹：Hi！

怂怂蟹：康康我。

吵3357868："发呆.jpg"

怂怂蟹："熊猫头擦汗.jpg"

　　完了，看来是知道这件事了，当初强行捡来的徒弟，他费尽千辛万苦与之结下这份不解师徒之缘，万万不可以说散就散。

怂怂蟹：你追星吗？

吵3357868：不追。

　　江影松了口气，不追星，圈外人，问题不大，十分好骗。

怂怂蟹：知道江影吗？

吵3357868：你？

怂怂蟹：嗯，我，除此之外呢，还有什么印象吗？

吵3357868：狠人，对自己对敌人都狠。

吵3357868：你不用担心，我挺喜欢江影的。

　　江影好了，又可以了，不枉他在茫茫人海中捞到了他无欲无求的小徒弟，真的棒棒。

怂怂蟹：江影好多黑料的，不讨厌啊？

吵3357868：不讨厌。

怂怂蟹：欣慰啊，为师没有白养你啊。

怂怂蟹：我就喜欢你这样的真性情。

吵3357868：你也不错。

怂怂蟹：我们的师徒积分快到能出师的地步了，等过几天我把自己收拾完，我再给你讲点东西，你就可以完美出师了。

怂怂蟹：从今往后，谁要是欺负你，你就报我蟹老板的名字，我保证没人敢动你。

吵3357868：行。

聊天结束，徒弟保住了，接下来江影要处理的，是他收到的一堆新私信。

sunny：活该该，嘻嘻嘻。

江影：……又疯了一个。

这个不用搭理，下一个。

柠檬子：&*（……&……￥##……

怂怂蟹：山儿啊？

怂怂蟹：咋了？脸滚键盘了？

柠檬子：厹蟹，你竟然还敢回来？

怂怂蟹：嗯？还叫我厹蟹？我不是你爱豆吗？快，来几句彩虹屁伺候。

柠檬子：……

柠檬子："呸.jpg"是我多虑了，这熟悉的杠精味儿，你还是原来的你，皮可真厚啊。

柠檬子：我一想到我在那么多人面前说蟹老板和江影不可能是一个人，就脸疼。

怂怂蟹：我能有啥办法啊，我号不能不要了吧，这号是无价的好吗？

蟹老板这号，江影用了三年多了，火柴人模型都攒到了第四个，要说放弃吵架账号，他宁愿不当爱豆，就是这么个能把经纪人和团队一同气死的思想觉悟。

柠檬子：你真是我爱豆啊？

怂怂蟹：哎，我皮都被扒了，您能不能别一而再，再而三地戳我痛处？大山子，你缺德。

柠檬子：我的脸更痛了，我这是追星追了个什么东西啊。"捂脸哭.jpg"

怂怂蟹：你骂我？"微笑.jpg"你竟然骂你爱豆，你还想不想在混了？

柠檬子：那你干吗跟我一起追追风逐影啊，你在想什么啊？

怂怂蟹：？怪我吗？我还没说你呢，你当初问我追风逐影香不香的时候刚好被戚逐看到了好吗？他还一直问我什么感觉，问我什么看法，还问我在跟谁聊天。

怂怂蟹：那时候我还没跟他握手言和，就被他看见我在跟人掐追风逐影话题，我不要面子的吗？

怂怂蟹：你追的都是我日常生活，你能追，我不能追吗？啊？

怂怂蟹：歪？人呢？别跑，出来辩！

/65/ 我徒弟他与世无争性格好

@ 大山深处的一颗柠檬：我好了哈哈哈，我又可以了。

@ 柠檬子妹妹：死者大山子目前情绪十分稳定。"狗头.jpg"

@ 柠檬姐姐教我掐架啊：难道不应该是偶像人设崩塌，不再喜欢他吗，怎么是这个走向？

@ 咕咕：望周知，江影团队最后悔的一件事，大概就是给他立人设，就问谁还记得刚出道时那个带有学生气的清新少年，就一暴躁老弟好吗？

@ 遥遥lin：有理，江影的人设早就崩成渣渣了，因此他可以无所畏惧地四处兴风作浪。

@ 萌萌的我能吵进前一百：大山子你在高兴什么呢，没记错的话，你是追风逐影粉？江影马甲掉了这么开心？

江影没等到柠檬子给他回消息，倒是看到了她舞去了微博。

怂怂蟹：？？？

怂怂蟹：山儿啊，世风日下，人心凉薄，爱豆就在网线对面，你却要舞去微博。

柠檬子：别谦虚了，您和别人家爱豆不一样。

@ 大山深处的一颗柠檬：同样是追星，但我和你们好像都不一样。坦白地说，我骂过爱豆，维护过爱豆，还自作主张给爱豆洗白，甚至在爱豆面前提过本尊，我，圆满了。"安详.jpg"爱豆再骂我一次。

柠檬粉同时窒息。

"同样是追星，柠檬姐你这也太刺激了。"

"我想学掐架了，想离爱豆更近一些。"

柠檬子舞远了，今晚APP流量过大，时不时就会卡顿，江影放弃了匹配局，退出了"吵"。

两天之后，江影掐架账号不小心被扒的事情终于下了热搜，但是网友的讨论并没有就此结束。

"椰子台那边想采访你，你看看你明天有没有空。"临近中午十二点，经纪人给江影打了电话，在江影拒绝前率先开口，"你不用给我装你很困的样子，刚才还有人在'吵'里见过你。"

"有空倒是有空，但我不想蹭这个热度，请把我当正常人看待，谁还没点爱好了。"江影想低调，保住自己心爱的掐架账号。

"是，都有爱好，但普通人不会吵进前十。"经纪人跟江影打交道久了，对话经验十分丰富，语速飞快，拒绝打断，"是他们想蹭你的热度，占用一下你中午休息的时间，他们直播那边连线你就好了。"

"真会蹭啊，我明天杀青啊。"江影揉揉眼睛，答应了此事。

这几天里，他和戚逐去海岛上参加的真人秀，也成了网友们的热点讨论话题，戚逐的确很会挑节目，眼看着这节目也有了要爆红的趋势。

加上蟹老板的身份暴露以后，无数路人想要看看这个掐货在娱乐行业到底是一个什么样的存在，这档真人秀，就成了他们的首要选择目标——

"长得怪好看的，粉了粉了。"

"哈哈哈哈，名不虚传，不说话的时候真的是标准的爱豆配置，一开口就是杠。"

"戚逐竟然也在！之前不是说他俩关系不好吗，怎么这里看起来感觉还挺好的？"

"前面的弹幕你村通网啊，他俩早就被盖章关系好了，微博都互关了，追风逐影粉那边都追了好久了。"

"就是啊，你往后看，海边那段真的很'香'。"

几天的时间，足够让江影被扒皮冲昏的头脑恢复正常运转，说起戚逐，他想到了一个问题。

"班长。"江影捧着剧本，"当初我，我是说蟹老板一战成名的时候，你为什么要关注蟹老板啊？"

戚逐正在专心读最后一段剧本，听到他说话："关注一下高质量的粉丝，有问题？"

"嗯……"逻辑上没有问题，但不太合情理啊。

"我还没问你呢。"戚逐暂时放下手边的剧本，"既然你一开始就知道是我，为什么还特地移除粉丝？"

江影：……哦，对，好像是有这么回事。

"我俩搭了这么多年，你关注我小号，不太好吧……"

"装得挺像那么回事的。"戚逐把手里薄薄的一张纸卷成了纸筒，站起来敲了敲江影的脑袋，"再接再厉。"

《瑞雪》的拍摄终于接近尾声，这部剧很特殊，同样是主角历经千难万险，最终求得心中的"义"，但可以说这部剧里，所有人的结局都不是那么完美。

江影饰演的反派宣末翎，最终死在洛南柯剑下的那场戏，片场有小姐姐当场没忍住眼泪。最后一个镜头，戚逐饰演的洛南柯在一片欢呼声中，渐渐离去，孤身一人回到了故事开始的那座小村庄里。

"我感觉咱们这部剧要大火。"导演由衷地感慨，"不说热度，光是水准也超越了我先前的作品。"

"火不火不知道，我是感觉我要被骂。"编剧提前开始抹眼泪，"除了主角，大家都嗝屁了，这剧一播出，我微博肯定就不能看了。"

副导演拍了拍编剧的肩膀："怕什么，原著就是这么写的，我们只是进一步激化了人物之间的矛盾，这叫尊重原著，业界良心啊。"

"哎，不要紧，问题不大。"刚才还躺地上装尸体的江影翻身坐起，安慰编剧，"叔叔您别怕，到时候有我顶着呢，我演技烂，观众的仇恨我拉稳了，他们没空骂您。"

"说起来，前几天有自媒体搞了个投票。"工作人员小姐姐说，"下半年最期待的电视剧，《瑞雪》票数遥遥领先。"

"书粉投的？"江影问。

"初步估计，书粉、演员粉，还有客串的男团 T.ATW 的庞大粉丝，应该都有投票，除此之外，还有一大群路人，他们纷纷表示，真的很想看看江影的演技到底有多烂，希望电视剧能搞快点。"

江影：……真缺德。

不过这电视剧总算是拍完了，他和戚逐，大概都可以有个小假期了。

"你的直播连线。"助理把工作用的手机递给江影，"先前说好的。"

椰子台的主播已经就位了，连线后屏幕上出现了江影这边的画面。

主播："江影你好，先跟直播间的观众打个招呼吧。"

江影："谢邀，刚杀青，戏服没脱，颜值在线，右边是助理，左边是戚逐，没什么事的话我先挂了。"

说完拔腿要走。

弹幕——

"他急了他急了他急了他急了。"

"看出来了，蟹老板是被迫接受采访的哈哈哈。"

"我从掐架论坛来的，掐王瓜什么，我买票看你啊！"

戚逐：这是有多不想接受连线采访。

接收到陈助理求助的目光，戚逐伸手把江影扯了回来。

江影刚要站起身，起到一半，被戚逐一扯，差点没摔在地上：？？？

"谢谢谢谢，戚老师真好。"

"按住他，谢谢！"

"主播赶紧的，问他。"

"啊，好的。"主播小姐姐赶紧提问，"小影，针对前几日的微博
热点事件，我代表网友问你几个问题。首先，关于蟹老板，你有什么想说
的吗？"

江影险些摔倒，又被戚逐扶了一把，连线采访跑不掉，只好半个人都
靠在隔壁戚逐的身上，全身上下每一个细胞都在表达自己的不满。

"人都有自己的爱好。"江影终于开口了，"对不？"

"对对对，蟹老板你说什么都对。"

"开始了吗？"

"开始了开始了。"

"有一说一，身为一个爱豆，这爱好也挺别致。"

"我那不是吵架，是同好交流。"江影理直气壮地开始往外扯歪理，"我
只是，交流得有点，出类拔萃。"

弹幕——

"……"

"服了……"

"……果然，我不应该低估他脸皮的厚度。"

"是我傻了，我之前还建议让他和蟹老板 Battle。"

"戚逐笑了哈哈哈哈，他在偷笑，被我看到了。"

"我们小影摔回来后整个人都快靠在戚逐身上了哈哈哈，每次看他俩互动都感觉好自然。"

主播小姐姐在忍笑："那对目前这个状况，小影会放弃蟹老板这个账号吗？"

"我不。"江影说，"那我还不如不当爱豆。"

"？？？"

"危险言论。"

"我信了，这逻辑，这说话风格，是我们 APP 出来的没错了。"

"别啊小影，我们没说不让你掐架，你给我留下来。"

"哈哈哈哈哈，不行，我们不允许。"

"我玩我的，喜欢围观的随意，我有选择自己爱好的自由，你们也有吃瓜看热闹的自由。"江影摇摇手，"但是不许天天提我扒皮的事情，我不要面子吗？"

"你还要面子吗？"戚逐凉凉地插了一句。

"您拆台？"江影转头。

"您继续。"戚逐做了个请的手势。

"我们爱豆不容易。"江影换了个商量的语气，"给我留个爱好呗，我就守着那一亩三分地，保证不出去舞。"

"留留留，爱豆也是普通人，我们不扒你皮了。"

"蟹老板说什么都对。"

"讲真，好多人对'吵'有点误解，我看有人抓着这一点黑我们，这边更倾向于辩论性质，都是高级内涵，有论点论据的那种，那种真骂人的基本在这边混不到两天。"

"头不铁别来下载，头会被掐 Fly。"

"你还在 APP 收徒弟了？"主播小姐姐捂嘴笑，"听说是你自己挑的，能说说徒弟是什么样的人吗？"

"性格挺好的，与世无争的那种，悟性挺高。"江影对徒弟印象好，"没见过他本人，大家不要去打扰他。"

"你俩都互关了你还当着戚老师的面夸别人，戚老师会不会不高兴？"

"戚老师今天好像心情一直都很好。"

"他徒弟真的好神秘，APP上几乎没动态，没有战绩，只和蟹老板说话，很专一。"

"是的，有点好奇他徒弟的水平，想跟他徒弟吵一局试试。"

主播又问："还有个大家比较关心的问题，今天最后一个，关于你演技烂的问题，你是怎么想的？"

"这个问得好。"江影直起身来坐好，"刚好有人问了，我就统一回答一下。"

主播："嗯嗯？"

"我演技烂，我自己清楚，在努力，不要急，不要想着一口能吃个小齐总。"江影指着自己说，"但是有几个故意造谣抹黑我的自媒体，我就不点名是谁了，我骂我自己可以，观众骂我可以，导演骂我可以，戚哥哥骂我也可以，但是你们几个，连剧都没看过就搁那儿黑我演技烂，你骂我我就要骂你的，懂？"

"懂懂懂！（小鸡点头）"

"啧，有内味儿了，是他没错了。"

"我信了，这种能跟自媒体杠上的偶像的确是真实存在的。"

"等下，他是不是在内涵小齐总是胖子哈哈哈哈。"

"小齐总，你是否有很多的问号？"

"小齐总：嘴上说着不怪我，心里还不是记恨上了哈哈哈。"

"嗯？他刚才是不是叫了戚逐一声哥哥？！啊啊啊啊啊，我听到了什么啊啊啊啊，我家爱豆真是又奶（可爱）又Ａ（帅）呜呜呜。"

"我天，关系升华实锤了，哥哥都叫上了。"

"别的人不敢骂你，戚哥哥舍不得骂你。"

"称呼而已，都习惯了。"江影瞧见了大家的实时留言，"但是平时都是叫他班长，心情好的时候才会叫这个。"

"他舍不得骂我才怪，你们回头看电视剧拍摄花絮，就他最凶，一个表情不对他都要说我。"江影跟网友告状。

直播连线结束，总的来说，江影较为满意：首先，他借着椰子台表达了自己绝对不会弃号的决心，成功保住了自己的掐架账号；其次，他明里暗里威胁了盯着自己黑的那几个自媒体。

网友也比较满意，见识了掐架人的风采，同时有一部分网友还表示，自己仿佛追到了真的。

"# 我好像追到真的了 #"这个词条，被椰子台直播间出去的网友们刷到了预备热搜位上。

@ 大山深处的一颗柠檬：# 我好像追到真的了 #，好惊喜，怎么突然刷起了这个？真的好追，日常相处，连称呼也能可可爱爱。

部分网友表示大山子你都和爱豆吵过架也私聊过了，也算是在一定程度上了解爱豆了，怎么还能追得起来？

@ 大山深处的一颗柠檬：怎么不能追了？更好追了好吗，我现在都快追到失了智了，茶不思饭不想，连架都不想掐了。
部分网友："惊恐 .jpg"难道是真的？！

消沉、低调了好几天后，小齐总终于又被网友呼唤了出来。

@ 瓜皮传媒小齐总：@ 江影 KANI，我跟你没完，你再说一遍。
@ 江影 KANI：@ 编剧 - 宋婧溪，妈，小齐总有事找你。
@ 瓜皮传媒小齐总：@ 编剧 - 宋婧溪，阿姨好，阿姨我没事，阿姨我和江影闹着玩呢。"汗滋滋 .jpg"

《瑞雪》电视剧的拍摄工作终于结束，在完成后期制作后将会正式播出，这部剧自拍摄前开始，网友的呼声一直都很高，剧方表示会以最快的速度完成后期和审核，回应各位网友的期待。

江影有了自己梦寐以求的小假期，但戚逐没有，结束《瑞雪》的拍摄后，戚逐立刻前往 D 市影视城，他先前拍摄的电影需要补几个镜头。江影闲着也是闲着，索性就跟着去了。

"戚老师这是拖家带口吗？"片场的工作人员开玩笑。

"算是吧，不用特地招待我，我去他房间等他就好。"江影在片场晃了几圈，拒绝了工作组给他提供的住宿，名正言顺地霸占了戚逐的房间。

江影平时有工作的时候几乎是连轴转，拍戏时生活节奏也一直很快，突然闲下来，还有些不适应，于是他给正在放假的助理描述了一番他的不适应。

助理："其实你档期很满，公司给你安排的工作不少，经纪人讲他那边还有几个本子，然后……"

"啊，手机没电了，信号也不太好。"通话结束，江影顺手给手机连了充电线。

"吵"启动。

怂怂蟹：好无聊啊，来吵架？

柠檬子：你没工作？

怂怂蟹：剧拍完了，没我什么事了，本蟹现在处于空虚待业状态。

柠檬子：噫，您现在在哪块地皮划水呢？

怂怂蟹：戚逐这块。

柠檬子：您这算是……探班？

怂怂蟹：算是拖油瓶吧。

柠檬子："小恐龙汗滋滋.jpg"

怂怂蟹：哎，吵否？

柠檬子：上课呢，马上要当堂考试。一边儿玩去，小学生。

怂怂蟹：啧，谁稀罕啊，我还找不到人吵架了吗？

柠檬子要上课，sunny要训练，徒弟弟在吗？

怂怂蟹：徒弟弟在吗，在吗徒弟弟，不在我过会儿再来问问。

怂怂蟹：终极教学来一拨？

徒弟不在，江影决定趁此机会去打扰一下某个来此地学习中文的外国友人。

怂怂蟹：您好啊，朋友，我，江竹杠。

怂怂蟹：把戚逐的"吵"账号截图发来瞅瞅。

怂怂蟹：你不是说他注册过吗？我好奇。

等了一会儿，卓越也没有回他。

事实证明，工作日的早晨，"吵"的在线玩家真的不多，排名靠前的玩家更少，江影匹配不到段位相近的对手，不仅如此，他连个聊天的人都找不着。

此时某个粉色的命题区域引起了某人的注意，于是某竹杠终于把魔爪伸向了他从未踏足过的——"吵"的恋爱区。

柠檬子下课的时候，听辩论队的小伙伴说起了"吵"APP恋爱区沦陷的噩耗。

"啊？恋爱区？"柠檬子震惊，"谁干的？"

"一个叫怂怂蟹的人。"小伙伴痛心疾首，"恋爱区的用户正在搬家避难。"

"好好的前十玩家，怎么突然就去恋爱区虐菜了呢？"小伙伴语气十分鄙夷，"虾仁猪心（杀人诛心）。"

"吵"的论坛里，对此事也是争论不休。

就问还有谁，能无聊到去恋爱区虐菜？！蟹老板经历了什么，一个上午掀翻了恋爱区好多人，望周知，这人现在改名了。

1L：也不能这么说吧，他玩哪个区是他的自由。

2L：对啊，"吵人"通常人均单身狗，所以恋爱区的战斗力平均水平要低一些。

3L：这事儿不能怪蟹老板好吗，人家只是突然想去恋爱区玩玩了。

4L：那么问题来了，他怎么突然就想去恋爱区玩玩了？惊恐.jpg 娱乐区自由区还不够他发挥的吗？

柠檬子：厌蟹，在干吗？

柠檬子：蟹？

柠檬子：听说你今天踏足了新区？

戚逐要补拍的镜头不多，但是导演和演员自己都追求完美，所以他回到临时住处的时候，江影已经鸠占鹊巢，躺在他的床上睡着了。

江影是玩着手机睡着的，手机屏幕还亮着，铺开的被子被他压在了身下，大概是睡着了觉得冷，他斜斜地盖着外套。

怂怂蟹：抱歉，他睡着了。

/66/ 恭喜，你出师了

"几点了？"江影觉察身边有人，半梦半醒地问了句，闭着眼睛抓到了被子，裹好在床上滚了一圈。

这个努力放轻的脚步声，肯定是戚逐的，江影毫无鸠占鹊巢的心虚感，反倒变本加厉地把床单弄得更乱。

"中午了，已经过了饭点了。"刚帮他把被子盖好的戚逐问，"小影，你是接着睡，还是起来吃饭？"

江影一大早就过来这边，刚才在梦里就在找吃的，一听说有午饭，立刻睁开眼睛："醒都醒了，我选午饭。"

学生时代对人的影响颇为深远，戚逐看他这副睡得晕头转向的样子，几乎是条件反射般伸出手，把他的头发揉得更乱。

"干什么干什么？"江影翻身坐起，"戚逐！我看你是揉顺手了。"

"刚才有人给你发消息，我说你睡了。"

江影点开手机看了看，是柠檬子。说起来，柠檬子近日情绪似乎不太稳定，她发的微博动辄就是一段段乱码，像是柠檬皮滚了个键盘。

可能是因为追星追到了本尊太激动了吧，啧啧，没办法，江小影就是这么惹人爱。

他又打开微博，看见柠檬子的微博发了一张火山喷发的动图。

@大山深处的一颗柠檬：啊啊啊啊啊，我不行了。【一张动图】
@宁宁掐架进修中 评论：又追昏头了？
@我猫狗双全了 评论：珍爱生命，离偶像的生活远一点。
@平平无奇柠檬粉 评论：慕了，我也想和爱豆聊天，也想和爱豆掐架。
@谷雨111 评论：大山子最近每天的画风都是这个样子，我想知道她到底背着我们偷偷追了多少。
@xixixi 啾啾 评论：追到失了智了，她吃独食，什么时候拿出来给我们一起分享？

"这位哥哥，你工作结束了？还有别的事要忙吗？"江影挪到了床边，脸上是藏也藏不住的坏笑，一把勒住了床边站着的戚逐。

"暂时没有了。"戚逐也不计较，伸手帮江影把刚才被揉乱的头发抚顺，"可以休息几天。"

"其实假期我也没地方可去。"江影松开他，伸了个懒腰，"在家虚度光阴。"

"你要来我家吗？"戚逐问他，"高中过后，你好久没来了，我也换了新的住处。"

"好啊，既然你这么诚心诚意地邀请了，那我就给你个面子。"江影又开始嘚瑟。

在江影的眼中，他是跟着戚逐来片场凑热闹的闲散人员，但对片场的一群人来说，戚逐是上一个工作没处理完，带了个不定时炸弹。

"姐姐。"两人离开前，趁着戚逐在和导演打招呼，江影和片场的工作人员搭上了话，"你别拿那眼神看我，我真不凶。

"别听网上那群人瞎说，我那不是口吐芬芳，是自我保护。"

"走了。"戚逐走过来，把棒球帽往江影的头上一扣，推着人就走，不让他给剧组添麻烦。

"姐姐，说好的，投票啊。"江影一步三回头。

"我给你打。"戚逐把人拖上了车，关上了车门，"外加反黑。"

两人到 H 市时已经是凌晨两点，江影的助理带着司机去机场接他。

"班长，明天我大概要去趟公司，汇报一下我小号被扒皮的事情。"江影困得找不着路，"那你之后来公司接我？"

"好。"戚逐目送着他的车远去。

"我周末去趟戚老师家里。"江影跟助理说，"报备行程。"

"正好。"陈助理一拍手，"因为江二少你拍完戏就跟戚逐跑去了别的剧组了，摸不准你要去哪里，所以我把你的行李都送到了戚老师的住处。"

江影：？

行吧，他人还没去，行李倒是先上门了。

早说，他今晚就不回去了，直接跟着戚逐蹭住去。

刚到家里的江影如往常那般打开"吵"的内部论坛，却发现了一些与往常不同的帖子——

有人上门挑事了。

你们这个 APP 不好吧，聚集了这么多不讲道理的人，成天不干正事在这儿掐架，现实中过得都不太好吧？

1L：？？？

2L：？大晚上的，宁来送人头？

3L（sunny）："可爱.jpg"过得一般般，不过宁每月搬砖拿的钱到我月薪零头的十分之一了吗？

最近知名用户蟹老板的身份曝光，"吵"APP 迎来了前所未有的关注，有人喜欢，自然也就有人看不惯。

只不过平常那些看不惯的人，不会像今天这位这样不长眼睛。

4L（sunny）：你看不惯是你的事，你非要跑到别人的地盘上来讨骂，命中缺骂吗？

5L（楼主）：说得冠冕堂皇的，你们这 APP 不就是一个杠精聚集地吗？怎么着，一群掐货还觉得自己挺高大上的？

江影又收到了新的消息——

柠檬子：爱豆你来了！要不要来一局？

怂怂蟹：【链接】有人来送人头了，上！

柠檬子：来了来了。

柠檬子：小破应用，我们自家骂可以，他是什么东西。

6L（柠檬子）："可爱.jpg"过得一般般，国家奖学金。

7L（怂怂蟹）："可爱.jpg"过得一般般，粉丝一千万。

8L（吵3357868）：？？？"微笑.jpg"低端杠精，杠而不自知，眼界低，思路窄。

9L（柠檬子）：说我们是杠精，宁配吗？宁听得懂人讲话吗？听不懂站起来麻溜滚，听得懂请你把我下面说的话都听清楚。

10L（楼主）：你们……

11L（柠檬子）："吵"是爱好，也是减压方式，个人觉得这边大部分用户都比较有素质，我们不骂脏话，但是不代表我们不会骂人。

12L（柠檬子）：来，我让你感受一下什么是杠。

　　然后，这楼就没别人什么事了，柠檬姐姐战斗力惊人，不带重样地花式内涵，恶意上门找事的低端杠精，被她一个人骂到了自闭，开麦又因为不够和谐全部被屏蔽，气到弃楼跑路。

　　而柠檬子，是能从天黑骂到天亮，带着"吵"和一众玩家一起登上热搜的。

　　江影那边，则是在楼层中发现了一个熟悉的ID，太熟悉了，以至于他一开始不敢相信，多看了好几眼。

怂怂蟹：WOW，徒弟弟，你下场了！【截图】

怂怂蟹：你已经是个成熟的徒弟弟了，你可以自己独立骂人了。

　　教学果然是有成就感的，此刻的江影，感觉自己的身心和灵魂，都得到了升华。

怂怂蟹：论坛那个不用管他，柠檬和sunny今晚都在，是他命不好。

怂怂蟹：刚好你上线了，我们再来一拨教学。

吵3357868：嗯。

　　徒弟弟一如既往地高冷。

怂怂蟹：上次我们讲到，要学会模糊重点，带对方的节奏。

怂怂蟹：带完节奏后，对方或是由于蒙或是由于气将进入短暂的停机状态，你要抓住这个机会，颠倒黑白，倒打一耙，总之要让对方说不出话来。

怂怂蟹：懂？

吵3357868：懂。"奋斗.jpg"

　　要的就是这种悟性，江影对徒弟真的十分满意。

怂怂蟹：我教你的都是我掐架多年总结的套路和小技巧，但只有这些是远远不够的，一个掐货的诞生，需要 1% 的努力和 99% 的实践。

怂怂蟹：套路是死的，人是活的，还是要多练，才能灵活应对各种情境。

吵 3357868：嗯。

怂怂蟹：最后，我们要记得，学习掐架是为了在复杂的网络环境中保护自己，不是为了伤害别人。你懂我的意思吧.jpg

怂怂蟹：这也算是我微不足道的爱好了。

吵 3357868：懂。

怂怂蟹：恭喜，你出师了！

/67/ 愿师徒之情长长久久

"吵" 的个人动态页面——

怂怂蟹：@吵 3357868，这我徒弟，他今天光荣出师了，大家鼓掌。

柠檬子：鼓掌，恭喜，怂蟹竟然能带出徒弟。

sunny：鼓掌，恭喜，祝师徒情分长长久久。

无数路人：鼓掌，恭喜，祝师徒情分长长久久。

师徒情分一定会长长久久的，江影认为，有时间还可以约徒弟出来见见面，毕竟两个人打交道这么久，也算是结下了不解之缘，不见面发展一下线下师徒情，那真是太可惜了。

怂怂蟹：不早啦，我先睡啦，以后还会给你讲一些小细节，不会出师了就不管的。

怂怂蟹：常联系哦。

吵 3357868：会的，睡吧。

这段时间，江影的日子过得都很顺心，电视剧杀青、综艺人气暴涨、蟹老板重见天日、徒弟弟出师，时常还能和带节奏的自媒体吵架。

喜从天降，多喜临门，喜出望外，喜笑颜开。

江影当晚做梦笑醒了好几回，醒来的时候已经是第二天的下午了。

"早啊，绘绘姐。"江影刚到公司，看见了先前一起拍戏的宣绘桐。

"不早，下午了。"宣绘桐丝毫不留情面。

"哎，没事。"江影找了个沙发坐好，"我就来交代一下我被扒皮的事儿，交代完立刻就走。"

蟹壳掉了而已，问题真的不大，他皮厚扛得住，爱好还是要留下来的。

"事情都过去好几天了，没人关注我的。"江影花了半个下午，给经纪人洗脑，"人走茶凉，已经没人稀罕我了。"

这件事也算是到此为止，江影我行我素惯了，自然不会因为掉皮就为难别人。

"你电话。"经纪人听歪理听得脑壳疼，想赶紧结束这场对话，指了指江影扔在茶几上的手机。

"您终于想起来联系我了啊。"江影顺手拿了茶几上的橘子开始剥，"小齐总。"

"打住。"小齐总中气十足地一吼，"我俩算是扯平了，先前的事，一概不提。"

"勉强吧。"江影说。

"明天是我那节目最后一期，刚好你最近也不忙了，记得来。"齐俊很认真地在谈工作，"明天的好几个选手都是要留下来的，吹彩虹屁就好了，实在不行你就当花瓶坐那里闭嘴，知道吗？"

"知道知道。"江影觉得齐俊话太多了，"就凭我俩这情谊，不会坑你的，放心。"

"小影，有人找。"助理敲了敲门，眼神示意戚逐来接他了。

"不聊了，我回家了。"江影挂上电话，"拜拜，明天见。"

以前学生时代，江影经常去戚逐家玩，戚逐爸妈工作都很忙，偌大的房子时常看起来空荡荡的，只是两人写个作业都能吵起来，渐渐地就显得房子没那么空了。

戚逐回国之后自己另外找了住处，江影还没有来过。

"我助理是不是把我的家当都打包送你家了？"去戚逐家的路上，江影突然想起来了这件事。

"是。"戚逐说，"助理都给你收拾好了。"

"我昨晚回去连钥匙都没找着，还好助理身上有备用的，但今天他把备用的又带走了。"江影叹气，像是在无奈，"这位哥哥，愿意收留一下这位无家可归的小朋友吗？"

"到家了。"戚逐示意江影下车。

"我喜欢你家的装修风格,当红就是好。"江影蹲在戚逐的小花园里,盯着一盆多肉盆栽想伸手去挠,"寸土寸金的地方你买这么大的房子。"

"少来。"停好车回来的戚逐伸手把江影从地上拉起来,"黑红到隔三岔五就被骂上热搜的人没资格说我。"

小花园打理得很整齐,临近盛夏,花园里的花娇俏可爱,浅浅地沁着淡香。江影不懂花,叫不出它们的名字,但也觉得它们盛开的样子,有一股岁月静好的意味。

上学时候江影家里也有这样一个小花园,看着它们,就好像多年的时光,只是大梦一场,曾经在这里嬉笑追逐的人从未离开。

他俩一路拍到大,像这样安静相处的时间寥寥无几。江影突然觉得,和好都已经和好了,跟戚逐相比,他那点胜负欲有时候似乎也不是那么重要。

"我去下洗手间。"戚逐从茶几下拎出一个袋子,都是刚买来的零食,"这些给你,冰箱里有果汁,是你喜欢的那个牌子,电脑密码是我生日,你自己玩吧。"

"去吧去吧。"江影挥挥手,拆开了一包瓜子,打算去"吵"里开一局。

小瓜被助理从剧组打包一起带了过来,现在就摆在戚逐家的柜子上,柜子上还摆着两份剧本,都是《瑞雪》的,江影之前录综艺的时候见过。

江影习惯性地伸手要翻剧本,突然想起了一件事——

徒弟弟的出师结算还没点。

"吵"的师徒系统内累计的师徒值,可以兑换商城里的纪念品,这些师徒值兑换出来,应该能给他和徒弟弟都留个小纪念。

怂怂蟹:徒弟弟晚上好!
怂怂蟹:差点忘了,积分现在就给你结算。
怂怂蟹:积分可以兑换奖励,你可以去商城看看。

【用户"怂怂蟹"选择进行师徒值结算,结算后师徒值清零,将兑换成系统积分,请问是否继续?】

这有什么好犹豫的,江影动动手指,选择了"是"。

结算成功,触发了系统的内置语音——

"您已经成功申请师徒结算，感谢您陪着徒弟度过了123个日日夜夜，愿师徒之情长长久久。"

几乎是同时，房间的另一个角落里，传来了一个几乎一模一样的声音——

"您的师父已经成功申请师徒结算，感谢您陪着师父度过了123个日日夜夜，愿师徒之情长长久久。"

江影：？

什么情况？！为什么一次结算会有两个声音？而且另一个，好像不属于"怂怂蟹"啊！

这个声音的来源是……戚逐的手机？！

戚逐的手机屏幕上，有一个龙飞凤舞的"吵"字，显然是刚刚收到的信息。

江小影有很多的问号。

床边的那两份剧本，在他的眼中，越发显眼。

他冲过去拿起一份，翻开——

没错，是《瑞雪》的剧本，上面还有戚逐自己的解释和批注，白纸黑字，没有任何问题。

他拿起另一份，一模一样的，翻开——

江影：……

戚逐打印了他们近几个月所有的聊天记录，用红笔一一画出了对话中出现的"您""宁""呢"，划分了句子的结构，还有各种内涵丰富的表情包。

嗯？戚逐在干什么？

江影的手机振动了一下，系统内收到了新的消息——

卓越中文：是您啊，朋友！"微笑.jpg"
卓越中文：原来你也有号！
怂怂蟹：……

咯噔，这是江影的心跳。

卓越中文：前几天没上线，刚看到消息，我虾仁猪心。
卓越中文：是这个，我截图给你看。
卓越中文：【图片】

江影用颤抖的右手点开了卓越发来的图片，熟悉的用户资料卡界面上，有一个他无比熟悉的名字——

吵 3357868。

/68/ 我还没有你的胜负欲重要吗？

江影：？？？

他的大脑出现了短暂的停机，需要重新启动。在那短暂的瞬间，他仿佛看见了空旷的原野，听见了一声巨响，紧接着就是腾空升起的蘑菇云。

吵 3357868，等于徒弟弟，等于戚逐？

戚逐是他徒弟弟？！

他辛辛苦苦教了 123 天的是戚逐？！

戚逐认认真真地潜入"吵" 123 天，就为了跟他学掐架？！

根本就不是什么性格相似说话风格相近，这两个压根就是一个人？？？

去他的不计较得失，去他的不计较输赢。

去他的岁月静好。

江影现在想想，戚逐突然变成了他宝贝徒弟这件事，在生活中是有迹可循的。徒弟弟那些跟他同一个系列的表情包，戚逐聊天时日渐明显的杠精语气，以及戚逐对掐架套路的熟悉逐渐超过了他的想象，只是这件事听起来太离奇，以至于当事人也没有把这些细节放在心上，直到——

"小影。"戚逐出现在客厅，"空调的温度要不要调高一些？"

江影被他吓得全身一激灵："你站住。"

戚逐：？

"你别动。"江影补了一句，"你退后。"

戚逐没再往前走，也没询问，只是目光从江影手中的剧本上扫了一圈，又看见了自己放在柜子上的手机的屏幕，像是明白了发生了什么事一般，低声笑了出来。

"你还笑？"江影没想到他连掩饰都懒得做，"你赶紧反思问题的严重性。"

"我从未骗过你。"戚逐坦然地说，"我也没打算瞒着你。"

江影：……

可不是吗，这人在"吵"里说的每一句话都是实话。

"我身边有个杠精。"戚逐走到了落地窗边，拉上了窗帘，"我没说错吧？"

江影气笑了："戚老师，您闲得吗？啊？没事开个小号去 APP 里找我学吵架？"

戚逐认真想了想，给了个说法："主要是了解一下你的世界，掐架是次要的。"

"你把我当猴耍，你现在告诉我是次要的。"好气，他要杠了，胜负欲满格了，江影觉得自己离冒烟可能不远了。

"结果是好的。"戚逐指出重点，"不是吗？"

"好什么？"江影跳下沙发，"您早就知道我是蟹老板对不对，123 天前就知道吧？看我在微博上和两家粉丝折腾是不是很有意思？拜师的时候也是，知道我肯定喜欢这种欲拒还迎的类型，才装作不感兴趣的样子。还有，怪不得你打印的那份假的《瑞雪》剧本藏着不给我看，套路学得挺多啊，班长。"

"我自己骂自己的时候，就您看得最欢吧，啊？

"我还真情实感地祝你早日打败你的杠精朋友，您还能不能讲点良心了啊？"

江影："您动机不纯啊戚老师，身为'吵'的第一好师父，我真的很认真地在教您怎么成为一个掐货啊。"

"所以你生气的点，在于你的教学，对吗？"戚逐插了句话。

江影："对。"好像也不对。

思路不太对，没杠到点上，但也说不上是哪里不对，不行，他可能需要一瓶冰水清醒一下。

"好。"戚逐不动声色地吐出一个字。

这个"好"字极其具有挑衅意味，某人刚下去的胜负欲又冲上来冲昏了头脑。江影一边拍脑袋，一边抄起床边的小瓜揣进怀里："好什么？我要跑了，被你气跑的，我不要面子的吗？……"

"教你现实中杠精说话的小技巧吧。"

"那今天我们就讲，学会打断。"

"就是抢占先机，抢先说话，养成习惯后，可熟练使用打断技能。"

"有空你可以找个人试试。"

江影的杠精十八连还未说出口，戚逐眼疾手快把一块剥去了糖衣的水果糖推进了他的口中，打断了十八连读条。

江影指指自己："……行啊，打断玩上瘾了是不是，我不要面子的吗？你别忘了，我之前说过，不可能输给你第二次。"一边说着还不忘嘎嘣一声嚼碎了水果糖。

江影："拾掇拾掇我回家了，拜拜。"

"先打断，再用歪理打断对方的思路，再把扭曲后的问题抛回去。"

戚逐一把扯回了江影，面对着他，一秒进入状态，把当红演员的演技发挥到了极致。

于是江影目睹了戚逐变脸的全过程——

对面的人皱了皱眉，似是有些犹豫又似是有些痛心，戚逐看看他，又看看天花板，温柔中带着不舍，失落中带着犹疑。

江影：？这是什么走向？

有话就讲啊。

"你看微博吵架就这样，由于双方水平不相上下，最后你会发现，问题的主旨出现了极大的歪曲，一般是网友无意中造成的，但不乏会掐的人有意在其中带节奏。"

"小影。"戚逐双手按住江影的肩膀，痛心疾首般开口，目光飘忽不定，声音还有些轻颤，"我对你来说还没有你的胜负欲重要吗？"

江影：……

这是一个问题吗，他们争论的是这个问题吗？！

演得跟真的一样。

演技牛了不起哦？

欺负演技差的演不出来哦？

"在你带完节奏后，对方或是由于蒙或是由于气将进入短暂的停机状态，你要抓住这个机会，颠倒黑白，倒打一耙，总之要让对方说不出话来。"

戚逐这节奏带得，堪比漂移，江影一时间没太明白这件事怎么就被扯到了重要和不重要的问题上，刚清醒的脑子，又停机了。

戚逐一秒切回正常状态："你反应迟钝，怎么还怪上我了？

"你自己沉迷掐架，我都知道蟹老板是你，你认不出我，这能怪我？"

颠倒黑白。

"我早就开始关注你了，你呢？"倒打一耙。

最后，算总账——

"小影。"戚逐伸手扳正了江影的脸，迫使他抬头看向自己，"你自己说，是谁的问题？"

江影：……

气疯了。

全是他自己的掐架套路，全部被戚逐学走并灵活运用。

这是什么神仙悟性。

不如撤退，改日再战。

"告辞。"江影抱着小瓜就要跑路。

戚逐不动声色地向前走了一步，再次挡在了他的面前，点开手机，找到了"吵"里面的一段聊天记录——

吵3357868：对了，如果我"奋发图强""永不言弃"，最终战胜了我的那个"杠精朋友"，有奖励吗？

蟹老板：你说话带那么多双引号干吗。"暗中观察.jpg"

蟹老板：那必须有。

蟹老板：我说到做到。

江影：……太阴险了。

某杠精从小到大天天横着走，今天终于掉沟里了。

进退两难，放出去的狠话泼出去的水，这是尊严问题，必然不能当作什么都没说。

江影决定先骂爽了再说："戚逐，你……"

他一直捧在手心没舍得撒手的小瓜，被触动了某个关键词，声音高亢地在房间里大吼出声。

小瓜："戚逐？戚逐就是个性冷淡！"

戚逐：……

江影：……

"人工智障"火上浇油，捣什么乱，这下江影有理都变没理了。

"你说到做到，我的奖励呢？"戚逐摆完证据，开始算账。

江影放下小瓜同学，坐回了沙发上："你想要什么？"

"我们俩之间，别总计较胜负吧。"

第二天一早，某节目录制现场，齐俊正在统筹工作。

"电话打不通，江影来了吗？"齐俊问工作人员，"还有二十分钟我们这边开始现场直播，都准备好了吗？"

"来倒是来了……"新来的工作人员吞吞吐吐，"就是和之前长得不太一样。"

小齐总：？？？

小齐总："不是，什么叫和之前长得不太一样？"

节目后台的贵宾休息室内，工作人员战战兢兢地迎来了小齐总，戚逐捧着茶杯气定神闲地喝茶。

"班班班班长？"齐俊没收住脚步，一腿磕在了茶几上，疼得龇牙咧嘴。

戚逐礼貌点头，示意自己听到了。

"江影呢？"齐俊隐隐有种不好的预感。

"昨天熬夜和人 Battle，现在睡死了，喊不起来。"某人慢悠悠地说，"听说他在合同上曾经误签了我的名字。"

齐俊：……他需要速效救心丸。

"反正你那节目还有十多分钟就开始了。"戚逐放下茶杯，"我给你救个场，你看我咖位合适吗？"

/69/ 欺师灭祖或不堕师名

今天是某档选秀节目的最后一期，虽然是个不冷不热中规中矩的节目，但最后一期的成团采用现场直播的方式播出，吸引了不少观众。

"之前都没看过，最后一期过来凑凑热闹。"

"还可以，基本可以确定最后出道的就那几个人，所以也没什么特别的期待。"

"我来了我来了，我是剪影，听说这是小齐总的节目？我爱豆是不是一直在这里划水？"

"开始了吗，我来看看蟹老板，莫名其妙就被圈粉了。"

"没事做，看看这个解闷吧，听说这是小齐总给某小明星砸的节目？"

江影的评委位不能就这么空着，齐俊捡了这么大的便宜也不可能不要，所以评委台升起，五位评委全部就位，依次给观众打了招呼。

戚逐微微点头："早。"

台上选手：？

台下观众：？？

看直播的场外观众：？？？

评委席面前的台卡上，写的还是江影的名字，人却变了。

现场一片哗然，台上有选手直接惊讶捂嘴，平台的公屏上刷满了问号——

"台卡怎么回事，小齐总是不是当我们瞎？这是江影？骗谁呢！"

"这是戚逐。"

"啊啊啊啊啊啊啊我男神怎么在这里，无聊来看看节目结果偶遇了男神？"

"我们小影呢？！台卡还是江影的名字，这是临时换的人？"

"哈哈哈哈哈最后一期超精彩的，看到小齐总的诚意了。"

"我代班。"戚逐等场内安静下来，拿起话筒继续说，"我会公平公正地履行评委的职责。

"请大家认真关注比赛，无须关注我。"

"咦，我爱豆呢，又划水去了？"

"他俩不是刚拍完《瑞雪》吗，这又是在搞什么哈哈哈，这不是一般的代班了吧，戚老师的咖位根本就不会接这种节目，就问是什么交情才来代了这个班？"

"我笑疯了哈哈哈哈，继上次互关以后，他俩又搞这么一出，这关系得有多好啊？连台卡都没来得及换，肯定是节目开拍前才决定临时代班的吧。"

小齐总的节目按正常流程在走，选手展示，网友投票统计，评委点评，这一类节目投票的操作空间很大，所以评委点评的环节，观众相对来说会更喜欢。

于是，在这个万众期待的环节，他们看到——

戚逐："9号，你刚才副歌部分走音了，我以为你会立刻纠正过来，但你竟然保持着这个错误的音调唱完了整首歌。"

齐俊：……

戚逐："57号，跳舞没跟上音乐，一开始就错了，而且你踩到了同队。"

齐俊：……

戚逐："81号……"

小齐总冲着戚逐疯狂挤眼睛，疯狂暗示。

戚逐视而不见，把公平公正发挥到了极致："81号，你唱跳都有问题，我不知道你是发挥不好还是能力不够，业务水准还需提升。"

戚逐："唉，不说了，我点到为止。"

还好还好，班长心情不错，平时那怼人的架势只出来了一半，齐俊长吁一口气。

然后他就看到，戚逐面向四位评委和他，半是同情半是惋惜地说："你们的工作，也有待加强。"

其他四位评委：……

小齐总目瞪口呆，欲哭无泪，刚才时间太紧张，事发突然，惊得他大脑一片空白，忘了告诉戚逐，只要在评委席上划水就好了。

戚逐秉着老同学的情谊，极其认真地批完了整个节目，连带着评委和制作方，也没能逃过一劫。

小齐总擅长搞钱，爱蹭热度是真的，但没想到这次蹭到了一颗核弹。

观众——

"'捂脸哭.jpg'是戚老师的风格了，他是来砸场子的吗哈哈哈哈哈。"

"我想念划水的江影了哈哈哈哈，他划水不开口的时候侧脸特别好看，我之前截了好几张图。"

"戚逐：你们怎么搞的，选的都是些啥？"

"戚逐：行吧，我勉强闭麦吧。"

"知足吧，我感觉戚逐今天心情好像不错，你们是没见过他之前怼编剧那气势。"

"说的都是实话，这节目水分真的超多，小齐总在坑了小影之后，终于也被坑了。"

"@江影 KANI，别睡啦，快把你家戚哥哥带回去，小齐总要疯啦哈哈哈。"

戚逐轻轻地砸了一下别人的场子，看在江影的面子上，闭麦不再说话，节目按照流程走到了最后，在观众席一群托儿的欢呼声中宣告落幕。

小齐总感动得热泪盈眶，两眼泪汪汪地给戚逐道谢："班长，我谢谢您啊，谢谢。"

"没事。"戚逐抽回手，"都是同学，不谢，还有，别说您。"

齐俊为了送小姐姐出道，买了好几个热搜，讨论度却都不如戚逐砸场子的那条热搜，也算是间接蹭到了戚逐的热度。

#戚逐 点评#

@大山深处的一颗柠檬：特地定时定点看节目等我爱豆，没想到等到了一个大惊喜，双担表示真的很开心。

同时，"吵"的 APP 内部，有一个新帖被顶到了论坛的首页前排。

师徒情分长长久久？蟹老板刚才断开了师徒关系。

1L：不听老人言，吃亏在眼前，没事瞎立什么 Flag（旗帜）。

2L：吵 3357868 不是昨晚才出师的吗？这位一夜之间是干了什么欺师灭祖之事？

3L：这就崩了？不是才刚出师？

4L：等等，蟹老板有时间断绝师徒关系，为什么没时间去上班？代班的那位语出惊人，都上热搜了。

5L（柠檬子）：我去！我去问问！我去！

江影是被手机的振动声吵醒的，他昨晚连睡梦中都是戚逐这个心机狗要了自己一遭，惊醒时立刻登录了"吵"，断开了师徒关系，又翻身睡了过去，直到收到了来自柠檬子的问候——

怂怂蟹："熊猫头暴怒.jpg"睡觉呢。

柠檬子：哦，快中午了，您这么暴躁真的好吗？

怂怂蟹：困啊，睡得晚。

柠檬子：你是睡蒙圈了，还是你徒弟怎么你了？

怂怂蟹：我再也不收徒弟了呜呜呜呜。

怂怂蟹：我遭遇了掐架滑铁卢呜呜呜呜。

怂怂蟹：我的胜负欲受到了打击呜呜呜呜，我在论坛号了好久。

怂怂蟹：我不该把我所有的家当都教给他。

柠檬子：这么严重？欺师灭祖？

柠檬子："撸袖子.jpg"你起码算是我爱豆，谁敢欺负你，也要问过我柠檬子的意思。

怂怂蟹：真的？"小恐龙泪汪汪.jpg"

柠檬子：真的，我柠檬子怕过谁？

柠檬子：来，尿蟹，勇敢点，大声点，告诉我他的名字，报出他的ID。

怂怂蟹：戚逐。

柠檬子：嘎？

【系统提示，用户"柠檬子"已单方面删除了您的好友。】

江影：？？？

怂怂蟹：？？？你这个假粉。

怂怂蟹："微笑.jpg"

微博，柠檬子更新动态。

@大山深处的一颗柠檬：追星以来，我一直理智且清醒，粉丝要离偶像的生活远一点，这句话我一直铭记在心，从不敢忘。爱豆的事情我柠檬子绝不插手，绝不！你们好好相处！

【删好友截图为证】

@江影 KANI 评论@大山深处的一颗柠檬：我真是信了你的邪。"捂脸哭 .jpg"

@戚逐 点赞了@江影 KANI 的评论。

"醒了？"卧室的门被人从外边推开，脚步声由远及近。

"没醒。"江影卷了卷被子，抱着手机团进了被子里。

戚逐：……

"绝交三分钟。"某杠精从被子里伸出三根手指，"三分钟后再跟我说话。"

某个莴儿坏的人昨晚借着他的套路把他怼到了哑口无言，他决定不能就这么算了。

团子开始挪动，移动到了另一个床脚。

戚逐无声地笑了。"三分钟到了。"戚逐卡着点，"小影，消气没？"

"没。"被子里的氧气不多了，团子又挪了个位置，"再来三分钟。"

戚逐怕他闷着，伸手掀了被子。

江影极其不满地嘟囔了一句谁也没听懂的，把被子又卷了回去，只露出脑袋。

"睡这么久你头不疼吗？"戚逐看着他折腾。

"疼，头疼眼疼胸口疼。怪谁呢？"江影睨了他一眼。

"怪谁呢？"戚逐复读，伸手给他看，"我还被你咬了。"他的食指尾部，有一个小小的牙印，昨天被江影的小虎牙咬出来的，咬得有点狠，沁了点血痕。

"哎，我还没说你呢，你还恶人先告状了是吧？"江影立刻来劲了，"我被你坑了这么久，咬你一口怎么了，啊？你还先委屈上了？"

"也不能这么说。你教的我算是都会了，悟性也还可以？算是不堕师名？"戚逐伸手拍了拍江影身上裹着的被子，"所以，别生气了，欣慰一下吧。"

江影：？？？

"说到这个我就来气，你披皮钓鱼就算了，此事暂且不提。"江影往戚逐那边挪了些，从被子里抽出一只手去戳戚逐，"本蟹怎么跟你说的，我们学掐架是为了在复杂的网络环境中保护自己，而不是为了欺负别人，戚哥哥你呢？"

"没欺负你。"戚逐把他从被子里拔出来，"好了，快起来。"

/70/ 我不是你黑粉

吵 APP 内部论坛——

柠檬子删了怂怂蟹的好友，这是俩人闹掰了？

如题。

1L：我不相信，你看她微博，我怀疑她是知道了什么，还守口如瓶藏着掖着不喊大家一起分享。

2L：粉随爱豆，没毛病，柠檬子活得也清醒，这家从爱豆到粉丝，全都画风清奇哈哈哈。

3L：不可能不粉江影的，粉江影好有意思。

4L：我来理一理这个逻辑啊，江影今天翘班了，怂怂蟹切了师徒关系，师徒情分仅仅维持了一个晚上，戚逐今天给江影代班了，信息量有点大。

5L：呸，看她这样子就知道，大山子一直在吃独食。

6L：歪个楼，师徒关系断了这事，也不奇怪吧，毕竟江影那性格，不喜欢的人要多一点，爱掐，还爱吃瓜，热衷于和自媒体抢生意，说不定他徒弟刚好就是个黑粉呢？

虽然是工作日，今天的论坛尤为热闹，没过多久，又有新帖出现在论坛首页——

积分赛排名出来了，玩家见面会你们会去吗？楼主想看看你们这群小妖精都长什么模样，嘿嘿嘿。

1L：排名靠后，不过那天我还是会去看看热闹的。

2L(柠檬子)：我去，我有空哈哈哈哈，把麦给我，我给你们骂个现场的。

3L：……

4L（sunny）：要打比赛，想看我请关注TMW，"sunny牛"刷起来，谢谢。

5L（怂怂蟹）：嘿，我不去。

6L：楼上你的师徒问题解决完了吗？

师徒问题无解，但是戚逐能扯歪理，在他几次三番试图把问题带偏的时候，江影终于主动放弃了这个论题。

"不吵了。"江影率先表态，"你太能杠了，我以前怎么没发现你有这个潜质呢。"

"过奖。"戚逐淡然，"师父教得好，真正的杠精，主谓宾定状补都能杠，这是你自己说的。"

江影：……是，是他说的，好气。

终于，双方宣布休战，此事暂且不提，各自"休养生息"。

月底，"吵"的积分赛告一段落，玩家排名公布，玩家见面会如期举行，主办方邀请了所有叫得上名字的玩家，大家聚在一起，算是同好交流。

江影忙着跑工作，自然不会去这种活动，拍完《瑞雪》后，公司和团队打算让他转型，不再给他接综艺和偶像剧，把目标转向格局更大受众更广的作品。江影每天窝在公司挑本子挑到昏迷，只能趁着工作的间隙看直播。

柠檬子：爱豆看我，我要上了。

怂怂蟹：？你还记得我俩已经不是好友了吗？

柠檬子：啥？啥？

柠檬子：你放心，我保证传达我蟹哥的心意。

柠檬子一头及腰的长发，发尾松松散散地卷着，踩着细高跟，妆容精致，站在见面会的小舞台上，单口说了半个小时，把台下的人从眼前一亮，说到了双目失神。

江影捧着手机，笑出了声。

"最后，代表夙蟹说两句。"柠檬子停顿了两秒，从口袋里翻出了一张小纸条，换了个语气，"当初说你们要买票看我，你们不信，嘿嘿。"

柠檬子把这个"嘿嘿"读得特别没有灵魂，江影感觉没有读出自己的气势，有点遗憾，但台下照样是一片哗然，纷纷表示当初不该嘲笑蟹老板，如今内心十分后悔。

柠檬子："欢迎胆子大的继续找我吵架，顺便打个广告，《瑞雪》电视剧麻烦支持一下，我觉得应该挺好看的，谢谢。"

见面会现场的玩家纷纷表示，就冲怂怂蟹这打广告的决心，五星好评他们还是会给的，但是不是分期付暂且还不知道。

"吵"的官方也发了微博，纪念第一次活动。

@吵吵吵官方微博：现场的图片来咯，柠檬子@大山深处的一颗柠檬 姐姐太美了，还带来了@江影KANI 的祝福，我们给很多玩家都发了邀请函，到现场的人也有很多，同好交流，祝大家玩得开心呀。

@我爱吵吵心情好好：我在现场，柠檬子说晕了所有人，刚结束，现在全场都很安详，一片寂静。

@江影KANI：打钱！

@戚逐："倒着微笑.jpg"你们没有邀请我。【用户信息截图】

【用户名：吵3357868；注册时间：150天前；曾经的师父：怂怂蟹】

@吵吵吵官方微博：？！您也用？

@江影KANI：？？？你凑什么热闹？

全体用户：？？？

曾经被论坛讨论了一个月的神秘徒弟"吵3357868"一夜之间浮出水面，成了众人关注的焦点——

"吵3357868？这不是怂怂蟹之前断绝了师徒关系的那个徒弟吗？"

"震惊！这是戚逐？！哈哈哈哈你们明星能不能离我们普通人的生活远一点？怎么全都打入内部了？一个个还混得像模像样的。"

"有的人表面看起来无欲无求与世无争的，背地里下载了'吵'APP？"

"这个号没怎么吵过架吧，戚老师动机不纯啊。"

"绝对是动机不纯，用脚指头想也知道他肯定不是去吵架的，只能说是去找江影玩的，啊，想去偷他俩的聊天记录。"

"披皮钓鱼？欺师灭祖？东窗事发？让我们来猜一猜那一晚到底发生了些什么……"

"笑死，怎么这群明星镜头背后的生活一个比一个丰富？竟然还能在吵架 APP 上捉迷藏。"

"恶人自有恶人磨？都出师了，戚逐应该学得不错吧。师徒关系都断了，应该是青出于蓝了吧。"

@大山深处的一颗柠檬："惊恐捂脸.jpg"别啊呜呜呜，我吃独食还没够呢。

"还在刷？"戚逐叩了叩办公室的门，摘下墨镜。

江影正在安慰即将吃"大锅饭"的柠檬子，沙发上堆满了各种送过来的本子，闻言立刻抬头："室内戴墨镜，摘给谁看呢？"

"给你。"戚逐面不改色，"走了。"

江影把手机收好，从抽屉里翻出了自己的墨镜和帽子戴好，对着镜子原地开屏一次，跟着戚逐下楼："戚哥哥你是闲得吗？你又不会去见面会现场，你凑什么热闹？"

"自证清白。"戚逐帮他按了电梯，"我不是你黑粉。"

"呸，骂我最凶的就是你。"江影进了电梯立刻站没站相，懒洋洋地往一边靠，"想洗白啦？"

"不用洗白。"戚逐说，"你自己直播的时候说的，我骂你可以。"

江影：……这人记性可真好啊。

"又气了？你点赞我黑料的事情我可是从来没跟你算过账。"胜负欲一直都在，他俩日常像是拉锯战，但当事人都乐在其中。

"生气算我输。"江影换了个自己比较占便宜的说法，"算了，我大人有大量，不跟你计较吧。"

/71/ 我喜欢

"话说，我们这是去哪里？"车开出去好远，感觉到路线并不熟悉，江影才想起来要问。

"回家，我是说，回以前住的地方。"戚逐说，"我爸妈和姐姐今天回国了，好久没见，带你见见他们。"

"哦……"江影从零食包里抽出了一袋纸皮核桃捏着玩，"好久没见了，别说我还怪想他们的。"

戚逐爸妈都还是从前的样子，一个给他塞红包，一个给他塞零食，江影小的时候，没零食或是没零花钱了，就喜欢往戚逐家里凑。

"不要不要，叔叔我不收。"江影一边往口袋里揣红包一边说。

"阿姨，我都多大人了，早就不吃零食了。"江影拉开背包的拉链开始装零食。

戚逐：……

"看你俩关系还是这么好，我就放心了。"戚逐的妈妈说，"说来我挺后悔，戚逐小时候我们工作正忙，顾不上家里，好在有你陪着戚逐。"

"记起来了。"江影一拍桌子，"他小时候就特高冷，一副目中无人的样子，所以在我还是个小学生的时候，我天天拉着他去隔壁班找人吵架。"

戚逐：……

他忍无可忍地一伸手，捂住江影的嘴巴，强制打断。

江影眨眨眼睛，往旁边迈了两步，挽住戚妈妈的手臂："阿姨你看，都是他欺负我，多亏了我大度不记仇，不然早跟他闹掰了。"杠精得逞之后，立马继续叭叭，"我们继续说，还有那次……"

"我也想起来了。"戚逐的姐姐戚悦悦说，"我弟以前是不是拎了个棍子，盯着你写作业，我那次回家的时候刚好看到。"

江影："对对对。"

一家人聚在一起，自然而然地就会聊起从前，不知不觉间已经晚上十点。

"不聊了。"江影好歹还记得戚逐爸妈是刚回来的，"大家洗洗睡吧，不用招待我。"

"瞧我这记性，我给聊忘了，小影，需要让人给你准备房间吗？"戚逐妈妈问。

"不用麻烦。"江影摇头，他跑了几步，追上戚逐的脚步后轻轻一跳，戚逐仿佛知道他的动作般，伸手托住了他，背着他往前走。

江影伸手熟练地环住戚逐的脖颈："反正以前来的时候都和戚逐挤他房间的床，不碍事的。"

戚逐房间的床不大，是单人床，以前江影来的时候，一般都是他睡床，戚逐睡地板，不过很多时候，江影睡醒的时候，他自己也在地板上。

踏入这个房间的那一刻，时间像是坠入从前，穿着校服的少年一前一后地跑进房间，散落在地板上的是各种试卷与习题，被撕下来的习题答案，试卷纸页上勾勾画画的红色笔迹，玻璃杯里橘子汽水一个个绽开的小气泡，渐渐拼凑出少年时的场景。

戚逐的房间，收拾得整整齐齐，大部分布置都还是从前的样子，只是窗边多了个小风铃，恰逢有夏夜的晚风吹进来，小风铃响得清脆。

"自己做的？"江影走近，才发现小风铃上吊着的，是一个个晶莹剔透的小螃蟹。

"嗯。"

"我喜欢。"江影拨了几下风铃，风铃撞出悦耳的声音。

"喜欢你可以拿回去。"戚逐示意。

"不了。"江影摇头。

让它留在这里，和这个房间，和他们一去不复返的学生时代留在一起。

不过这一串小螃蟹真的很讨喜，江影拿出手机相机给它拍了照，拍到了小风铃和窗外的夜空。

@江影KANI：【图片】，我喜欢。

@像影子追着光梦游 评论：哇，好可爱！

@蟹老板粉 评论：蟹哥又去哪儿浪了？这么晚还没睡？"狗头.jpg"

@大闸蟹KANI 评论：自从马甲被扒，哥哥越来越放飞了，江影——终于不用切换账号发微博了哈哈哈哈。

自打江影的吵架小号暴露以后，他每次发微博，评论里都有一群怂怂蟹的铁粉在呐喊，不管他发什么，评论都是一片"蟹哥牛"。

"困了。"江影一边说着，也没落下玩手机。

"早点睡吧。"戚逐建议，"别吵架了。"

江影刚打开"吵"APP的手微微一顿，被抓了个现行，只好忍痛放弃自己的晚间娱乐活动。

又一个晴天的清晨，阳光从窗帘的缝隙里透进来，某人睡得很沉，毫无平日那般的侵略性，安心地沉在梦里，长睫毛下像是藏着一池星辰。

窗边的风铃抹了晨曦，晶莹的小螃蟹爪子上像是染了彩虹，大约怕惊扰了梦中的人，连晨风都是轻的。

戚逐关闭了相机的快门声，拍下了晨曦中的风铃。

@戚逐：【图片】

早上六点半，A大女生宿舍楼里传来了一声响亮的"鸡叫"，打碎了清晨的宁静，几乎惊醒了所有人。

罪魁祸首在宿舍五楼阳台上缩了缩脖子，捂住自己的嘴，搬了凳子悄悄坐在墙角刷微博。

@大山深处的一颗柠檬：啊啊啊啊啊早起学习就是好，我爱早起，就算是在"大锅饭"里找料，我柠檬子啃到的也是第一口。

江影昨天的那条微博，像是他的生活日常，粉丝一如既往地吹彩虹屁，蟹粉无脑喊"蟹哥牛"，加上路人跟着吹几句也就算了，没什么太大的波澜。

但是戚逐半个小时前，微博发了张几乎一模一样的照片，这就很不同寻常了，很快就有网友发现了端倪——

@emile KANI：【江影拍的照片】VS【戚逐拍的照片】，来找不同，嘿嘿嘿。

@机智的吵er：举手，这题我会，景物一致，角度一致，但拍摄时间一个是夜晚，一个是清晨，拍照和发微博的人也不一样。

@LyanYn：啊啊啊啊啊还找什么不同，这一届网友真是又蠢又笨，都这么明显了，他俩昨天都没行程，昨晚明显待在一起啊。

@拖延症自救ing：我还能说什么呢，我好久以前还和隔壁剪影吵架，现在已经和平很久了。

@夏虫不语冰：同感，想当年我没少跟隔壁对掐，如今我已经进化成了追风逐影粉。

@戴帽子的鹿鹿：#追风逐影#太明显了！本双担满足了。

/72/ 我看的是你

三个月后，大制作电视剧《瑞雪》终于在观众的期待中开播了，这部电视剧，在开拍之前，出于原作和演员阵容的缘故，就已经收获一大批粉丝。

电视剧拍摄过程中，江影自己骂自己演技烂的事情不小心暴露，于是这部电视剧的关注人群中，还多了一群人，每天都在喊着想看江影的演技到底有多烂。

在此之后，江影和戚逐的关系，也成了众人讨论的热点。

至此，电视剧也算是受到了空前的关注——

"我觉得剧情很好，希望你们可以看看。"电视剧采访的宣传视频里，宣绘桐说，"而且每个参与这部剧的人，都竭尽全力。"

"弹幕不许刷我演技烂。"江影指着镜头外的观众说，"有事去我微博下面刷。"

"我觉得挺好。"戚逐说，"值得看。"

戚逐是什么人，对自己要求严格，在自己拍的电影接受采访时每逢遇到自我评价的问题，他的回答都是"一般般"，这次竟然在宣传视频中，对这部电视剧给予了"挺好"这样的评价。

"戚老师应该是觉得江影挺好吧哈哈哈，被我们看出来了。"

"期望越高，有可能就会越失望，我持保留意见。"

"看脸就好了，这剧全员颜值在线。"

"期待了大半年了，最近就靠这部剧过日子了。"

江影觉得，《瑞雪》这部电视剧，无论是时间还是情感，都是他投入最多的一部作品，电视剧他拍了，线下宣传活动他也和戚逐一起跑了，作品如何，就该由观众来评价。

"吵"的恋爱区已经没几个人在混了，怂怂蟹在不到几个月的时间里，用自己的闲暇，铲平了整个恋爱区。

柠檬子：吵架呢？

怂怂蟹：今晚人怎么这么少，好无聊啊，大家好像都在忙。

怂怂蟹：来掐？

柠檬子：不了，我去看剧了，挥挥。

怂怂蟹：怎么大家都在看剧啊，那么好看的吗？

柠檬子：看到第三集了，有种岁月静好的感觉，笑点也有，好快乐。

柠檬子：顺便夸夸爱豆，你真好看，演得也不错。

怂怂蟹：哦你往后看，第十集开始有分歧，后期全员道不同不相为谋，掐到天昏地暗。

柠檬子：？？？你剧透？滚滚滚。"呸.jpg"

别人家的爱豆每天都被粉丝吹彩虹屁，江影越发觉得，自己这个爱豆当得，极其没地位，他决定去找戚逐聊聊，结果发现，戚逐也在看剧。

江影：？

"挡到电视了。"戚逐不紧不慢地开口，"过来坐。"

"你为什么要看自己演的电视剧？这是什么自恋的爱好？"

"我看的是你演的电视剧。"戚逐动了动身子，在沙发上给他空了点位置出来。

"我不看。"江影说，"我等下去 B 站鬼畜区找找有没有我。"

演技烂就要有演技烂的自觉，有什么不好承认的。

戚逐凉飕飕地扫了他一眼，又把注意力拉回到面前的电视剧上。

戚逐看电视剧的时候，江影抱了自己的平板电脑，在沙发上找了个舒服的位置，打开了微博。

＃江影　演技＃

热搜了？

这么快？

团队吹什么都不可能吹他的演技，《瑞雪》的宣传更是如此，那，谁买通稿黑他？

然而江影点开词条，才发现并不是有人黑他，一群看剧的路人夸了他，积少成多，带着他冲上了热搜。

@凌晨三点拍皮球：＃江影　演技＃，【电视剧片段】，我天，这叫演技烂？甩某些明星十八条街好吗？

/73/ 谁输谁赢，谁都值得

微博评论区——

"啊？这是江影？我看看。"

"天啊，差点没认出来，古装扮相简直惊艳，杠精演傻白甜怎么这么可爱？有的人生下来就赢了，光看脸就感觉很高级。"

"宣末翎不是傻白甜，你往后看，看起来天真但是心思很深，是一个有想法的角色，我感觉他演得已经有内味儿（那种味道）了，是那种感觉了，眼神对了。"

"这叫演技烂？蟹哥太谦虚了，蟹哥牛。"

"后面的剧情还没看，暂且不给评价，不过他的确能接住戚老师的戏，已经很好了。"

"挺不错。"戚逐说。

"嗯？"江影有些意外，"你夸我？"

在他的印象里，戚逐夸人的次数，寥寥无几。

"真的不错。"戚逐暂停了电视剧，"我很喜欢。"

又是这样的说辞，可是江影也很高兴。

电视剧开播一周后，已经明显有了爆红的趋势，几大平台的观众对这部剧的评价很高，两三天一个热搜，观众已经司空见惯乐在其中，不少产出博主特地剪了相关视频，把电视剧安利给身边的朋友们。

"好看！我已经忘了我是因为追星来看这部剧了，每天沉浸在剧情里，希望能更得快一点。"

"珍惜现在的岁月静好吧，后期虐死你们，看花絮就知道。"

"啊啊啊啊当初投票让江影演反派，是因为想看他在剧里被欺负，现在不想了，书粉想想后面的剧情就觉得好心疼。"

"当初投票的我，恨不得给自己一巴掌，但是这个角色，除了小影，我想不出来谁能演好。"

"哭了，想看岁月静好的建议停在这里，别往后看了。"

"冲着戚老师来看的，结果爱上了江影……"

"小姐姐们的演技也好棒，这部剧没有一个人在划水。"

讨论度越高，电视剧的人气也就越高，连原作者都出来说话了——

@郁云知：谢谢你们，呈现了我心中的他们的样子。

电视剧播出期间，观众都在认真讨论剧情，讨论每一个角色的心理世界，电视剧拿下了当季的好几个第一，算是对得起所有人这段时间的努力，实至名归。

@大山深处的一颗柠檬："捂脸哭.jpg"日常想骂爱豆，这叫演技烂吗？决裂那段我哭到死去活来，不用吹，作品摆在那儿呢。

不久，有人搬出了江影当年自己骂自己演技烂的那段录屏，转发评论过万。
当天微博热搜是这样的——

#最没有数的演员#

@戚逐：#最没有数的演员#，"微笑.jpg"

《瑞雪》的爆红带着一批演员，在电视剧播出的一段时间里，进入了网友的视线中，连剧里的配角苗野，也跟着圈了不少粉。

"感谢江小影的角色让我认识到，世界不是非黑即白的，快结局了，舍不得，我现在的感觉就是意难平。"
"说不上是谁对谁错吧，只能说各有各的选择，没有绝对的好与坏。"
"今年的Top1（第一名）了，是我这三年来最喜欢的一部作品了，谢谢四位主演和这部剧所有的制作者。"
"虐虐虐死了，我要从头看一下这俩人是怎么走到今天这步的，气死老娘了。"
"啊啊啊啊啊洛南柯和宣末翎BE（结局不好）了。"
"谁以后再让江影接偶像剧我跟谁急。"
"江影：在转型了，不要急，急我不干了。"
"他清醒个头，还骂自媒体，他带头黑自己比谁都厉害。"

电视剧大结局的那天晚上，哭崩了好多人，而演完了故事的两个人，早就从故事里走了出来，围着桌子，在戚逐家里煮小火锅。

"来，我跟你讲，你不要横。"江影瞪着盘子里的一只大螃蟹，拿筷子给螃蟹夹着玩，"等下你就红了。"

戚逐也不催促，靠在一边，看他和食物过不去。

"在你变红之前，来个合照吧。"江影举起大螃蟹，"柠檬子号了几天了，算是给大家的完结福利吧。"

江影："嗷，它夹到我了。"

江影："你横，你再横。"

戚逐：……

相机的快门声响，照片上的江影正在手忙脚乱地和一只螃蟹掐架，旁边客厅的桌上，摆着各种菜肴。

@戚逐："照片"晚餐。"可爱.jpg"

刚刚还在为电视剧爆哭的网友瞬间全疯了——

"挺好的，剧里BE了，现实里依旧好好的，我好了，我又可以了。"

"看剧搞得我又哭又笑的，追风逐影牛！"

"擦干眼泪了，祝我们江小影早日对自己的演技有个清醒的认识。"

"时间过得还挺快。"落地窗外，戚逐小花园里的树开始落叶了，连玻璃上也因为室内外的温差留下了一层水雾。

江影在落地窗上，借着水雾画了各种神奇的简笔画，画了大火花，画了蟹，还画了巨轮，画了棉花糖一般的云朵，画满整块玻璃的时候，夜色已经深了。

"秋天了。"从江影擦出的一片玻璃外，能看见院子里的落叶。

"认识你的时候也是秋天，那时候也落了满城的梧桐叶。"

很多年前的一天，小时候的戚逐在自家院子里，发现了一个胖乎乎的小朋友，大人们说，以后让他俩一起念书，要他们好好相处。

两个人各自心高气傲，大眼瞪小眼，在院子里瞪了大半天，你嫌弃我我也嫌弃你，谁也看不惯谁，谁也不肯认输。

最终，戚逐先松了口，戳了戳别人家小朋友胖乎乎的脸："别瞪眼睛了，你叫我一声戚哥哥，我给你棉花糖。"

"戚哥哥，你说你当时是不是人精，一包棉花糖就想骗走隔壁家的小朋友。"回忆起这件事的江影笑得喘不过气,"起码给两包吧,我怎么那么好骗。"

"嗯。"戚逐没否认,"你也不亏。"

他俩从小学掐到中学,从中学掐到各自成为娱乐行业的一员,江影对他的那个称呼,一直都保留着——

就像往后的他们一样,形影不离。

梧桐叶铺满了院子,雾气氤氲着水痕慢慢沁透,模糊了玻璃窗上的画,像是这些年的时间和往事,穿过懵懂的童年,路过兵荒马乱的学生时代,慢慢沉进记忆里,变成一张张照片,被有心人收进了相册里,视若珍宝,仔细珍藏。

岁月漫长,谁输谁赢,谁都值得。

——正文完——

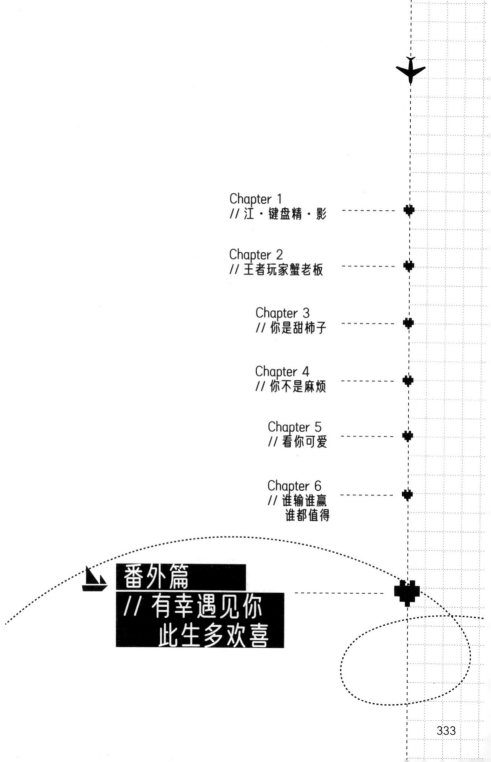

番外 1　我家

@影视作品花样安利：电视剧《瑞雪》的播出，让大家见识到了江影的演技，并没有他本人口中的那么烂。粉丝们翻了他从前的作品，纷纷开始期待他的下一部作品，然而这个人，最近好像在度假？

@有风自南 评论：他是真想划水啊，"捂脸哭.jpg"@江影 KANI，别混日子了，出来接工作啦。

@大山深处的一颗樱桃 评论：来点新物料吧，我怎么粉了个这么懒的人。演员江影！振作起来工作啦！

@如见初雪 评论：他对自己的定位似乎一直都是黑红、偶像，从来没觉得自己是个演员，龟速转型，天天在那儿自己给自己投票，我看戚老师也不用帮他反黑了，蒸煮本人就是最大的黑子，直接把本人教训老实就行了。

@作业多也要追星 评论：他不用努力啊，我一直感觉江影进圈大概就是抱着玩玩的心态，而且他家那背景，养他完全够了。

@对我是个獦 评论：太真实了，他自己黑自己太猛了，但在《瑞雪》里的演技是有目共睹的好，期待新作品，最后说一句，出来干活！

新作品暂时没有，江影借着没挑到合适的本子，继续延长自己的假期，戚逐出去拍戏，他就名正言顺地霸占戚逐的家，偶尔也开车去剧组蹭饭。

柠檬子：【视频剪辑】，有人给你剪了视频，给你看看。
柠檬子：我当初怎么就没学剪辑呢。
怂怂蟹：我当初怎么就没去当娱记呢？
柠檬子：呃，您还有这爱好？
怂怂蟹：为数不多的爱好之一。
柠檬子："哑.jpg"应广大网友的呼声问一句，您还在家里划水呢？
柠檬子：再说一遍，我追星追了个什么玩意儿。
怂怂蟹：是啊，不工作的感觉真好。
柠檬子：行吧，"吵"出了一拨新命题，好像挺有趣，来掐？
怂怂蟹：Nice（很好），晚点找你，我要回去搬点东西。

戚逐今天休息，两个人商量好今天回江影那边，江竹杠在戚逐家待舒服了，决定接下来一段时间稳定驻扎在戚逐家，回去看看有没有什么需要带过来的衣物。

"上次你的那堆剧本我抽空给你看了。"戚逐说，"结合你的档期，选了个合适的，已经和你助理那边对接了。"

"又要干活了。"江影放下手机，长叹一声，"我演技烂，都等着看我笑话吧。"

"我看你自己也挺喜欢的。"

"看和谁拍吧。"不过，先前与戚逐合作的时候，江影觉得演员这一行，似乎比他想的要有趣很多，"说起来，戚老师你都快成我经纪人了。"

"嗯。"戚逐也认可了这个说法，"你哥和你经纪人都挺高兴的，你好像也是。"

"反正你不会坑我的，任你安排吧。"当红人气演员给自己挑剧本安排工作，不要白不要，他闲了这么久，把戚逐剧组的人几乎给聊了个遍，终于想起来自己的本职工作了。

"任我处置？"戚逐反问。

"偷换概念。"江影识破阴谋，"你掐架谁教的，还想着套路我呢？"

江影在戚逐家混了一段时间，突然回到自己的房子里，还感觉有点不适应。

"你的床……"戚逐推门的瞬间停在了原地，"你有地方睡觉吗？"

江影：他以前怎么没发现，自己家里这么乱，一定是因为戚逐家里整洁得过头了。

企鹅抱枕、螃蟹抱枕、柯尔鸭抱枕，江影的床像个动物园，地上还掉落了几个。

戚逐瞬间明白，江影那与杠精人设完全不符的乖巧睡姿是从哪里来的了——

从小到大被抱枕挤出来的。

"其实我不喜欢抱枕。"江影弯腰拎起两条咸鱼抱枕扔到床上，"你对我有什么误解，从小学送到现在，都送同一种东西。"

戚逐："哦。"

江影：？

戚逐把床边的抱枕按从小到大的顺序排好："大概因为，我觉得你从小到大都没变过。"

"少来，拐着弯骂我。"江影反手就是一条咸鱼抱枕，"变着花样骂我心智发育不全？"

戚逐接住抱枕，继续排整齐，面上波澜不惊："这话是你自己说的，小学生。"

江影：……气死了。

"小时候爱掐，现在还爱掐。"戚逐的目光停留在江影的书桌上，那里放着四个张牙舞爪的火柴人模型。

"这个我倒是不否认。"江影打开柜子，把自己的常服往旅行箱里塞，"我哥说过，谁要是骂我我就骂谁，谁打我我就喊人，人要活得自在点。"

除了衣服和抱枕，还有那四个宝贝火柴人，江影没什么特别需要带的，两人一边聊天，一边收拾完了要拿的东西。

午饭是江影倾情招待的泡面，他亲自下厨，给每人准备了一个煳了一半的煎蛋。

"大家都是明星，敞开点说话，我们吃这个是不是不太吉利？"江影托腮，用筷子戳着碗里煎煳了的蛋，有点犹豫，念叨了一串，"煳穿锅底，煳穿地心，煳……"

"你一天天的都在想什么。"戚逐轻轻伸手拍了下某人的脑袋，煳不煳的他不知道，但是这种东西是不太能吃的。

戚逐拒绝了某人想要再次下厨的好意，重新做了吃的。

从今天开始，江影携带着自己的一众行李，正式入住了戚逐家。

火柴人摆件放在书桌上，从戚逐房间拿过来的小风铃在窗户下挂好，那一堆抱枕，被戚逐按照顺序又重新排了一遍，放在了柜子上。

"你完了。"和戚逐一起收拾完房间的江影，站在门边，把房间里的陈设欣赏了一遍，做出了这样的结论，"你家的画风现在十分诡异。"

禁欲系冷色调的房子由于他的加入，混入了许多花里胡哨的东西。

"没什么不好。"戚逐坐在桌边看剧本，闻言抬头，看见靠在房间门边站没站相的某人，逆着窗边的阳光，眼睛里都是笑。

"不过，住在我家，以后可要对你的房东大人客气点。小心被我扫地出门。"

番外 2　组队吵架

"吵"最近再次更新了功能，推出了一拨新命题，同时，"组队吵"功能正式上线，组队人数最多可以达到 10 人，吵架规模扩大。

论坛——

你们看到了吗，"吵"出了新功能，来吵群架啊！

1L：别说了，我刚从 10 VS 10 出来，现在有点虚。

2L：大哥吵了个什么题，怎么这么激烈？我刚看到这个新玩法，还没敢尝试，"吵"的新功能不是一向都很坑吗？

3L：气死了，不知道哪个人选了奥数区，一道题两种解法，头都要吵掉了，说来你可能不信，我在吵架 APP 学数学？？？

4L（柠檬子）：哈哈哈哈选什么奥数区，话说这个玩法有点意思啊，我去看看。

5L：我也出来了，我刚才经历了一场混战，5 VS 5，我被掏空了。

6L：过瘾！果然我适合在混乱中当搅屎棍！

7L（sunny）：柠柠姐要不要来组队，2 VS 2 试试？

8L（柠檬子）来了！刚好爱豆最近不发动态，吵架可解。

9L：年纪大了，我果然不适合吵群架，太可怕了我的妈呀，七嘴八舌的。

江影是"吵"的老玩家了，新功能上线，必然少不了他。

晚饭后戚逐坐在沙发上看剧本，江影趴在沙发上，捧着自己和戚逐的手机，启动了"吵"。他顺手从茶几上拿了个橘子，塞进了戚逐的手里。

【系统提示："怂怂蟹"与"吵 3357868"完成组队。】

【系统提示：你们匹配到的队伍是"sunny"和"柠檬子"。】

【系统提示：请双方进入赛前问候环节，组队战局将不开放围观功能，本场禁止截图与录屏，请双方尽情享受吵架的快乐。】

sunny：？？？

柠檬子：啊啊啊啊啊啊啊啊怎么是你们？！

怂怂蟹：？你俩咋扎堆了？你俩不是聊不来吗？你俩掐过的场次全服第一了吧？

吵 3357868：？？？"微笑 .jpg"

sunny：没办法，高等级的我们总是反复相遇，不要试图瓦解我们的合作，你缺德。

柠檬子：对，少来，不要破坏我和小姐妹之间的友谊。

sunny：姐妹友谊地久天长。"干杯 .jpg"

"啧，薛定谔的友谊。"江影指着手机说，"戚逐你等下划水就好了，你接着看你的剧本，我拉你来凑人数的，我一个人就够了。"

他一个人能掐一个团，不在话下，这种小场面，算不得什么。

"嗯。"戚逐点头，放下手机，把剥好的橘子一瓣瓣喂给江影，看他吵架。

江影张口接了橘子，眼都不带抬的，专注看着手里的手机。

【"柠檬子"选择了娱乐行业命题区。】

【系统提示：正在随机抽取命题，请稍等。】

【系统提示：你们抽到的命题是，追风逐影是真的吗？】

【正方为"怂怂蟹"和"吵3357868"，反方为"柠檬子"和"sunny"，请在倒计时后开始吵架。】

无须瓦解，仅仅一个问题，就能让柠檬子立刻倒戈。

柠檬子：@系统，这问题还有掐的价值吗？您脑子被驴踢了？您系统升级结果降智了？

柠檬子：@系统，滚，赶紧滚。

怂怂蟹：漂亮！

sunny：？？？

sunny：憨柠檬，我拉你组队你就这状态？

sunny：你不想赢吗？

【系统提示："柠檬子"辱骂系统，本场禁言，希望其他对局玩家引以为戒。】

柠檬子：嘎？

用户"柠檬子"已被禁言。

两个掐货小姐姐的友谊，五分钟不到，宣告破裂。

sunny：喀喀，来掐。

怂怂蟹：是真的，反方从一开始就是输的。

怂怂蟹：哎，题外话，我怀疑这憨憨系统在窥探我的生活，怎么总是掐到和我有关的题目？

【系统提示："怂怂蟹"偏题，得分－1】

sunny：是你和柠檬子娱乐区刷太多了吧，看在线时长也能看出来，系统不会让你在同一个命题上吵太多次，每次有什么新命题率先分给你们了。

【系统提示："sunny"偏题，得分－1】

怂怂蟹：负分了，赶紧吵。

sunny：好的，战斗晴姐来了。

怂怂蟹：我猜柠檬子现在很想说话。

sunny：我猜也是。

怂怂蟹：掐。

sunny：掐。

戚逐低头，目不转睛地盯着江影屏幕上的战况。

sunny：哦？是真的？凭什么？凭一起拍过戏上过综艺？

sunny：就凭走红毯的时候，一起出席？

【系统提示："sunny"得分+2】

sunny：就凭时隔多年的微博互关？

sunny：就凭在吃饭的时候模仿小学生扯头发，给对方碗里扔菜？

sunny：就凭你俩晒了同一串小风铃？

【系统提示："sunny"得分+8】

怂怂蟹：就凭他现在在我旁边。

【系统提示："怂怂蟹"得分+10】

sunny：……

【系统提示："sunny"沉默，"怂怂蟹"得分+5。】

吵3357868：嗯，就凭我们十几年的友谊，就凭我们有对方家里的钥匙。

【系统提示："吵3357868"吵出暴击，"吵3357868"得分+50，"柠檬子"掉线，"sunny"弃权。】

【系统提示：本场"怂怂蟹"和"吵3357868"获得胜利，给自己一个大大的奖励吧。】

番外3　我们的十六岁

"江影！江影同学！"

"江影？！"

声音在江影的耳边徘徊，由远及近，越来越大，他听得烦躁，自言自语地骂了句，还没抱怨完，有人轻轻踢了一脚他的小腿，用笔尖戳了戳他的胳膊。

"干什么！"十六岁的江影从梦中醒来，一拍桌子，对着旁边的人就是一声吼。

戚逐无辜地看着他，高一（2）班全班几十双眼睛齐刷刷地都朝他俩看了过来。

"干什么？"班主任瞪大了眼睛，手里拎着一沓作业，"喊你上来拿昨晚的作业，一大早就睡成这样。"

江影：……

"班长，你为什么不叫醒我？"他揉揉眼睛，去问同桌。

"叫了，没醒。"戚逐嫌弃地瞥了一眼，转头看书本，桌子下的脚又踢了踢江影的小腿，"想起来没？"

想起来了。

扰人清梦。

"都是高中生了。"讲台上的班主任突然提高了声音，唤回了江影的注意，"有的同学，作业写一半就算了，怎么连名字都只写一半？"

江影从老师的手中接过自己的试卷，哦，上午交得太着急，一边和戚逐吵架一边写的名字，写名字的时候丢了三个笔画，变成江景了。

问题不大，他接过试卷当场补上三撇。

作业是前一天发的试卷，让他们带回家写，今天课上评讲。

"是不是有点难？"老师问班上的学生，"都让你们带回去写了，感觉正确率还是不高。"

班里一片唉声叹气。

江影昨天写卷子写到深夜，正准备附和，就听旁边的戚逐轻飘飘地来了句："还好吧。"

"有本事你大声点。"江影压低了声音说，"仇恨拉稳一点。"

"没你有本事。"戚逐不为所动，坐得极其端正。

"本次作业只有戚逐是全对。"班主任适时地补了一句，"但是你的试卷上为什么会有饼干渣？"

全班一阵哄笑，戚逐走上讲台接过自己的试卷，回座位的时候狠狠地瞪了江影一眼。

江影皱了皱眉，目光遥遥飘向窗外，表示自己什么都不知道。

饼干是戚逐妈从国外带回来的，至于饼干渣，大概是江影边啃饼干边抄作业的时候弄上去的。

班主任老师把他俩的小动作看在眼中，懒得再管，开始上课。

江影左边放试卷，右边放错题本，一边听讲，一边唰唰地往本子上搬错题，学到一半，发现旁边的戚逐压根就没在听课。

戚逐捧了本厚厚的书，看得十分专注。

"戚逐，干吗呢？"江影拿笔戳了戳戚逐的手腕。

戚逐正在翻书的手一顿，伸手把江影的手按了下去："听你的课。"

江影每次见他这副一本正经的样子就想找事："江纪律委员抓到你没在听课，还不乖乖就范。"

戚逐：……

黏人精就算是变成了杠精，也是黏人的杠精，好动也好事，没一刻消停。

戚逐手里的书页一翻，书封呈现在江影的眼前，是一本关于影视表演学的书。

"想出道啊。"江影对这本书表现出了极大的兴趣，错题也不抄了，想要拉着戚逐聊人生。

"只是想拍戏。"戚逐低头往江影的错题本上扫了一眼，用笔不轻不重地敲了敲江影的手心，"你这个辅助线……"

"精致吗？"江影得意。

"这个画法，是19题的辅助线。"戚逐看得直皱眉，"你画到20题的几何图形上面去了。"

"啊？"江影一愣，腿上的饼干盒子咣当一声落在了地上，砸出了清脆的一声响。

全班再次回头。

后排从上课到现在就没怎么消停过，班主任终于看不下去了。

"来，你去门口站会儿。"班主任指了指江影，目光又绕过江影停在了戚逐面前的课外书上，顿时感到一阵头疼，"你也出去，你俩去门口聊，其他人给我冷静一下。"

高一（2）班两个帅哥在走廊罚站的事情很快传遍了学生的聊天群。

"对不起哦，怪我。"某人很没诚意地道歉。

"习惯了。"戚逐靠着走廊的墙，闭目养神。

"你对演员这一行，兴趣真大啊。"江影说，"我倒是没什么追求，家里给我定好的路就是这个。"

他语文英语好，文化课分数完全够了，戚逐肯定也是，只不过他戚哥哥这人，什么事情都想追求最好。

正在上体育课的一个班，有人溜过来围观。

"叫家长吗？"小姑娘问。

"不叫。"江影说，"多大点事叫家长，当我们老班就这么点气度吗？"

正在上课的班主任老师：……

"唉……还以为你哥会来呢。"楼下班的几个小姑娘失望地走了。

江影他爸成名早，名气大，当年给他哥开家长会时，吓到了班主任老师，因此后来每逢江影被叫家长，来的都是江寻——

"极其恶劣的班级间群体斗殴？

"我觉得我弟没错。

"我弟骂得好，我教的。

"戚逐打得好。

"所以，叫我来有事吗？"

闻者伤心，见者落泪。江寻名言在学校广为传播，自那以后，老师再也没敢叫过江影的家长。

"放学了，江竹杠。"戚逐把江影的书包扔给他，"发什么呆。"

江影正在窗边玩手机，被书包砸到龇牙咧嘴，从抽屉里拎起自己团得皱巴巴的校服披好。

"胖子在门口等我，喊我去吃烧烤。"江影有点羡慕地看了戚逐一眼，戚逐身高长得快，比他高出半个头，穿着校服也好看得不行。

戚逐从小到大，无论是长相还是性格，都很出众。

"烧烤不健康。"某个不食人间烟火的人说。

江影："切……是你不懂得享受美味。"

因为戚逐不喜欢烧烤，所以生拉硬扯也好，强人所难也好，江影这趟一定要带上戚逐。

齐俊家的车缓缓驶入附近的美食街，路人纷纷注目。三个穿着校服的少年先后从车上跳下来，为首的那个与后面的两个，校服有些差别。

家里人平时注重养生，一般不会让他们在街边吃这些东西，戚逐和家里的观念一致，但江影和齐俊不行，他俩是变着花样出来偷吃。

在车上的时候，齐俊一直在私聊江影——

齐俊不胖：你怎么把班长带过来了？

我好像很喜欢螃蟹：他说烧烤不健康，拉过来硌硬一下，让他感受一下烧烤的魅力。

齐俊不胖：……

齐俊不胖：他会告状吗？

我好像很喜欢螃蟹：我倒是没考虑到这一点。

齐俊不胖：齐总说再出来偷吃垃圾食品，就扣我零花钱。

我好像很喜欢螃蟹：怕什么，等一下拉他同流合污。

我好像很喜欢螃蟹：交给你爹我。

齐俊不胖：妥。

齐俊趴在桌边等吃的，摸出了晚上的作业没精打采地写："我当初怎么就没努力点跟你俩考一个学校呢，我现在抄作业都找不着人。"

江影专心打游戏："我抄作业带脑子，你抄作业不带脑子，这大概就是我俩的区别。"

"救一下。"戚逐拿着手机说。

"菜。"江影操纵着自己的角色过去援助，未果，中道崩殂。

"菜。"戚逐回敬。

江影："你先菜的。"

"你先。"戚逐把手机往桌上一扣，"我给你挡了伤害。"

眼看着两个人又要掐，齐俊沉默三秒，一头撞在作业本上，这两人的风格还真是万年不变。

"话说你们的学生证办好了吗？"齐俊从校服口袋里翻出了一个绿色的本子，"我们学校的也太丑了，绿油油的。"

齐俊的证件照没拍好，原本还有点看头的五官，挤成了一团："你们的呢，我就不信还有哪个学校的学生证比我们的更丑。"

"我们的，还好吧。"江影从口袋里抽出自己的，转身摸了摸戚逐校服左边的口袋，没找到，左手扶了把戚逐的腿，伸手去翻戚逐右边的口袋，果然摸到了一个硬壳的本子。

"差不多，学生证哪有好看的，不过我们的是红色的。"江影说。

"你俩的照片真好看。"齐俊一点也没掩饰自己的羡慕。

江影谦虚："我一般吧，这个角度的我不是最好看的，戚逐长得好看，怎么拍都行。"

这家的客人挺多，但效率也高，没过多久，齐俊点的东西就已经端上了桌，齐俊在家闷了好些天，难得能吃到小吃街的食物，也顾不上聊天，含情脉脉地看着自己面前的鸡翅。

江影的快乐已经不在鸡翅上了，烧烤端上桌的时候，戚逐明显皱了眉，被他看到了。

"戚哥哥。"江影动坏心思的时候，根本逃不过戚逐的眼睛，他索性不再掩饰，挑了个自己喜欢的，放进戚逐面前的盘子里，"吃吗？"

戚逐看看他，皱了皱眉，像是在犹豫，到底也没说什么，拿起盘子里江影丢过来的烤面包片咬了个面包边。

"好，现在我俩是一伙的了。"江影挪过来，一把揽过戚逐的肩膀，非常友好，"戚哥哥，吃了我的面包片，回去不许告状。"

番外4　有幸遇见你，此生多欢喜

十多岁的少年，大部分时间都在校园里，写着写不完的作业，用剩下的时间憧憬未来。

"两位朋友，你们的作业，多吗？"齐俊烧烤吃一半，想起了自己晚上要写的一大堆作业，悲从中来，"我就想不明白了，这才高一下学期，我哪儿来的这么多作业。"

"不多。"会者不难，作业对戚逐来说，不算是个问题。

"高中生不学习你想干吗？"江影一句话说完，觉得哪里不对，分明就是他同桌经常教训他的那一句。

这让他极其不满，转头瞪了一眼戚逐，才发现这人也在盯着他看，似乎很介意这话是从他的口中说了出来。

江影：？

戚逐：？

"想去环游世界，人就活这一辈子，我想出去走走，过自己想过的生活，做点有意义的事情，不枉此生的那种。"作业困难户齐俊对这两人时而剑拔弩张的氛围视而不见，举着肉串继续异想天开，"而不是坐在这里被作业为难。"

"得了吧，扯什么人生哲学，小齐总，你得回去继承家业，你家齐总不会放你满世界撒欢的。"齐俊他们家就一个孩子，家里的要求也高，这点江影是知道的。

"得了吧，你就是不想写作业。"戚逐一针见血，毫不留情。

这两个人损人的时候，总是出人意料地一致。

"想那么多干吗？"江影站起身，在齐俊的肩膀上敲了下，"看你可怜，这顿算我请。"

齐俊还没吃完，抱着盘子舍不得走："你先撤，我再吃会儿。"

说罢，看见戚逐也跟着江影起身，他又不放心地补了句："你俩，回去的路上能友好相处吗？"

"你当我们小学生啊，走路还打架？"江影转身推门，冲齐俊摇摇手，"走了。"

友好是不可能友好的，但不至于大打出手。江影和戚逐从小到大，三天一小吵，五天一大吵，掐的主题都是一些鸡毛蒜皮的破事，虽然大部分时候都是江影在挑事，戚逐见招拆招。

比如现在——

两人从齐俊家的玛莎拉蒂边绕过，学校离两人家里的距离还挺远，两人你看看我，我看看你——

江影："戚哥哥，你通知你家的司机来接我们了吗？"

戚逐："没，要不你让你家的车来接？"

江影："我不，司机叔叔肯定告状，让你家的车来吧。"

戚逐："……你觉得有区别吗，我家就在你家附近。"

江影："哦？既然没区别，那为什么不能让你家的车来接？"

两个人站在路边的星巴克门口半天没争出结果，最终决定一起挤公交。

这一片小吃街坐落在校区附近，来这里的都是附近学校的学生，正值放学时间，周围都是穿着校服的学生。

江影跟在戚逐身后，一步步往前走，花坛边的小石头被他一脚踢起来，撞在了戚逐的脚后跟上。

戚逐停下脚步，江影没收住步子，一头撞在了戚逐的后背上。

两个人同时开了口——

戚逐："你是不是皮痒？"

江影："你会不会走路？"

两人的相貌都很出众，穿的还是同款校服，时不时就有人用眼睛瞄他俩，这会儿他俩停下来，更是吸引了不少人的目光。

"你会走，你走前面。"戚逐冲前方的路抬了抬下巴，让江影先走。

小吃街的诱惑很多，江影买了猪蹄，买了棉花糖，一路和戚逐边斗嘴边往公交站走，对这个年纪的少年来说，只要不学习，路边的吵架都是好看的，短短的一段路，两个人走了半个小时。

站台就在前方，满满的都是放学过来排队的学生。

齐俊不胖：我吃完了，嗝。

齐俊不胖：扶我起来，我又可以学了。

齐俊不胖：我到家了，写上作业了，你和班长到家吗？

我好像很喜欢螃蟹：没有。

我好像很喜欢螃蟹：回去再聊，我们去坐公交。

齐俊不胖：？

齐俊不胖：你俩是不是又杠上了？

齐俊不胖：这个时间挤公交？

挤上车的两个人，不约而同地后悔了，偏偏两个人都心高气傲，抓着公交车上的扶手，在一片抱怨声中，站得笔直。

开车的司机叔叔把公交车开出了过山车的效果，斑马线前一脚刹车下去，所有人都赶紧抓好了扶手。

正在和齐俊聊天的江影：？？？什么情况？

情急之中，戚逐拉他也没来得及，江影当即伸出爪子，抓住了戚逐的校服口袋，随后就是布料被扯开的声音。

两人在后面一站下了车，戚逐的校服少了半边口袋，板着脸站在路边帮江影拍裤子上刚才摔出来的灰。

最终，戚逐让步，让自己家的车过来，把两人接回了家。

"小影，睡着了？"有人轻轻拍了拍江影的肩膀，"起来去床上睡？别在这里睡，趴着睡不舒服。"

梦境里揉了光，慢慢晕开，江影的睡意渐渐散去："我什么时候睡着的？"

"不知道。"戚逐说，"我进来的时候，你睡得正香，梦见什么了？"

"梦到你了。"江影瞧见自己身上披着的衣服，笑出了声。

他在戚逐房间东翻西找想"作妖"的时候，从衣柜的角落里翻出了戚逐高中时的校服，昨天睡得晚，午后就犯困，盖着校服就睡了过去。

戚逐看见了那件校服，仿佛也想起了什么，跟着笑了。

"你干的好事。"他说。

那时江影在公交车上摔了一跤，连带着扯破了戚逐的校服，屁股疼了好几天，杠精难得觉得有点过意不去，好说歹说非要帮戚逐把校服补好。

缝缝补补他不会，但他有聪明智慧，所以他买了防水强力胶，帮戚逐把扯烂的校服口袋给粘了回去。

后来两人又为这事掐了半个多月，江影至今还记得戚逐拿回校服时脸上的表情。

时隔多年，两个人又再次见到这件衣服。

房间里是始作俑者停不下来的狂笑。

"还笑？"戚逐敲了敲某人的头，转身从房间的抽屉里拿了什么东西出来，"不光校服，我还有这个。"

手里是两本红色外壳的高中学生证，一本是江影的，一本是戚逐的，上面有两人的年龄、班级，还有中考成绩。

是梦里见到的学生证。

"你竟然还留着。"戚逐的学生证整整齐齐，江影的，不知道在哪里揉过，外壳皱巴巴的，内页还浸过水，注册页画了六只螃蟹，一个比一个大，但照片上的少年，穿着校服，眉目明艳，笑得张扬。

那是年少时青涩懵懂的他们，原来已经认识这么久了。

有幸遇见你，此生多欢喜。

番外5　江小影的日记

【2月28日　晴】

今年没有2月29日，好气哦。

戚逐又送抱枕，他对抱枕是有什么特殊的感情吗？

江寻带我打游戏了，耶。

戚逐说我的出生日期和我本人一样特别。

一年365天，也就今天他能说句人话。

......

【3月31日　晒死了　能不能下点雨啊】
明天是愚人节，我给戚逐准备了巨大的惊喜。
嘿嘿，坑死他，让他动不动就怼我。

......

【4月5日　雨　好不容易放假下什么雨啊】
祭祖烧纸为什么不带我？
我又不会在坟头跟人吵起来。
感觉江寻比以前更忙了，我去找齐俊玩吧。

【4月6日　雨】
蹭到了戚逐家的祭祖，体验生活，问候了戚逐的外婆。
戚逐外婆去世好几年了，爷爷奶奶倒是都在国外，年纪也大了，一直喊着让他过去读书。

......

【4月15日　雨】
运动会必下雨。

【4月16日　雨】
运动会必下两天雨。

【4月16日　晴】
我我我跳远第一名，江影超棒！
戚逐在长跑，班里让我给戚逐拉个横幅，我躺在看台上睡着了。
不怪我，这个天气容易困。

【4月17日　晴】
跟七班的人吵了一架，被戚逐拉走了。

......

【4月20日　晴】

今天，数学课上，齐俊的换装游戏通不了关，让我帮忙。

我和戚逐就搭配问题吵起来了。

不怪我，是他先说我审美有问题的。

后来我们就被老师请去走廊吵了。

【4月22日 雨】

校园论坛我的号被封了，哪个孙子干的？

借了戚逐的号。

满血复活。

【4月23日 晴转多云】

戚逐的号不给我用了。

校园论坛从此少了一个传说，班长应当为此事而感到可惜。

而不是当着我的面刷论坛，说要馋死我。

......

【4月26日 晴】

期中四校联考出分了，我有预感，齐俊要被他爸暴打了。

戚逐考得可真好啊，老师们都舍不得他出国读书，不过人家家里早就定好的路，不好干涉啦，本来他高中就该直接过去的。

我的分数差不多了，艺考够了，人要适可而止知足常乐，我不用努力了。

......

【5月2日 多云 真的好多云啊】

假期好啊！

作业最后一天再说吧，总能写完的。

明天和之前的几个朋友包场看电影哈哈哈，戚哥哥不看鬼片，我现在就去喊他一起。

【5月3日 雷阵雨 夏天还没到啊，打什么雷啊】

这电影太吓人了！

我溜了哈哈哈哈，你们自己看去吧。

【5月4日　晴】

戚逐打电话谴责了我昨天的临阵脱逃，我俩各自举着电话骂了五个小时。

这个月家里的话费应该不少吧。

我决定搬个凳子去隔壁找他继续吵。

……

【6月9日　晴】

热。

想吵架。

【6月15日　多云】

热。

想找戚逐吵架。

【6月20日　多云】

热。

找戚逐吵架。

……

【6月30日　晴】

要放假了，戚逐好像要拾掇拾掇出去念书了。

奈斯，我自由了，高一（2）班江竹杠无敌了。

……

【7月3日　乌云】

无敌是多么寂寞。

【7月5日　乌云】

QQ上继续和戚逐吵架，但手感不好。

人在火花在。

【8月1日　超大朵乌云】

有点无聊。

【8月1日 乌云】
？妈妈问我要不要去国外读书，我不去。
我漂洋过海去找戚逐吵架吗？
不合适不合适，我还要艺考呢。

【8月25日 乌云】
思念一下我远在A国的班长，拍了我做的中餐馋他。

【9月1日 乌云】
怎么办，新同桌扛不住我这暴脾气，急，在线等。

【9月3日 多云】
我发现了一个有趣的APP，虽然还在测试阶段上架还早，但测试阶段足够我快乐了。
我好了。

【10月9日 晴】
赌五毛，我们还会遇见的。

番外6 要一直好好的

今年，某电视台的迎春晚会，有了一个新的赞助商，"吵"APP。
这个APP近年来用户越来越多，逐渐有了财大气粗的趋势。
"吵"的Logo挂在了晚会现场，主持人时不时地念一念APP的广告词，帮忙推广。
"消磨碎片时间，找到灵魂对手，'吵'APP，你值得拥有。"刚在舞台划完水的江影帮着念了一段"吵"APP的广告词，念到一半，选择说句实话，"看人吧，头不铁的别来。"
台下观众一阵爆笑，纷纷表示自己头铁可以去试试。
"不过'吵'也不容易。"江影话锋一转，"毕竟每次哪里不对，我们这群玩家第一个骂它，它是见过大风大浪的APP，祝'吵'越来越好吧。"

"听说你也在'吵'里翻过车？"主持人笑着问，"小影是老用户了。"

"翻过。"老用户维护了一下自己的尊严，摆出了一副一本正经的模样，"常在河边走哪有不湿鞋。"

而且戚逐那套路，坑谁谁翻车。

江影摇手："不提也罢不提也罢，我们要着眼未来。"

台下观众不干了，喊起了戚逐的名字。

"别瞎起哄，好好看节目。"江影一只手拿话筒，一只手冲台下比了个噤声的手势，微微眯了眯眼睛，"不然哥哥骂你们。"

直到江影去了后台，还能听到台下的土拨鼠尖叫。

"哥哥骂我！"

"哈哈哈戚逐在吗，江小影凶人啦！"

刚刚在台上各种耍帅的江影，到了后台立刻站没站相，找了个沙发就要躺。

"我唱得怎么样？"江影问。

"发挥稳定。"戚逐说，"一如既往地走音了。"

江影："……哦。"

问题不大，别人也干过，他还嘲笑过别人。

《瑞雪》电视剧播出后，他的演技被网友吹了一拨，人气日渐增长，黑还是黑，但红也是真的红。他刚唱完电视剧的角色歌，微博上就已经有了视频。

"啊啊啊啊好听！"

"#追风逐影#两位哥哥今晚都在啊啊啊！"

"哥哥，副歌跑调啦哈哈哈哈哈。"

"江影：起码我没假唱没对口型不是吗？"

"杠精的自尊不允许他对口型的，就问我说得对不对！"

@江影KANI：谢谢大家闭眼吹我，"让人怪不好意思的.jpg"//@椰子娱乐：【现场视频】

@戚逐：@江影KANI，啊啊啊好听。

@江影KANI回复@戚逐：？要脸吗，不要抄我粉丝的评论，而且你刚才不是这么说的。"微笑.jpg"

"哇哦，你们都下来了！"齐俊带着某女团的C位小姐姐路过，跟两人打了个招呼，"我们这边也结束了。"

齐俊追了大半年，总算是追到了心爱的小姐姐喻萌萌，可喜可贺。

"哦，之前选秀的时候都见过，再介绍一下吧。"齐俊帮着介绍，"这两位是我的初中同学。"

两位"初中同学"当初都担任过齐俊那节目的评委，言行极其惊世骇俗，给喻萌萌留下了深刻的印象。

"江老师、戚老师好。"喻萌萌很有礼貌地跟两位曾经的评委老师打了招呼。

喻萌萌打完招呼，挽着小齐总的胳膊一起向外走去。

"你们以前是同学？"喻萌萌挺好奇。

"他俩同学的时间久。"齐俊说，"我是他们故事里的那个胖子。"

喻萌萌被他逗笑了。

"我算是见证过他们的一段历程吧。"齐俊说，"在我们各奔前程的未来里，相信他们会一直好好的。"

"啊，下雪了。"走出电视台大楼的江影被冻得一哆嗦，"破天气，大晚上的下什么雪。"

"跟雪花还能杠。"周围有人在笑，戚逐催促他，"走了，回去了。"

江影大概是饿了，他跟上戚逐的脚步，嘴里还不停地念叨——

"烤土豆烤玉米烤鱼烤鸡翅烤面包烤全羊烤茄子烤肉串……"

"烤面包片吧。"戚逐说。

"好啊。"江影仰头的时候，眼睛里有笑，还有雪夜的星光。

图书在版编目（ＣＩＰ）数据

得理不饶你 / 毛球球著 . — 广州 : 广东旅游出版社，
2021.9

ISBN 978-7-5570-2526-7

Ⅰ . ①得⋯ Ⅱ . ①毛⋯ Ⅲ . ①长篇小说 – 中国 – 当代
Ⅳ . ① I247.5

中国版本图书馆 CIP 数据核字 (2021) 第 130071 号

得理不饶你

DELI BU RAONI

出版人：刘志松
责任编辑：何方 李丽
责任技编：冼志良
责任校对：李瑞苑

广东旅游出版社出版发行
地址：广州市荔湾区沙面北街 71 号首、二层
邮编：510130
电话：020-87347732
印刷：三河市冀华印务有限公司
（地址：河北省廊坊市三河市杨庄镇杨庄村）
开本：880 毫米 ×1230 毫米 1/32
字数：380 千
印张：11.25
版次：2021 年 9 月第 1 版
印次：2021 年 9 月第 1 次印刷
定价：48.00 元